O Graal de Ferro

ROBERT HOLDSTOCK

O Graal de Ferro

O Segundo Livro de Merlin

Tradução
Fal Azevedo

PRUMO
leia

Título original: *The Iron Grail - Book 2 of the Merlin Codex*

Editora
Luciana Paixão

Editor assistente
Thiago Mlaker

Assistente editorial
Diego de Kerchove

Preparação de texto
Denise Katchuian Dognini

Revisão
Isney Savoy
Rosamaria Gaspar Affonso

Capa, criação e produção gráfica
Thiago Sousa

Assistentes de criação
Marcos Gubiotti
Juliana Ida

Imagem de capa: Look/Look/Latinstock

CIP-Brasil. Catalogação-na-fonte
Sindicato Nacional dos Editores de Livros, RJ

H674g Holdstock, Robert
O Graal de ferro : o segundo livro de Merlin / Robert Holdstock ; tradução Fal de Azevedo. - São Paulo : Prumo, 2010.
(Merlin ; 1)

Tradução de: The iron Graal : book 2 of the Merlin codex
ISBN 978-85-7927-110-6

1. Ficção inglesa. I. Azevedo, Fal, 1974-. II. Título. III. Série.

10-5349. CDD: 823
CDU: 821.111-3

Direitos de edição para o Brasil: Editora Prumo Ltda.
Rua Júlio Diniz, 56 – 5º andar – São Paulo/SP – CEP: 04547-090
Tel.: (11) 3729-0244 – Fax: (11) 3045-4100
E-mail: contato@editoraprumo.com.br
Site: www.editoraprumo.com.br

Para as três irmãs:
Sarah, Nancy e Rachel

...seu país cativo
gado pelos caminhos vagando
por cinco dias lágrimas encharcando
sofrimento e um longo suspiro
solitário contra um exército
seu próprio sangue uma praga escarlate
respingando nos muitos escudos abalroados
sobre as armas e as mulheres de olhos avermelhados
o campo de batalha cada vez mais vermelho...

extraído de *The Bull Raid on Cuailnge*,
a lenda celta irlandesa

É este o Degenerado?
Teremos cadáveres,
gritos em nossas clausuras,
histórias para contar.

ibidem

Sumário

A ilha de Alba,
território de Cornovidi, 272 a.C.

1

A tríade agourenta

A grande fortaleza de Taurovinda, com suas passagens escarpadas que se erguiam abruptamente da Planície de MaegCatha, o sangrento campo da Batalha do Corvo, permanecia abandonada, queimada e silenciosa. A densa floresta que abraçava a planície havia dominado profundamente a terra abandonada em torno da colina. Abrunheiros retorcidos, roseiras bravas e espinheiros farfalhavam na base das muralhas, escalando-as e se agarrando às altas paredes feitas de barro. As longas torres de vigia, escurecidas pelo fogo, pareciam querer tocar as nuvens. Nada havia atravessado o portal exterior, entretanto, exceto os pássaros, os mortos e aqueles que viviam fora do Tempo.

A mais antiga das Cinco Fortalezas de Alba, abrigo do comandante Urtha, a lúgubre Taurovinda ainda desafiava a terra que provocara a sua podridão. Mantinha-se firme contra a fúria da natureza. E por dias, agora, estivera me chamando. Um sussurro insistente, um rastro audível me chamando, tirando-me do isolamento em meu vale oculto, para além do oeste.

Cruzei a planície através dos pomares eternos, santuários sombrios que se estendiam ao longo de uma curva do misterioso rio Nantosuelta, cujos vaus naquele trecho a fortaleza protegia. Eu tinha consciência, enquanto seguia o traçado do caminho entre os pomares e o portal, de que estava sendo vigiado através das sombras das pedras cinzentas e carvalhos inclinados, que haviam crescido tão rápido quanto o mato desde o abandono da colina. Era começo de primavera, mas a planície e os pomares bem que poderiam estar no começo do verão.

Diques gigantescos e escarpados dominavam a colina, cobertos por uma alta paliçada de carvalho escuro que se erguia fileira após fileira, abarcando um labirinto de caminhos. Cinco portões se abriam ao longo dessa tortuosa entrada entre os bancos de terra: o primeiro era esculpido com caveiras gêmeas de touro; o segundo, com chifres de cervo entrelaçados; o terceiro, com desconfiadas faces de lobos; o quarto, com caveiras humanas sorrindo através de buracos esculpidos em colunas de madeira de olmo; a quinta pendia com os ossos mais compridos de dois cavalos, amarrados em feixes, embrulhados em couro de cavalo e adornados pelas figuras pintadas de vermelho das caveiras dos corcéis favoritos de Urtha. Este era o Portal de Riannon. Os cavalos haviam puxado a carruagem do rei em invasões e carregado seus três filhos por diversão. Ele panteara seu massacre como se estivesse chorando a morte de um irmão.

Era uma longa e sinistra escalada, uma subida feita na sombra e no silêncio. A partir do Portal de Riannon eu podia divisar as casas e os alojamentos que se espalhavam, os celeiros e a caserna. O salão real se estendia diante de mim, alto, telhados íngremes, suas grandes portas de carvalho fechadas. Haviam sido um tanto reparadas após o saque ao forte, e enquanto eu caminhava pelos limites das redondezas, vi as cores e o brilho dos escudos alinhados em sua muralha setentrional, as armas dos ancestrais e campeões. Mas quem haveria empreendido essa reforma?

Caminhei até o portão ocidental, que deparava com um pantanal repleto de salgueiros e uma floresta distante e desordenada. Além dela, havia desfiladeiros rochosos que se lançavam até o limite do próprio Reino das Sombras dos Heróis, a

Terra dos Fantasmas, terreno dos mortos honrados e dos que ainda estavam por nascer.

No centro de Taurovinda, havia um denso pomar de macieiras e arbustos de bagas, um bosque de aveleiras e bétulas cintilantes. Este era o local dos druidas, o local dos poços profundos, tumbas profundas, santuários de pedras e ossos e as efígies dos que eram invocados durante o ciclo do ano.

Exceto pelo vento na folhagem, este local também jazia em silêncio.

Quando os primeiros sons chegaram, foi uma surpresa. Eu esperava ouvir os mesmos chamados sussurrados que haviam me conduzido até a fortaleza, mas agora percebia uma lamúria melancólica, o som da dor, três vozes murmurando com pesar, pensei. Além disso, notei o ranger de caibros, firme e lento. O choro parecia vir da hospedaria real, e eu andei ao longo da parede de escudos partidos até a larga porta dupla de carvalho entalhada e pintada de vermelho.

Agora, as portas se encontravam abertas e eu pude ver que estavam quebradas, as intrincadas faces entalhadas de cavalos e cães espancados, suas cores esmaecendo. Entrei pelo sombrio interior do salão, mas havia luz suficiente entrando pelos estreitos buracos esfumaçados no teto para iluminar a visão sinistra e violenta de três mulheres nuas penduradas pelo pescoço na viga central. Suas mãos estavam atadas, seus corpos esfolados da garganta até as coxas, mas elas mostravam o brilho agudo da vida e da expectativa em seus olhos enquanto me observavam, dada a disposição de sua aparente condição.

Embora tenha ficado nauseado por um momento, já havia visto tais trios muitas vezes antes. Na Grécia, elas eram comumente conhecidas como As Moiras, as deusas do Destino dos deuses e dos homens, e eram muito mais agradáveis aos olhos, realmente belas. No norte eram chamadas de Normas e algumas vezes de Skaldir, mulheres monstruosas e sádicas com apetite voraz pela guerra, por homens e sangue derramado. Nos desfiladeiros cobertos de florestas de minha infância, num passado distante, elas haviam sido Scrayzthuk e vestiam capas feitas com retalhos de couro de cervos, chacais e ursos por sobre seus corpos, que haviam sido cortados até os ossos com facas de sílex. Elas, assim como suas aparições posteriores, eram as organizadoras dos nascimentos, das crises e mortes. Eram más notícias disfarçadas de boas, boa sorte finamente borrada em madeira infestada por vermes.

As três diante de mim agora, comuns nestas terras ocidentais, eram a Tríade Agourenta. Elas podiam ser encontradas normalmente em campos de batalha ou em uma casa real onde um assassinato estivesse para acontecer em breve. Eu tinha ouvido seu chamado por Morrigan. Elas podiam ser belas ou cadavéricas, dependendo de seu capricho. Era demais esperar que elas estivessem aguardando outro que não eu, mas eu as inquiri assim mesmo.

— Vocês estão esperando por Urtha, Rei Supremo de Cornovidi? Ele ainda está voltando da Grécia. Foi gravemente ferido em combate, mas está em boa e amorosa companhia.

— Não ele — sussurrou Mornga, a mais velha da horrorosa tríade.

— Então, estão esperando pelo filho mais velho do rei, Kymom? Ele está escondido na Terra dos Fantasmas com a irmã dele, Munda. Eles ainda são crianças. Sobreviveram à destruição da fortaleza, mas não espero que voltem para casa tão cedo.

— Não ele, não eles — sussurrou a segunda da tríade, Mornbad. A brisa vinda da porta aberta soprou sobre elas gentilmente e o teto rangeu conforme se viraram, mas seus olhares permaneceram fixos em mim.

— Então, é Cunomaglos, o irmão adotivo e melhor amigo de Urtha, o homem que o traiu abandonando Taurovinda, causando a morte de sua esposa e filho mais novo? Urtha o perseguiu até a Grécia e o matou. Eu assisti ao combate inteiro. Cunomaglos não deve retornar para casa de forma nenhuma!

— Não, não aquele cão raivoso infeliz — Skaald, a terceira da tríade, sussurrou. — Ele espreita pelos limites da Terra dos Fantasmas, mas será sempre renegado. — Suas feições enegrecidas estavam cobertas com longos cabelos castanho-avermelhados. Prendiam-se à carne crua em seu peito. Foi essa mesma que continuou no mesmo sussurro fantasmagórico. — Estamos aguardando o homem atemporal que trilha um caminho sem fim. Um homem *encantado*. Um jovem homem que deveria ser velho.

Os olhos gélidos das horrorosas faces estranguladas me encararam. Três corvos se acomodaram sobre as enforcadas, bicando seus ombros levemente.

— Creio que o encontraram — eu disse.

— Sabemos disso. — Foi a resposta, quase divertida. Os corvos pareceram subitamente assustados, mas foi apenas uma rajada de vento atravessando o salão. Skaald sussurrou:

— Três dos que estão retornando são uma ameaça a você. Um quarto já está aqui e se esconde.

Aguardei explicações. Elas esperaram que eu perguntasse mais. Quando formulei a pergunta, Skaald disse:

— O primeiro é um homem que precisa de você e irá usá-lo. Ele irá enfraquecê-lo de forma perigosa.

— O segundo é um homem que foi traído por você, embora você pense o contrário. Ele deseja matá-lo e pode fazê-lo facilmente.

— A terceira é uma embarcação que é mais que uma embarcação. Ela sofre e se preocupa. Está apodrecendo por dentro e o carregará até a sua sepultura.

Os corvos haviam ficado imóveis, observando-me silenciosamente de seus poleiros em carne viva, como se esperando pela minha resposta a essas visões nefastas.

Tive certeza de que sabia a quem esses dois primeiros "agouros" se referiam, mas eu estava intrigado pela referência à embarcação. Devia ser Argo, é claro, o fabuloso veleiro de Jasão no qual havíamos viajado no passado. Mas por que a embarcação representava um perigo para mim? Ela havia acabado de me ajudar a escapar da Grécia e voltar até esta ilha de Alba.

Ela era uma ameaça para mim! *Ela sofre e se preocupa. Ela está apodrecendo por dentro e o carregará até a sua sepultura.*

Não fazia sentido. Argo e eu éramos amigos, ou assim eu pensava. Eu estava claramente deixando algo escapar.

Este era um caso que eu precisava vislumbrar no devido curso, mas ainda não. Custaria demais à minha força abrir tal visão. No momento, eu simplesmente perguntei sobre a quarta chegada, aquela que já estava em Alba, embora eu tivesse certeza da resposta que iria receber. Cada uma delas falou uma vez.

— Olhos Ferozes — murmurou Mornga.

— Sua amiga de infância — sussurrou Mornbad.

— Sua amante — bafejou Skaald, quase rindo. — Aquela que você perdeu. Ela ainda o ama, mas até que você abra sua memória para o tempo há muito passado, quando estavam juntos, não poderá haver mais amor entre vocês.

Minha amiga de infância, a garota de olhos ferozes que havia se tornado minha amante e depois me abandonado quando fomos levados a caminhar pelas veredas do mundo, desenvolvendo nossos poderes de encantamento, esquecendo tudo sobre nossos passados.

Ela terminara em Colchis, estabelecida como a Sacerdotisa do Carneiro, e havia adotado o nome que continuou vivo na lenda.

— Medeia, então. Medeia já está aqui. Agora compreendi. Ela as enviou para me alertar!

— Medeia, sim, entre seus muitos nomes.

— Ela enviou vocês.

— O presente dela para você.

O *presente* dela? Esses violentos e apodrecidos cadáveres? Levou apenas um momento para compreender que o presente era o aviso.

— Seu presente para ela poderia ser tão fácil quanto retomar seu caminho. Vá embora desta terra. Você e Medeia poderão ter outros momentos.

— Onde ela está? Está aqui agora? — perguntei à tríade, mas as três responderam apenas:

— Na Terra dos Fantasmas. Fique longe dela. Ela precisa se proteger do Degenerado, aquele que negocia com a morte.

E com essa declaração final o encontro foi terminado.

Eu não tinha dúvida de que o "degenerado" era Jasão, o homem que havia traído Medeia sete séculos antes, e quem, agora que ambos habitavam a mesma época, procurava apagá-la de sua memória.

Depois de uma intervenção como esta, feita pelas Normas ou Moiras, era considerado educado oferecer um banquete, organizar torneios e promover encontros sexuais desinibidos. O pensamento me arrepiou enquanto eu estava ali parado naquela casa ventosa. Nada em mim se animara em relação àqueles cadáveres apodrecidos, e era um alívio saber que também para elas — sem dúvida, observando a expressão de meu rosto — a ideia não parecia atraente. Suas risadas estranguladas me ridicularizavam. Um pouco depois, os corvos abriram suas asas e pularam em minha direção e me perseguiram pela casa real.

Mas sentei por um longo momento no limite do pomar abandonado, entre as pilhas de pedras sagradas dos poços na colina, pensando no que havia sido dito e, em particular, o que fora falado em relação a Argo. Argo havia sido o meio pelo qual eu chegara até ali, até a brumosa e misteriosa Alba, para me esconder e lamber minhas feridas. Ele já havia sido a embarcação de Jasão, e havia se tornado o túmulo dele; depois, fora a ressurreição de Jasão e sua nova vida. Ele fizera o mesmo por mim, embora de maneira diferente.

Conforme o dia avançava e o céu escurecia, prenunciando uma tempestade, pensei novamente naqueles setecentos anos, buscando uma lembrança, qualquer lembrança que pudesse dar sentido às palavras premonitórias do trio sinistro.

De imediato, me lembrei de um amanhecer na cidade portuária de Iolkos, na Grécia, onde tudo havia começado...

2

O pacto de sangue

Notícias do assassinato circularam de casa em casa, de rua em rua, por toda a cidade, espalhando-se do palácio na colina até os mercados e subúrbios, alcançando a baía, com sua frota silenciosa de navios mercantes e seu cais, onde as gaivotas guinchavam e as redes apodreciam sob o sol causticante.

— Gláucia está morta! A amante de Jasão está morta. Sua esposa traída, Medeia, matou a princesa! Com uma maldição do norte bárbaro. Gláucia queimou até se transformar em cinzas e ossos!

Nove dos argonautas de Jasão haviam ficado em Iolkos depois da busca pelo Velo de Ouro e do desaparecimento de Medeia, sua guardiã. Assim que cada um deles ouviu a notícia, pegou sua armadura e suas armas e percorreu os becos estreitos, procurando pelo homem que havia sido o capitão de Argo, a mais antiga das embarcações, a mais estranha da Terra, e levaram o navio até os confins do mundo.

Um deles, leal, o experiente Tisaminas, conhecendo minhas habilidades, veio antes me procurar. Eu era um dos homens daquele grupo de nove, e era conhecido como Antiokus naquele tempo.

Estivera me preparando para deixar aquela doce e cálida parte do mundo e me aventurar novamente no Caminho. Os sete anos ao lado de Jasão haviam, finalmente, cobrado seu preço, mas eu ficaria triste em deixar aquele aventureiro. Eu simpatizava por sua fome de viver, assim como por suas tendências mercenárias, sempre nos compelindo a seguir em frente, sempre buscando algo novo, procurando espólios e encantos, em todos os sentidos da palavra. Lutávamos pela mesma causa, ele e eu, naquela época, pelo menos. Por outro lado, havia a indolência e a complacência — e conquistar parte do desconhecido, como ele fizera, em geral provoca a incapacitante crença de que se é invencível, atemporal.

O tempo e as consequências da presunção de Jasão começavam a alcançá-lo; mas eu ainda amava aquele homem.

Tisaminas entrou em meu quarto sem se fazer anunciar, em pânico, com o olhar desesperado.

— Gláucia foi assassinada. Por Medeia! E ela levou os garotos para seu palácio. Os filhos de Jasão. Ela pretende matá-los também. Ela pretende destruir tudo que é dela e de Jasão. Até mesmo nós! Armadura e espada, Antiokus. Jasão precisa de nós.

Eu não previra isso. Não que estivesse cego para a crescente agonia e para a fúria da feiticeira da Cólquida desde que o namoro irresponsável de Jasão com a filha do rei se tornara motivo de falatório, ódio e de consideráveis manobras diplomáticas; mas não vislumbrara suas consequências.

Como resposta ao abandono de Jasão, Medeia recolheu-se atrás das inóspitas muralhas de mármore verde e negro de seu palácio, fechando atrás de si os pesados portões de bronze. A fumaça saía dos respiradouros do telhado com força, colorida e muito suspeita. Apenas o som de trompas e címbalos deixava transparecer sua angústia. Porém, durante longos seis meses, ela não fizera nada, a não ser lamentar-se, enquanto os dois filhos que tivera com Jasão — Kinos e Thesokorus — brincavam, inocentes, nos jardins das casas de seu pai e sua mãe.

O assassinato fora um acontecimento chocante. Meio armado e não inteiramente vestido, fui tropeçando atrás do ágil Tisaminas, procurando por Teseu. O herói, um dos argonautas originais, estava visitando seus velhos amigos. Seria imprescindível tê-lo conosco naquela luta. Ele era incrivelmente hábil com a espada, e seria de grande ajuda quando percorrêssemos os corredores labirínticos do palácio de Medeia. Encontramos Anthos e Argastus no mercado de azeitonas. Eles estavam concentrados em vestir suas armaduras, e não tinham muita certeza do que acontecia ao redor. Então, Jasão em pessoa, acompanhado por Anteon, Hefesto e pelos outros, juntou-se a nós. Com os olhos vermelhos e a face tensa, o rosto marcado por lágrimas e os cabelos escorridos, o homem nos liderou colina acima, na direção dos portões esverdeados de cobre que protegiam Medeia.

Ali, ele parou por um momento, seus olhos desesperados avaliando a fachada. Eu conseguia farejar seu medo e seu suor. As sentinelas de Medeia estavam alinhadas próximas a uma parede flamejante de fogo. Traziam com elas lanças longas e escudos forjados com a cabeça de Medusa. Suas máscaras reluzentes feitas com as ossadas de crânios de carneiro, metade claras, metade escuras, como luas crescentes, eram ainda mais sinistras, dada a urgência da situação. Pareciam rir de nós. Dez arqueiros estavam agachados atrás deles. De além do palácio, ouviam-se gritos selvagens e assustadores de mulher, e a incansável e profunda batida ritmada dos tambores de pele de animais.

Jasão agarrou meu braço, tomado por uma raiva súbita:

— Por que você não previu isso? Antiokus! Pelo sangue dos deuses, você tem o poder de ver o próprio Tempo através das eras passadas e futuras! Por que você não previu o que essa feiticeira impiedosa faria?

Será que ele acreditava que eu o havia traído? Eu estivera muito ocupado às voltas com os prazeres da carne e do vinho. Mas ao olhar para ele, naquele momento, me dei conta de que perdera completamente a si mesmo e à sua razão em meio a toda aquela raiva. A cabeça dele parecia que ia explodir de tanto sofrimento e ultraje.

— Eu não estava procurando por sinais! — confessei, constrangido. — Eu deveria estar procurando algo...

Jasão me encarou, depois usou sua faca para limpar as lágrimas secas de seu rosto, afastando o olhar de mim. O desejo e a paixão que ele um dia nutrira por Medeia haviam desaparecido havia anos, quando o filho mais velho deles, Thesokorus, começava a balbuciar suas primeiras palavras. O menino era conhecido como o "Pequeno Toureiro". Já em sua terceira primavera de vida, a criança havia aprendido como manter-se ereta agarrada aos chifres do touro de pedra no pátio do palácio de Jasão e Medeia. Como ele amava aquele menino! E ele amava Kinos também, o "Pequeno Sonhador", cujas visões infantis eram repletas de assombrações, encantamentos memoráveis, entendimentos profundos sobre a natureza das coisas e das pessoas e visões parciais do futuro.

Essa família, com todas as suas habilidades — as inatas e as concedidas pelos deuses —, poderia ter movido céus e terras. Poderia ter alterado a dança das estrelas. Poderia ter mudado o rumo dos acontecimentos — tendo as Normas à mesa de refeições, discutindo condições.

Mas a perseguição de Medeia e seus feitiços mundanos haviam murchado as entranhas daquele homem de coração frio.

Ainda assim, a paixão dele pela virginal, puritana e tola Gláucia parecera improvável e fora de propósito. Ele havia amado aquela mulher, eu estava certo disso, mas ingenuamente, mais pela inocência dela do que pelo desafio que aquele amor representava. Ele estava sofrendo muito, mas pela morte de Gláucia; tudo no que ele conseguia pensar agora era que Medeia tinha aprisionado seus garotos.

E os filhos eram importantes para ele.

— Ela não irá matá-los — ele murmurou, enquanto as labaredas crepitavam e os guardas insolentes permaneciam à nossa frente nos encarando, esperando que fizéssemos menção de atacar. — Ela não faria isso, não é? Ela não ousaria! Pelo coração de Hera, Antiokus! Eles são frutos do ventre dela! Ela não ousaria erguer uma lâmina contra eles...

Tisaminas parecia ávido para entrar logo em combate. Ele bateu com sua espada três vezes contra o escudo, depois mais uma vez na coxa direita, deliberadamente esfolando sua pele.

— Não podemos perder um instante sequer, Jasão! Não podemos pensar muito antes de atacar esses imbecis de elmo de carneiro!

— Eu sei! Eu *sei* disso tudo! — Jasão respondeu, gritando. — Tirem os meninos dela! Não poupem nada e nem ninguém até que vocês tenham os meninos em seus braços. Retalhem aquela feiticeira se for preciso, mas livrem as crianças de suas garras imundas!

Ele me encarou novamente, e eu pude ver que seus olhos cheios de dor estavam úmidos e injetados, como os olhos de um velho.

— Ela fará isso? Ela os matará?

— Ela é mais velha do que você pensa — eu disse a ele. — O coração dela é feito de matéria diferente do seu. O sangue dela tem um tom de vermelho diferente daquele que percorre suas veias, Jasão. A canção que ela usa para invocar feitiços traz consigo sombras vindas das profundezas do solo que você pisa.

— Bem, eu sei de tudo isso. Descobri durante as noites, depois que a trouxe de volta do santuário dela em Cólquida.

— Ah, Zeus, todo-poderoso, impeça-a — ele então sussurrou. — Hera protetora, cegue aquela cobra de olhos ferozes. Arranque meu braço esquerdo se for preciso, mas mate aquela mulher antes que ela machuque meus filhos...

Com este último lamento, ele desembainhou sua espada, bateu com ela em seu escudo cinco vezes, urrando de ódio, e liderou o ataque aos guardas mascarados.

Ele abriu nosso caminho furiosamente, em direção ao palácio. Argastus foi atingido na garganta por uma flecha que o matou instantaneamente, mas seu espírito cinzento abandonou seu corpo com um lamento verdadeiro, envolvendo seu assassino, cegando o homem da Cólquida. Em um instante, eu já havia alcançado o arqueiro. Atônitos com aquela intervenção espiritual, os arqueiros foram rapidamente mortos por nossas espadas, apesar de Teseu ter tombado, ferido. Aqueles homens eram nosso principal obstáculo, e Jasão deixou Anteon e Hefesto para terminar a tarefa nos jardins, e liderou Tisaminas, os outros e eu para dentro das muralhas que Medeia fizera brotar do solo.

Ela estava, então, por detrás do fogo, zombando de seu marido com terríveis feitiços e risadas. Ela era uma aparição assustadora e sinistra, em uma veste negra que produzia sons aterrorizantes com as folhas de metal e os amuletos feitos de ossos e lâminas de âmbar polido que trazia pendurados. Apenas seus olhos eram visíveis entre o véu negro que cobria seu rosto e a borda do manto dourado que trazia em sua cabeça.

De repente, uma esfera de fogo foi atirada em nossa direção, lançando chamas enquanto se consumia. As flores carbonizadas nos cabelos ainda eram reconhecíveis. Jasão gritou e protegeu seu rosto com o escudo, como se pudesse negar a existência daquele abominável troféu. Então, ele saltou sobre a parede de fogo da Cólquida e começou a perseguir a mulher cujos gritos e risadas pareciam guinchos.

Tisaminas estava pálido de medo quando nós também nos lançamos à perseguição. Abrimos caminho pelas entranhas do palácio e corremos por seus corredores de mármore verde, que ecoavam. De repente, Medeia estava correndo bem à nossa frente, e trazia Kinos e Thesokorus pela mão. Os meninos riam enquanto corriam, mas não eram risadas normais. Eles agiam como se aquilo tudo fosse um jogo, mas pareciam confusos e nervosos.

Valendo-se de truques e nos confundindo, Medeia nos levou para onde queria, como se fôssemos carneiros indo para o abate.

Ela havia fugido para o Santuário do Touro, e não para seu próprio Santuário do Carneiro; nós só percebemos nosso engano ao chegarmos, liderados por Jasão, ao portão de barras de bronze, fechado e trancado pela mulher desesperada.

Atrás de nós, do outro lado da passagem estreita, uma laje de pedra caiu, prendendo-nos em uma armadilha. À nossa frente, havia a enorme efígie do touro, diante da qual Medeia se colocou triunfante. A efígie abriu-se ao meio, revelando ser uma passagem. Lá, do lado de fora, estava a estrada para o norte. Uma carruagem e seis cavaleiros esperavam, os animais impacientes e assustados, enquanto os cavaleiros lutavam para controlá-los. Reconheci o condutor da carruagem, mesmo vestindo uma armadura. Era Cretantes, conterrâneo de Medeia, seu confidente e conselheiro.

Os meninos contorciam-se nos braços que os prendiam. Talvez tivessem subitamente se conscientizado de que aquilo, afinal, não era um jogo e que nos braços da mãe eles teriam que enfrentar um destino ainda pior do que nos braços do pai, apesar de a mãe ter-lhes advertido contra Jasão.

Jasão se arremessou contra as barras do portão do santuário, implorando à mulher coberta de negro que libertasse os meninos.

— Tarde demais. Tarde demais! — ela gritou por trás do véu preto. — Meu sangue não pode salvá-los da desolação do *seu* sangue. Você traiu aqueles a quem amava, Jasão. Você nos traiu brutalmente com aquela mulher.

— Você a queimou viva!

— Sim. E agora você congelará na eternidade! Na *escuridão*! Nem mesmo seu coração e o coração dos argonautas serão carne suficiente para aplacar o festim negro de desespero que os espera. Você não mudará em nada, Jasão. Nada pode mudá-lo. Você é um degenerado, Jasão. Você traz a morte consigo. Se eu pudesse tirar da carne dos meninos o que há de seu, e ainda assim deixá-los viver, faria isso. Mas eu não posso. Então, diga adeus aos seus filhos!

Jasão urrou como um animal ferido. Ele gritou:

— Antiokus! Use sua mágica!

— Não posso! — gritei. — Ela não está comigo! Achamo-nos em um túmulo, Jasão. Meus poderes estão paralisados.

Ele não tinha tempo para observar minha confusão, nem para ouvir minhas desculpas. Jogou sua espada na direção da mulher, mas ela passou longe, a lâmina encravando-se no falo do touro sagrado.

E, naquele momento, Medeia executou seu plano terrível, movendo-se tão rapidamente que eu vi apenas o reflexo brilhante da luz na lâmina com a qual ela cortou a garganta dos gêmeos. Ela se virou de costas para nós, cobrindo os corpos dos filhos com suas vestes, curvada sobre eles, enquanto Jasão urrava de novo. Ela embrulhou e amarrou as cabeças nas tiras de seu véu, jogando-as para Cretantes, que as colocou em sacos que trazia amarrados na cintura. Então, Medeia arrastou os corpos na direção dos cavalos. Eles foram colocados na carruagem e cobertos com mantas.

Um momento depois, o bando havia ido embora, deixando no santuário um redemoinho de pó, o cheiro e a visão de sangue inocente derramado e duas Fúrias cruéis insultando os argonautas presos no covil de Medeia.

Jasão caiu de joelhos, os dedos ainda presos nas barras do portão. Ele havia se debatido inconsciente contra as barras do tempo; seus olhos e seu rosto estavam esfolados, sua boca em carne viva. Um de seus camaradas empurrava a porta de pedra atrás de nós, tentando encontrar uma alavanca que nos livrasse daquela armadilha. Eu me sentia inútil: toda a minha mágica havia sido drenada de meu corpo no instante em que entrei naquele palácio, e essa impotência me deixava atônito e confuso. Então, entendi que isso havia acontecido porque Medeia usara seus próprios feitiços para me entorpecer, para que eu nada pudesse fazer no momento das mortes.

Agora eu sentia aquele formigamento familiar em minha pele novamente; meus poderes estavam voltando. Vi como a porta poderia ser aberta e a fiz abrir-se. Arrastamos o corpo de Jasão para fora, através do fogo, para o ar fresco.

Nenhum guarda pareceu ter sobrevivido ao massacre. Alguém foi procurar por cavalos.

Tisaminas agachou-se ao meu lado e ergueu a cabeça ferida de Jasão, limpando o sangue de sua testa. Jasão abriu os olhos e depois estendeu o braço para me agarrar pelo ombro.

— Antiokus...? — ele sussurrou. — Por que você não a impediu? Há mais mágica que *sangue* correndo por suas veias! — ele sussurrou.

— Eu o alertei de que ela era mais poderosa que eu. Eu tentei, Jasão. Com todo o meu coração, eu tentei.

Meus poderes haviam sido obliterados. Medeia tinha jogado um feitiço em mim, bloqueando a minha visão interior e minha capacidade de fazer mágica. Eu não podia compreender como ela conseguira fazer aquilo. Demoraria centenas de anos até que eu obtivesse essa resposta.

O olhar de Jasão foi duro, mas ele entendeu meus argumentos.

— Eu sei que você tentou. Tenho certeza disso. Você tem sido um bom amigo. Sei que você tentou — ele gemeu quando tentou se mover. — Vamos, ajudem-me a levantar! Tisaminas, ajude-me. E mande vir os cavalos! Temos de seguir...

— Os cavalos estão a caminho — disse a ele.

— Ela vai fugir para o norte, Antiokus. Sei como ela pensa. Ela vai seguir pela costa até a baía escondida atrás das pedras da lamentação. Nós podemos alcançá-la!

— É certo que podemos tentar — respondi, apesar de saber, no íntimo, que Medeia tinha escapado para sempre. Ela sempre superava Jasão.

Eu não estava mais em Iolkos naquele último e fatídico dia, quando o mastro da apodrecida nau Argo caiu, quebrando o crânio do homem que também se deteriorava deitado na embarcação, envelhecendo e esbravejando contra Medeia. Hera me encontrou, assim como havia encontrado todos os argonautas. Eu estava percorrendo o Caminho ao redor do mundo, embrenhado demais nas distantes neves do norte. Mas os outros voltaram e cerraram fileiras no promontório acima do porto. Eles fizeram fogueiras em torno do lugar em despedida, enquanto o barco orgulhoso graciosamente navegava sob a lua, através do Tempo. Até mesmo a sombra do infeliz Orfeu recebera permissão de comparecer à despedida e estava presente nesse último adeus. Mesmo Hércules, sombrio e apreensivo, arrancado de suas aventuras frenéticas pela deusa astuta, acenava sua tocha melancolicamente do alto dos rochedos, enquanto a embarcação passava abaixo.

Como se estivesse me perseguindo, foi para as Terras do Norte que Argo trouxe o herói. Ele afundou nas profundezas do lago perto de Tuonela, na terra lúgubre chamada Puhjola. Eu sempre soube que ele estava enterrado lá. Eu frequentemente passava por ali, detendo-me por um tempo, tentando não ouvir os gritos da sombra de Jasão, ainda lamentando a perda de seus filhos.

Tudo isso mudaria no dia em que descobri a engenhosa trama que Medeia encenara para nós.

Parte um

Obstáculos e um longo suspiro

3

Velhos fantasmas

Metade da manhã, estive relembrando o passado distante, perdido em meus sonhos, andando por horas a fio enquanto percorria os limites daquele forte abandonado. Minhas recordações foram abruptamente interrompidas por uma chuva de granizo, que cobriu a relva dentro dos limites da muralha. A precipitação parecia atravessar o Portal de Riannon, trazendo o frio com ela. Uma figura se movia embaixo da chuva, intangível, a silhueta revelada através do véu de água, um homem levando um cavalo pelas rédeas, seguido de perto por outros, todos eles parecendo cautelosos ao entrar no terreno protegido pelos muros. Também pareciam nervosos.

De repente, o líder começou a correr como se fosse passar direto pelo lugar onde eu estava agachado, sob o abrigo precário de uma casa em ruínas. Seus homens vinham em seu encalço, os cavalos lutando para atravessar o aguaceiro. Eu podia ver os baluartes da muralha atrás deles, lá do outro lado; eram como fantasmas da chuva, protegidos por suas capas, com túnicas sobre calças que iam até os joelhos. Seus cavalos eram grandes e usavam arreios sofisticados.

O líder parou subitamente, olhou na minha direção e depois veio até mim, sua silhueta ensopada ganhando formas mais humanas. Atrás dele, seus seguidores montaram nos cavalos e deixaram-se estar, empoleirados em suas selas, assistindo ao encontro.

Havia algo familiar naquele homem, o suficiente para fazer os pelos de minha nuca arrepiarem. Os olhos dele, sua postura: tudo me remetia a Urtha, Rei Supremo de Cornovidi e dono por direito daquele lugar abandonado. Mas várias pessoas me lembravam Urtha: a aparência peculiar daquela família tão grande podia me surpreender atrás das paredes de cada fortaleza.

— Você é o feiticeiro? O velho que anda em círculos falando sozinho? — ele riu ao dizer isso.

— Percorro um caminho circular ao redor do mundo. Cada ciclo se completa em cinquenta anos, às vezes mais. Falo sozinho porque gosto do que tenho a dizer.

— Que tipo de loucura acomete um homem para fazer uma coisa dessas? Andar a esmo, vagar.

— A loucura do meu nascimento. A missão que me foi designada quando nasci.

— Quais foram suas conquistas?

— Conquistas? Um entendimento maior de coisas que normalmente são confusas, mais lembranças do que eu consigo lidar, uma quantidade maior de habilidades do que eu consigo praticar, mas muita experiência em toda sorte de práticas que podem erguer impérios.

— Um homem como você me poderia ser útil — disse o fantasma, interessado, sorrindo enquanto coçava a barba. Depois, examinou meu rosto com mais atenção. — Imaginava encontrar alguém mais velho, mas você não é mais velho que eu.

— As aparências podem enganar.

— Sim, podem. Isso é algo que elas podem mesmo fazer. E enganos podem ser mais letais que o fio das espadas. E me lembrarei de seu rosto; lembre-se do meu. E agora, vá para o rio.

Rápido. Alguém o está seguindo há dias. Você se move rapidamente e por caminhos misteriosos. Sua ajuda é necessária.

Ele pareceu subitamente apreensivo. Uma trompa soou em algum lugar ao longe, um som assustador, uma advertência. O corcel etéreo do homem puxou as rédeas, seus companheiros olhavam ansiosamente para o portão ocidental, na retaguarda da fortaleza.

— Saia daqui agora — ele me disse, virando-se. — No rio, na altura do antigo santuário, espere por ela.

Ele voltou para a chuva, um vulto cintilante, definido pela água.

— Quem é você? — gritei para ele, mas ele não me ouviu, ou preferiu não responder. Olhei-o de relance e senti um estremecimento de choque em meus ossos, um reconhecimento da centelha difusa e indefinida dos Não Nascidos.

Corri até o Portal de Riannon, o portão dos cavalos, e comecei a descer a trilha. Ouvia o som de galopes ao longe, atrás de mim — um grupo de ataque surgindo repentinamente em Taurovinda, vindo da Terra das Sombras dos Heróis.

O velho santuário no rio era dedicado a Nantosuelta, "A Sinuosa", o espírito de nascentes e riachos, poços e rios como esse, cujas correntezas fluíam com vigor em torno de Taurovinda e que recebia o nome do espírito.

Esse rio era muito mais do que sua aparência revelava; margeado por salgueiros, com corredeiras volumosas e águas agitadas ao longo da margem, ele poderia ser um dos vários rios que cobriam a ilha. Mas Nantosuelta fluía desde a Terra dos Fantasmas e da Terra das Sombras dos Heróis. Esse rio dividia Cornovidi, a oeste do Outro Mundo, a terra onde viviam os ancestrais da gente dessa terra; e seu curso sinuoso também separava os paríseos, os durotriges e os seutones de seus próprios Outros Mundos. Navegar no rio Nantosuelta era navegar na fronteira com o Mundo dos Mortos. Na fortaleza de Urtha, em Taurovinda, havia cinco vaus, pontos onde o rio se tornava mais raso e era possível atravessá-lo a pé, ainda que de forma arriscada; e cinco vales profundos que levavam para o oeste, para além dos pântanos, direto para a Terra dos Fantasmas.

O santuário ficava escondido em meio a árvores secas, mirradas e retorcidas, que se assemelhavam a espíritos petrificados das rochas e monumentos de antigos templos. Havia seixos desgastados e pilhas abandonadas de pedras; no lugar reinava certo caos, mas, ainda assim, eu podia sentir ali uma presença, a sensação de que algo me espreitava, o que me fez crer que o santuário ainda pulsava com vida. A chuva não havia diminuído. Eu me dirigi até a margem do rio e, por entre a vegetação densa, procurei pela mulher que esperava por mim, como me dissera a aparição, o fantasma da chuva.

Quando ela finalmente apareceu, não vinha só.

— O que, em nome dos filhos bastardos de Llud, você fez com meu genro sacana?

A voz que me desafiava, vinda do pequeno bosque, era profunda, raivosa, retumbante e muito familiar.

— Ambaros!

— Merlin! O miserável está morto? Ele está vindo para casa? Por que minha filha — que o Bom Deus conceda a ela o descanso quando for hora —, por que ela se uniu a um homem cujos sonhos o afastam de seus deveres?

— Seu genro participou de um combate famoso e importante.

— Espero que ele tenha guardado a cabeça de um inimigo para provar isso.

— Uma cabeça bem ungida. E recebeu um ferimento de recordação também.

— Fatal?

— Mantenha seus olhos voltados para o leste. Se ele aparecer, terá sua resposta. Ele lutou bem, Ambaros, e vingou sua filha.

— Fico feliz em ouvir isso.

Ele então parou na minha frente, deixou seu escudo e sua lança de lado, tirando o capuz. Já idoso e com cabelos brancos, mas com olhos afiados como pontas de lança, esse grande guerreiro, esse homem de Taurovinda, pai de Aylamunda, falecida esposa de Urtha, abraçou-me como um filho há muito perdido.

Quando o alívio dele já havia sido devidamente demonstrado (por tal gesto, ficou claro que ele estava aliviado em me encontrar), deu um passo para trás, avaliando-me de alto a baixo, então sacudiu a cabeça.

— Horroroso. Revoltante. Um cão tem vestes melhores que as suas. Você tem estado afastado do convívio humano tempo demais. A quarenta dias de viagem a pé daqui, há lobinhos com apenas uma semana de vida, cegos e indefesos, que conseguem farejar seu cheiro e que imploraram para suas mamães para deixá-los caçarem você.

— Obrigado. Você está terrivelmente velho.

— A idade tem menos que ver com meu estado que a água. De qualquer maneira, não há como ficar mais velho do que estou. É impossível tornar o branco ainda mais branco. Eu só posso me tornar cada vez mais forte. Quando o inexorável me alcançar, a coisa toda só durará um instante. Cantarei alto, enquanto minha cabeça rola no chão. Não me importo, desde que seja um corte limpo. Eu me importo, sim, é com esta terra e com aquela fortaleza onde os mortos se juntam para nos expulsar mais uma vez... E me importo com meus netos. É por isso que estou aqui.

— Kymon e Munda?

— São os únicos netos que tenho, Merlin, a não ser que os espíritos de meus três filhos mortos tenham fornicado no mundo dos vivos! Sim. Kymon e Munda. Eu mesmo não consigo entender o que está acontecendo, mas uma das guardiãs deles está aqui. Uma das *modronae*. As Mães. Ela está morrendo. Por isso, não devemos perder tempo.

Ele me levou até um abrigo de pedras. Uma mulher com um vestido negro e o cabelo escuro cheio de mechas brancas estava deitada ali, tremendo, e Ambaros colocara uma coberta sobre ela. O rosto dela estava tão encovado que parecia um cadáver. Eu conseguia ouvir o eco vazio de seu estômago, o pulsar débil de seu coração, o chamamento do corvo, que pedia por ela.

— Ela está muito doente — Ambaros disse, enquanto se ajoelhava ao lado dela. Ele tomou-lhe a mão e a massageou, como se o ato de tocá-la pudesse de alguma forma estimular a vida a voltar a correr em seu corpo, que perdia mais e mais força a cada bater de asas dos grous.

O que eu poderia fazer por ela? Conhecendo Ambaros como conhecia, sabendo de suas habilidades em combate, da força em seu coração e de sua dedicação à família, toquei aquela Mãe que morria com pouco da força que ela ainda tinha. Ao fazer isso, entendi que ela pertencia à Terra dos Fantasmas, não ao mundo de Urtha. Ela havia cruzado a linha que dividia tais mundos — o rio Nantosuelta —, e por isso nunca mais poderia retornar.

— Eu me lembro de você — ela sussurrou, e depois esticou a mão para tocar meu rosto barbado. — Você é o homem que trouxe o pai deles para vê-los. Você é amigo do pai deles.

Ela já devia saber disso, caso contrário, por que deixar o lugar que a mantinha viva, perseguindo-me até o reino que poderia matá-la?

— Eu trouxe Urtha para ver as crianças, sim. Ele e eu havíamos viajado juntos para a Grécia. Ele vingou a morte de Aylamunda e de seu filho, Urien.

— Fico feliz por isso — a *modron* sussurrou.

Ambaros também parecia satisfeito com essa informação e balançava a cabeça afirmativamente, de forma quase imperceptível, embora a expressão de seu rosto não demonstrasse claramente sua alegria pelo triunfo do genro.

A Mãe ergueu as mãos, com as palmas voltadas para mim, e disse:

— Por algum tempo, eles estiveram protegidos na fronteira entre o rio e a terra das sombras. Mas eles não estão mais a salvo. O Degenerado, aquele que negocia com a morte, encontra-se cada vez mais perto deles. Ele está procurando pelos filhos de Urtha. Ele tem fome deles.

— Merlin! Há uma tempestade na Terra dos Fantasmas que ninguém consegue entender! Algo terrível está acontecendo. Nada parece certo naquele lugar estranho. Os filhos de Urtha são, ao mesmo tempo, a chave e a cura. Você tem ossos velhos e antigos encantamentos; minha irmã pôde enxergar isso quando você veio ao nosso encontro com o pai deles, antes de ele seguir viagem para a Grécia. Você pode levá-los de um paraíso perdido para a segurança. Depressa. Depressa!

De repente, ela pressionou seus lábios contra os meus. Eu senti a dádiva em sua língua. O brilho súbito da morte surgiu em seus olhos. Seus dedos se cravaram em meu capote malcheiroso de couro de ovelha.

— Deixe-me aqui — disse ela. — Eu mesma cuidarei da minha viagem de volta. — E então, o fogo se apagou naqueles olhos que já haviam visto maravilhas. Seu corpo frio e sem vida curvado em meus braços, pele e ossos contentes em dizer adeus ao espírito que manteve essa frágil boneca inteira durante a jornada que fez para me encontrar.

Eu a beijei com gentileza, dessa vez acima dos olhos. Fechei seus olhos e a deitei com cuidado.

Ambaros perguntou:

— Ela morreu?

— Sim, morreu. Mas devo dizer que agora percebo que ela já estava morta.

— Então, vamos em frente. Você consegue tirar aquelas crianças da Terra dos Fantasmas?

— Você vai me ajudar?

Ele sorriu de maneira hostil. A pergunta o aborrecera.

Eu fiquei constrangido.

— Consiga-me um cavalo — eu disse.

— Você que encontre seu próprio cavalo. Você acha que cavalos crescem em árvores? Ajude-me a enterrar esta mulher. Ela disse para deixá-la aqui.

— Isso é algo que deve ser feito sob uma das pilhas de pedras. Os ocupantes atuais não farão objeções. E se fizerem, que me procurem com suas reclamações na Terra dos Fantasmas!

Esse era exatamente o tipo de resposta que me fazia admirar aquele homem. Por um lado, eu invejava profundamente Ambaros: ele era objetivo. Não tinha paciência para devaneios. Por outro lado, eu não o invejava de jeito nenhum: ele estava velho, cansado, com o coração fraco, suas pernas e braços não serviam mais para grande coisa e sua visão estreita de mundo era exaustivamente complexa (ele não estava sozinho nisso, é claro; ele não trilhara o caminho que eu trilhei). E, ainda assim, ele conseguia entender pequenos problemas. Por toda a minha jornada por um mundo maior, tudo que pude fazer foi colecionar lembranças; as visões, era o que me parecia, vinham até mim quando eu me concentrava no que era mais cotidiano e próximo.

Ambaros, pai de Urtha, mentor de Urtha, flagelo e desafio de Urtha, a voz dos pesadelos de Urtha, era capaz de enxergar estratégias que faziam sentido, murmurar palavras que faziam sentido, compreender situações em que o sentido parecia nos escapar à compreensão... mas em um estreito espectro.

Eu, com minha visão mais ampla do mundo, tinha uma percepção menor de mundo do que Ambaros. Eu me sentia arrastado por ele, pela necessidade que agora o movia — tirar Kymon e Munda da Terra dos Fantasmas — em uma intensidade que eu pouco vivenciara em minha vida.

Oh, sim: Jasão.

Bem, é verdade; quando meu caminho cruzara com o do jovem Jasão, enquanto ele reconstruía Argo, antes da busca pelo Velo de Ouro e por Medeia, minha amante esquecida, sim, eu havia sentido um aumento das visões; minha vida se enriquecera; eu havia aprendido algumas lições. Céus, eu me encantei por Jasão. Isso eu não posso negar. Mas um homem como Jasão é algo muito raro. É mais uma honra do que uma desonra despender ou gastar tempo com um homem como aquele. Na verdade, honra não é a palavra correta. A palavra correta é privilégio. Poucos homens, poucas mulheres surgem do caldo insosso da mediocridade humana para o sabor de uma vida que jamais poderá ser esquecida.

Jasão fez isso. E se Urtha tivesse se aproximado, de alguma forma eu sentia, mesmo naquele momento, que havia nele a semente de algo maior.

Ambaros seria esquecido, Urtha também, eu esperava. Mas eles eram duas rajadas de vento selvagem que um dia criariam uma grande tempestade de lembrança, como as tempestades que haviam criado Alexandre, Radegast, Ramsés, Diana, Agamenon, Ulisses. Todos eles significaram muito mais que um simples suspiro no vento do tempo.

Depois que enterramos a Mãe em sua cova rasa, fui até a beira do rio e chamei pela pequena barca que havia me levado de volta para Alba. Ela era um eco do espírito de Argo, uma sombra do passado de Argo, emprestada a mim pela embarcação e suas deusas guardiãs para me ajudar a escapar da Grécia.

Ela deslizou do esconderijo entre as folhas encurvadas de salgueiro na outra margem do rio Nantosuelta e embicou pelos bosques, na direção da superfície. Ambaros estava abismado, mas quieto, atrás de mim, com as mãos distraidamente alisando a barba.

O pequeno barco estava cheio de peles e peças de lã, a proa pintada de amarelo e esculpida com a figura de um cisne. Os entalhes roxos que ornavam seu casco como um friso sugeriam que a embarcação viera de uma ilha conhecida como Creta, de um tempo anterior à súbita inundação daquela terra e ao desaparecimento de seu povo, aproximadamente mil anos antes. Ela era apenas uma parte do Espírito de Argo, suficiente para ter me trazido aqui por rios, córregos e por debaixo do mundo para evitar a travessia no mar.

Naquele momento, ofereci-lhe a possibilidade de me deixar, para se reunir a Argo.

— Eu ficarei — sua voz sutil sussurrou em minha cabeça.

Eu agradeci.

Ambaros e eu nos deslocaríamos para os limites da Terra dos Fantasmas. Ela me encontraria lá? Eu ainda poderia precisar de sua ajuda.

Ela concordou.

Então, Ambaros e eu deixamos a beira do rio e os arbustos e nos afastamos de Taurovinda, para o oeste, em direção aos desfiladeiros e ao Vau do Último Adeus, onde os Mortos atravessaram seu caminho para o Outro Mundo.

Eu esperava que ele me pedisse maiores informações sobre seu genro, mas ele foi discreto, como era o costume, explicando:

— Notícias para um rei, trazidas em sua ausência, devem ser dadas primeiro ao filho mais velho deste rei. É como são as coisas aqui. Se não há filho, as notícias devem, então, ser dadas a sua esposa; se não houver esposa, aí então para seus pais. — Ele hesitou por um momento e me fitou enquanto cavalgávamos lado a lado.

— Mas eu realmente precisava saber se Urtha sobreviveu à sua busca. Eu quebrei a tradição.

— Como eu disse, ele sobreviveu, foi vitorioso, apesar de ter sofrido um ferimento sério. Está vindo para casa lenta e cuidadosamente.

Ambaros ergueu sua mão.

— E, como eu disse, é o suficiente para deixar meu coração em paz. Obrigado. O restante deve ser guardado para dizer a Kymon, se você encontrá-lo, e depois disso, eu ouvirei a história completa. Mas e o que foi feito de Jasão? O seu amigo grego ressuscitado que procurava pelos filhos crescidos perdidos no tempo. Ele também obteve sucesso?

Trocamos olhares e ele sorriu quando notou meu olhar de interrogação. Como ele sabia a respeito da nova chance de vida que fora dada a Jasão? Bem, era óbvio.

— Urtha me contou o que você fez por Jasão na última vez em que esteve aqui. Ele me contou a respeito de como você trouxe aquele barco à superfície com o corpo dele ainda a bordo. E sobre os filhos de Jasão ainda estarem vivos depois de setecentos anos, depois de sua mãe conjurar Cronos e escondê-los no futuro.

Ele deu um sorriso largo e balançou a cabeça.

— Merlin, contei muitas histórias e uma porção de sagas no meu tempo. Eu me vangloriei para os melhores homens em Beltane e nos festivais de inverno, e muitas vezes me gabei de meus feitos por toda a noite. Mas essa história me tira o fôlego.

Tirara meu fôlego também, quando eu finalmente invocara uma imagem do que havia realmente ocorrido no palácio em Iolkos, sete séculos atrás.

Um corte na garganta de cada menino, o sangue minando enquanto eles recebiam uma droga poderosa. Os garotos desfaleceram em segundos. O sangue de porco entorpeceu nossos sentidos de tal maneira que ele pareceu mesmo jorrar do pescoço das crianças. Então, Medeia colocou-se sobre seus corpos e puxou de dentro de suas vestes cabeças feitas de cera e crina de cavalo, embrulhando-as em tiras feitas com seu véu. Ela as jogou para Cretantes e, depois, reunindo forças, arrastou seus filhos adormecidos até os cavalos, deixando-nos apenas com a visão de suas pernas que se afastavam.

Tão rápido, tão hábil, tão persuasivo! Uma brilhante artimanha, que me impressionou. Ela fugiu para o exílio e apesar de Jasão ter buscado de costa a costa, de montanha a ilha, ele não encontrou nenhum traço deles, e terminou seus dias como um homem triste e furioso.

Em seguida, foi espantoso o que ela fez. Esta foi uma demonstração de seu poder que eu nunca ousaria invocar.

Quando tudo terminou, ela sentou-se para esperar o tempo passar...

— Ele encontrou os filhos?

— Encontrou um deles — respondi. — O mais velho, na Grécia, em uma região afastada, perto de um antigo oráculo. O jovem cavalheiro recebeu o nome Orgetorix.

Ambaros assobiou, surpreso.

— *Rei dos assassinos?* É um nome forte. E ele fez jus ao nome?

— Até onde sei, sim, e muito.

Ele acenou com a cabeça e sorriu.

— Eu fico feliz. Então, Jasão teve um de seus garotos de volta.

— É aí que está a tragédia. Orgetorix tinha tanto ódio no coração, insuflado por sua mãe, que rejeitou Jasão e tentou matá-lo. Eu assisti a tudo. Jasão ficou chocado e perturbado. Ele me acusou de traí-lo porque eu não havia lhe dito tudo sobre seu filho.

Eu ainda estremecia ao pensar na expressão dos olhos de Jasão como se ele se curvasse, com feridas abertas e ensanguentado, o olhar de desprezo para mim, o olhar vingativo; e as palavras que murmurou, como se lutasse para repelir a morte: *Tema a madrugada em que acordar e me vir sorrindo para você! Tema essa madrugada.*

E ele teria então me seguido para Alba, o lugar onde Medeia escondera seu filho mais novo, Kinos, conhecido como o Pequeno Sonhador.

Quando contei isso a Ambaros, ele sorriu.

— Bem, essa busca será uma grande empreitada. Você pode até chamar essa terra de ilha, mas é uma terra vasta. Não há somente os Cinco Reinos. Uma infinidade de pequenos reinos se situa ao norte de nós, e tantos quantos ao sul e a oeste, além da Terra dos Fantasmas. E são todos um emaranhado de pântanos, florestas, montanhas, vales e planícies pedregosas. Mesmo os lendários gigantes, os Lordes de Gog e Mangog, tão altos quanto árvores, poderiam se esconder e nunca serem encontrados.

— Pequeno Sonhador deve ter deixado rastros — assegurei.

O olhar que Ambaros me dirigiu foi estranho, embora ele tivesse um meio sorriso nos lábios.

— Eu estou pasmo com você — ele disse mais tarde, quando paramos à noite, para descansar em uma gruta, protegidos pelos galhos caídos de um olmo, no qual amarramos nossos mantos para nos proteger do vento.

— Impressionado! E eu me sinto à vontade com você, nem um pouco temeroso do que você pode fazer com apenas um estalar de dedos. Talvez seja porque você pareça ainda mais novo que meu próprio filho.

— Ele está exausto por causa do combate. O meu cansaço é só por causa da viagem.

— Mas quando você viajou, coisas começaram a acontecer. É como se aquela guardiã do exílio estivesse esperando por você. Como ela soube que você chegou aqui? Como ela soube exatamente quando você passaria pelo rio, pelo Vau do Último Adeus? Ela tentou segui-lo certa vez, mas você se escondeu. Desde então, ela esteve procurando-o; finalmente, quando me encontrou acampado no desfiladeiro, eu a trouxe a Tarovinda. No momento exato em que você também chegava aqui! Alguém está atando nossas vidas juntas, eu creio.

Contei a ele, então, sobre a Tríade de Deusas do Destino.

— Mais um acontecimento estranho: elas nunca aparecem, exceto para governantes e seus consortes. Às vezes, para um campeão do rei.

E contei sobre o pequeno grupo de cavaleiros-fantasmas, cujo líder havia me relatado sobre a presença de Ambaros no bosque.

— Sim, creio que nós estávamos sendo seguidos. Havia um grande grupo de guerreiros também, do tipo que nos expulsou da fortaleza pela segunda vez. Algo está sendo agitado, provocado por sua causa, Merlin. Algo está ameaçando a vida dos exilados.

Duvidei profundamente de que qualquer coisa que estivesse atravessando a correnteza viva do rio Nantosuelta tivesse algo que ver comigo e disse isso a ele.

Haveria respostas para isso tudo algum dia, mas naquele momento eu estava tão cego para essas questões quanto Ambaros.

4

Exilados na Terra dos Fantasmas

Esperei no Vau do Último Adeus durante um dia inteiro, acompanhado de Ambaros e de seu pequeno grupo de guerreiros, que aderiram à nossa causa à medida que nos deslocávamos pelo campo dos exilados, o vale profundo onde os sobreviventes de Taurovinda haviam se escondido depois do ataque que sofreram.

Percebi alguma perturbação vinda do outro lado, alguém agitado e efêmero, hesitante e ilusório. Mas assim que Ambaros e seus homens se retiraram, a figura, usando capa e com o rosto escondido pelo capuz, finalmente tomou coragem e saiu apressada de onde estava escondida, em meio às árvores, indo em direção às pedras que ficam na pequena enseada na volta do rio — difícil enxergá-la do outro lado da correnteza acelerada do rio Nantosuelta —, o curso d'água que separava dois mundos. Um véu de névoa pairava exatamente sobre a fronteira entre os dois reinos. Mas eu percebi como seu manto, ao ondular-se, refletia as cores em volta dela, permitindo que ela se confundisse com o ambiente. Ela ficou cinzenta quando parou junto a um afloramento de pedras cinzentas e desgastadas, depois verde e negra quando se posicionou contra as árvores longínquas e depois, ainda, amarelada como os juncos, quando se abaixou próxima à água para me observar melhor.

Sua pele estava pálida, era quase impossível distinguir seus traços, exceto por seus olhos, negros e grandes, que me esquadrinhavam.

Aquela era outra das Mães que cuidavam de Kymon e de Munda. Tentei lembrar algo a respeito dela. Ela aparentava ser a mais nova das três.

Ela não me convidou para cruzar o rio Nantosuelta naquele momento, embora eu pudesse ter feito a travessia no espírito do barco, que esperava por mim pacientemente, oculto pelos juncos, apenas sua proa, com entalhe de cisne, parcialmente revelada por entre a folhagem. Mas aquela Mãe e eu não podíamos nos falar na distância em que nos encontrávamos um do outro, esse fluxo de água que fazia fronteira entre dois domínios tão diversos e que não pertencia a homem nenhum. Por esse motivo, conjurei um pássaro. A escuridão ao longe, acima da densa floresta da Terra dos Fantasmas, indicava que uma tempestade se aproximava, e um corvo não seria apropriado, dada a urgência do momento. Assim sendo, conjurei uma cotovia, o pássaro mais barulhento que existe.

A cotovia surgiu então, sobrevoou minha cabeça cantando alto, e depois, cruzando o rio, levou minha mensagem simples até a mulher.

Eu me encontrei com sua irmã. Ela me mandou até você.

A ave voou de volta, trazendo a resposta dela.

Você é aquele que guiará o grande Urtha e seus filhos até o futuro que os aguarda?

Aquela pergunta me pegou completamente desprevenido. Até o futuro que os aguarda? Bem, pelas próximas estações, talvez, mas as palavras proferidas pela Mãe significavam bem mais que as limitadas aspirações que eu tinha para meu amigo, caso ele retornasse vivo.

Mandei a cotovia de volta até ela:

Sim, certa vez cruzei este rio e na companhia de Urtha. Eu o trouxe até aqui para que ele pudesse ver os filhos antes de sair à procura de seu irmão adotivo, em busca de vingança. Nós entramos e saímos de seu mundo em um barco, não aquele que ali está, mas um bem parecido com ele. E posso cruzar o rio novamente com facilidade e ir até aí, ter com você.

A cotovia alçou voo e alcançou as alturas, batendo asas rumo à tormenta que se anunciava no céu e aos picos das montanhas distantes. A mulher coberta pelo manto ergueu-se e fez um gesto em minha direção, como que me chamando para ir ao seu encontro e, depois, voltando-se, correu de volta para o abrigo.

Invoquei o espírito do barco e a embarcação se revelou e veio até mim. Subi a bordo e me ajeitei em meio às antigas almofadas do convés, de formas tão estranhas. O barco cruzou o rio sem nenhuma dificuldade maior, rangendo gentilmente enquanto chapinhava sobre a água barrenta da enseada.

E lá estava eu, de volta à remota Terra das Sombras dos Heróis.

Encontrei-me com a *modron* no pequeno bosque. Eu mal conseguia enxergá-la, ela era como um felino na floresta, desaparecia na paisagem. Porém, aquele rosto, branco como a lua, sorriu para mim e seus olhos escuros me deram as boas-vindas.

Ela me perguntou sobre sua irmã, que havia saído à minha procura, e não me pareceu nem um pouco surpresa quando dei a péssima notícia de que ela estava morta. Em seguida, falou sobre os filhos de Urtha.

— Eles estiveram a salvo por muito, muito tempo — ela sussurrou para mim enquanto andávamos rapidamente, seguindo a trilha já existente. — Existem muitos lugares nos limites desta terra que são seguros. Foi exatamente por isso que eles foram trazidos para cá, quando sobreviveram àquele ataque terrível. Neste lugar, cuidamos de exilados. Há eras fazemos isso.

Normalmente, eles estariam seguros, mas recentemente tem havido uma série de incursões de bandos de ataque por aqui, dando buscas nas fronteiras. Há algo extremamente perigoso, fatal, eu diria, emergindo das colinas, espreitando-nos por aí. Todos os sinais que consigo perceber indicam grande perigo.

— Eles procuram pelas crianças? — perguntei, ofegando enquanto seguia sua figura diáfana através do ar úmido da trilha escorregadia que nos levaria às profundezas da floresta.

— Temos motivos para acreditar que sim. Seus nomes são invocados tarde da noite, podemos ouvi-los de uma longa distância. Até agora, temos conseguido manter nosso esconderijo seguro. Mas a Morte está cruzando o rio e se aninhando na Colina do Trovão, tomando-o para si.

— Eu sei. Acabo de vir de lá.

Eu me dei conta de que quando entrei na fortaleza elevada, erguida em homenagem ao trovão, entrara em um lugar que havia sido construído em volta de um santuário muito mais antigo. Havia túmulos entre as altas paredes, contidos nos pomares, que ecoavam de forma tão fraca que seguramente foram eregidos a mortos de um passado muito distante. É interessante que as Sombras dos Heróis voltassem para lá.

Eu começava a ficar curioso.

Meu encadeamento de pensamentos foi abruptamente interrompido quando a jovem Mãe parou de repente, sobressaltada. Eu me virei para ela, como se pedisse uma explicação, e ela apertou minha mão pedindo silêncio. Acima de nossa cabeça, a luz do sol brilhava. Subitamente, uma enorme criatura surgiu diante de nossos olhos, no caminho reluzente que trilhávamos: um javali de bom tamanho, os pelos de seu dorso eriçados em sinal de alerta; outros o seguiam sem fazer nenhum barulho. Os pássaros no alto pareciam alarmados, agitando-se em seus galhos. Foi então que quatro cavaleiros encapuzados cruzaram a clareira, firmes em suas selas, seus longos cabelos em volta do rosto, lanças seguras em um ângulo que as mantinham direcionadas para o chão.

Eles não estavam perseguindo os animais; pareciam procurar por caça diferente. Na clareira eles hesitaram, olharam em volta, observaram atentamente a trilha onde a Mãe e eu estávamos agachados em silêncio, e depois esporearam seus cavalos e desapareceram de nosso campo de visão.

Depois de um tempo, a mulher se levantou e seguiu com cuidado, apressando-se pela clareira e fazendo sinal para que eu a acompanhasse.

Logo deixamos para trás a floresta e continuamos a caminhar, desta vez na parte rasa de um córrego sinuoso. De um lado, tínhamos a encosta nua de uma colina. Do outro, uma porção de rochas cinzentas e árvores secas e retorcidas, e eu não me surpreendi quando a mulher começou a subir por uma trilha quase oculta ao longo da borda escarpada, e depois por um desfiladeiro profundo para, por fim, guiar-me até o refúgio onde duas crianças estavam escondidas.

Era um lugar amplo e iluminado, circundado por uma parede natural de rochas bem altas. Cinco aberturas na rocha, juntas umas das outras, cinco cavernas onde viviam a Mãe e as crianças. Perto da entrada estreita do esconderijo havia um poço, guardado por figuras altas de madeira entalhada que mostravam Brigg e Nodons. O poço era cercado por azevinho, hera e galhos cheios de espinhos e bagas vermelhas. A jovem Mãe correu até o poço, ajoelhou-se, mergulhando sua capa na água, e esfregou suas mãos e seu rosto. Ela me encorajou a fazer o mesmo. A água tinha cheiro de terra e sua superfície era agitada, como se quisesse elevar-se acima das pedras que a continha.

No segundo em que o tecido úmido tocou meus olhos, o feitiço que protegia aquele lugar foi revelado.

Dez crianças jogavam uma pequena esfera de couro, arremessando-a umas para as outras com um tipo de bastão. Elas riam alto, tagarelavam e brincavam de pegar. Quatro mastins observavam o jogo deitados próximos às crianças, com as patas da frente encolhidas. Perto dali, galinhas ciscavam o chão e porcos de pele cinzenta chafurdavam em seu chiqueiro. Havia muitas árvores frutíferas em um pequeno pomar onde outra criança tentava alcançar uma maçã. A jovem Mãe gritou algo para essa criança, que pareceu assustar-se, e depois correu e se escondeu.

Nenhuma daquelas crianças era da fortaleza de Urtha, em Taurovinda. Nenhuma delas vinha do mundo de Urtha e seus *uthiin*, que era como ele chamava os membros da elite de cavaleiros de sua tribo, seus guerreiros. A jovem Mãe, como se tivesse ouvido minhas reflexões, olhou para mim e deu um sorriso débil.

— Sim, essas crianças são abandonadas. Algumas já estão aqui há realmente muito tempo. São crianças que uma vez fugiram atravessando o rio, em busca de segurança, mas que nunca foram resgatadas. Duas delas, ao menos, podem voltar para casa, embora a segurança delas esteja em suas mãos, a partir de agora.

Eu, então, perguntei:

— Não posso levar outras crianças comigo? Vou ficar feliz em levá-las todas. O barco que me trouxe até aqui é muito amigável; ele não partirá antes que eu peça.

— Isso não será possível — a mulher respondeu, resolutamente. — Por favor, não ofereça isso a nenhuma das crianças. Elas simplesmente não podem deixar este lugar. Sinto muito.

Ela me explicou por que isso não poderia acontecer e depois acrescentou:

— Há uma garota, amiga de Munda... ela não está aqui há muito tempo. Talvez ela possa ir embora com vocês. — Ela fez um movimento rápido e tocou meu braço. — Ali estão os filhos de Urtha, no pomar! Estão sempre procurando por maçãs mágicas. Vá até eles e impeça-os de sacudirem a árvore daquele jeito.

Ela me deu um pequeno empurrão na direção de onde estavam as crianças. Fiz o que ela disse.

As crianças não pareciam ter envelhecido nada desde nosso primeiro encontro. Aquele era o preço que elas pagavam por ficarem naquele santuário, na fronteira da Terra dos Fantasmas. Quando me aproximei delas, fui reconhecido por Munda, que me premiou com um grande sorriso. Kymon franziu a testa, olhando em volta, sem dúvida esperando ver também o pai.

Munda estava exatamente como eu me lembrava dela, o rosto cheio de sardas, o cabelo acobreado, com pequenas setas desenhadas nas bochechas.

Kymon, por sua vez, usava as vestes de um pequeno guerreiro, calças xadrez, peito nu, mas com uma capa azul e curta presa atrás de seu ombro esquerdo por um fecho de metal brilhante. Nas costas, ele trazia um pequeno escudo oval de bronze, forjado com a imagem de um falcão pousado nas costas de um cavalo.

Ele ficou em pé, parado, afastado de mim e demonstrando grande cautela, uma das mãos descansando no cabo de uma pequena faca que trazia no cinturão, enquanto flexionava a outra mão com energia. Ele olhava diretamente para mim, um olhar que me lembrou imediatamente o de Urtha, enquanto tentava entender as coisas estranhas que estavam acontecendo, apesar de, ao mesmo tempo, fazer uma declaração desafiadora com seus olhos, deixando claro que nada de estranho neste mundo poderia afetá-lo.

— O que você fez com meu pai? — o garoto me perguntou, de repente.

— Eu não fiz nada com ele — respondi. — Viajei com ele, lutei ao seu lado e estive lá quando ele derrotou um inimigo importante.

As duas crianças sorriram, e seus olhos brilhantes se arregalaram.

— Ele venceu o combate? — Kymon perguntou.

— Sim.

— Cunomaglos, aquele traidor, está morto?

— Sim. Eles lutaram em uma terra chamada Macedônia.

— Bem, então, onde é que ele está?

— Ele vem para casa por terra. Lentamente. E eu vim de barco. Bem depressa. Vocês devem ter paciência. Há uma tarefa mais urgente que envolve vocês dois. Tenho que levá-los até seu avô, Ambaros, na outra margem do rio.

— Ah, sem dúvida nenhuma, eu estou pronto *para fazer isso*! — o garoto disse.

Sua irmãzinha bateu palmas, entusiasmada. Mas enquanto o irmão me examinava atentamente, ela correu até onde as outras crianças ainda brincavam, lançando a bola com bastões. Ela foi até lá e falou com eles, e de repente o grupo explodiu em animação e risadas. Pouco depois, eles se dispersaram, reunindo objetos e plantas espalhados por todo o pátio que ficava protegido pelas paredes de pedra, e se reuniram novamente em um tipo de ritual infantil, mas significativo, de celebração de partida.

Kymon não tomou parte em tal celebração. Seu olhar duro havia se suavizado um pouco, mas ele tinha pressa em saber dos detalhes da vitória de seu pai. Neste lado do rio, ele ainda era uma criança, mas, assim como sua irmã, assim como todos os abandonados, ele iria envelhecer até atingir sua idade real tão logo colocasse os pés para fora daquela terra.

Essa era a razão pela qual a grande maioria das felizes crianças exiladas naquele lugar jamais poderia retornar às suas terras de origem.

— Meu pai está ferido? — ele perguntou, inesperadamente. — É por isso que ele está vindo tão devagar para casa?

— Ele venceu Cunomaglos de forma magnífica. Mas... sofreu ferimentos muito graves.

O menino pensou sobre o que eu disse. O homem que ele era brilhou em seu sorriso e seus olhos.

— Todos nós, um dia, iremos morrer por causa de nossos ferimentos — ele declarou, como se estivesse fazendo uns discurso para encorajar um bando de guerreiros desordeiros. — Mas nós podemos também viver com esses ferimentos por anos!

— Não resta a menor dúvida — concordei, tentando esconder que sua precocidade me divertira. — Você não deseja se despedir de seus amigos?

Ele pareceu hesitar por um instante, como se estivesse tomando uma decisão.

— Eu tinha um bom amigo. Mas ele foi embora. Ele não vivia aqui, conosco. Mas venha ver o que construímos juntos!

Olhando de relance para as Mães, ele me levou por entre as árvores em uma trilha estreita, que se afastava do pátio protegido.

— Não temos autorização para fazer isso, na verdade, mas eu sempre escapo por aqui.

Ele me levou até um esconderijo escavado na pedra cinzenta, com altura suficiente para permitir que nós entrássemos agachados. Acima de minha cabeça, havia a imagem de um navio, entalhado na pedra de forma rústica, com seu mastro obviamente fálico. As cabeças dos remadores podiam ser vistas, pequenas figuras de olhos salientes usando elmos, segurando nas mãos remos finos demais. Pelas paredes do lugar, havia ainda outras figuras dispersas feitas com seiva de plantas, representando pessoas, todas elas armadas com pedaços de paus. E havia também corpos mumificados de animais: morcegos e ratos.

Kymon deu uma risadinha quando franzi a testa.

— Este é o Lugar de Evocação aos Pais — ele disse.

— Ah, é mesmo?

— Meu amigo entalhou o navio usando um pedaço de granito. Eu vinha aqui pensar em meu pai. Eu o chamava, queria que ele viesse para casa. Ele deve vir pelo mar, no fim das contas.

— Ele está mais perto do que você pensa — informei a ele. — Como era o nome de seu amigo?

— Ele era um menino-fantasma. Há vários deles na Terra dos Fantasmas. Ele falava em uma língua estranha, mas eu gostava dele.

— Vamos voltar à terra dos vivos — eu disse a ele, e fui na frente, de volta ao pátio onde estávamos.

A melhor amiga de Munda era uma garota com cabelo ruivo e rebelde, de olhos verdes, e se chamava Atanta. As *modronae* foram consultadas sobre a possibilidade de Atanta seguir viagem conosco. Munda estava desesperada para levar a amiga consigo. As Mães deixaram que eu decidisse a questão. Olhei para a menina, que esperava tão séria pela minha resposta, e não pude deixar de concordar. As Mães pareceram tristes, mas concordaram que ela deveria partir.

Atanta tinha algo estranho: abaixo de cada têmpora havia uma linha de manchas azuis, tatuagens de *status* que contrastavam com as sardas espalhadas por todo o seu rosto de menina levada. A forma dessas tatuagens era novidade para mim. Ela não era da terra de Urtha, ou da terra vizinha, Coritani, cujos reis eram os Vortingoros. Eu já vira tais marcas anteriormente, mas o lugar exato não me ocorria. Naquele exato momento, Kymon e Munda ocupavam meus pensamentos.

Atanta tinha aprontado sua sacola de viagem de forma muito inteligente: "tiros encantados", aquelas pequenas pontas de flecha de pedra que a terra devolvia, e havia também reunido uma série de seixos na extremidade dos quais poderia fixar as pontas de flecha. Ela havia se abastecido para a jornada, para enfrentar os desconhecidos dias vindouros, com admirável eficiência.

Orientei Kymon e Munda a fazer de sua bagagem com o mesmo cuidado, mas eles só conseguiam pensar em levar maçãs para a viagem!

A Mãe mais jovem nos levaria de volta até as margens do rio Nantosuelta. Ela parecia estar apavorada e tentei persuadi-la de que eu conseguiria encontrar o caminho de volta facilmente através da floresta. Mas talvez tenha sido exigido dela que fosse nossa guia nesse Outro Mundo, e tudo o que fazia, fazia porque era necessário. E, claro, eu não havia exposto minhas habilidades com feitiços e encantamentos; para aquela jovem mulher, eu era um homem com poderes limitados.

Nós ainda não estávamos nem perto do rio; na verdade, ainda estávamos a pouca distância do santuário, quando fomos obrigados a nos esconder. Uma longa fileira de cavaleiros seguia ao longo da escarpa acima de nós, cabeças baixas, capas flutuando, seus escudos lançando reflexos de luz cinzenta. Eles tinham o rosto pintado de branco e seus cabelos estavam presos para trás por uma faixa. Devia haver uns trinta deles. Quando um dos cavalos escorregou, derrubando o cavaleiro encosta abaixo em nossa direção, o resto continuou, indiferente. O homem fantasmagórico se recompôs da queda e, arrastando seu corcel reticente pelos arreios de volta para a escarpa, montou novamente e continuou seu caminho na fila em direção ao rio.

E foi quando eu reparei em Atanta mirando com uma de suas lanças.

— Eu poderia tê-lo atingido — ela sussurrou. — Sou muito boa com esses dardos.

E sem esperar por meu comentário, ela subitamente flexionou o braço e atirou sua pequena arma para cima, na direção da escarpa escura da colina. Para meu espanto, o dardo pareceu flutuar no ar, para depois atingir o chão pelo qual os cavaleiros haviam passado, vibrando e permanecendo firme cravado na relva.

Fiquei aliviado que ela tivesse controlado seu entusiasmo e não tivesse assassinado o homem. Ela poderia ter alertado o resto do bando sobre nossa presença ali, apesar de que sua total indiferença à queda de um companheiro sugeria que eles tinham um propósito maior em mente.

O espírito do barco estava esperando por nós, escondido entre as folhagens das plantas aquáticas. O bando de guerreiros havia passado por ali, era o que a terra batida indicava, mas eles não pareciam ter notado o barco escondido às margens do rio.

— Por onde eles cruzaram o rio? — perguntei para a jovem Mãe.

— No Vau da Lança Perdida. Iria levar um longo tempo para andar até lá. Mas parece que eles têm sua própria maneira de atravessar essa região, que guardam muito bem. Eles estão facilitando a travessia.

Eu deveria investigar melhor aquele vau em outra ocasião.

As crianças embarcaram no pequeno barco e se ajeitaram ali, muito excitadas. Munda e Atanta deram-se as mãos e cantaram juntas uma canção calma, rindo de alguma piadinha só delas. Ocupei meu lugar na popa e o barco abriu caminho por entre os juncos, em direção à margem do rio demarcada por salgueiros do outro lado. Quando olhei para trás, a fim de acenar para a jovem Mãe, ela já havia desaparecido. Talvez ainda estivesse ali, mas camuflada pela capa e pelo capuz.

Pouco tempo depois, o barco enveredou pelos galhos tombados por sobre a água e parou para descansar na parte rasa. Kymon já havia pulado no rio e estava andando com dificuldade pela água barrenta. Munda, rindo, seguiu seu irmão, engatinhando pelo declive até a clareira. Mas e Atanta?

Ela havia ido para terra firme e tremia como se sentisse os ventos do inverno. A mudança nela era muito clara: seu olhar ficara mais duro, a forma de sua boca, a firmeza de sua pele. Uma criança no tamanho e na forma, ela estava envelhecendo depressa.

Rapidamente, ela pegou sua sacola de viagem, chorando de tristeza, lançou um olhar angustiado para sua amiga, deu as costas para nós e correu como um cão de caça, enfiando-se no meio das árvores e desaparecendo de nossas vistas. Munda gritou seu nome, depois olhou para mim, magoada, tentando entender o que havia acontecido. Ela parecia atônita.

— Por que ela fugiu?

— Deixe-a ir! — Kymon disse, de um jeito duro. O garoto estava de pé, olhando na direção de sua própria terra. Depois de um momento, falou de forma mais suave: — Eu espero que ela tenha outras coisas em mente. Irmã, temos coisas a fazer, temos de voltar a Taurovinda.

— Mas por que ela fugiu? — Munda perguntou de novo.

O que eu poderia dizer para aquela menina perplexa e infeliz? Que, mesmo agora, Atanta estava passando pelas torturas do Tempo que a alcançava finalmente? Isolada no Outro Mundo por uns bons anos, ela estava agora se tornando uma mulher adulta. Eu então me lembrei: aquelas marcas em sua têmpora eram representativas de um reino que ficava ao sul dali. Atanta deve ter sido exilada ainda criança por algum outro clã, mas um clã que ainda existia; e agora ela deveria retornar para casa e encarar a realidade de como sua deserção e o abandono de sua terra natal haviam afetado sua própria família.

Kymon e Munda haviam crescido e amadurecido um ano, estavam mais altos, mais pesados, seus rostos mais finos. A transformação era menos aparente na menina, por ser mais nova que o irmão. Mas Kymon já mostrava os primeiros sinais de maturidade. Seu olhar tinha o brilho do ferro e deixava transparecer muita determinação.

Nenhum deles parecia ter notado a transformação pela qual passava, o repentino envelhecimento, apesar de ambos perceberem que suas roupas estavam mais curtas que antes, o que os confundiu por um breve momento.

— Precisamos voltar para a casa de nosso pai — ele disse de novo, encorajando-a de forma sutil, mas firme. Ele me olhou de soslaio, de forma peculiar. Depois, completou: — Porque nosso pai ainda está vivo... não é verdade, Merlin?

— Bem, da última vez que o vi, ele estava vivo — lembrei ao garoto, e Kymon concordou com um gesto, aceitando meu tom cauteloso.

Isso aconteceu pouco antes de sermos encontrados por Ambaros e três de seus homens, todos fortemente armados e trazendo cavalos extras, dois deles adequados para serem montados por jovens.

Avô e netos se abraçaram, e os olhos de Ambaros estavam molhados de lágrimas. Ele não podia acreditar em como as crianças estavam altas, como pareciam fortes. E eu, novamente, pensei em Atanta e na dor pela qual ela deveria estar passando, em algum lugar no meio da floresta.

Ambaros veio até mim.

— Muito bem, Merlin! Você os trouxe de volta sãos e salvos. Por Brigg, aquele rapaz se parece demais com o pai! Ele tem a aparência de um rei.

Concordei com o velho orgulhoso. Depois Ambaros completou, em tom de dúvida:

— Por outro lado, é a aparência de um homem que tem algo em mente.

— Uma das *modronae* me disse onde as hordas de Sombras cruzam o rio. Só há um lugar onde isso é possível. O Vau da Lança Perdida.

Ambaros cofiou sua barba branca, com os olhos subitamente brilhantes. Ele havia intuído meu encadeamento de pensamentos.

— Ouvi falar disso. É onde aqueles que morreram em paz cruzam o rio para alcançar a Terra das Sombras dos Heróis, para chegar às ilhas. Sim, se pudéssemos dar um jeito de bloquear a passagem desse vau...

Será que o corvo voou sobre ele naquele momento? Se ele fez isso, ou não consegui ver.

Ele falou de novo com seus netos, depois os mandou seguirem com os cavaleiros, de volta ao vale dos exilados. Ele e eu, então, cavalgamos cuidadosamente ao longo do rio, tentando permanecer ocultos, alertas para qualquer som ou movimento. A região estava tão quieta que bem poderia ser o que os gregos chamavam de Campos Elísios, um lugar brilhante e intocado; ou uma terra chamada éden, que havia existido por toda a minha vida, mas que eu nunca encontrara em minha longa viagem, apesar de ter ouvido muitas histórias a respeito.

Fiquei tão relaxado com a tranquilidade e serenidade dessa incursão através da floresta e dos campos ensolarados junto ao rio que eu demorei a perceber quando a primeira flecha nos atingiu, vinda de não sei onde.

Ambaros foi atingido diretamente no peito. A flecha rasgou seu casaco de couro, derrubando-o sobre o lombo de seu cavalo. Ele caiu no chão, o corpo dobrado, partindo a flecha. Então, uma segunda flecha atingiu minha sela e uma terceira fincou-se em meu ombro, mas não conseguiu atravessar minhas vestes protetoras.

Eu ouvia o som de galope e, cada vez mais próximos, os horripilantes gritos de guerra de um bando de cavaleiros encrenqueiros. Abri os olhos — eu deveria ter feito isso antes — e a tranquilidade daquele lugar desapareceu. Ali, bem na nossa frente, estava o vau, muito bem patrulhado e com bastante movimento.

Naquele momento, pude ver de relance o espaço entre dois mundos.

Eles haviam fortificado a passagem, erguendo bancos altos de terra em cada lado do rio Nantosuelta, construindo torres de anéis dos troncos cortados de árvores, em cada uma das quais havia uma figura ameaçadora agachada, observando atentamente os que se aproximavam vindos da terra dos vivos. Havia muita atividade no próprio rio, e uma grande movimentação de figuras etéreas, humanas e animais.

Daquele formigueiro de atividade, vieram dois homens cavalgando em nossa direção, um deles com uma quarta flecha no arco, pronta para ser disparada, o outro com uma longa lança, também pronta para ser atirada em nós. Esperei pela flecha, mas o cavaleiro baixou o arco e desembainhou a espada. Ambaros ergueu-se e se preparou para atirar sua própria lança enquanto mantinha a outra mão sobre o ferimento em seu peito.

Eu também reuni meus truques de defesa.

O falcão que mergulhou dos céus e investiu contra os cavaleiros fantasmagóricos derrubou um deles da sela. O outro alcançou Ambaros, que se abaixou ante o golpe da espada e fez o cavalo dele tropeçar em sua lança. O cavaleiro das sombras no nosso lado do rio estava evidentemente vulnerável, e Ambaros enfiou sua faca no espaço entre o elmo e o peitoral da armadura. Aquele homem morto morreu novamente. Mas ele havia deixado seu próprio mundo e sabia dos riscos que assumira.

Só então percebi que o elmo do cavaleiro caído era bem parecido com um elmo de soldados gregos e que seu escudo havia sido forjado com a imagem de Medusa.

Ambaros lutou para voltar à sela, gemendo de dor. Ele fez seu cavalo galopar, apegando-se à vida enquanto cavalgava de volta para casa.

Eu liberei o falcão, dei uma última boa olhada para o vau e seus guardiões, curioso e consternado pelo que vira ali, para depois me virar e seguir o velho guerreiro, afastando-me do perigo.

O espírito do barco já havia ido embora, retornando para as águas das florestas de Taurovinda, onde iria esperar por mim ou pela volta de Argo, anunciada pela Tríade Agourenta.

E Ambaros enfrentou uma cavalgada de dois dias para o vale. Ele foi obstinado e demonstrou uma coragem incrível.

— O osso do peito está quebrado — ele disse, despreocupado —, mas o coração ainda bate. E se cavalgar com cuidado não haverá mais danos.

Ele não me permitiu ver o ferimento.

— É melhor deixar tudo como está — ele disse. O manto, o casaco de couro, a ponta de bronze da flecha, ele achava melhor não mexer em nada até que pudesse cuidar do ferimento da maneira adequada.

— Você está sentindo muita dor? — perguntei a ele, pensando que poderia ajudá-lo se ele estivesse com dor.

— Sim, estou. Mas já senti mais dor que isso, Merlin. Olhando para os rostos daquelas crianças, não creio que exista qualquer tipo de dor que possa superar essa visão. Você viu a *vida* que há ali? Aquele rei em formação? Aquela rainha em formação? Que futuro! Os filhos de minha filha, Merlin, as crianças de Aylamunda. Pelo olhos de Llew! Se ela pudesse vê-los agora! Ah, ela ficaria tão orgulhosa!

— Ela pode muito bem vê-los agora — eu disse, mas sua resposta foi uma carranca irritada:

— Como? De onde *ela* é forçada a vagar? É Aylamunda que está em grande sofrimento, Merlin, e não eu.

Não entendi completamente o que ele queria dizer e por isso não fiz nenhum comentário.

Apesar de sua recusa em aceitar qualquer tipo de medicamento, reuni todas as plantas que sabia que poderiam ajudar na cura de seu ferimento. Apesar de parecer forte em nossa primeira noite sob as estrelas, durante o segundo dia de nossa viagem de volta ele começou a tremer e transpirar de forma muito intensa. Implorei-lhe que me deixasse usar um pouco de mágica.

— Não. Se eu viver ou morrer, deve ser graças à vontade do Bom Deus.

Dei-lhe água e puxei seu cavalo em nossa jornada nas trilhas sinuosas de solo acidentado que nos levariam de volta ao vale. Mas ao entrarmos na estreita passagem do desfiladeiro, ele havia desabado sobre o pescoço de sua montaria. Tive de amarrar suas mãos ao redor do pescoço do cavalo para impedi-lo de cair e depois apliquei uma compressa no ferimento inchado.

Em uma rápida olhada, soube que aquele era seu fim.

Eu fiquei feliz de poder entregar seu corpo agonizante nas mãos de sua família. Eles o despiram e o lavaram seguindo as instruções de um druida, cujos olhos ardiam atrás de uma máscara ocre com a qual ele cobria o rosto e a cabeça, cuja cabeleira fora cortada rente. Ele cantou canções do passado, e invocou Sucellus, aquele que cura. Kymon permaneceu ali, solene e contemplativo, e não titubeou quando a ponta de flecha de bronze foi finalmente retirada e o sangue brotou do lugar onde estava alojada no peito do homem velho.

Ambaros não emitiu nenhum som durante o processo e seus olhos lacrimosos não abandonaram os olhos de seu neto nem por um instante.

— Há muito para fazermos — Kymon sussurrou, depois de um tempo. — E sua força e seus conselhos me seriam muito úteis. Espero que o senhor não tenha desperdiçado a sua vida.

Ele estava bravo quando se voltou e deixei a tenda de cura. O sorriso de Ambaros era amargo e cheio de dor.

5

Na planície de MaegCatha

Naquela noite, recebi a visita indesejada de alguém que eu esperava ter deixado bem longe, na Grécia.

Meus aposentos no Campo dos Exilados eram desconfortáveis, espartanos: um estrado feito de junco sob um abrigo de pedra que fora estendido por uma cobertura feita de mantas de animais, formando, assim, um estábulo improvisado bastante sofrível. O vento frio passava por entre cada fenda na costura das mantas, e uma coruja barulhenta parecia ter encontrado no topo de uma das colunas o lugar ideal para infernizar meu sono. O rio que corria desfiladeiro abaixo era um fluxo constante, abundante e ruidoso; o recém-nascido no clã dos exilados gemia com os terrores da noite, desencadeando mugidos entre o rebanho e vigorosos latidos entre os cães presos.

Insone, assombrado por aqueles escudos que refletiam o olhar assustador de Medusa, eu estava a ponto de permitir a aproximação da mulher que estava determinada a se agarrar a mim.

Ouvi meu nome sendo chamado e havia certa urgência nessa voz. Há formas de clamor que despertam todos os nossos sentidos: uma criança em perigo; um homem à beira da morte abrindo mão de seu espírito; um homem sendo morto; uma mulher se abrindo como um portão para permitir a passagem de um novo suspiro de vida. E há o choro de dor de uma mulher que se considera injustiçada.

— Merlin! Eu sei que você está aí!

A voz insistente e desvairada me fez levantar de minha cama dura, levando-me a sair sob a noite iluminada pelas estrelas. Os cães e os cavalos estavam impacientes. Andei em direção ao leste, ao longo do córrego, até que pude ver a criatura agachada, ocupada lavando seu cabelo.

Ao tropeçar cegamente sobre as pedras soltas para descer até o poço em espiral onde essa mulher selvagem baixava a cabeça para alcançar a água com seus cachos pesados, percebi quem ela era. Ou melhor: o sonho de quem ela era.

Niiv virou-se repentinamente para me olhar, olhos acinzentados na noite, lábios pálidos meio sorridentes. Tudo nela transparecia reconhecimento e jovialidade.

— Não tem dormido bem, Merlin?

— Meu sono era bom até *você* voltar.

— Você achou que eu ficaria longe? — ela assobiou baixinho, fazendo um gesto de reprovação com a cabeça. — Você nunca se livrará de mim. Eu sou uma jovem muito determinada.

— Onde você está? — perguntei ao sonho.

— Eu não sei exatamente. Navegando em direção à Estrela do Norte. Temos um bom vento para impulsionar o barco. O litoral para o leste é vermelho e irregular, coberto de pedras; os argonautas o chamam de Gália. Os rochedos brancos de Alba estão mais adiante, mas não muito. Argo é forte, Jasão também. Nós temos alguns bons remadores! — ela sorriu polidamente. — Nós nos reuniremos a você antes que possa imaginar.

O espectro de Niiv jogou seu cabelo para trás. Cabelo negro, tingido, e um rosto que, embora um pouco mais magro, continuava tão bonito e estranho quanto na época em que eu a conhecera. Ela ainda estava em ótima forma. Mas vir até mim, como ela fez, em um barco sacudido por ondas e lutando para se manter à tona próximo à costa de Gália, bem ao longe no sul, era um desperdício de seus talentos limitados.

Antes que eu pudesse dizer qualquer palavra, ela prosseguiu:

— Você andou se escondendo de mim.

— Andei me escondendo. Mas não de você.

— Eu pairei por estas terras dez vezes procurando por você, mas esta é a primeira que o encontro.

Sua irresponsabilidade ainda me exasperava.

— Você é uma tola, Niiv. Sua luz se extinguirá como uma estrela cadente. Você já viu um homem grande subitamente cair morto, sem qualquer razão aparente, o coração parando de forma inesperada, a cabeça cheia de sangue? Poderá ser seu destino se você continuar sendo tão imprudente com seu dom tão restrito.

— Mas com meu talento limitado e sua grande habilidade, o novo e o velho, o recém-nascido e o que vive desde sempre, nós poderíamos ser espetaculares! Nós fomos feitos um para o outro, Merlin. Quantas vezes terei de lembrá-lo disso? Um homem como você precisa de uma companhia como eu. Não tirarei nada de você além do que você quiser me dar. Você não me compreende. Eu amo você. Quero aprender com você. Por que você tem tanto medo de mim?

O rio tartamudeava perto de nós. Eu conseguia ver o brilho do luar na água através da garota inclinada diante de mim. Ela estava envelhecendo e sucumbindo em seus esforços desesperados para me encontrar, para estar perto de mim outra vez.

E eu entendia perfeitamente: ela era uma descendente direta de uma mulher das Terras do Norte que eu havia conhecido, intimamente, mais de um século atrás. Eu bem sabia que aquele romance na neve, em meu passado, daria origem a gritos de carne e osso, uma filha. Mas não tinha consciência de que aquela filha geraria, por fim, Niiv, que, ao me encontrar, agarrara-se a mim como se eu fosse a razão de sua vida.

Nós plantamos as sementes do nosso próprio desespero, mas mesmo sabendo disso, seguimos em frente e semeamos.

— Nós somos parentes.

Essa *busca*, esse fantasma vivo de Niiv me lembravam desnecessariamente disso.

— Mas não tão próximos de forma que nos impeça de aproveitarmos a companhia um do outro. Espere por mim, Merlin. Espere por mim. Você não me compreendeu na Grécia, você não entendeu minhas intenções. Nós podemos ser fortes juntos.

Eu me lembrei da última vez que pusera os olhos nela, como se eu tivesse finalmente escapado de suas presas, uma figura de rosto pálido com cabelos esvoaçantes, braços estendidos, um cisne morto em sua mão direita. Ela gritara comigo, deixando que eu soubesse o quanto havia visto do meu futuro.

Ela vira momentos em meu futuro que me atemorizavam. Usava seu conhecimento como um pescador usa uma faca para talhar lapas de sua casa de granito e remover as cracas das pedras onde se alojam. Ela estava disposta a abrir meu corpo para ver as marcas de meus ossos, onde a magia se deposita, onde a morte espreitava, esperando uma traição.

Ela era a única coisa que eu temia em meu retorno a Alba. As Três Normas haviam guardado o pior para elas, ao que tudo indicava.

A sombra da garota finalmente se dissolveu, voltando para alto-mar, ao sul de Alba, onde ela acordou esgotada por conta de sua viagem dos sonhos. Fiquei satisfeito ao vê-la partir. O fato de ela ter, por fim, descoberto minha localização deixava-me infeliz, mas outras coisas ocupavam minha mente naquele momento, e eu ainda tinha tempo para me preparar para meu encontro com a megera das Terras do Norte, que vinha seguindo meus passos.

Eu estava mais preocupado em entender as duas crianças que haviam ficado sob minha responsabilidade, quase sem que eu percebesse.

Kymon não havia simplesmente crescido em tamanho, ele havia amadurecido; tornara-se um jovem determinado. E, pela primeira vez em muito tempo, tive de quebrar uma das minhas próprias regras: eu influenciaria seu jeito de pensar.

Depois que Niiv desapareceu, eu me deixei ficar à beira do rio, no lado leste do vale, cochilando. A água estava clara e fria. Seu murmurar constante ajudava meus pensamentos a fluírem enquanto eu sonhava. Eu já estava bem desperto antes do amanhecer, e, com o primeiro rastro de luz no céu, ouvi o som de cavalos aproximando-se das cavernas.

Kymon e Munda cavalgaram lentamente perto de mim. Eu chamei seus nomes e eles olharam para mim enquanto eu despia meu manto. Kymon estava usando sua armadura, com o escudo nas costas.

— Merlin?

— Aonde você está indo?

Ele ponderou a questão por um instante e, então, deu de ombros.

— Estou indo para Taurovinda. Para onde mais estaria indo? É onde vivemos.

— Mas a fortaleza não está protegida. Eu já o avisei sobre isso.

— Eu tenho de ver com meus próprios olhos — Kymon rebateu. — Eu não espero ser bem recebido pelo anfitrião que vive lá agora.

— Nem eu — disse Munda. — Por que você não vem conosco, Merlin? Vovô disse que você pode fazer falcões atacarem as pessoas no rosto. — Ela sorriu ao pensar nisso. — Tudo o que eu tenho é uma funda.

Fiquei furioso com eles.

— Vocês esqueceram que estão sendo procurados? Vocês estão correndo grande risco, seus pequenos tolos! Eu não resgatei vocês da Terra dos Fantasmas para vê-los cavalgar direto para os mesmos perigos em Taurovinda, como dois porquinhos indo para o espeto!

Eles estavam se arriscando demais, mas não me deram nenhuma atenção. Estavam mais entretidos com a minha aparência desgrenhada do que preocupados com minhas palavras. Eles eram determinados. Eu não conseguiria persuadi-los com minhas razoáveis prerrogativas. Foi então que fiz um pouquinho de magia de convencimento.

— Vocês não devem tentar entrar na fortaleza! — declarei sem rodeios. Uma sombra percorreu o rosto de cada um.

Kymon pensou por uns instantes, então coçou o queixo como um homem coça a barba.

— Talvez você esteja certo. Mas o que acha de olhar a distância? Da floresta. Talvez a Morte não ouse entrar no recinto sagrado.

— Muito bem — concordei. Seria meu alívio muito evidente? Fui buscar um cavalo no estábulo, depois de contar à Rianata, a Alta Sacerdotisa que era conhecida como a Sábia, aonde nós estávamos indo. Ela nos deu sua permissão, apesar de seu olhar demonstrar que ela não confiava totalmente em mim.

Kymon e Munda, que eram leves e montavam cavalos acostumados a puxar carros de guerra, portanto fortes e ligeiros, percorreram com facilidade um longo trecho de nosso caminho, enquanto eu, montando o melhor cavalo de guerra de Ambaros, seguia-os desconfortável e desajeitado, ainda que apenas a trote.

Este era um território desconhecido para Kymon, embora ele conhecesse o caminho a leste, e eu os conduzi ao longo da margem arborizada do rio, entre as terras do norte e do sul que eram protegidas pela fortaleza de Urtha. Depois de um dia de viagem, alcançamos a floresta e os montes de terra, que haviam surgido depois de mortes honradas, incluindo a de Urien, filho mais novo de Urtha. Esta floresta sagrada ainda estava intocada pelos baderneiros da Terra dos Fantasmas, e minha intuição me disse que ela permaneceria assim. Este seria um abrigo adequado perto de casa. Mas a Morte certamente havia ocupado a colina, apesar de a fortaleza parecer vazia aos olhos de Kymon.

Munda estava mais atenta. Ela conduziu seu cavalo para a beira da planície, franzindo a testa ao examinar o expressivo aumento do forte e suas muralhas sinuosas.

— O lugar é mal-assombrado — ela disse, mas Kymon apenas sorriu.

— Os fantasmas são nosso próprio povo — ele sugeriu. — Aqueles que ainda não foram para a Terra das Sombras dos Heróis.

— Isso não me parece muito certo — Munda insistiu e me olhou, buscando uma resposta. Ela possuía mais intuição que seu irmão, eu suspeitava. Ou talvez fosse apenas mais sensata.

— A fortaleza está ocupada — concordei com ela.

— Por quem? — Kymon perguntou, rispidamente. — Eu não vejo estandartes. Não vejo sentinelas. Vocês veem algo?

Esta última pergunta foi endereçada a sua irmã. Munda acenou com a cabeça.

— Eles estão nos vigiando — ela advertiu. — São estranhos em nossas terras.

Eu a olhei quando disse isso. Ela entrou em transe, apesar de ter durado apenas um instante.

— Você está se parecendo com uma daquelas mulheres que cuidavam de nós! — Kymon exclamou, rispidamente. — Você é muito sonhadora, irmã. Prepare sua funda e pegue seus dardos. Nós voltaremos aqui para reparar o que aqueles cães selvagens fizeram com nossa casa!

A última visão que Kymon tivera de seu lar fora sua casa em chamas e a morte grassando pela terra que abrigava casas, currais, santuários e as fornalhas. Não houvera nenhuma evidência visível dos baderneiros que espalhavam destruição pela Fortaleza da Colina Branca.

Sua última lembrança era de Maglerd, o mastim de seu pai, arrastando-o para baixo e empurrando-o para um local mais seguro, seguido de Gelard carregando Munda. Aqueles cães correram usando toda a sua energia, pulando as barricadas, deslizando pelas encostas, escapulindo pelas matas e florestas, seguindo os rios e córregos até, movidos por alguma fúria interior, algum instinto silencioso. Eles levaram as crianças para um lugar seguro que, ironicamente, ficava dentro do reino dos Mortos, estes que haviam invadido a fortaleza.

— Nós podemos voltar e reconstruir tudo — disse Kymon em voz alta.

— A intenção é admirável — concordei. — Mas vocês são minoria.

— Minoria em relação a quê? A nuvens negras? A telhados queimados? — Ele estava tomado de orgulho e fúria.

— Em relação aos Mortos, aos Não Nascidos. Eles estão lá dentro agora, em vantagem.

— Eu vivi na Terra dos Mortos — ele disse, cheio de arrogância. — Eles montam com muita bravura. Mas que dano eles podem causar aqui?

— Dano suficiente para tomar essa fortaleza e mandar vocês para o exílio.

— Aqueles não eram os Mortos — Kymon exclamou. — Eles eram homens de Trinovanda, ladrões de bois e escravos, mercenários, disfarçados como os mortos!

— Como você poderia saber? — perguntei ao jovem orgulhoso. — Vocês estavam desfalecidos, atordoados, haviam sido arrastados por cães de raça. Como você sabe quem invadiu Taurovinda?

— Eu tive tempo para pensar a respeito — disse ele, apoiando-se em seu escudo, fitando-me com olhos estreitos de curiosidade. — Os homens de Trinovanda são os nossos piores inimigos. Faz sentido ao menos para mim. — Ele me lançou um olhar provocativo. — Você está com medo dos Mortos, Merlin?

— Sim. Eles são imprevisíveis.

A resposta o deixou perplexo. Ele se virou para Munda.

— E você, irmã, o que acha? Essa destruição toda parece ter sido trabalho de fantasmas ou de baderneiros?

— Merlin está certo — Munda disse, com brandura. — Você não estava em casa quando Urien morreu. Eu estava. Eu vi tudo acontecer.

Pela primeira vez, a determinação de Kymon arrefeceu. Ele franziu a testa, endireitou-se e olhou para as ruínas silenciosas na planície. Mas ele não se afastaria de seu objetivo maior. Eu o ouvi murmurar:

— Este lugar é nosso. É o que meu pai gostaria, e o que minha mãe gostaria, e o que meu avô gostaria... este lugar nos pertence.

Eu estaria enganado se acreditasse que Kymon queria retornar ao acampamento. Ele virou-se na sela de sua égua castanha, golpeou com força os flancos do animal, agitando as rédeas e fazendo a égua espumar, empinar e depois partir em disparada até os limites do bosque, para depois continuar cavalgando pela planície aberta, na direção do portão alto com seus crânios branqueados de touros. Ele gritava enquanto galopava, punho direito erguido.

E antes que eu pudesse proferir qualquer palavra, a garota seguiu o irmão, reproduzindo o som de um corvo: *krah, krah, krah*. Ela cavalgou de cabeça baixa, uma pequena lança presa no cinturão de seu cavalo. Que impulso a fez seguir seu irmão daquele jeito, eu só posso imaginar.

Kymon cavalgava com fúria em frente ao portão, furiosamente esbravejando contra o inimigo invisível.

— Ei, Mortos! Ei, Não Nascidos! — ele disse essas palavras com desdém, várias vezes, transformando-as em insultos elaborados com sua voz invencível. Então, foi além, para diversão de Munda. Ela aplaudiu quando ele gritou:

— Seus bastardos! Vocês são filhos de homens que fugiram do combate! E se escondem embaixo de seus capuzes, mostrando seus traseiros como cães submissos! Amamentados em peitos que não eram nada além de bolsas de vinho velho! Amamentados por mães que nunca tiveram a chance de lavar seus traseiros porque nunca os levantaram! Criados com cães sarnentos e ovelhas de patas apodrecidas porque nenhum filho de rei seria visto *vivo* com vocês!

Munda cavalgou aflita para sair do alcance das flechas enquanto ele prosseguia com as injúrias. Ela disse:

— Já basta, meu irmão! Guarde essa fúria para quando você arrancar as tripas deles.

Ele ignorou o apelo da irmã, levantando-se em seu cavalo, equilibrando-se na estreita sela, braços suspensos:

— Eu *não* serei expulso da casa do meu pai — ele gritou novamente, e sua voz começou a ecoar pelos muros escarpados de Taurovinda.

Então, ele acenou com o escudo oval sobre sua cabeça. A luz do sol capturou a imagem do cavalo e do falcão. Bem acima do ponto onde Kymon estava, para além dos íngremes muros terrestres, eu vi a luz refletida nos olhos fantasmagóricos de uma fileira de homens que ouviam atentamente cada palavra que o insolente e belicoso rapaz proferia, provocando e desafiando a força que ocupava a fortaleza.

Pensei que tudo acabaria aí, que ele cavalgaria de volta para a segurança, mas, para minha surpresa, Kymon subitamente começou a ter convulsões, ainda sobre seu cavalo. Punhos cerrados sobre o peito, face contorcida, pele pálida, cinzenta e retesada, ele gritou a velha maldição, a maldição de desafio.

— Eu os farei passar por maus bocados e por longo pesar! — ele uivou para os homens acima do portão. — Seu próprio sangue será uma praga vermelha, suas mulheres enlouquecidas de tanto chorar. Duelaremos com facas! Meu rosto coberto de sangue e fúria, meus olhos cobertos de gelo e ódio! Eu estarei fatigado depois do triunfo, um corvo que percorre a terra arada da sua carne. Minha espada, o espinho que fere a rosa de suas esperanças e sonhos. O seu sangue, a flor, a flor despontando em seu peito. Em seu escudo a flor de seu irmão, rosa coagulada, pétalas dispersas de carmesim! Eu serei o homem que arranca sua flor, suas vidas dependerão da minha misericórdia!

Isso era demais para os Mortos, aqueles que se lembravam de se posicionar e se defender desse discurso orgulhoso. Um jovem os estava desafiando, e ânimos poderiam se exaltar, mesmo depois da morte.

Os portões foram escancarados e cinco grandes cavaleiros galoparam em direção a Kymon. Os espasmos o deixaram e Kymon imediatamente se ajeitou sobre a sela, incitando seu cavalo a dar meia-volta, agitando as rédeas e disparando pelas planícies, de volta à segurança da floresta. Ele sorriu enquanto cavalgava, a irmã ao seu lado, acocorada sobre a cernelha de sua montaria. Projéteis atirados por fundas passavam zunindo por eles, atingindo a cobertura de nosso abrigo, de onde eu observava a ação, mas os dois já estavam alcançando a segurança, os cavalos tropeçando e jogando seu cavaleiro no chão, mas sem ferimentos graves.

Os perseguidores se organizaram em uma fileira, seus cavalos ofegando, homens fortes sentados, observando-nos através de aberturas em seus elmos.

Kymon retornou à beira do bosque, afrouxou as calças e urinou sobre a relva, olhando o inimigo com olhos frios.

Apesar de muito irritado, Kymon se recusou a retornar ao vale. Nós esperamos até o crepúsculo; então, ele foi até o bosque onde o pai e a mãe de Urtha jaziam juntos, abaixo de uma pilha de pedras. A avó de Kymon, Riamunda, havia sido uma mulher poderosa. Fora através de sua força e destreza que as terras de Cornovidi haviam atingido as dimensões que tinham então, alcançando as fronteiras com o Outro Mundo.

Há muitas histórias sobre Riamunda. Ela ainda poderia ser vista, uma coruja prateada de asas cor de avelã, voando sobre a fortaleza todo solstício de inverno, observando tudo o que acontecia abaixo dela.

Evidentemente, ela não tinha conseguido impedir que seu lar ancestral fosse pilhado.

Mas Kymon cantou uma canção para ela, acompanhado de sua irmã, que seguiu sua deixa. Aquela não era uma canção de invocação, mas de coragem, com um propósito. Ele chamou a alma adormecida de Riamunda, pedindo forças para fazer o que tinha que ser feito. A pilha de pedras era simplesmente uma sepultura, mas a voz dele ecoaria onde quer que ela estivesse na Terra dos Fantasmas. A Terra dos Fantasmas era um lugar complexo. Havia ali uma terra para rainhas, separada da terra dos heróis.

— Minha avó — ele finalmente suspirou —, mesmo que eu seja o único contra um exército, seu país nunca se curvará à escravidão. Eu não posso esperar o retorno de meu pai. Ele talvez nunca retorne. Estou ansioso por uma batalha. Envie-me falcões de ataque vindos do sol e pássaros carniceiros para limpar o campo. Voe baixo sobre mim e guinche, se em algum momento eu hesitar. Mas, avó... volte para MaegCatha e assombre a planície. Sua sombra me confortará.

Dois dias depois, enquanto voltávamos para o vale e ao campo dos exilados, eu me afligi ao ver uma mulher lavando uma camisa ensaguentada no rio, batendo-a contra as rochas. Ela não estava apenas lavando aquela roupa, estava manifestando dor. Naquele instante, achei que Ambaros havia morrido, mas depois soube que havia sido um menino que caíra de um penhasco enquanto tentava apanhar um dos pássaros que faziam ninho lá. Já que não havia necessidade de estocar comida nessa comunidade subjugada, sua intenção devia ser usar o pássaro em algum feitiço ou oferecê-lo aos deuses. Seus pais haviam sido ambos mortos no último ataque à Taurovinda. Agora, seu corpo alquebrado jazia em sua túnica sobre um pequeno leito, longe dos cães, enquanto seus guardiões debatiam sobre o que seria mais adequado: enterrá-lo ou queimá-lo em uma pequena pira.

Ambaros ainda estava muito fraco. Não havia nenhuma cor em seu semblante, sua respiração estava falha, havia sombras reunidas em torno dele. O brilho havia abandonado seus olhos, ora úmidos e baços. Mas estava claro que ele tirava forças de algum lugar.

— Você já pensou — ele me disse, com voz débil —, nas consequências de ser morto pelos próprios ancestrais?

Eu respondi com franqueza que não pensara a respeito e que minhas ideias sobre esse assunto não passavam de suposições. Eu estava tão intrigado com a Terra dos Fantasmas quanto ele.

— Mesmo assim, prometerei uma coisa a você — ele prosseguiu —, vivo ou morto, lutarei para impedi-los de cruzar o rio. Eles não pertencem a este mundo. Você pode confiar em mim. Diga aos meus netos, sim?

— Você mesmo pode contar a eles — sugeri, mas ele riu com cinismo.

— Para Munda talvez, mas o rapaz me faz lembrar a mãe dele. Impaciente e de pavio curto. E nada irritava mais Aylamunda do que uma morte desnecessária.

Eu poderia ter dado uma espiadela no futuro de Ambaros naquele momento, mas me recusei. Ele estava entre o céu e a terra, nada mais que meio vivo ou meio morto. Ele havia vivido aproximadamente cinquenta invernos. O tempo que se aninhava naqueles ossos grandes e ombros largos trabalharia tanto para que ele permanecesse conosco, quanto por sua partida para a Terra dos Fantasmas.

E eu não poderia interferir nesse processo.

Apesar de Munda ter visitado seu avô, Kymon não o fez. Em vez disso, o jovem convocou um conselho, na maior das cavernas escondidas do vale, e solicitou um banquete. Quando lhe foi dito que a comunidade estava de luto pela morte do menino que caíra do penhasco, ele sugeriu combinar o velório com o Chamamento à Batalha. Isso implicava comer comida preparada em uma ordem diferente, e acomodar as Altas Sacerdotisas e os guerreiros em lugares distintos, mas Kymon dispensou esse ritual, preferindo a simplicidade.

— Ainda sou jovem, entretanto, sou filho de meu pai e serei o primeiro a falar. Eu honrarei o menino morto. Eu o honrarei em seu sepultamento. Mas nós não estamos nas acomodações reais, nós estamos em uma caverna, em uma terra devastada, entre a vida e a morte. Não se apeguem a rituais que envolvam a morte, quando o que precisamos é ouvir o propósito da vida.

Eu imaginei que ele tivesse preparado com cuidado essa assertiva de seu pequeno e pomposo discurso.

Ele depôs o pequeno escudo oval, forjado com a imagem do falcão e do cavalo, no centro do círculo feito pelas pequenas mesas de madeira, e colocou uma almofada, uma tigela e uma faca de cortar carne ao lado. Eu sabia o que ele estava fazendo. Havia palácios no leste em que esse ato excêntrico realizado por alguém tão jovem teria sido saudado com humor e tolerância; em outros, teria sido saudado com moderada intolerância ou até uma punição suave. Mas um ato tão simples quanto o de instalar o escudo no centro do círculo, entre os celtas, como eu havia escolhido chamá-los, poderia facilmente resultar na sumária execução de Kymon. Ele estava assumindo uma prerrogativa na ausência do rei que tanto poderia ser contestada, quanto poderia ser tranquilamente aceita, se fosse entendido seu direito a ocupar esse espaço masculino somente porque ele era filho de seu pai.

Munda, sendo quem era, teve o direito ainda maior de ocupar o espaço central. Apesar de eu recordar essas histórias muito tempo depois de elas terem acontecido, lembro-me bem do quão importante era o papel das mulheres de Alba nas decisões e nos planos de batalha. Isso mudou depois, mas, na época de Urtha, ele era o braço direito do poder e Aylamunda, quando viva, o esquerdo. Depois de mortos, eles ocupariam diferentes territórios na Terra das Sombras dos Heróis.

Apesar disso, mesmo lá, haveria ainda caminhos a serem traçados juntos, de acordo com a necessidade e memória de quem requisitasse a atenção deles.

Não fora, portanto, o bando de *uthiin* sobreviventes de Urtha que representara perigo para Kymon, mas as Altas Sacerdotisas que haviam sobrevivido, e cujos ancestrais eram as *modronae* que protegeram as crianças exiladas na Terra dos Fantasmas.

A carne estava assada e a galinha, cozida. O cheiro de pão fermentado e bolos doces espalhava-se, perfumado, pelo vale. O mel estava misturado na cerveja rústica, e os odres foram enchidos e colocados sobre a mesa.

Em uma parte remota do vale, em uma clareira em meio às aveleiras, foi escavada uma cova para colocar o menino. Ele foi acomodado lá praticamente sem nenhum ritual, mas com um pouco de carne de porco, uma espada, seu manto e lembranças de seus pais. Kymon entoou um breve canto de esperança perdida em um mundo desesperado; ele convocou o fantasma do menino para que voltasse do Outro Mundo para ajudar em Taurovinda. O corpo do menino foi coberto pela terra, e depois fomos comer.

Kymon sentou-se em silêncio no centro do círculo formado pelas mesas enquanto os *uthiin*, as Altas Sacerdotisas e Aqueles que Falam Pelo Passado, da Terra e dos Reis — os druidas, em outras palavras — ocuparam seus assentos e começaram a beber. A carne dos animais foi separada dos ossos e distribuída, a travessa de pão foi sendo passada pela mesa. Quando já estavam todos comendo, ocupados com conversas e com o protocolo, Kymon ficou de pé, buscou um pouco de carne e pão e encheu uma taça com água da nascente.

Todos os olhares se voltavam para ele, agora me dou conta. Ele parecia indiferente ao olhar firme desses homens de barba rude e vestidos de forma grosseira. Ele comeu devagar, aparentando serenidade. Duas crianças cantavam para o anfitrião, mas Amalgaid, o poeta, permanecia calado. Este não era um momento para imitar ou celebrar os feitos passados dos homens que ali estavam.

Subitamente, o mais velho dos *uthiin* atirou o osso de sua porção no chão, perto de Kymon. O jovem cordialmente respeitou o outro homem, pegou a sobra e colocou em seu prato. Um segundo osso veio de outra direção. Kymon o colocou em seu prato. Então, uma das mulheres mais velhas jogou um pequeno lenço vermelho na direção de Kymon. Ele amarrou o lenço em volta de seu pulso. A mulher sorriu para ele e então murmurou algo para o homem que estava sentado perto dela. Ele franziu a testa, mas apanhou uma pequena faca de bronze e atirou-a cuidadosamente na direção de Kymon. O rapaz pegou a faca, reuniu os ossos do animal e ficou de pé, o escudo oval pendurado na frente de seu corpo.

— Se isto é tudo o que vocês podem me oferecer para lutar, eu lutarei com isto.

Dois dos *uthiin* pareceram assustados, eles não haviam oferecido seus serviços para o jovem, eles quiseram apenas provocá-lo. Então, um deles ficou de pé — um homem chamado Gorgodumnos, com cabelos e barba vermelhos, vestindo parte de sua armadura de batalha, pequenos pedaços de couro costurados como escamas a guisa de proteção extra, por sobre um casaco verde, e um colar de bronze em volta de seu pescoço impressionante.

— Com que direito você ocupou o centro?

— Nunca me ensinaram quais seriam meus direitos neste tipo de situação — Kymon respondeu rispidamente. — Quando a matança aconteceu, eu fui pego pelo pescoço e carregado até a Terra dos Fantasmas. Eu havia apenas começado a aprender.

Mas este escudo era de Urtha, era do rei, era do meu pai. Ele o levou consigo quando ateou fogo na Caverna de Herne, no crepúsculo do solstício de inverno — ele bateu com a mão na imagem na frente do escudo cerimonial. — O falcão monta o cavalo através do pior do inverno, à espera da primavera. Eu estava usando este mesmo escudo na noite em que fui levado rumo à segurança. Eu o reclamo como meu. Há uma mensagem para todos nós em seu símbolo de prata e bronze. Eu o ofereço como o símbolo que nos levará de volta a Taurovinda.

— Essa terra foi arrasada — Gorgodumnos disse, amargo. — Quando Urtha partiu, a profecia do druida ancião de Sciamath concretizou-se. Enfrentaríamos três terras arrasadas. E a segunda é esta! O reino foi saqueado, maculado e desertado. Não sobrou nada lá para nós retomarmos ou clamarmos.

Kymon atirou o osso de galinha no ar.

— Mas você prometeu sua espada e sua lança — ele disse, e não havia a menor indicação de riso em sua resposta

— Não temos nada a ganhar voltando lá — Gorgodumnos insistiu.

— Há tudo a ganhar — Kymon insistiu, ainda mais veemente. — As matas, os pomares dentro da fortaleza, os mananciais, a vida de nossos ancestrais; as terras que nossas crianças herdarão! Nós somos tudo aquilo que foi deixado para trás, em Cornovidi. Mas na Terra dos Fantasmas, os Não Nascidos aguardam para cruzar as matas e campos em que temos caçado e cultivado há mais tempo do que posso imaginar.

— Meus filhos caíram mortos e não puderam ser enterrados, em algum lugar na Planície de MaegCatha, carregados por fantasmas, mas trucidados pelo ferro.

Kymon hesitou por um instante, parecendo lutar para encontrar as palavras. Então, uma pequena voz, uma voz de menina murmurou:

— Se vocês não vão vingar a morte deles, então, há mais flagelo no reino de Cornovidi que uma terra arrasada.

Gorgodumnos lançou um olhar furioso para Munda, que se levantara, atrás do círculo de bancos. Mas ainda que seu rosto ostentasse expressão soturna, que tivesse balançado a cabeça, Gorgodumnos não disse nada.

Próximo a ele, seu irmão, o pesado Morvodugnos, levantou-se e colocou sua espada com a ponta voltada para dentro sobre a mesa.

— Não há gente suficiente para tomar de assalto a fortaleza. Ela conta com uma defesa muito poderosa.

— Nós precisamos reunir um exército — disse Kymon. — Um exército dos coritanis, amigos de meu pai, também com homens de Trinovanda, se eles aceitarem um pagamento posterior por seus serviços. Podemos ir para o norte, procurar por parísios. Certamente, não somos os únicos sobreviventes.

Eu hesitei em dizer a Kymon que as terras dos coritanis, a leste, no litoral, haviam sido abandonadas também. Efígies de madeira eram tudo que restara dos cavaleiros e lanceiros que haviam formado grupos de guerreiros tão eficientes.

Um jovem pálido, chamado Drendas, então perguntou:

— Quem irá comandar a expedição? Você é o filho do rei, mas é jovem demais.

— Ainda assim — Kymon disse com segurança —, eu comandarei a expedição. Mas espero conselhos sábios e profundos de todos vocês. Esta não é uma questão de glória. Não é uma disputa por rebanhos. Não é uma discussão acerca de tributos. Não é um ataque que vise aumentar nosso território de caça. Este será um levante realizado para reivindicar as terras dentro de nossas fronteiras, banir os Mortos para além de nossa terra e enviar os Não Nascidos de volta a esperar seu tempo. Eu farei isso pela memória de meu pai e minha mãe. Minha irmã aqui mostrará seu coração valente. Nós nos acomodamos aqui, nos limites desta terra arrasada, mas Munda está certa: enquanto não fizermos nada, estaremos tão mortos quanto a terra que um dia foi nosso lar.

Todos, menos Gorgodumnos, receberam com entusiasmo as palavras de Kymon, talvez mais pela confiança com que ele havia falado do que pelo seu chamamento de guerra. E o próprio Gorgodumnos parecia mais perplexo pelo que estava ocorrendo do que irritado com a proposta.

Mais tarde, Ambaros mandou me chamar. Ele havia sido informado sobre o pequeno discurso que seu neto fizera aos *uthiin* e às Altas Sacerdotisas.

Ele me contara a respeito de vários grupos de guerreiros que haviam escapado com vida dos muitos ataques que Taurovinda sofrera. Eles se estabeleceram nas colinas ao norte, em um desfiladeiro sinuoso ao sul e às margens de um rio na Floresta de Andiarid, o "chifre prateado".

Ambaros pegou meu braço, apertando-o com força surpreendente. Eu conseguia sentir as batidas de seu coração. Ele ainda estava entre a terra e o céu, mas sua fome pela vida só fazia aumentar. A vida vem quando é requisitada. Ele tirava sua vitalidade do ar úmido do vale.

— Você sabe tanto quanto eu — disse ele —, que a Terra dos Fantasmas está avançando cada vez mais, tomando tudo o que é nosso. Nossos soldados enfrentarão um exército de sombras. Eu estou orgulhoso das minhas crianças. Mas acredito que Urtha *vai* voltar; e que se isso acontecer... você pode imaginar o que ele sentiria ao descobrir *toda* a sua família morta? Por favor, certifique-se de que, aconteça o que acontecer, seja lá o que for, essas crianças estarão protegidas. Você pode fazer isso, não pode, Merlin?

— Certamente isso está dentro das minhas possibilidades — confirmei.

O aperto em meu braço relaxou. Seus olhos se apertaram enquanto ele fitava as figuras de animais pintadas que pareciam fluir através do telhado de sua antiga casa, como um rebanho de criaturas de chifre e cavalos de algum sonho febril. Esse era um refúgio estranho.

— Por que, eu me pergunto? Por que eles estão fazendo isso? — ele divagou. — Por que atravessar o rio? Eu estive aqui por tanto tempo e não consigo compreender por que os Mortos poderiam estar infelizes com seu próprio reino... quando observo da Colina do Luto, ou mesmo da beira do rio, vejo as florestas e os campos dos meus desejos mais profundos. Eu seria feliz lá. Se este corte no meu coração não cicatrizar, ficarei feliz em cavalgar por seus caminhos, caçar nas florestas, cruzar até as ilhas. O que os deixou tão zangados? Tão dispostos a lutar? — Seus olhos encontraram os meus por um instante. — Não é uma questão de vontade, posso ouvi-lo pensar. Mantenha-se atento, Merlin. Você vê mais longe do que qualquer pessoa que eu conheço.

— Foi o que me disseram.

Ele divagou para longe de mim. Ele havia atingido seu objetivo, com simplicidade e candura: eu deveria tomar conta das crianças e não negligenciar meus talentos em uma tentativa vã de entender o flagelo da terra arrasada para além do vale.

Mas, então, era como se os *uthiin* tivessem acordado de um sonho. A ideia de uma jornada de busca os levou a combater e competir uns com os outros. Somente quatro deles poderiam ser usados na busca de novos recrutas. Então, eles organizaram jogos e torneios para decidir quem mereceria o direito de deixar o campo dos exilados.

Gorgodumnos estava entre os vencedores, assim como Cimmenos, um jovem cavaleiro chamado Munremur e seu irmão adotivo, Cethern. Estes quatro então apararam a barba e amarraram seus cabelos, enceraram seus couros e botas altas, além das curvas e tiras que usavam para proteger as partes mais vulneráveis de seu corpo. Cada um deles selecionou uma pequena lança de cabo fino e de boa pegada, utilizada em todas as condições de batalha, e o ferreiro afiou os dois lados das lâminas de suas longas espadas de ferro. Por último, prenderam talismãs que haviam recebido encantamentos especiais em seus casacos e calças.

Amalgaid, o poeta, foi persuadido a prestar-lhes um tributo em forma de versos, apesar de deixar claro que ele não encontrava nada de favorável para dizer sobre Gorgodumnos, que se limitou a dar de ombros ante o insulto.

— A língua de um poeta é como a penetração de um pênis de touro — ele disse, indiferente.

Nós esperamos que explicasse aquilo, mas ele parecia achar que sua colocação fora clara o suficiente e se afastou.

Qualquer que fosse o problema entre eles, ninguém o mencionou. Não era o momento para criar animosidade entre os sobreviventes de uma grande ameaça.

Abastecidos e tendo recebido a proteção de Nemetona depois de se lavarem na água da fonte, eles cavalgaram em grupo ao amanhecer, lentamente em um primeiro momento, passando depois para um galope leve, seus uivos de lobo ecoando ao longo do vale por metade da manhã, antes que tudo ficasse quieto outra vez.

Depois, Kymon veio até mim. Eu estava agachado junto a uma rocha, próximo ao córrego, um dos meus locais favoritos. Ele sentou-se ao meu lado, pernas cruzadas, puxando sua capa contra o corpo para se proteger do orvalho da noite. Seu cabelo estava solto, apesar de ele agora usar um colar em volta do pescoço, sinalizando que iria assumir o papel de um guerreiro nos próximos eventos.

Mas ele estava menos excitado e mais pensativo.

— Como o fantasma do meu bisavô pode atirar uma flecha que poderia me matar?

— No nosso lado de Nantosuelta, os Mortos são ao mesmo tempo perigosos e vulneráveis.

— Então, um homem morto pode ser morto outra vez. Você entende as normas que regem o que está acontecendo, Merlin? Por que nós podemos vê-los em um momento, e logo em seguida não podemos mais?

— Eu não sei. Ainda estou tentando entender isso. Além do mais, acho que você acreditava que ocupantes da fortaleza eram oportunistas de outro clã, que reclamavam uma fortaleza abandonada como se fosse deles, e não os Mortos, não é mesmo?

Ele deu de ombros, sem responder à minha crítica gentil.

— Posso acreditar nas duas coisas, suponho, apesar ser mais fácil de compreender se fossem apenas renegados causando confusão. Mas eu me recordo daquela noite claramente, quando Taurovinda caiu. Foi tão confuso. Foi tão... estranho.

Eu não o interrompi. Ele parecia precisar falar sobre a noite da morte de sua mãe.

— Eu me lembro ter sido apanhado em minha casa adotiva por Cunomaglos, o irmão adotivo de meu pai e seu amigo mais querido. Ele disse para eu me preparar para voltar a Taurovinda. Meu irmão, Urien, iria também.

"Nós estávamos treinando, praticando correr descalços e usando projéteis de funda para derrubar gansos que sobrevoavam a superfície do lago. Era verão e nós havíamos feito amizade em nossa casa adotiva. Eu não queria partir. Mas quando Cunomaglos nos levou de volta para casa, havia uma festa de despedida sendo preparada para nós. Nossa irmã Munda era pequena demais para entender o que estava acontecendo.

"Minha mãe e meu avô Ambaros fizeram um estardalhaço quando nos viram. Nos deram facas com cabos de chifre e novos mantos de lã, feitos para desfilar para cima e para baixo diante dos cavaleiros *uthiin*. Nós éramos chamados de 'os pequenos guardiões'. A cidade inteira estava cantando. Urien e eu fizemos travessuras. Matamos um dos porcos de meu pai, eu lembro, e levamos suas vísceras e pulmões para o santuário de Sequana, onde os queimamos, pedindo a ela em troca para abreviar a jornada de meu pai e enviá-lo para casa.

"Meu pai ficou furioso quando descobriu. Eu não o vira por anos e agora ele esbravejava comigo e meu irmão. Nós havíamos abusado do espírito protetor do reino e quebrado um tabu. Eu não entendia a lei de tabu do rei e sua família naquele tempo, ainda que duas tivessem sido postas em minha própria vida quando eu nasci. Na vida de Urien também. Urien morreu antes de quebrar uma delas.

"Nós fomos banidos por uma noite e um dia para uma casinha perto do curtume, onde o ar era fétido. Mas nosso pai veio até nós para se despedir. Ele ainda estava bravo, mas nos disse que estava indo em busca do escudo de Diadara, bronze polido sobre um disco de carvalho e madeira de lei, em cujo reflexo poderia ser visto o futuro. Ele sabia onde encontrá-lo, em uma terra do norte. E ele o traria para casa. Por meio do escudo de Diadara ele veria a resposta para a questão que o preocupava em demasia. Isso estava relacionado com a sucessão e o comando do reino depois de sua morte. Ele tivera um estranho sonho que o perturbara. Enquanto ele estava fora, ficamos sob a responsabilidade de Ambaros, e deveríamos nos comportar bem, sem roubar nenhum leitão ou ganso, sem perseguir o gado que pastava solto — tudo o que havíamos sido treinados para fazer! Em vez disso, teríamos de praticar poesia e o uso de armas, além de obedecer a uma única regra: não importa o que Munda decidisse em uma discussão entre nós, Urien e eu deveríamos aceitar sem discutir.

"Eu não gostei nem um pouco daquela regra, mas Urien foi morto antes que Munda encontrasse uma razão para aplicar a regra.

"Aquela foi uma noite triste. Havia muito, meu pai saíra em sua busca. Cunomaglos, seu irmão favorito, estava encarregado de tudo. Mas cavaleiros haviam chegado ao forte, homens do leste, exaustos. Ambaros estava nervoso com aquela situação. Ele manteve as crianças fora da vista. Naquela noite houve um grande banquete, histórias foram contadas, novidades foram trocadas. Mas, de manhã, Cunomaglos e a maioria dos cavaleiros de meu pai deixaram os muros, cavalgando para leste, buscando a fortuna. Meu avô, Ambaros, cavalgou atrás deles, mas voltou depois, furioso. Nós havíamos sido abandonados. Cunomaglos, o amigo de meu pai, havia nos abandonado.

"E o que houve em seguida? Tudo o que eu sei é que nós fomos atacados à noite por uma horda que investiu contra nossos portões e ateou fogo em nossas casas. Eu não conseguia enxergá-los! Vi minha mãe ser derrubada, e Urien correndo para a casa de meu pai, com um enorme cão de caça em seu encalço. Todo o lugar estava a maior confusão. Nós podíamos ver cavalos, mas não seus cavaleiros, e também tochas, mas nenhum homem as trazia. Eu podia sentir cheiro de sangue, mas não via a lâmina que o fazia brotar.

"Então, um cão de caça pulou em mim e me puxou pelas roupas. Eu tentei matá-lo, mas ele usava sua pata enorme para arrancar a espada de minha mão. Então, ele me deu um golpe. A próxima coisa da qual me lembro é de estar nos pântanos atrás da colina, sendo arrastado pelo cão. Munda nas presas de outro. Por mais de um dia nós fomos carregados por aquelas criaturas. Eles nadaram contra a correnteza, depositaram nosso corpo ali na outra margem, depois, deram meia-volta e se afastaram de nós. Então, tudo o que eu lembro foi Munda balbuciando: 'Eram nossos próprios cães de caça, Maglerd, Gelard... eles nos salvaram!'"

Kymon franziu a testa, atirou uma pedra no córrego, e me olhou com atenção. Depois de um instante, ele se inclinou para trás e disse.

— Este parece ser o momento certo para ouvir o que aconteceu com meu pai depois que ele foi procurar o irmão adotivo dele. Você me contará?

— É claro.

Ele apoiou a cabeça com as mãos e escutou com calma, sem me interromper, enquanto eu o levava pela jornada pelo rio a bordo de Argo, por mais de um ciclo de lua, remando em direção ao leste, para as praias de um grande rio dedicado à deusa Daan, manobrando a embarcação por terra entre as cabeceiras dos rios.

Contei-lhe como havíamos seguido o rastro de perda e destruição de um exército de celtas, talvez cinquenta mil, e suas carroças e rebanhos, cavaleiros e cocheiros. Essa força enorme invadiu e saqueou o Oráculo em Delfos. Cunomaglos e seus homens se esconderam em algum lugar naquela impressionante horda de guerreiros. Foi uma longa busca.

Mas na terra dos macedônios, ao norte da Grécia, Urtha finalmente encontrou seu irmão adotivo, cavalgando com um grupo de avernos, e o intimou para um combate.

— Eles lutaram mergulhados até a cintura no rio, perto do mar. Pelo que me lembro, Cunomaglos usou um arpão pesado e um escudo. Então, Urtha lançou mão de uma curta lança e de uma espada de lâmina fina. Então, duas etapas ferozes de luta se sucederam. Os dois estavam debilitados, pois iam sendo feridos durante o confronto e perdendo sangue. Mas na terceira parte do combate, Cunomaglos não usou nenhuma arma, apenas o que o rio podia lhe oferecer. Eles usaram pedras e pedaços de madeira como porretes. Eles brigaram e trocaram golpes. Então, Cunomaglos desferiu um golpe em seu pai que o fez afundar e segurou Urtha debaixo d'água com o que restava de sua força.

Mas, de repente, o rio estava cheio de sangue e lanças quebradas! A oeste, um bando de guerreiros celtas, foragidos em terra, havia sido emboscado pelas forças macedônias e estava lutando próximo ao rio. Os mortos e suas armas boiavam pelo rio, chegando até onde se desenrolava o combate.

Cunomaglos agarrou uma lança e acertou seu pai no peito, mas o golpe foi fraco, apesar de o ferimento ter sido grave. Então, Urtha também pegou a parte pontuda e irregular de uma lança que passava pelo rio. Ele matou o irmão com um golpe único, brutal.

Um instante depois, Maglerd, seu bravo cão de caça, pulou no rio e se certificou de que Cunomaglos estava submerso, segurando-o até seu corpo ser varrido em direção à escuridão do mar.

Os olhos de Kymon brilhavam de vivacidade e orgulho quando ele deu um pulo. Munda sorria nervosamente, as imagens a atordoando.

— Bem feito para o Senhor dos Cães! — o rapaz gritou, animado. — Se me é permitido invocar os deuses, pela força de meus cabelos, não há nenhum, nenhum caçador mais capaz que o traído! Eis uma história que todos os poetas deveriam saber de cor, Merlin! Eu chamarei isso de Manobra da Lança Danificada! Você escreverá essa história em versos para mim? Levaria pelo menos a metade de uma noite para recitar.

Lembrei a Kymon que eu não era nem um druida, nem um poeta, mas assegurei que contaria a história em detalhes para um homem mais qualificado que eu. Ele pareceu ficar contente com esse arranjo.

Em dez dias, tínhamos mais vinte homens do nosso lado, a maioria da velha guarda, dez jovens que já haviam participado de batalhas e quinze mulheres experientes com armas e ávidas por usar suas habilidades, mesmo que fosse contra um inimigo sobrenatural. Esses recrutas haviam chegado com Cimmenos e Munremur. Trouxeram consigo mantimentos, cavalos extras e ainda quatro carros de guerra, que haviam sido preparados e reforçados para o combate.

Cethern retornou depois com dois Cabeças de Lobo, adivinhos, geralmente druidas que haviam sido banidos pelo rei. Eles estavam imundos, pálidos e vestiam peles cinzentas e azuis de animais selvagens. Ele ainda havia trazido quatro escravos que haviam escapado da fortaleza de Ferdach, rei de Dubnonii, e haviam vagado a esmo durante meio ano. Seu dedos indicadores haviam sido cortados e seus tornozelos, quebrados. Mas eles demonstraram como haviam aprendido a atirar e usar com eficácia a mão e o braço esquerdos. E como os brutos gigantes do reino Erian, conhecidos como *fomori,* eles eram adeptos de movimentos velozes com o pé saudável. Era estranho ver aquilo, mas eles estavam determinados a recuperar sua honra. Eles haviam sido parte de um bando de piratas da ilha de Erian, reino de Meath, no outro lado do mar oeste, e eram os únicos sobreviventes. Um deles era uma mulher, Caithach, parente de Scaitach, legendário treinador de campeões.

Com relação aos Cabeças de Lobo, havia algo familiar neles. Sinto vergonha por não tê-los reconhecido imediatamente por seu nome. A verdade era um cão de caça, à espera do bote.

Mas onde estava Gorgodumnos em tudo isso?

Dois dias depois, seu cavalo apareceu perto do córrego andando devagar, cansado. Havia vindo para casa seguindo seus instintos. Ainda estava selado e com rédeas. Não havia nenhuma arma na bainha. Sua crina era uma massa negra de sangue.

Ambaro recebeu a notícia e ficou arrasado.

— Perdemos Gorgodumnos? Então, perdemos o melhor de nós em muitos aspectos. Sua cautela era uma de nossas forças. Kymon agora deveria certamente receber o conselho do mais experiente de nós, deste vale e dos recém-chegados. E diga a Merlin para lançar sua própria prudência ao vento e sua apurada percepção na Terra dos Fantasmas. Nós precisaremos saber a força desta invasão.

E soube que ele acrescentou:

— E que o que é esperança seja alcançado.

Quando Kymon ouviu essa declaração, ordenou a construção de uma maquete de Taurovinda, feita segundo as lembranças de todos: seus portões, defesas e planícies ao redor. A rede de rios que passava por lá foi desenhada no chão. Samambaias serviram como floresta e pântano. Os chefes militares agacharam-se ao redor do plano para discutir as táticas. Eles ficaram impressionados pelo aspecto da fortaleza, vista dos olhos de um falcão em voo.

Mas no fim do dia estava claro que a fortaleza de Urtha tinha sido tão bem construída e estava tão bem defendida que nenhum confronto precipitado conseguiria atravessar seus cinco portões e obter resultado satisfatório. O portão oeste era resguardado por uma imensa área tomada pelo pântano e pelo lago, entrecortada por aglomerados irregulares de rocha negra rigidamente envolvidos por emaranhados de espinheiros; era acessível apenas por um exército de fantasmas, disse alguém.

E na verdade (o tal homem foi cordialmente lembrado disso) foi exatamente assim que Taurovinda caiu em mãos inimigas.

Kymon se impacientou com a discussão e tentou outra vez impor sua autoridade sobre os chefes reunidos.

— Se há dez ou cem inimigos atrás dos muros do forte, o problema está em *vê-los.* Se eles são realmente os Mortos e não renegados do sul, como eu suspeito, nós lutaremos contra o ar. Mas Merlin pode nos ajudar. Ele é um homem de grandes talentos; ele mesmo me disse. Eu me recuso a acreditar que ele não possa nos ajudar, livrando nossos olhos dessa escuridão para que, então, possamos enxergar o inimigo nos atacando. E se eu o compreendi bem, Merlin, em nossa terra, aquele inimigo, os fantasmas, são tão vulneráveis a nós quanto somos a eles!

Eu concordei com ele e me afastei.

Fora do círculo, Munda olhou para meu rosto preocupado. Seus olhos perguntavam: Você *fará* isso por nós?

Se eu puder, farei, tentei lhe dizer. Ela pareceu satisfeita com a resposta silenciosa, apesar de eu suspeitar que ela estava apenas tirando suas dúvidas a respeito de minhas limitações.

6

Ansioso pela batalha, com o coração frio

Finalmente, combinou-se que a retomada da fortaleza de Taurovinda na colina, à força ou não, ocorreria em dois dias, ao amanhecer. Munda saiu imediatamente à procura de presságios, com a permissão de Rianata, a Mulher Sábia. Um guardião a acompanhou. Os *uthiin,* juntamente com homens de hierarquias equivalentes de outros clãs, competiam pelo direito de cavalgar em uma ou outra posição, ou de levar um dos carros de guerra que esse jovem anfitrião agora possuía.

Kymon treinara intensamente o que os celtas chamavam de "manobras". Estas incluíam agarrar uma lança jogada por um inimigo e devolvê-la em um só movimento, usar um escudo como arma ofensiva e não somente para defesa, correr ao lado da trave de um carro de guerra, ficar em pé no jugo e lançar uma arma antes de voltar correndo para o carro; além de habilidades acrobáticas, exercitava-se uma rotina de movimentos remanescente dos gregos dos tempos antigos: saltos no ar e cambalhotas para frente e para trás, com a adição do lançamento de espadas ou lanças no movimento.

Kymon, por fim, recebeu instruções da hábil escrava de Erian, Caithach, acerca de uma manobra eficiente de defesa em combates corpo a corpo, intitulada "Recebendo o Golpe", que consistia em uma série de formas de o guerreiro manter-se flexível e capaz de se dobrar e realizar outros movimentos que minimizassem os danos causados pelas investidas da espada, e outros movimentos que permitissem ao guerreiro atingido segurar e pressionar o corte para prolongar sua resistência até o próximo porto seguro.

Caithach era uma mulher ruiva e vigorosa, que confiava em seu corpo marcado por cicatrizes e feridas. Evidentemente, alguns desses golpes deveriam ter sido fatais. O pior ferimento era o que ela trazia em sua perna esquerda, e ela havia sobrevivido a ele por pura força de vontade.

— Não é o ataque — ela dizia a Kymon várias, várias vezes. — Mas, sim, o desejo de voltar para a luta. Como seu pai, naquele rio no país estrangeiro. Cães de caça poderiam ter sido saciados com toda a carne que Cunomaglos cortou de seu pai. No entanto, ele foi capaz de lutar uma terceira vez e vencer o Senhor dos Cães.

No final do dia, Kymon conseguiu executar com perfeição o movimento que Caithach chamava de Manobra dos Quatro Pontos: quatro lanças com as pontas em chamas são atiradas para frente, para trás e para os lados em um único movimento. Ele ficou exausto, mas se sentindo imbatível, e foi aplaudido por muitos dos *uthiin*, que zombaram quando o garoto os desafiou para demonstrar suas habilidades. Eles já haviam recebido todo tipo de treinamento em sua época, claro, mas tinham ficado preguiçosos e lentos pela falta de prática.

— É amanhã! — Caithach declarou, com seu sotaque carregado. — Amanhã nós iremos lutar.

— E você pode incluir Merlin nisso — disse Kymon com um sorriso, enquanto recuperava o fôlego. — E Munda também — ele acrescentou, olhando para os lados, para depois perguntar: — Onde ela está? Ela deveria estar treinando.

Mas, então, desinteressou-se do paradeiro da irmã, trocou as roupas de treinamento por uma vestimenta mais confortável (o treinamento era feito com sandálias, uma túnica simples e uma couraça pesada para simular as rígidas condições de batalha), e foi fazer uma refeição ligeira, antes de ir se encontrar com Ambaros, cujas condições de saúde ainda exigiam cuidados.

Falar sobre Munda o fez lembrar que ela e sua guardiã tinham passado a maior parte do dia fora do acampamento. Eu considerara sua ideia de procurar presságios e agouros como um prazer ingênuo, já que, apesar de ela certamente ser intuitiva, não poderia ter suas habilidades de adivinhação e interpretação aguçadas e desenvolvidas a ponto de entender o que as marcas na terra indicavam sobre eventos futuros. Afinal de contas, onde essa garota teria recebido tal tipo de treinamento?

Ocorreu-me que talvez sua estada na Terra dos Fantasmas tivesse expandido o horizonte de suas habilidades mágicas, mas eu estava certo de que as *mondronae* teriam me informado desse fato quando solicitaram meus serviços no resgate do Outro Mundo.

Como eu estava cego!

Segui o córrego através do vale até onde ele era incorporado pelo grande rio. Suas margens estavam repletas de salgueiros cujos galhos pendiam para dentro do rio, que fluía ruidosamente sobre uma rasa camada de pedra. Sua guardiã, não mais que uma garota também, estava encurvada e semiadormecida, encostada no tronco de um carvalho. De algum lugar que meus olhos não alcançavam, vinha o som da menina cantando.

Munda, sentada de pernas cruzadas sobre uma pedra, esboçava o formato de um pequeno arco na água. Seu olhar estava fixo em um ponto distante da margem do rio, onde se encontrava uma mulher alta, parcialmente escondida pelos arbustos e por sua capa escura. Cabelos ruivos, longos e exuberantes emolduravam um rosto pálido e magro, mas não escondiam a linha vertical de pontinhos em cada uma de suas têmporas, suas tatuagens tribais.

No momento em que a estranha me viu, ergueu a mão e escondeu-se na mata. Munda parou de cantar naquele instante e olhou para mim com os olhos marejados. Havia uma aura ao seu redor, certo brilho no ar. Por um momento, ela me pareceu irreal, como se fosse apenas um sonho.

Então, ela disse algo que me deixou absolutamente perplexo.

— Nada está oculto — ela disse, quase como um suspiro. — Eu o vejo alvejado. Eu o vejo sem os ossos.

Eu me abaixei. Seu olhar me seguiu, mas ele estava focado em outro lugar. Então, seu estado de ânimo mudou e o brilho que estava sobre ela desapareceu. Ela pareceu me ver pela primeira vez e sorriu.

Ergueu a ponta de flecha de pedra, um "tiro encantado".

— É de Atanta — ela disse. — Ela mandou para mim. Aquela mulher me entregou. Isso significa que encontrarei Atanta novamente. Certa vez, ela disse que cuidaria de mim.

— Não tenho dúvidas — eu disse à jovem e então a ajudei a levantar-se. Ela estava rígida por ter ficado sentada durante muito tempo na mesma posição.

— Você teve algum presságio? — perguntei-lhe. — Sobre amanhã?

O que ela diria? Estava ciente de que havia sido possuída poucos instantes antes? Eu conhecia aquelas palavras. Eu sabia o que elas sinalizavam. Poucas mulheres nascem para isso, e suas vidas ou são arrasadas pelo dom, ou se tornam brilhantes e plenas por conta dele. Esse dom era conhecido entre as Altas Sacerdotisas e os druidas como *imbas forasnai*, a Luz da Visão.

Era um talento menor, se comparado ao meu, claro, mas era assustador no que a visão tinha de incontrolável, irrefreável, repentina, frequentemente brutal e sempre imediatista: não havia como evitar que a pessoa tomada pelo dom expressasse o que acabara de ver, e nem se podia esperar dela que aguardasse pelo momento adequado para revelar sua visão.

Muitas batalhas foram perdidas ou vencidas por causa das repentinas palavras “Nada está oculto”, seguidas de uma visão devastadora.

Eu o vejo alvejado. Eu o vejo sem os ossos.

Ela tivera uma visão rápida de algo, mas sabia disso? Aparentemente não. Em resposta à minha pergunta a respeito dos presságios, ela se referiu aos augúrios mais simples.

— Eu tive muitos. Marise também os teve. Ela voltou ao vale. Você não falou com ela?

— Não. Fale-me sobre os presságios.

Enquanto andávamos às margens do rio, Munda os descreveu:

— Ao meio-dia, três gaviões voaram juntos do leste para o oeste. Três pardais estavam voando do oeste para o leste e os falcões os apanharam, mas se separaram uns dos outros, foram saborear suas presas separados. Aquilo foi muito estranho. Então, no meio da tarde um peixe lúcio lançou-se do rio para a grama, lutando e se debatendo. Havia um pequeno peixe cheio de espinhas preso em suas mandíbulas. As espinhas haviam trespassado o céu de sua boca. O lúcio morreria, assim como o pequeno peixe. Então, tirei o peixe com espinhas de suas mandíbulas e joguei ambos de volta na água. Para viver outra vez; quem sabe morrer outra vez. Aquilo também foi muito estranho.

“Eu ouvi Atanta me chamar. E esta pequena flecha veio do rio, veio dela. Mas quando olhei, só consegui ver outra Mãe, como as Mães que nos protegeram depois que fomos levados embora pelos cães de caça. Eu acho que Atanta foi levada para baixo da terra, mas ela me diz que está viva e bem. Estes são os únicos presságios, Merlin... eles significam algo para você?"

— O que eles significam para você? — eu devolvi a pergunta e ela deu de ombros.

— Bem, os três falcões levando os três pardais: isso poderia significar que o que está junto agora, a reunião dos chefes militares, terminará em separação depois que a fortaleza for tomada. É um mau presságio. O lúcio foi ferido gravemente pelo pequeno peixe, mas, por outro lado, ele recebeu ajuda de um estranho. Eu acho que isso diz que nós falharemos desta vez, teremos de enfrentar novamente os espíritos. O terceiro presságio, a flecha da minha amiga, me faz pensar que tudo pode ser visto, mas o que nós vemos não é necessariamente a verdade. É o lúcio que me preocupa. Kymon está muito determinado a reunir um exército. Mas eu acho que nós estamos deixando passar algo importante.

Aqueles eram os presságios de Munda, e não meus. Mas três gaviões voando juntos? Era sinal de unidade, não separação. O frenesi pelo alimento, o frenesi pela batalha seria um ato solitário; mas o portento significava solidariedade, não traição.

Ela foi razoavelmente astuta sobre o lúcio e sua vítima espinhosa. Mas, novamente: os celtas seriam o peixe menor? Ou o peixinho cheio de espinhas representava os intrusos da Terra dos Fantasmas, tentando marcar posição em nosso mundo?

Eu estava triste por ela sobre a perda de Atanta. Não havia nenhum presságio aqui, só uma poderosa amizade, agora separada pela diferença de idade, que alcançara Atanta em seu retorno do Outro Mundo. Eu não conseguia encontrar palavras para dizer a Munda que sua amiga havia partido para sempre, e, ainda assim, estaria aqui pelo resto de sua vida. Ao amadurecer de forma natural, Munda encontraria sua própria maneira de aceitar essa realidade.

— E você, Merlin? — ela perguntou de repente, alerta. — Que presságios *você* teve?

Olhei para trás, em direção ao vale, com o semblante se tornando sombrio:

— Eu vi um homem sem fôlego, pulando vinte vezes sobre um escudo para frente e para trás. E depois lutando para jogar cinco lanças no mesmo tempo que levava para exclamar "Pegue estas!", e ouvindo a zombaria dos outros homens cada vez que falhava. Foi um presságio terrível.

Munda parecia alarmada.

— O que esse presságio quer dizer?

— Quer dizer que seu irmão está aprendendo a ser um rei — eu respondi. — E ele delegou a uma bruxa ruiva o poder de trazer todos os guerreiros e mulheres sãos e salvos do combate.

Eu acreditava que o dia seguinte seria muito, muito duro. O homem sem fôlego, até onde me era dado saber, era eu.

— Não foi um presságio — Munda riu, encontrando meu olhar desconcertado com um de entendimento e diversão. — É necessidade.

— Você está certa, é claro. E, a propósito, você vai treinar durante o dia também. A necessidade não conhece idade.

— Nem deveria, mas pernas e braços jovens têm mais elasticidade.

Ela subitamente começou a correr, depois deu três cambalhotas sobre ramos de árvores caídos, saltou sobre as pedras cinzentas e ficou de cabeça para baixo, sobre as mãos, cabeça pendurada, olhando para mim. Daquela posição desajeitada, ela falou comigo como seu pai costumava falar.

— É útil poder fazer isso tudo. Mas enxergar os fatos com clareza é o mais importante. E seus olhos fazem mais do que ver, Merlin. Então, se Kymon exigir demais de você no que tange aos treinamentos físicos, mande-o falar comigo.

— Obrigado. Eu certamente farei isso.

E você, se sua Visão se desenvolver, fará isso também.

Ela ficou em pé novamente, deu uma olhada para o lugar onde a mulher ruiva estivera observando-a, depois se voltou e nos levou de volta ao vale.

Duas manhãs depois, na escuridão que precede o amanhecer, fomos despertados pelo toque contínuo e misterioso de uma trompa. Foi seguido por um segundo e depois um terceiro toque. O vale irrompeu assustado e tochas foram acesas. As trompas continuaram a soar. Pássaros voavam em espiral, alarmados, na escuridão. O acampamento todo se mudou para a parte mais funda do rio.

Não havia ninguém ferido, por enquanto. O ritual do banquete que geralmente precede a guerra fora desconsiderado, talvez pela falta de suprimentos e algum bom senso. As várias partes desse *foedor*, desse grupo de guerreiros, que tomaria Taurovinda das mãos inimigas, havia feito seus próprios preparativos espirituais para o dia que teríamos à frente. Cada clã com seu senhor oculto, cada homem e mulher com as memórias de seus próprios ancestrais. O treinamento final das habilidades necessárias estava completo — eu havia aprendido dois movimentos de defesa importantes e fiquei dolorido e machucado, apesar de ter conseguido ao menos pular sobre uma carroça e pegar uma lança ainda no ar!

Então, todos eles se enfileiraram nas duas margens do córrego, quarenta e dois guerreiros no total, trinta deles homens e rapazes e doze mulheres de comportamento arisco, todos a postos diante de seus escudos compridos e ovais, alguns dos quais haviam sido recentemente forjados e nem mesmo estavam decorados. Eu me coloquei entre eles, segurando um cajado de aveleira que havia sido cortado para mim por Aquele Que Fala Pelo Passado, como um presente. Nós cantarolamos e bradamos nosso grito de guerra até os primeiros raios de sol se espalharem pelos bosques do leste.

Com esse acolhedor vislumbre de luz, Cimmenos caminhou na direção do córrego, baixou seu escudo, apoiando-o no chão, e lavou sua superfície, esfregando a água gelada sobre o veado em alto-relevo de prata. Ele repetiu o movimento três vezes e pegou um quarto punhado de água e o espargiu sobre sua espada. Depois, Munremur lavou seu escudo. A imagem de bronze do lobo cintilou por um instante, seus olhos parecendo tomar vida. Um por um, em silêncio, os *foedori,* os guerreiros, lavaram seus escudos e fizeram suas invocações pessoais finais, pedindo por sua vida, fosse no mundo onde viviam, fosse na Terra das Sombras dos Heróis. E quando esse detalhado ritual se completou, eles se prepararam para o ataque.

Não havia nenhum deles que não estivesse consciente de que, caso morresse, iria imediatamente para a terra cujos espíritos, seus próprios ancestrais, eram agora seus inimigos.

Com o desaparecimento de Gorgodumnos, Cimmenos era agora o líder do grupo de ataque, por sua experiência. Ele havia lutado em vinte e quato combates, roubado trezentas e onze cabeças de gado e contado sete vitórias sem nenhum sangue derramado. Ele não pediu para ser líder, mas era perceptível que as Altas Sacerdotisas, e Rianata, a Mulher Sábia em particular, haviam discutido sobre os mais variados méritos de todos os *foedori* e chegaram à única conclusão possível.

Cimmenos era um homem sábio o suficiente para saber que Kymon tinha de ser seu braço direito. Seu pragmatismo o fazia entender que um guerreiro habilidoso deveria estar a seu lado esquerdo. Ele escolheu Caithach, a treinadora de armamentos. Na Grécia, ou em Ilíada, uma decisão como essa teria enfrentado enorme oposição. Mas, para crédito desses celtas alquebrados e abandonados pela sorte, as decisões de Cimmenos foram aceitas sem objeções. Por conta disso, os três lutariam em igualdade de condições.

Os escudos haviam sido lavados. Mais tarde, as armaduras de batalha foram expostas e empilhadas em dois carros. O bando de guerreiros deixou o vale lentamente, em uma jornada de dois dias até a floresta e a Colina do Trovão.

Nós estávamos na terra antiga, e os lugares pelos quais passamos foram lembrados nas linguagens dos ancestrais. Marchamos pelos desfiladeiros do vale até a Passagem da Floresta dos Irmãos, ao sul da Colina da Mulher Acenando, que as Altas Sacerdotisas frequentavam duas vezes em sua vida para manter os olhos da mente abertos. Seguimos por um riacho até a estreita Planície das Fases da Lua, onde lebres e cães de caça assumiam a forma humana uma vez a cada dezenove anos. E depois, através do vale conhecido como Barulho do Carro de Guerra, onde dois campeões lutaram por onze anos sem que nenhum deles conseguisse vencer, e morreram, ainda cobrando um do outro seus carros de guerra de madeira de lei e vime. Depois que alcançamos o Nantosuelta e fizemos uma oferenda de sangue ao rio, tomamos a direção leste outra vez e chegamos à floresta ao entardecer.

Lá nos espalhamos, acomodamos os animais, descansamos e nos banhamos nas águas frescas do rio. Depois, durante a noite, os carros de guerra foram montados e disfarçados com folhagens e galhos de teixos amarrados. Cocheiros foram selecionados, eu entre eles. Meu treinamento na destreza de pular a carruagem convenceu Cimmenos de que eu poderia dominar o par de cavalos e lidar com as curvas sinuosas, habilidades exigidas pela profissão.

Fiquei aliviado quando Drendas, um excelente lanceiro, pediu-me para combater em meu carro. Ele sabia que estaria nas mãos de um amador. Mas tudo o que eu tinha de fazer era levá-lo ao ponto onde qualquer combate estivesse acontecendo, deixá-lo lá, retirar-me e esperar por seu sinal para ir até lá e resgatá-lo com o carro de guerra. Uma importante função, ele me assegurou. E, por favor, ele pediu com um sorriso largo, eu poderia não correr ao longo da trave do carro enquanto estivéssemos em alta velocidade?

Eu garanti a ele que não faria isso.

Eu desconfio de que, na verdade, eles não me queriam na luta, tanto por minha falta de habilidade com armamentos, quanto por meu potencial em outras questões.

Após o posicionamento dos carros de guerra e a tomada das demais posições, nós nos preparamos para a batalha.

Cimmenos foi o primeiro a vestir sua armadura. Ele tirou a crista de lobo de seu elmo e colocou o penacho de penas de garça em seu lugar, que eram típicas nesta parte da Hiperbórea.

Afivelou sua pesada armadura de pele de touro sobre uma camisa de linho, que evitaria atrito com sua pele e ossos; quatro camadas grossas, que cobriam ombros e peito, costas e rins. Poderia ser golpeada vinte vezes com o metal forjado a frio do Povo das Terras do Norte antes de ser destruída completamente.

Vestiu uma cinta de bronze brilhante para proteger o tórax, postou um protetor de ferro fino ao redor do pescoço e uma veste macia de pele de corça sobre sua calça listrada de azul e vermelho. Botinas cinzentas de couro de cabra e joelheiras pretas de osso de cavalo completavam a armadura. Ele jogou o manto sobre os ombros e assumiu uma postura confiante, enquanto lançava ao ar seus gritos de guerra, dizendo-nos que tomássemos a fortaleza, vencendo nossos inimigos, ou iríamos ter uma boa conversa com nossos pais e mães no Outro Mundo.

Ele era um homem forte e estava no auge. A aurora brilhava sobre seu cabelo e bigode vermelhos e refletia os cinco pontos recurvados de seu *kaibulg*, a pesada faca de estripar.

Todas as insígnias haviam sido retiradas dos elmos de guerra e anexadas aos estandartes: presas do javali, veados, os lobos, falcões e gaviões, os salmões saltadores, as raposas, lontras, corujas e cães de caça uivantes. Havia mais bandeiras do que homens para carregá-las. Todos os elmos estavam agora ornados com penas reais ou de bronze, uma decoração que significava a disposição de seus usuários para voar aos seus antepassados caso sofressem um dos sete golpes mortais.

Kymon surgiu em sua armadura de criança, como a de Cimmenos, mas de couro mais macio e com finos escudos de ferro com forro de pano na região da sua cintura e de seu coração.

Munda havia se armado de forma semelhante, embora não fosse lutar. Era apenas um gesto simbólico. Seu pequeno escudo tinha um alto-relevo ocre, com uma imagem de Braega, a guardiã do cruzamento dos rios. Braega era também um espírito de alerta que sussurrava no ouvido de uma menina na época em que estava se tornando mulher. Sobre o que ela alertava era uma pergunta que eu nunca fizera. E ela era também o espírito terreno a quem esses celtas se voltavam em momentos de transição e decisão.

Não sei se a escolha de Munda para a proteção do escudo foi consciente ou instintiva, mas foi certamente uma decisão adequada.

Então, Kymon foi à beira do Nantosuelta, com Aquele Que Fala Pelos Reis e Rianata, a Mulher Sábia. Ele entoou seu lamento sangrento com o vigor de um homem crescido. Garças voaram assustadas dos juncos. Pássaros se reuniram em bandos e rodopiaram nas margens mais distantes.

Carros de guerra da aurora competindo desde o vau do rio
Sol no elmo
Sol na lança
Sol na espada
Homens se dispersam ante os carros de guerra que competem
Sangue na planície
Sangue nas ricas túnicas dos homens mortos
Sangue na espada
Cabeças cortadas, vidas orgulhosas, homens altivos penduram os cintos de orgulhosos guerreiros
A vida continua na Terra
A vida continua em força
A vida continua nas espadas
Vermelho na planície, sangue no seio verde da Terra
Sangue nos muros altos da fortaleza
Cabeças penduradas nos muros altos
Os homens do jogo do esfaqueamento estão aqui, fortes como aço, perspicazes como o vento, vivazes como o sol, velozes como o nascimento, afiados como garras!

O sol estava a pino quando eles surgiram em linha na beira da mata, diante da proeminente Planície de MaegCatha e das encostas negras que se erguiam de Taurovinda.

Ficou claro imediatamente que as Sombras dos Heróis haviam estado ali em força maior desde nossa última tentativa de visita. A margem do bosque estava marcada com altas efígies de madeira de homens, grotescamente talhadas, pernas apoiadas separadas, braços em várias posições, cada mão segurando uma lâmina, ou um porrete, ou um escudo. Todas essas imagens de face branca estavam viradas em direção aos bosques. E diziam: até aqui, e não além disso.

Flâmulas pretas e amarelas balançavam com os fortes ventos das altas muralhas, indicando marcante presença dos Mortos e Não Nascidos ocupando a fortaleza.

E ainda: mais uma vez, os portões principais foram abertos.

Sem hesitação, Kymon no carro de guerra principal — seu cocheiro era o temerário Iala, que tinha orgulho de ser conhecido como "o selvagem" — atravessou o mato alto, açoitado pelos galhos de salgueiro presos aos lados do carro. Ele abriu caminho pelo campo e se posicionou fora do alcance de quaisquer tiros de funda que pudessem vir daquele portão aberto. Nós havíamos nos distribuído em três pequenos pelotões. Os oito *foedori* do Kymon o seguiram e se espalharam em forma de arco. Eu levei meu carro de guerra e o pelotão para o norte, Cethern conduziu o seu para o sul. Nossos *foedori* pisotearam a pastagem, limpando a área de batalha. Nadcrantail, de Eriu, e Larene, um parísio, galoparam com uma corrente esticada, pendurada entre eles, para retirar os espinhos e carvalhos que estavam brotando quando a planície foi reivindicada pelos Espalhadores de Florestas, os Iernos.

Nós provocamos grande alarido, com nossas vozes e armas de confronto, e ficamos esperando lá, no dia frio, observando as nuvens cuidadosamente para nos assegurarmos de que não seríamos cegados pelo sol caso o céu, subitamente, ficasse limpo. Cimmenos, montado em um cavalo forte, acompanhado de uma comitiva de seis homens, esperou com atitude ponderada, mas agressiva, diante do portão, desafiando os Mortos a sair e lutar.

O carro de guerra de Kymon se aproximou do meu. Ele fizera os cavalos correrem ao longo da faixa de terra na planície, encarando a muralha oriental, uma atitude inquieta e raivosa. Ele parecia mais feroz agora, com seu longo cabelo emaranhado.

— Eu odeio esta espera! Dê-nos olhos para enxergá-los, Merlin. Se você não puder fazer isso, diga-nos o que *você* vê.

Eu o vejo alvejado. Eu o vejo sem os ossos.

Tive calafrios ao lembrar as palavras de Munda. A colina estava em silêncio, mas aquele portão aberto era como a entrada para uma armadilha. Eu intuía a cilada, mas quando conjurei o falcão e voei para o céu, vi apenas a estrada vazia, um invólucro deserto, as casas em ruínas.

O falcão rodopiou nos céus. Eu não queria perder meus sentidos por muito tempo, mas no último momento de sua sombria existência, ele viu — eu *vi* — o mato se agitando atrás de nós.

Eu gritei para Kymon e seu lanceiro Iala:

— Para a retaguarda! — e manobrei o pequeno carro em direção à emboscada, trinta homens altos, em armaduras enferrujadas e elmos manchados correndo a toda velocidade pelo mato. Eu havia visto armaduras como essas em muitos lugares, simples, antigas, pesadas. Aqueles eram os Mortos — certa vez grandes heróis, então reduzidos a algozes. Suas espadas eram simples, longas e brilhantes, e eles faziam uso delas com eficiência impiedosa. Repentinamente, os Mortos lançaram uma chuva de lanças sobre nós, que atingiram uma porção de nossos guerreiros que estavam desprevenidos. Eu vi muitos de nós tombando. Kymon adiantara seu carro de guerra, segurando as rédeas com uma de suas mãos, e empunhando, furioso, a lança com a outra.

Ouvi Kymon bradando:

— Homem contra homem! Eu combaterei!

Mas um único combate para decidir essa questão, agora, não era mais que um sonho.

Munremur foi abatido ao atacar a pé; depois Iala, no carro de guerra de Kymon, foi arrancado do veículo por uma lança que atravessou sua garganta. O inimigo começou a se aproximar do garoto, mas Drendas pulou do meu carro, posicionando seu escudo e sua lança na frente de Kymon, para defendê-lo. Ele foi cercado pelo inimigo e rapidamente abatido e empalado, embora eu o tenha visto depois rastejando pelo mato, em busca de abrigo. Agitando as rédeas, Kymon virou o carro de guerra, chutando um homem que tentava entrar nele para apanhá-lo. O homem caiu para trás; e minha própria lança atingiu-o quando eu forcei meus cavalos a darem a volta para irem em busca do filho de Urtha.

Kymon havia se embrenhado no mato alto e também dera uma volta, pronto para voltar à carga. Sua boca espumava de medo e excitação. Ele havia desembainhado a espada. O homem chamado Larene, buscando proteger o filho do rei, pulara em seu carro de guerra, com um punhado de dardos finos nas mãos.

Kymon mal podia me ver, mas quando percebeu minha presença, gritou:

— Nós podemos pegá-los, Merlin.

— Não, não podemos — assegurei. — É uma armadilha; eles estão dentro da colina também, esperando por você. Eles o pegarão como refém.

— Hah! — ele gritou; não foi uma risada, mas um açoite para seus cavalos. Eles se precipitaram de volta para a batalha. Larene realizou a Manobra dos Quatro Pontos, mas foi um grande gesto que terminaria com sua vida. Eu vi Kymon se abaixar quando um jorro de sangue o atingiu dos olhos à cintura, Larene perdendo sua vida junto com a cabeça, enquanto um dos inimigos, ao dar um salto por sobre o carro de guerra, foi morto na mesma manobra.

Eu o vejo alvejado, eu o vejo sem os ossos.

Se Urtha retornasse vivo, eu não poderia olhá-lo nos olhos se ossos alvejados fossem a única coisa que eu pudesse apresentar para saudá-lo, principalmente se seu filho estivesse entre eles. Kymon lançara seu carro de guerra através da zona de cavalgada, chicoteando os cavalos na direção do Portão do Touro.

Quase imediatamente, cavalos de guerra dispararam, surgindo de trás dos muros, galopando pela planície. Eram guiados pelos mesmos cavaleiros de manto cinzento que haviam perseguido Kymon anteriormente por causa dos desaforos e provocações que ele havia proferido em frente aos muros altos da fortaleza.

Eu vi Cimmenos e Caithach cavalgarem rapidamente em seu auxílio. E fui atrás deles.

Mas apesar de o grupo desses cavaleiros circundar o jovem furioso, isso foi feito de certa distância. O restante dos cavaleiros formou uma barreira entre o grupo beligerante e o filho do rei. Kymon atacou e rodopiou, golpeando com toda a sua força, mas os cavaleiros permaneceram distantes, mantendo o garoto isolado.

Seu líder cavalgou rapidamente por entre a linha de homens que separavam o círculo da planície, seus olhos acinzentados fixos em mim: ele me viu claramente. Eu tinha a mais absoluta das certezas. Agucei meus ouvidos e pude ouvi-lo murmurando:

— Abandonem a colina. O garoto nos pertence...

Eu reconheci a voz. Esse era o homem que havia entrado na fortaleza durante a chuva — o homem parecido com Urtha.

Meu carro de guerra estava a toda carga. Um dardo atingiu sua lateral e, quando uma flecha perfurou o pescoço do pequeno cavalo, ele puxou o carro para a esquerda. Se o animal tinha consciência de sua ferida, não o demonstrou. Kymon percebeu minha aproximação. Ele gritou meu nome. Homens armados pularam em mim. Eu me defendi usando apenas meu braço para golpeá-los de volta.

Caithach, Cethern e quatro outros de nossos *foedori* haviam se retirado da luta entre as árvores retorcidas, e se alinharam para cobrir minha retaguarda. O homem alto em seu cavalo pesado galopou em curva de forma que bloqueava meu acesso ao rapaz ensandecido e vociferante. Um rapaz urrando por batalha, uma das mãos nas rédeas e a outra empunhando a espada.

Pensei, por um instante, em conjurar o lobo. Eu não era um cocheiro. Um lobo poderia ter saltado sobre as fileiras, agarrado Kymon e o levado para um lugar seguro. Eu estava preparado para fazer isso, e tinha até começado a invocar o feitiço que me permitiria correr como um lobo, ter a força desse animal e cegar espectadores ao surgir naquela forma.

Kymon me poupou o esforço. Eu o vi se atirar no ar, dando um salto mortal. Ele fez esse movimento duas vezes e voou sobre a barreira de cavaleiros, saltando outra vez, e arremessou sua pequena espada com resultado fatal para um dos homens que investiam contra ele. A lâmina cravou no peito do cavaleiro e ele foi para trás, caindo da sela. Pulando e correndo, Kymon se jogou em meu carro danificado. Ele pegou meu escudo plano, deixou o carro de guerra por um momento, girou rapidamente três vezes no lugar e lançou o escudo planando através do mato achatado, atingindo o homem que me era familiar, arrancando-o de seu cavalo de batalha.

Se o escudo tivesse suas pontas cortadas em curvas, como lâmina afiada, o homem teria se partido em dois com o golpe, pois o jovem Kymon lançara o objeto de madeira e bronze com muita força.

Ele deu outro salto mortal de volta para o carro, encharcado de sangue e ainda mais feroz. Tinha recebido um ferimento sério no queixo. Estava com os olhos marejados quando gritou:

— Perdemos! Nós perdemos! Meu pai ficará envergonhado de mim.

— Não perdemos... apenas adiamos a vitória. Seu pai ficará orgulhoso!

Fiz os cavalos darem a volta e acelerei por entre a mata. Atrás de nós, vinham apenas onze de nossa tropa, galopando ou correndo. Embora os cavaleiros de manto estivessem se retirando para dentro da fortaleza, fazendo seus cavalos andarem para trás em uma marcha desajeitada, sem tirar os olhos de nós, os demais guerreiros da Terra dos Fantasmas estavam ocupados com a inexorável tarefa de livrar nossos mortos de seus despojos, exibindo os objetos roubados em suas lanças.

Do outro lado da barreira de árvores, protegidos pela floresta, estávamos salvos. Mas Kymon mostrava-se perturbado, desolado. Seu mais confiável conselheiro, Larene, um jovem perspicaz, jazia no mesmo pedaço de terra para o qual Kymon fora levado ao nascer, para observar as estrelas acima de sua casa, antes de ser despachado para viver com seu pai adotivo, entre os cornovidi. Ele se levantou, cismando por entre as sombras, fitando além das planícies e dos corvos que começavam a circular sobre o campo de morte.

— Meu pai ficará envergonhado — ele repetiu, calmo, acrescentando rispidamente e não me permitindo argumentar:

— E não adianta me convencer do contrário. Este foi um péssimo dia para todos nós.

— Foi pior para os homens naquelas lanças. Você não foi alvejado. Não teve seus ossos retirados.

Ele estava inconsolável, fitando desgostoso a exposição dos crânios de nossos guerreiros no Portão do Touro.

— Eu cometi um erro. Eu é que deveria ter sido atingido por aquelas lanças. Munda estava certa.

Munda? Ele conversara com Munda também? Perguntei a Kymon o que Munda lhe havia dito.

— Para aguardar pelo tempo certo. Para me tornar mais forte — ele me olhou, com desespero nos olhos. — Haverá um convite para eu me oferecer como refém, Merlin... mas até Urtha voltar, não posso arriscar! Não que eu não tenha coragem, mas meu pai precisará de um filho quando ele retornar de sua louca aventura na Grécia. Não é?

— Você está certo — foi tudo o que eu pude dizer ao jovem.

Deuses, eu assistira este delgado rapaz lutar de uma forma que nenhum cavaleiro ou escudeiro no desfiladeiro da Termópilas havia sido capaz! A coisa mais honrada a ser feita agora, se tivéssemos lutado contra pessoas vivas, seria ele se oferecer como refém. Mas a verdade é que ele era muito jovem para tal função. Nenhum filho de rei que nem havia terminado ainda seu período de adoção poderia ser levado como refém. Morto, sim, mas não levado como refém. Mas tudo isso era teórico. Nós havíamos lutado com os Mortos, e negar-lhes o prazer de capturar o filho do rei por si só já era um prêmio.

Enquanto Kymon se lamentava — eu o deixei entregue às suas próprias lamúrias por um tempo, um gentil e útil abandono, devo dizer —, voltei à planície e assisti ao final da carnificina. Eu fiquei surpreso ao ver o líder dos cavaleiros galopando no gramado em minha direção, sozinho e desarmado, seu escudo redondo pendurado nas costas, sua cabeça desprotegida.

Ele era certamente um dos Não Nascidos. Ele veio a mim em seu disfarce de meia-idade quando, sem dúvida, ele estaria em seus melhores anos. Ele parou na minha frente, com seu lado direito voltado para mim, o que me fez acreditar que aquele não era um desafio.

— Quem é você? — ele indagou.

— Alguém mais velho que os ossos alvejados que estão enterrados sob esta colina — respondi. — Mais velho que o carvalho que foi usado para fazer os primeiros portões ou a terra que erigiu estes muros; velho suficiente para ter caminhado dentro e fora da Terra dos Fantasmas sem perceber a diferença...

— Morto, então. Mas ainda vivo. Eu tive essa sensação a respeito de você.

— E você? Quem é você?

— Esta é uma boa pergunta — o cavaleiro disse, com uma risada. — Eu gostaria de ter uma resposta. Este é meu lugar. Sou daqui. Sonhei com esta colina. Mal posso esperar para ocupá-la. O garoto não teria sido machucado... não por mim. Você tem nome?

— Nenhum que eu vá dizer a você. E você? Você tem nome?

— Às vezes, eu acho que tenho; às vezes, acho que não. É o preço de não ser daqui nem de lá. Eu não tenho intenção de prejudicar o rapaz...

— Eu sei.

— Os outros têm. Eles querem feri-lo mortalmente. Estão em maior número. Mas estamos todos determinados a tomar este lugar. Então, se você quiser preservar seu prodígio que salta sobre carros de guerra, mantenha-o longe daqui. Prometo-lhe que, se ele voltar, eu mesmo cuidarei de desferir o golpe que irá matá-lo. Não terei escolha nesse caso. Mantenha-o com raiva, mas afastado daqui! Preserve o sangue dele para avermelhar suas faces, não o solo. Você entendeu, eu suponho; você vê as consequências. Você vê isto vermelho. Você vê isto desolado por corvos.

— Quem *é* você? — gritei para o homem.

Eu abri os olhos, mas a névoa que me separava da Terra dos Fantasmas obliterou minha visão. Ele ainda não havia nascido, mas era um homem de grandes poderes. Ele se ajeitou na sela de seu inquieto cavalo de guerra e procurou por seu próprio entendimento por entre as árvores da floresta. Eu estava consciente de uma coisa: apesar de nós ainda não nos conhecermos, certamente nos encontraríamos outra vez e em sua vida real.

— Quem é você? — murmurei outra vez, e pela leve sacudidela na cabeça, ele ouvira a pergunta repetida.

— Eu não sei — ele respondeu depois de uma longa pausa. — Eu não tive o privilégio de saber. Mas estou certo de uma coisa: que há algo pútrido no coração do reino para além do rio, um renegado que negocia com a morte. Ele faz prisioneiros e os leva a acreditar que são reis. E eu não quero tomar parte nisso!

Então, por que *você* é parte disso?

— Porque eu sou um prisioneiro que acredita ser um rei.

Ele hesitou, nervoso, à beira de dois mundos, entre dois estados de consciência.

Então, ele disse, em um suspiro que mal consegui ouvir:

— Em meus sonhos, eu tenho um nome que não significa nada para mim. Talvez seja meu. Talvez não.

— Você me dirá?

— Pendragon. É um nome que soa tão estranho para mim! E você? Agora vai me dizer o seu?

— Merlin — eu disse. — É um apelido, mas é o mais antigo dos nomes que já tive.

— É o nome do qual me lembrarei.

Por fim, ele se virou e cavalgou.

Eu estava agradecido de vê-lo se afastar — sua presença me perturbava —, mas mais agradecido pelas informações que ele havia intencionalmente me fornecido: que não havia unanimidade de objetivos na maré crescente que fluía da Terra dos Fantasmas. Era minada por dissidências e diferenças quanto aos propósitos. Nós havíamos testemunhado um pequeno incidente para aquele efeito. Uma exposição breve, que havia deixado metade de nosso pequeno, determinado *foedor* mutilado e apodrecendo na Planície de MaegCatha.

Parte Dois

O retorno do Rei

7

Filhos de Llew

Um vento feroz vindo do oeste tornou inavegável o braço de mar para Alba. De um penhasco alto no limite da terra dos Bolgoi, Urtha, o Senhor da Guerra e Rei Supremo de Cornovidi, observou o mar cinzento na distante faixa esbranquiçada que marcava a passagem para sua própria terra. Seus ferimentos de combate estavam curados, suas forças haviam retornado.

Abaixo dele, na praia coberta de seixos, uma mulher estava parada na beira da água. O vento agitava seu cabelo louro e teria arrancado a capa verde de seu corpo se ela não a estivesse segurando com força, enfrentando a tempestade. Atrás dela, os dois barcos que poderiam levá-los a cruzar o canal estavam encostados próximos ao penhasco, amarrados e cobertos. Eles precisaram trocar dois de seus próprios cavalos para poder usar aqueles barcos. Seus donos, homens atrebates, jovens e rabugentos, estavam acostumados a atravessar para a Ilha das Brumas, onde trocavam vinho e bronze, algumas vezes carne, algumas vezes reféns. Mas nem eles se arriscariam nesse mar revolto.

A mulher era uma caçadora cita, Ullanna, filha do Rei Androgon, e estava acostumada a temperaturas mais amenas e a oceanos com odores mais agradáveis. Ela se voltou de onde estava na garoa gelada e olhou com desaprovação para o homem agachado no penhasco acima dela. Gaivotas voavam em círculos e guinchavam, e a voz dela o alcançou, elevando-se e vencendo o barulho produzido pelas aves e ondas que arrebentavam, fazendo estardalhaço.

— Este é um mar tão desagradável! É um braço desolado de água. Não há nenhum calor aqui.

— Eu já vi este lugar mais brilhante. Eu já o vi mais calmo — Urtha gritou de volta. — Mas este lugar não existe para agradá-la. Existe para guardar a ilha e seus reinos, incluindo o meu.

— Este vento é pavoroso. Ele sopra através de meus ossos!

— A coisa boa a respeito dos ventos — Urtha respondeu, gritando com as mãos em torno da boca —, é que eles levam a si mesmos embora.

Ullanna estreitou os olhos e encarou o rei nos penhascos.

— Bem, apesar da tempestade, parece que você está de bom humor.

— Ah, devo estar. Estou quase chegando à minha terra natal, afinal. Ainda nos encontramos muito ao sul, admito, mas já podemos vê-la daqui.

— Só conseguimos vê-la quando o vento arrefece — a mulher cita lembrou-lhe, sua voz quase sendo levada embora pelo vendaval que se armava.

— Nada dura, por mais forte que seja.

— Nada? Nem mesmo o amor? — ela gritou de volta, usando mãos e braços para amplificar o som.

— Não posso ouvi-la! — Urtha respondeu aos berros, sorrindo.

Urtha afastou-se da beirada do penhasco e seguiu a trilha irregular até a vila que os acolhera e onde haviam conseguido os barcos, um para Urtha, seus homens e dois cães de caça, o outro para os cavalos e carros de guerra. Cathabach e Manandoun, membros do bando de *uthiin* de Urtha, estavam agachados junto ao fogo. Suas capas, penduradas nos barcos, serviam como quebra-vento. O chão estava coberto por forragem fresca e limpa e mantas de cavalos.

— Um palácio real — Cathabach murmurou quando Urtha entrou. Era um abrigo bem rústico, que tinha um quebra-vento improvisado como parede; e Urtha escolhera um estábulo como quartel-general em vez aproveitar os confortos do alojamento comunal.

Cathabach girava devagar o espeto com a carcaça de uma galinha sobre o fogo. Pelo menos o interior do estábulo asqueroso era aquecido.

— Alguém não deseja vê-lo retornando para casa — ele ainda disse, de forma direta. — Lugar errado, na hora errada.

Ele estava aludindo ao fato de que Urtha, de forma afoita e temerária, guiara seus homens ao longo do afluente errado alguns dias antes; em vez de chegarem ao estuário lamacento do rio onde Sonia vivia, de onde deveriam navegar pelo canal estreito até alcançarem o estreito de Alba, eles haviam viajado pelo belo largo e vasto Sequana, que ficava muito ao sul. Haviam gasto a maior parte dos sete dias de viagem em um território perigoso, até chegarem a esta praia cercada por penhascos, que podia ser vista da ilha.

— Depois da viagem que acabamos de fazer — Urtha disse, olhando ávido para a comida —, nada me deterá. Nem mesmo os bastardos que vivem além dos penhascos brancos de meu país.

Manandoun resmungou, emburrado:

— Não são aqueles bastardos que me preocupam. Tudo o que eles fazem é gritar para o mar e se exibir para os que estão cruzando o rio. São os bastardos no norte que me preocupam: os Trinovanda. Eles recolhem cabeças como nós recolhemos ovos; eles juntam reféns com a facilidade de quem está juntando feno. E as florestas deles são guardadas por deuses muito estranhos.

— Nada tão estranho quanto o que vimos recentemente — Urtha lembrou a ele. — Você concorda?

Manandoun ergueu os ombros, desistindo. Ele estava cansado, todos eles estavam. A viagem da Macedônia havia sido árdua e muito longa. Urtha havia estado entre a vida e a morte durante boa parte da jornada, recuperando-se devagar de seus ferimentos. Mas, então, ele havia se curado e sua energia parecia ser infinita.

Mas seus cavaleiros estavam exaustos, impacientes para chegar logo em casa e também apreensivos: eles não tinham mais esperança genuína de encontrar por lá nada além da terra arrasada. Eles sabiam que suas famílias estavam mortas, mas também sabiam que dois dos filhos do rei estavam vivos. E eles faziam parte do grupo *uthiin* de Urtha, e eram obrigados, pelos laços da honra, a levar o rei a salvo para casa.

— Nós deveríamos simplesmente roubar os barcos no momento em que fizermos a travessia — Manandoun continuou resmungando. — E, depois, navegar ao longo da costa rumando para o norte.

Cathabach balançou a cabeça, cético.

— Você tem noção de quantas embarcações afundaram ao norte daqui? Há uma elevação brusca do leito do mar, e a areia parece tragar os barcos para o centro da Terra, como um peixe que salta para fora da água para apanhar uma mosca. Ouvi dizer que os mastros dessas embarcações podem ser vistos durante a maré baixa, as cordas soltas, batendo contra a madeira. Onde você aprendeu a navegar?

— E quando você ficou tão supersticioso? — Manandoun perguntou, bruscamente. — Ah, é. Eu me esqueci. Você já foi um druida. Bom, a tal “areia que traga navios” é apenas uma lenda. As criaturas da floresta de Trinovanda são antigas e perigosas. *Elas* não são uma história inventada.

Os dois homens olharam para Urtha, que sorriu.

— Para ir direto ao ponto — ele disse —, eu não anseio por uma viagem pelo mar, com ou sem areias assassinas. Nem desejo me embrenhar em tais matas, estejam elas cheias de javalis facínoras e cães raivosos ou não. Assim sendo, concordo com Manandoun: certamente roubaremos os barcos quando chegarmos ao outro lado. E, depois, navegaremos pelos canais dos rios para oeste e para o norte até alcançarmos a fronteira de nosso próprio reino. É certo que essa travessia também terá seus perigos. Mas Ullanna é excelente caçadora, tem bons olhos e bom faro para nos indicar a direção correta.

Manandoun e Cathabach trocaram olhares significativos.

Urtha disse, sem se alterar:

— Expliquem essa troca de olhares.

Manandoun disse:

— Esse olhar significa apenas que eu tenho minhas dúvidas quanto ao senso de direção de Ullanna guiando-nos pelo mar. Mas se meu rei confia nas habilidades dela, isso me basta.

Cathabach disse:

— Esse olhar significa apenas que eu duvido que Ullanna esteja realmente familiarizada com nossa terra natal, Alba, com suas florestas, seus vales, rios, montanhas, planícies, clãs, perigos e encantos. Mas se meu rei confia nas habilidades dela, isso também me basta. Talvez o rei saiba algo que nós desconhecemos.

— Eu não confio nas habilidades dela — Urtha disse, bruscamente, ignorando o azedume na voz de Cathabach. — Acontece, porém, que arrastamos aquele carro de guerra, dois cavalos e a nós quatro em uma viagem que já dura duas estações e que percorreu mais montanhas, vales, planícies e florestas do que posso imaginar desde o norte da Grécia, enfrentando aqueles picos nevados, picos cheios de gelo, aqueles rios congelados, aquela floresta infestada de javalis ferozes, e as tribos belicosas e os refugiados cujas terras foram arrasadas; e meu próprio erro naquela junção de rio que nos trouxe tão ao sul. Em todos e em cada um desses momentos, você, Manandoun, cuidou de sua retaguarda, e você, Cathabach, cuidou do que ainda teria de enfrentar. E eu lutei para me curar e recuperar minhas forças. E Ullanna, a mulher que amo — não esconderei esse fato, eu a amo! —, Ullanna manteve nossos cavalos limpos e alimentados, manteve o carro de guerra lubrificado e em perfeitas condições de uso, detectava com o nariz qualquer rajada de vento, chuva, vendaval, rastro de animal selvagem ou flor em botão. Ela encontrou comida para todos nós durante cada trecho de nossa jornada. Ela, como vocês, fez a parte dela para que chegássemos aonde chegamos. Dito isso tudo, concordo com você. Uma vez em Alba, ela estará tão perdida quanto qualquer um de nós.

— É sobre a forma como você vive com a mulher cita que venho querendo falar com você — Cathabach murmurou.

— Ah, sim. Desde que cruzamos as montanhas ao norte da Macedônia, tenho a sensação de que você tem um espinho cravado em seu peito.

Cathabach empalideceu com o insulto, estreitando os olhos verdes com hostilidade.

— Aylamunda, sua mulher, está morta, mas não recebeu as honras e os tributos que lhe eram devidos. É impensável que você divida seu leito com essa mulher cita! Sinto muito dizer isso, mas você está em total desacordo com o código dos reis! Até que o espírito vivo de Aylamunda tenha sido enviado em sua jornada para a Ilha das Mulheres, você deve viver no estado chamado pelos *eberianii* de "a condição de expressão inconsolável e coração que lamenta".

— Nós chamamos isso de luto, velho camarada, e eu estou de luto. Eu apenas não tenho tempo de me lamentar.

— Você desafia nossas leis com esse amor pela mulher cita...

— Ullanna! Filha do Rei Androgon, descendente de Atalanta.

— A cita! O fato de você e ela dividirem o leito e terem conversinhas que apenas os amantes têm desafia nossas leis. Você trará desgraças e desgostos a todo o clã, a menos que pague os tributos apropriados à mãe de seus filhos. A filha de Ambaros. Sua consorte em armas e sábia conselheira. Você não se lavou na primavera. Você não fez para ela o escudo para protegê-la. Você não andou durante os três dias, envolto em recordações, como mandam nossas tradições. Você não cantou As Três Nobres Raças.

— Pretendo fazer tudo isso — Urtha disse, sem se alterar. — O bom Deus sabe que eu sinto muita falta de Aylamunda.

— Você não demonstra isso!

— É muita falta de consideração falar dessa forma.

— É você quem se comporta sem nenhuma espécie de consideração.

Por um momento, os dois homens encararam o chão que os separava, cada um deles lamentando suas palavras cheias de rancor. Então, Urtha perguntou:

— Cathabach, o que eu deveria fazer se um de meus cavalos morresse subitamente?

— Deveria seguir a lei. E depois adquirir e treinar um novo cavalo.

— E se o cavalo fosse morto durante uma batalha?

Cathabach balançou a cabeça, entendendo o que o rei queria dizer com aquele raciocínio simples.

— Claro que você vai encontrar uma nova montaria pelos campos. Essa comparação é indigna, de mim e de Ullanna...

— *A mulher cita*? — Urtha incitou. — Você precisa definir dignidade, Cathabach. Precisa definir estratégia. A lei é muito boa quando está tudo bem. Eu não me encontrava no reino de meus ancestrais quando Ullanna entrou em minha vida. Eu irei *sim* prestar as devidas homenagens a Aylamunda. Cathabach, velho camarada — eu *anseio* por isso! Deus das Florestas, ouça meu juramento!

Manandoun disse, de modo franco:

— Não entendo para que tanta confusão. Se o calor do corpo de Ullanna mantém o rei forte, todos nós triunfaremos ao fim de tudo isso. Podemos seguir para o oeste, e nós temos uma vaga noção do norte! Pelos deuses! Ullanna tem um dom para encontrar trilhas e rastros. Contanto que tenhamos em mente uma vaga direção de Taurovinda, iremos acabar chegando a algum lugar perto de casa!

Apesar dos ventos fortes terem diminuído durante a noite, e de o mar ter se acalmado, o otimismo de Urtha provou ser infundado. Uma névoa densa se condensou sobre o oceano e sobre a terra firme, envolvendo tudo e todos em seu manto de silêncio e imobilidade. Urtha e Manandoun andaram ao longo da praia coberta de seixos até o ponto onde os homens da vila aguardavam ao lado das duas embarcações. Seus cabelos e barba estavam molhados por causa da umidade.

— Será que nós podemos remar com este tempo? — Urtha perguntou, mas eles indicaram que não, balançando a cabeça. O Vilão dos Mares, a quem eles costumavam chamar de Kraaknor, mandava essa bruma descer sempre que suas filhas levantavam-se do leito do mar para nadar. Suas costas estavam cobertas de areia, e qualquer embarcação que tocasse nelas seria arrastada para as profundezas.

Manandoun encarou a história dos nativos de forma cética, mas Urtha suspeitou que os bancos de areia tivessem se movido durante a tempestade e que as palavras daqueles homens poderiam servir de advertência.

Além disso, seria muito fácil que o barco virasse se eles tentassem navegar com aquela baixa visibilidade. Uma pedra magnética, que poderia ajudar e muito a manter o curso do navio na direção certa, não estava nem entre as posses dos *uthiin* de Urtha e nem entre as posses de seus anfitriões atrebates.

Além disso, ali a hostilidade também crescia sem parar. Eles não estavam nada felizes com a compensação que receberiam em troca de arriscar a vida na travessia do canal: dois cavalos que Urtha estava confiante em poder repor depois que fizessem a travessia. Eles cobiçavam o carro de guerra solidamente construído, com aros de metal, que havia sido dado a Urtha na Macedônia, depois de seu combate. Eles haviam pedido duas vezes, de forma educada, mas Urtha foi franco na negativa. Eles então haviam se oferecido para levar os *uthiin* para o norte ao longo da costa, evitando assim os guerreiros de Taurovinda, mas de novo ouviram um não. Urtha e Manandoun mantinham suas espadas de forma não ameaçadora, presas na cintura e não às suas coxas, mas, apesar disso, soltaram os cintos de suas pesadas capas de lã.

Mas as tensões, que começaram a despontar ali na praia, logo após o amanhecer foram dissipadas, quando o chamado grave de uma trompa de chifre ecoou através da neblina do mar do sul.

O ritmo lento das batidas de um tambor e o barulho dos remos batendo n'água indicaram que uma embarcação se aproximava, navegando ao longo da costa do rio. Urtha andou até a arrebentação, deixando que as ondas vagarosas varressem suas botas. Manandoun espiava por cima de seu ombro, tentando enxergar algo em meio à bruma. Se alguém navegava pelo canal, era possível descobrir a direção em meio à neblina, e isso significava que os dois barcos que carregariam Urtha, Ullanna, seus *uthiin* e pertences talvez pudessem seguir a embarcação que se aproximava em comboio.

O barco passou por eles, os golpes no tambor inabaláveis e ritmados, o ranger do casco e das cordas no ritmo do mergulhar e subir dos remos nas águas plácidas. Urtha estava a ponto de fazer uma saudação à embarcação, quando um dos nativos o impediu.

— É quase certo que sejam piratas — explicou o homem, rapidamente. — Eles preferem quando o tempo está assim. Contam a distância pelo número de remadas que dão. Observe: eles entrarão na foz do rio quando tiverem navegado as planícies de areia

Urtha seguiu ao longo da praia até o lugar onde os penhascos começavam e a lama do estuário do pequeno rio estava alinhada com o píer. Não se ouvia mais o bater dos tambores; apenas o suave murmúrio das ondas contra os juncos podia ser ouvido. A neblina foi se alterando, rareando em um momento, para depois tornar-se mais densa de novo.

E a embarcação apareceu, vagando preguiçosamente pela desembocadura do rio, e, nesse momento, tanto os olhos do homem que estava perto da imponente escultura na popa, quanto os olhos da mulher que estava abraçada no alto da proa a olhar para a terra, buscaram algo com atenção.

Urtha reconheceu o barco imediatamente: os olhos estreitos e sinistros pintados no casco, a figura entalhada da Senhora da Floresta da Terra do Norte, Mielikki, a deusa protetora da embarcação, seu rosto malicioso voltado na direção do convés, seu longo cabelo como se tivesse sido jogado para trás pelos fortes ventos dos oceanos que sopravam contra ela. Escudos das mais variadas formas e tamanhos pendurados na balaustrada da embarcação. Dez remos, visíveis da terra firme, descansavam gentilmente na água encapelada. Um barco baixo, insinuante, uma linda nave, uma embarcação de outra era.

Argo.

Os olhos de Urtha encontraram os de Jasão, um homem grande, de barba escura, que usava vestes negras e um elmo grego de cobre brilhante, em pé logo abaixo do rosto da enfurecida deusa de madeira. Aparentemente, Jasão não o vira. A mulher na proa, cujo manto tinha um tecido estampado de traços dourados e rubros, e que trazia os cabelos em uma cachoeira de tons avermelhados, gritou algo em seu próprio idioma; os tambores recomeçaram a marcar o ritmo, e os remos entraram em movimento novamente.

Urtha reconheceu Niiv, a feiticeira da Terra do Norte, que provocara, insultara e enfeitiçara Merlin na longa jornada que eles haviam feito até Delfos.

Quem mais poderia estar a bordo de Argo, Urtha se perguntava. Quais dos outros argonautas? Se havia vinte remadores na embarcação, dez de cada lado, Jasão certamente deveria ter recrutado pessoal durante a viagem. Estaria a bordo o gigante dácio, Rubobostes, com seu cavalo Ruvio, forte o suficiente para arrastar o barco? E talvez o próprio Merlin ocupasse um banco no interior da embarcação, e remasse naquele momento, aquele homem jovem que usava seus dons em encantamentos, assim como Urtha usava seus dons no manejo das armas: com cuidado e precaução, controlando os possíveis efeitos dos talentos que lhes vinham tão naturalmente. Merlin, aquele homem sem idade, mas que se mantinha jovem ao relutar em fazer uso constante de suas aptidões. Merlin, que percebera algo em Urtha de Alba, exatamente no mesmo momento em que o Rei Supremo dos cornovidis também intuíra que havia um entrelaçar irrevogável de sua vida com a vida daquela criatura que nunca se banhava e que vivia cheia de piolhos — quantos anos fazia agora? —, quando o feiticeiro ocupou os mesmos alojamentos de inverno que o senhor da guerra e seus *uthiin*.

Na embarcação sinistra, Niiv subitamente entoou o canto de um pássaro, cujo eco pareceu seguir rio acima, entre os penhascos de calcário. Um arrepio percorreu o corpo de Urtha e os pelos de sua nuca se eriçaram. Niiv teria visto o rei? Ou estaria ela no mesmo tipo de transe, aquele mesmo transe pelo qual era tomada em viagens e que certa vez permitira que ela guiasse Argo pelas cabeceiras estreitas do grande rio Reinus?

Com os escudos expostos brilhando e com seu espírito guardião sombriamente preocupado, a nave das terras gregas deslizava através das brumas, virando-se na direção do mar cinzento, para então fazer a travessia em direção a Alba.

Urtha percebeu que Manandoun o chamava. O homem mais velho estava lívido de tanta irritação. Urtha deu-se conta de que estivera sonhando. Estivera perdido em pensamentos.

— Aquele barco é Argo! — o homem de barba vermelha estava dizendo. — Nosso próprio barco! Nossa antiga embarcação... por que nós não a estamos seguindo?

Manandoun havia chamado pela embarcação várias vezes, mas Urtha não tinha escutado. Os homens da vila permaneceram quietos e carrancudos, meio ocultos pela névoa, mas um deles depois disse:

— Eu já vi barcos como este antes. Eles vêm do velho mundo; são barcos-espíritos enviados pelo Vilão para nos atrair à morte certa no mar.

— Besteira! — Manandoun escarneceu. — Não é um navio-fantasma, mas, ainda que fosse, nós já navegamos nele. Aqueles são nossos amigos!

A resposta veio em forma de risada cínica.

— Pois eles não parecem conhecer vocês.

Ignorando-os, Manandoun disse:

— Urtha! Ainda está em tempo de acharmos essa batida de tambor se nos lançarmos agora nas águas. Podemos segui-lo. Por que outro motivo Jasão estaria retornando a Alba, a não ser para encontrá-lo? Ele não tem nenhum outro interesse por lá. Tem?

— Ele tem interesse em encontrar o segundo filho dele. O menino que todos chamam de Pequeno Sonhador. Você não se lembra do que Merlin contou a ele? A profecia do oráculo de Arkamon? O segundo filho de Jasão foi escondido "entre paredes açoitadas pelo mar".

— Uma ilha — declarou Manandoun — "entre paredes açoitadas pelo mar"? Uma ilha. É isso que você está dizendo? Mas ele pode estar em qualquer ilha! Alba não é a única ilha no mundo como o conhecemos, Urtha.

— Bem, é verdade. Apenas me parece muito estranho que Argo tenha voltado aqui para o oeste.

Manandoun ainda insistiu:

— Vamos segui-los, então!

Mas seus anfitriões, os homens dessa pequena tribo que os recebera, jamais concordariam em fazer a travessia sob tais circunstâncias.

Melancólico, Urtha fez o caminho de volta envolto pelo denso nevoeiro até suas acomodações na vila.

Não muito tempo depois, porém, o som de um carro de guerra puxado por dois cavalos e guiado por dois jovens que gritavam entusiasmados e encantados com a atividade fez-se ouvir através daquela cobertura sufocante de névoa que cobria tudo e todos. Urtha ergueu-se devagar ao ouvir o ranger alto das rodas do carro de guerra, o estalar do chicote, o resfolegar dos cavalos. Curioso, ele se aproximou da borda do penhasco. Perto dele, seus *uhtiin*, Manandoun e Cathabach, esquadrinhavam a névoa com os olhos atentos e ouvidos aguçados, apontando na direção, para além da vista, de onde vinha o som do carro de guerra.

— Reconheço essas vozes — Catabach murmurou. — Como é que as reconheço? — A névoa havia se condensado em sua barba vermelha e pingava da ponta de seu bigode.

— Eu também as reconheço — Ullanna gritou do estábulo. — São daqueles gêmeos que conhecemos quando navegamos em Argo! Os cimbros. Eles seguiram para Delfos com Jasão depois que abandonamos a busca.

Urtha também os havia reconhecido.

— Sim, sim. São Conan e Gwyrion. Aqueles moleques irresponsáveis, os filhos do brilhante deus Llew.

— Não gosto nada disso — disse Cathabach. Ele havia afastado seu pesado manto de lã e pousado a mão levemente sobre o punho de marfim de sua espada. Mas Manandoun disse:

— Se é o som de um carro de guerra o que escutamos, eles estão procurando por nós, isso quer dizer que chegaremos a Taurovinda mais rapidamente! Tem sido bem desconfortável viajar nós quatro em apenas um carro de guerra.

Cathabach sacudiu a cabeça.

— Carros de guerra não podem cruzar o mar. E nós já contamos com pouquíssimo espaço nos dois barcos que arrumamos.

— Calem-se — disse Urtha. — Em nome de Kernos, o que eles estão fazendo?

Houve um lampejo de luz dourada através da bruma. O carro de guerra parecia correr como um raio, sem que pudessem vê-lo, indo do oeste para o leste, e de repente fez uma curva acentuada. Depois do estalar do chicote, ouviu-se um grito:

— Fechada demais! Esta curva foi fechada demais! O eixo vai quebrar desse jeito!

— Fique calmo, meu irmão, e deixe que eu cuide da direção!

Então, a gargalhada dos jovens encheu o ar. O nevoeiro foi novamente iluminado por um brilho dourado e a terra tremeu conforme o carro de guerra fazia mais uma curva fechada, desta vez na direção do penhasco.

Urtha correu na mesma direção, subitamente alarmado.

— A terra termina ali, no precipício! Façam a volta, seus idiotas, façam a volta imediatamente!

Pelo repentino relinchar de pânico dos cavalos, os gritos apavorados dos rapazes que dirigiam o carro de guerra, o barulho de algo sendo estraçalhado, e do veículo sendo jogado de forma temerária, ficou claro que uma queda fatal havia sido evitada por uma curva feita no último minuto e cujas consequências foram lamentáveis. Talvez os rapazes tivessem ouvido o grito de advertência de Urtha, talvez simplesmente tivessem visto que um precipício se abria diante deles e muitos metros abaixo só havia uma ampla praia de seixos, nada disso importava.

Cathabach foi o primeiro deles a correr até a beirada do precipício. Os dois rapazes estavam confusos e atordoados; desviravam o carro de guerra e averiguavam os danos.

— Você não enxerga? — um deles perguntava ao outro. — Você não viu o precipício?

— Minha obrigação é guiar, irmão! Você é quem tem que cuidar de nossa retaguarda e, quando formos ameaçados, atirar lanças aos inimigos. Essa é a sua tarefa. E, bem, pelo menos as rodas estão intactas.

Eles ergueram seus olhos quando Cathabach se aproximou. Eram quase idênticos; louros, com cabelos compridos que chegavam aos ombros, rostos brilhantes e bem barbeados, aros de bronze na testa, e estavam usando trajes coloridos, trajes de príncipes: cada um deles vestia um manto curto, preso ao peito, e traziam a face do Senhor do Sol em suas túnicas.

— Cathabach! — um deles gritou, animado. — Que ótima visão de boas-vindas você é! Achávamos que o tivéssemos perdido há muito tempo. Ajude-nos a levar o carro de guerra para algum abrigo; ele vai precisar de conserto.

Mudo de raiva, Cathabach avançou até os rapazes — quem dirigia o carro de guerra era Conan, e o que atirava lanças era Gwyrion — e bateu a cabeça deles uma contra a outra.

Conan ficou furioso e fez menção de desembainhar sua espada. Mas o olhar fulminante que Cathabach lhe lançou o impediu de concluir o movimento. Gwyrion massageava a têmpora enquanto verificava se estava sangrando.

— Dupla de imbecis sem juízo! — o druida guerreiro gritou para eles. — Vocês acham que carros de guerra nascem nas árvores?

Os gêmeos olharam para ele sem reação.

— Até onde sei, são feitos de madeira — Conan gracejou.

— Um carro de guerra é uma coisa preciosa. Como vocês ousam ser tão descuidados?

— Estamos com pressa de voltar a Alba. — Os gêmeos trocaram olhares nervosos. Cathabach suspeitou disso.

— Por quê? A quem pertence esse carro de guerra?

— Nós o conseguimos com Nodons — Gwyrion explicou. — Em algum de seus antigos santuários. Ele estava jogado em um canto. Em algum lugar em Divodurum.

— Nodons? Santuário? Conseguimos? Rapazes, o que vocês estão me dizendo?

— Nós roubamos o carro de guerra de Nodons. Do santuário dele. Em Divodurum — Conan confessou.

Por um instante, observando a conversa, Urtha pensou que a cabeça de seu amigo, o druida, fosse virar uma bola de fogo, como a efígie de um salgueiro na véspera do solstício de inverno. Mas o que quer que estivesse passando pela cabeça de Cathabach naquele momento, ele conseguiu controlar e não dizer em voz alta. Gwyrion disse, como se intuísse o que o velho druida estava pensando:

— É isso que fazemos de melhor.

— O que é que vocês fazem de melhor?

— Roubar carros de guerra — Conan explicou.

— Nascemos para fazer isso! — o irmão enfatizou. — É tudo que sei. Falando apenas por mim, quando chegar a hora de marcharmos para a batalha, quero estar guiando o melhor carro de guerra da face da Terra, e ter o melhor lanceiro ao meu lado. De preferência, alguém que não seja *este* idiota desequilibrado. Nós nascemos para isso. Mas carros de guerra se quebram durante os treinos, sabe...

— Exatamente — Conan completou. — Especialmente quando *você* comanda os cavalos. De qualquer forma, é por isso que estamos sempre tendo que roubar novos carros de guerra.

— E nós já roubamos os melhores — Gwyrion concordou. — Nós roubamos, inclusive, o carro de guerra do nosso pai! O carro de guerra dourado de Llew, com seu jugo de cedro polido, e os aros das rodas de madrepérola.

— Infelizmente, nós o quebramos — Conan confessou, constrangido, para depois iluminar-se ao dizer: — Mas este aqui é o carro de guerra do primo do deus Llew. Um camarada muito importante, isso deve ser dito.

Gwyrion franziu a testa.

— Embora este carro de guerra não tenha almofadas muito confortáveis — não são de pena de ganso, entende — e mesmo que seu eixo possa ser melhorado para tornar as curvas mais fáceis e precisas, ora, é um excelente veículo!

— Bem, voltará a ser quando consertarmos o estrago que fizemos — Conan disse, conciliador.

Acabando com a conversa absurda, Cathabach rugiu:

— E Nodons? O bom deus Nodons, o protetor de mãos prateadas dos membros dos soldados em combate, o curador, o Fazedor de Nuvens... ele sabe que seu carro de guerra foi, ah... subtraído?

Conan riu, nervoso:

— Bem, sim. É o único que ele tem. Suspeito que ele já deu pela falta do carro a esta altura. E é por isso que temos pressa de chegar a Alba. Precisamos nos esconder por um tempo.

— Talvez vocês sejam, na carne e no sangue, filhos de um deus — Cathabach disse solene e cuidadosamente —, mas eu juro que vou jogar uma maldição em cada um se vocês se comportarem de forma tão temerária antes de chegarmos a Taurovinda. Vocês não terão permissão para guiar carros de guerra nos festivais e nem durante as batalhas.

— Apenas um druida pode jogar uma maldição dessas — Conan sorriu, desdenhosamente.

Com um gesto brusco, Cathabach abriu sua camisa para revelar os dezenove cortes da lua e as quatro espirais das estações.

— Eu já fui um druida, e serei novamente. Uma maldição me obriga a carregar esta espada por dez anos. — Ele aproximou seu rosto de Conan, encarando-o. — E esse tempo está chegando ao fim.

Conan franziu a testa, o rosto revelando sua enorme curiosidade.

— Você é um homem complicado — disse ele.

— Nós todos somos homens complicados — Cathabach respondeu, enigmático.

Os jovens baderneiros haviam quebrado o eixo de seu esplêndido carro de guerra e machucado um dos cavalos, apesar de não ter sido nada sério. E em vez de surtir algum efeito positivo, a ameaça furiosa de Cathabach simplesmente deixou os dois rapazes, que já estavam bem irritados, mais nervosos ainda. Cada um dos gêmeos estava bravo com o outro por jogar seu peso para o lado em vez de ter se abaixado no carro de guerra! Eles sequer concordavam entre si sobre quem cometera o erro fatal no momento do acidente. Mas o fato era que, ao virar o carro de guerra para evitar a queda no precipício, os rapazes não viram as raízes do espinheiro projetadas nas escarpas do penhasco de rocha calcária, e, com isso, danificaram a bela incrustação em ouro com a imagem do verdadeiro dono daquele carro de guerra: Nodons!

Já era ruim o suficiente que o pai-deus deles, Llew, o Pai Brilhante, Senhor da Luz, um deus que, diga-se de passagem, gostava de colher cabeças, quisesse beber o sangue dos dois por terem roubado seu carro de guerra anos atrás. Mas, agora, o primo com cabelos em chamas do deus Llew iria exigir o pagamento de tributos, recompensas e, muito provavelmente, sangue daqueles tolos, como ressarcimento por sua perda.

A única esperança — eles haviam decidido em uma discussão fraternal — seria cruzar o mar de volta a Alba e voltar para sua terra natal o mais rápido possível. Era melhor receber a punição de alguém conhecido do que a de um estranho. Os pais sempre amoleciam o coração quando os filhos demonstravam arrependimento de forma adequada. Eles poderiam entregar o carro de guerra de Nodons como uma oferta e deixar os problemas éticos de tal presente a cargo do pai.

Com isso em mente, eles estavam agitados, mas otimistas, quando Urtha e Manandoun se aproximaram no acampamento.

Os dois jovens prontificaram-se a carregar o carro de guerra quebrado até a praia lá embaixo. Eles estavam bem certos de que conseguiriam consertá-lo de forma que pudesse ser posto no mar e cruzar o oceano, viajando por cima das ondas.

Mas Urtha tinha outras ideias.

— Respondam-me isto: o que aconteceu na Grécia? O que aconteceu a Jasão e Merlin?

Gwyrion pareceu perplexo. Conan simplesmente balançou a cabeça, olhando fixamente para o rei.

— Jasão? Ele morreu procurando por seu filho mais velho. Ele foi ao oráculo de Delfos durante a batalha, e nunca mais voltou.

— Vocês não esperaram por ele? Ou procuraram por ele?

Gwyrion mostrou as palmas das mãos, querendo demonstrar-se inocente do que imaginou ser uma acusação de Urtha.

— Ele estava morto. A deusa protetora de Argo nos disse. Nós estávamos cuidando do coração do navio. Você e Jasão haviam tirado o coração do navio — aquela sombria cabeça entalhada — e nós a carregamos em uma carroça por terra. Você não se lembra disso?

— Sim, eu me lembro.

— Nós nos sentamos ao lado da cabeça entalhada, aquele rosto zangado entalhado na madeira, enquanto a batalha corria no vale onde o santuário estava sendo saqueado. Conan voltou para recolher as armas dos mortos, e enquanto ele estava ausente, o amigo de Jasão, Merlin, veio até mim na encosta da colina, que ficava acima do lugar onde tinha havido a matança. — Ele se encolheu ao lembrar-se do encontro ocorrido durante o caos no vale do oráculo de Delfos. — Ele descobriu a face de Mielikki e rezou para ela. Algo como "Mielikki. Argo! Espírito do Navio. Preciso ir a Dodona, onde uma parte sua foi cortada para construí-la". Mais ou menos isso.

"Depois disso, ele entrou em uma espécie de transe. Era assim que ele ficava quando fazia feitiços. E depois se afastou, colina abaixo, e a terra o fez desaparecer. Conan retornou e nós esperamos durante um dia ou mais. Então, a deusa em pessoa veio até nós. A deusa da Terra do Norte. Ela estava coberta por um véu branco e em sua forma jovem. Ela disse: 'Está tudo acabado. Merlin se foi. Jasão se foi. Não há mais nada para vocês fazerem aqui. Vocês precisam encontrar sozinhos seu caminho para casa'. Quem é que iria discutir com uma coisa dessas? Pegamos cavalos que vagavam sem dono desde a morte de seus cavaleiros e fizemos exatamente o que ela mandou. Todo aquele período em Delfos foi desastroso. O lugar estava abandonado muito tempo antes que nós chegássemos lá."

— Vocês entenderam que as palavras da deusa queriam dizer que tanto Merlin quanto Jasão haviam morrido.

Conan deu de ombros.

— Sim. A busca por Delfos havia sido dedicada à matança e à pilhagem, todos nós tínhamos conhecimento disso. E até onde sabíamos, você tinha morrido por causa de seus ferimentos, logo depois de sua grande luta com Cunomaglos.

Urtha e Manandoun se olharam de forma significativa.

— Jasão está vivo — ele disse. — E também Niiv. Eles estão a bordo de Argo, rumo a Alba. E eu não posso acreditar que Merlin teria sido tão tolo a ponto de se deixar morrer, apesar da violência que envolveu os acontecimentos em Delfos. E eu me pergunto se ele estava no barco.

Manandoun fitava através da bruma.

— Há algo acontecendo lá, e nós deveríamos tomar parte nisso. Afinal de contas, é a sua terra. Vou convencer Cathabach a esquecer a maldição e mexer em um de seus dezenove cortes. Se ele chamar pelo deus Teutates, talvez possamos conjurar um vendaval que sopre esse véu de névoa para longe...

Porém, persuadir Cathabach não seria necessário.

Subitamente, Ullanna surgiu das profundezas da bruma, molhada e tremendo. Ela estivera exercitando os cães, e também procurando por caça, mas sem sucesso.

— Onde estão meus cães? — Urtha perguntou quando ela se enfiou dentro do manto dele em busca de um pouco de seu calor.

— À beira-mar, tentando ver através desse nevoeiro esquecido por deus, farejando a ilha deles e uivando para ela. Eu juro que eles conseguem farejar aquele lugar!

Levou um momento, talvez mais, para que eles entendessem as implicações disso: que Maglerd e Gelard conseguiam localizar Alba, não importando quão ruim estivesse a visibilidade no canal!

— Reúna os cavalos, levem este carro de guerra até nossos anfitriões. Vamos pegar os dois barcos com ou sem o consentimento deles.

— O carro de guerra precisa ir para a ilha também — Conan insistiu, de forma arrogante.

— O carro de guerra fica — Urtha replicou. — É volumoso demais. Deixe-o com um pedido de desculpas a Nodons. E o ouro em seus painéis será ótimo pagamento pelos barcos. Para lembrá-lo de suas próprias palavras, vocês roubarão outro em breve.

Mesmo assim, os cimbros roubaram as rodas, pendurando-as em suas costas como se fossem escudos. Boas rodas eram artigo raro, e as rodas do carro de guerra de Nodons eram as mais raras que havia.

Na praia, tão logo a mais longa das duas embarcações fora arrastada pelos seixos até as ondas que começavam a encrespar, Manandoun disse, sereno:

— Os cães podem, claro, apenas ter farejado sua querida Niiv. Você ordenou que ela tomasse conta deles, se é que você se lembra. Eles continuaram a obedecer-lhe muito depois de ela ter sido abandonada por Merlin e ter se tornado pária.

Urtha arrastou a embarcação, vermelho com a força que fazia ao colocá-la na água.

— Contanto que consigamos fazer a travessia, amigo Manandoun. — Foi tudo o que ele disse sobre aquilo. — E agora, traga os cavalos a bordo deitados de lado. Enquanto o mar estiver assim calmo, temos chance de cobrir a distância que nos separa da ilha remando. Rápido com isso. — Ele lançou um olhar apreensivo na direção da vila, que estava invisível por causa do nevoeiro. — Se eu soubesse quais são os deuses que cuidam de Merlin, eu os invocaria para que eles o fizessem vir ao meu encontro. Mas eu não sei quais são, por isso, devemos nos manter atentos e preparados todo o tempo. Maglerd! Gelard! A bordo!

8

A dura travessia

Eles haviam cruzado o canal debaixo do pesado nevoeiro para, então, serem pegos por uma tempestade que açoitou Argo, enquanto o barco lutava para abrir caminho ao longo da costa da ilha, à beira de penhascos cinzentos e íngremes, procurando por um abrigo. Ondas enormes varriam o convés e invadiam a parte interna do navio, onde os argonautas estavam todos juntos, tentando se manter firmes enquanto o navio jogava com violência. Rubobostes, o forte dácio, estava preso ao mastro por cordas e agarrava-se ao leme, movimentando-o com força e experiência, enquanto ajudava o barco a manter-se distante da arrebentação e da praia. A vela começou a rasgar ao longo da retranca e Jasão, na popa, embaixo de seu manto encharcado, assistiu ao tecido se romper e se destruir.

Apegando-se à curvatura da proa alta, a pequena figura da feiticeira da Terra do Norte, Niiv, jazia esparramada, seu cabelo escuro emaranhado, seus olhos afiados perscrutando as escarpas em busca do sinal revelador de uma enseada.

Pela primeira vez nessa viagem, Jasão foi tomado pela dor do desespero. Ele não poderia permitir-se ser lançado contra a praia errada, destroçado e destruído. Essa ilha era vasta, e o caminho para o coração dela seria seguir ao longo de um dos cinco rios que atravessavam aquela terra, movidos por forças ainda mais poderosas que a força dos velhos deuses de Jasão.

— Deusa! Ajude-nos! Eu *tenho* de chegar à terra firme! Meu filho está lá!

Ele virou o rosto para o semblante soturno de Mielikki. Da popa, a imagem lançava seu olhar enigmático, observando, inflexível, o convés. Seu cabelo parecia esvoaçar com o vento forte. Seus olhos eram oblíquos, demoníacos, a boca se voltava para baixo com desdém. No lugar onde, certa vez, Hera havia sorrido com seus lábios rosados e olhos gentis para os tripulantes de Argo, agora estava essa monstruosa deusa das Terras do Norte, que guiava a pequena embarcação. Hera havia sido aquecida pelo sol e adoçada com vinho e azeitonas. A Senhora da Floresta era uma sombra vinda das florestas escuras e da neve, onde durante metade do ano apenas a lua jazia nos céus, levando sua luz pálida e diáfana ao mundo congelado abaixo dela.

A voz de Rubobostes era mais um lamento contra o alarido do vento e da chuva.

— O mar vai nos vencer! Eu não posso mais segurar este remo! Jasão, precisamos tentar a sorte e nos deixar ser jogados na praia!

— Não! Mantenha este rumo! Segure-se, vamos nos manter assim até o remo quebrar!

— Minhas costas vão quebrar antes do remo! Estou sendo partido ao meio pela força das ondas!

— Aguente!

Jasão colocou as mãos sobre o sinistro rosto entalhado na madeira de bétula acima dele. Os olhos da deusa pareceram se mover para observá-lo, com ar de zombaria. Mielikki odiava aquele homem. Ela não falava com ele desde a Grécia. O amor olímpico de Hera por Jasão, sua proteção divina, haviam sido substituídos por abominação, pela obediência relutante às ordens do capitão.

— Uma enseada, um porto seguro durante essa tempestade. Eu imploro, Senhora! Faça os penhascos se abrirem ou o vento parar.

— Não posso fazer nada disso — a deusa murmurou. — Mas vou cuidar para que a coluna daquele homem grande não se quebre. Aquele Rubobostes é um homem melhor que você, Jasão. E eu vou ajudar minha filha na proa.

Argo mergulhou e voltou, o mastro rangendo como um mau agouro e a vela rasgada de forma tão profunda e irrevogável que seus pedaços começaram a esvoaçar, inúteis. Na parte interna e bastante rasa da embarcação, os argonautas pálidos e ensopados, recrutados em cinco terras diferentes, conforme Argo avançava em sua viagem, gritavam pela vida, ecoando os pedidos desesperados do dácio por terra firme, de qualquer maneira que fosse. Acima da embarcação, uma águia marinha de asas longas investia e tentava flanar no céu contra a tempestade, observando o convés abaixo dela como se ali houvesse uma presa fácil a ser capturada.

Então, Niiv gritou, e sua voz quase se perdeu com a força do vento.

— Uma enseada! Há uma abertura entre os penhascos!

Ela observou Jasão através da chuva, voltado para o norte. A terra parecia recuar ali, um claro sinal de que um rio escoava para o mar naquele ponto. Rubobostes manobrava a pá do leme, gritando com o esforço que fazia. Uma onda quebrou contra a embarcação, arremessando Jasão contra a amurada, mas ele escorregou de volta para o outro lado da galera, convocou dois de seus marinheiros e lançou a embarcação contra os penhascos, deixando a ponta da lona de vela solta, permitindo ao dácio fazer o trabalho, deixando que a extremidade frágil da embarcação enfrentasse a tempestade feroz e a maré incontrolável, em direção à ampla praia cinzenta, onde a terra abriu seus braços.

Um pouco depois, eles estavam na enseada, haviam lançado a âncora, ainda fortemente sacudidos pelas ondas, mas em segurança, protegidos da tempestade que continuava. Mais tarde, o vento diminuiu de intensidade, as nuvens foram para longe e o céu clareou. Era possível ver o vapor secando o casco de Argo. A tripulação se despiu e torceu suas roupas, tentando livrá-la da água salgada, depois tirou toda a água que havia se acumulado no convés e prendeu fardos, cordas e barris, que tinham se soltado durante a tempestade. Vários deles riram e brincaram quando assumiram novamente sua posição nos bancos de remar, e enfiaram seus remos nas aberturas do casco, preparando-se para enfrentar a viagem pelo rio, que viria a seguir.

Porém, seis sinistros membros da tripulação, de cara fechada e com humor um tanto soturno, deixaram-se ficar em seus bancos, arrasados, exaustos e ignorados pelos outros homens.

Rubobostes também caíra no sono, mais que exausto por conta dos esforços que fizera durante metade do dia. Jasão ficou ao lado de Mielikki, seu olhar pousado na garota de cabelos escuros agachada, que o encarava de volta, do outro lado do barco. Depois de um tempo, ele desceu do convés e acenou para que ela se aproximasse. Relutante, ela se arrastou pela parte de dentro da embarcação e se juntou a ele no compartimento onde estava guardado o espírito de Argo.

— O que você quer?

— Ela falou comigo. Pela primeira vez, desde que nós deixamos a Grécia, ela falou comigo. Vocês duas são como um par de harpias.

Niiv juntou o cabelo para frente, sobre o ombro esquerdo, e começou a espremê-lo para retirar o excesso de água. Ela não disse nada. Depois de um momento, Jasão tomou os cabelos dela nas mãos, torcendo-os levemente, como se fosse ajudá-la a secá-los, seu rosto bem próximo do rosto da garota.

— Ela falou comigo.

— Quem?

— Quem você acha? A bruxa de madeira!

— Você deveria ter mais respeito.

— Pelos olhos de Deus! Eu já prometi àquela cabra que vou levá-la de volta ao norte. O que mais posso fazer? Ela está dificultando demais esta viagem.

Enquanto falava, Jasão fez uma trança nela. Niiv colocou suas mãos no colo. Seu cabelo estava bem preso, puxado desde a raiz. Quando Jasão viu que ela sentia dor, torceu o cabelo molhado ainda mais uma vez, puxando a trança numa ameaça.

— Por que ela voltou a falar comigo de repente? Você é a filha intocada dela, sua menininha. Você sussurra durante a noite. Não tenho medo de nenhuma das duas, mas preciso saber. Veja só! Meu coração está aberto para você. Eu preciso mesmo saber.

Niiv passou a língua nos lábios de forma sugestiva, os olhos brilhando com as lágrimas não derramadas pela dor que o velho lhe causara ao trançar seus cachos.

— Eu posso lhe fazer mal.

— Eu sei que você pode.

— Eu posso lhe fazer *muito* mal. Eu posso alterar a forma como você vê o mundo.

— Eu sei. Você e milhares como você. Um pouquinho de magia e você acha que pode ser dona do mundo que vê.

— Rir de mim só tornará as coisas ainda piores para você.

— É nisso que você gosta de acreditar. Mas minha experiência me diz que não vai.

— Eu posso lhe fazer mal! — ela rosnou mais uma vez.

Jasão puxou-a para si.

— Mas você não irá fazer isso. Eu sei que não. Posso ler seu pensamento tão facilmente quanto posso dizer em qual direção os pássaros voarão no inverno!

— Nem todos os pássaros voam com o bando.

— Sim, e com isso se tornam presas fáceis para os falcões.

Ele a soltou e assumiu uma postura mais amigável, ao se agachar na frente dela.

— Eu sei que o amor entre nós não se perdeu.

— Claro que não.

— Eu sei que certa vez tentei matá-la. Eu não faria isso de novo. Aquilo foi um erro. Eu aprendi minha lição.

Niiv riu na cara dele, quase surpresa com o pedido de desculpas dele.

— Você demorou muito para me dizer isso. E entenderá se eu duvidar de você.

— Eu não esperava nada além disso. Você tem sido uma boa navegadora. Eu não digo isso com frequência, mas sem você na proa e sem aquele homem gigante — ele deu uma olhada para Rubobostes —, nós não teríamos conseguido chegar a Alba. Eu sei disso. Mielikki, o espírito desse barco, abandonou-me na Grécia. Mas por qual razão? Essa dúvida me assombra.

Niiv sorriu, esfregando as mãos uma na outra para aquecê-las. Ela se divertia, talvez com o pensamento de que o homem que vivia sete séculos à frente de sua própria época e que era perseguido por fantasmas de sua antiga vida pudesse se sentir assombrado por uma "dúvida".

— Por que isso deveria importar para você? Não precisa da deusa, apenas de uma vela forte, bons remadores e um par de olhos aguçados. Foi tudo isso que o trouxe para Alba. Deixe a Senhora em paz.

Havia algo na forma como ela disse isso, uma sombra de ansiedade, que deixou Jasão intrigado. Levou um instante para que ele entendesse o que era.

— Ela está fraca. Ela está longe de casa há muito tempo, longe demais. Ela está doente! Agora eu entendo.

Niiv olhou-o nos olhos, sem se alterar, sem nenhuma expressão, sem dizer nada. Mas quando Jasão se voltou para observar a cabeça entalhada que se erguia do espírito do navio acima, Mielikki sussurrou para ele:

— Não, não doente, dividida. Uma parte de mim está em algum lugar no coração desta ilha, um barco mais velho, com um homem mais velho. E todos nós vamos nos reunir novamente, Jasão. A segunda parte desta história está prestes a começar.

Jasão se levantou e encarou Mielikki, afastando o cabelo grisalho. O vento havia recomeçado a soprar, e o céu estava cada vez mais ameaçador. Os argonautas, refrescados e refeitos, estavam ansiosos para deixar para trás as ondas agitadas e as gaivotas que investiam contra o barco.

— Você está falando de Merlin! Merlin já está aqui! E ele fez a viagem para cá em um de seus antigos ecos! Um de seus navios escondidos. É por isso que você tem estado tão quieta.

— Ele está na ilha há algum tempo. Ele navegou até aqui por um caminho mais curto que o seu. E ele tem vivido dentro e fora do Tempo. Todos nós vamos nos reunir novamente, Jasão. Nós vamos ficar muito tempo juntos, estamos ficando mais unidos. Os ventos começam a soprar. E Merlin está no coração da tempestade.

Jasão estava furioso. Ele se lembrava da longa jornada que fizeram por terra desde o norte da Macedônia, ele se lembrava de atravessar vales cobertos de neve e florestas escuras até chegar ao rio Danúbio, onde o casco de Argo havia sido escondido, e, durante todo esse tempo, tiveram que arrastar o espírito do barco, essa cabeça miserável, a bruxa de madeira que cuidava do coração do navio. Ter reencontrado Rubobostes foi uma coisa boa. Seu estranho cavalo, Ruvio, que agora descansava no convés, havia ajudado a puxar a carroça e poupado muito tempo. Mas então eles velejaram para o leste, para o mar da Bitínia; e para o sul através daqueles estreitos traiçoeiros onde as rochas despencavam e os redemoinhos lançavam água com uma força que alcançava as nuvens. Eles haviam lutado contra tormentas e piratas enquanto navegavam para o sul de sua terra natal, a Grécia, e ao longo das costas da Sicília, da Gália, e depois pelos hostis mares da Ibéria. Finalmente eles haviam tomado a direção norte novamente e adentrado as águas frias e brumosas dos mares das ilhas a oeste, onde os picos de todos os penhascos encontravam-se iluminados com efígies em chamas, e o chamamento das trompas de guerra soava como as últimas palavras de uma legião de malditos.

Mas Merlin havia chegado até ali por um caminho mais curto! Através do submundo, sem dúvida nenhuma. E Argo aprovava isso!

— Eu fiz você! — ele gritou para a deusa. — Não uma, mas duas vezes! Este é o *meu* barco!

— Este barco foi construído muito tempo antes de você vir a este mundo — foi a resposta que Mielikki sussurrou. — Tudo que você fez, como os que vieram antes de você, foi moldar o barco de acordo com suas próprias necessidades. Sua posse sobre ele é temporária. E, além disso, falta uma parte dele.

O feiticeiro Merlin navegou em um pequeno eco, uma parte antiga de Argo. Mas apenas Merlin pode deixá-lo ir. Se você quiser reclamar para si mesmo esse eco de Argo, terá de falar com Merlin sobre isso.

O péssimo humor no qual Jasão se encontrava melhorou conforme o céu foi clareando, conforme a tempestade migrava para o outro lado do canal. Ele percebeu que Niiv o observava disfarçadamente, e cruzou o convés para juntar-se a ela. Ela se aconchegou, braços cobertos por seu manto, olhando para o homem desconfiada, mas também com o esboço de um sorriso.

— Nós dois precisamos dele — Jasão disse. — Estou ciente disso.

— Quem?

— Merlin, é claro. Não banque a inocente comigo. Nós podemos procurá-lo juntos. Mas agora que estamos em Alba...

Ela olhou surpresa para ele.

— O que você está dizendo? Nós dois trabalhando juntos? Mas, Jasão, você o quer morto. E eu o quero vivo.

— Quem foi que disse a você que eu o quero morto?

— Você! Você fala enquanto dorme. Ele o magoou demais.

— Ele me traiu. Era um velho amigo, me trouxe de volta à vida, me ajudou a encontrar Thesokorus, meu filho mais velho. Mas ele escondeu coisas de mim. Ele sabia que Medeia estava por perto, protegendo nossos filhos, e, ainda assim, não me contou. Quando eu finalmente encontrei Thesokorus, ele me fez isso...

Jasão ergueu a camisa molhada de linho para revelar uma cicatriz irregular e protuberante que a espada de Thesokorus causara. Niiv já vira aquele ferimento, disfarçadamente, enquanto Jasão dormia, mas ainda fingiu ficar chocada.

— Merlin lhe fez isso?

— Thesokorus me fez isso. Ele não é mais meu filho. Mas o Pequeno Sonhador está em algum lugar desta ilha, e *eu o encontrarei*, ou morrerei tentando. — Jasão baixou a camisa, cobrindo seu estômago, e foi se inclinando, com um olhar astuto e divertido. — Como você bem sabe. Você conhece todas as minhas necessidades! Não pense que eu não sinto seus dedos sobre mim durante a noite. Você mexe, vasculha na pele e nos ossos dos homens, em busca de seus segredos, como todos os outros feiticeiros neste mundo. E é por isso mesmo que nós deveríamos trabalhar juntos: você para aprender com ele, eu para segui-lo até Kinos, o pequeno Kinos. E quando você já tiver aprendido tudo o que precisa aprender, e eu o tiver seguido e encontrado quem eu quero encontrar, poderemos discutir a questão de Medeia e da traição, e qual é a compensação devida.

— Você irá matá-lo.

— Não necessariamente — Jasão disse, com cuidado. — Vou ouvir o que você tem a dizer...

Niiv não disse nada, fez um leve movimento com os ombros, um pequeno sinal de concordância, talvez, ou um sinal de sua disposição em considerar a oferta.

A grande verdade — e até mesmo a águia marinha já havia percebido isso — é que havia muita coisa a respeito de toda aquela situação que ela não sabia ou não entendia.

Um liguriano, com o rosto cheio de tatuagens de serpentes enroladas, ficou em pé e chamou por Jasão em seu próprio idioma, mas fez também gestos que deixavam claro o que queria dizer: vamos sair daqui antes que a chuva recomece. O tempo está ótimo para remar.

Jasão ergueu as mãos, concordando. A tripulação formada de homens rudes começou a cantar uma melodia animadora, aprendida com os sicilianos a bordo, uma canção grosseira que sempre os fazia rir quando gritavam a última estrofe de cada verso.

Eles tinham a mente voltada para aventuras e para a pilhagem, os ganhos que poderiam obter. Jasão enfatizou a disponibilidade de talismãs, novas armas e armaduras, e a beleza das mulheres na ilha de Alba. Havia sido fácil recrutar aquela tripulação, mas ele não confiava em nenhum daqueles homens, exceto nos seis homens sombrios.

Niiv estava nervosa também. Apenas o tamanho descomunal de Rubobostes e a autoridade de Jasão a haviam livrado de ser violada, em pelo menos duas ocasiões, apesar de ambos os homens acabarem misteriosamente sem fala e terem sido abandonados em terra, em promontórios bem mais ao sul.

Argo deslizava sobre a água, impulsionado pelo ritmo constante dos remos, silencioso e sereno, enquanto o canal se estreitava e a floresta se fechava em torno da embarcação, aproximando-se cada vez mais da margem. Niiv estava quieta em sua posição na proa, avisando à tripulação sobre qualquer pedra ou banco de areia que pudesse ser um obstáculo ou ainda sobre qualquer tronco flutuante. Em pé, na frente dos remadores, Rubobostes usava seus braços vigorosos para sinalizar quando a embarcação deveria seguir para bordo ou estibordo. Jasão fizera um excelente trabalho treinando sua tripulação de homens rústicos. Argo deslizava suavemente contra a correnteza, percorrendo o sinuoso caminho que o levaria até o coração da ilha.

9

Lobo à espreita

Foram os dois enormes cães de caça de Urtha que primeiro farejaram a presença do lobo, esgueirando-se pela vegetação rasteira nos limites do acampamento. Primeiro Maglerd, depois Gelard — nomes velhos para velhos cães — ergueram-se bem devagar de onde estavam esparramados em frente ao fogo. Pelos em volta do pescoço erguidos, cabeça baixa e dois rosnados baixos, de advertência, despertaram Ullanna de seu cochilo. Ela apanhou seu arco rapidamente, e depois o usou para cutucar o pé de Urtha por baixo do manto dele. Os latidos dos cães aumentaram, para depois ficar mais baixos, e eles começaram a tremer. Do ponto onde os olhos dos animais estavam fixos, olhos brilhantes e lupinos olhavam de volta, devolviam o olhar. As presas da fera brilharam no escuro. O animal virou sua cabeça esbelta de um lado para o outro, espiando as figuras adormecidas e as chamas bruxuleantes, e depois recuou.

Maglerd se preparou para começar a perseguição, mas Urtha disse com a voz baixa:

— Calma, garoto. Bom garoto. Calma, Maglerd.

O lobo espreitou da borda da mata por um momento e depois desapareceu, silenciosamente.

Os cães voltaram inquietos para a frente do fogo.

Ullanna balançou a cabeça sem entender.

— Por que você me impediu? Eu poderia ter jogado duas flechas nele, antes de ele desaparecer.

— Era apenas um lobo — Urtha disse, franzindo a testa. — Ele não teria nos machucado. Além disso... Os cavalos não se incomodaram com a presença dele. Isso não lhe parece estranho?

A cita olhou para os dois cavalos que estavam calmos e silenciosos, amarrados próximo dali, dormitando em pé. Urtha estava certo. A calma deles era esquisita.

— Então, aquele lobo... Era mais que um lobo. É isso que você está dizendo?

O rei jogou seu manto vermelho por sobre os ombros. Seu rosto ainda estava sem expressão e sombrio por causa dos pensamentos que ele estava tendo.

— Sim. É isso que eu acho. Eu estava tendo um sonho quando você me acordou. Eu estava sonhando com Kymon e Munda. Eles gritavam um aviso enquanto vinham em minha direção. E atrás deles, observando-me através do sonho, estava nosso amigo das Terras do Norte, aquele homem jovem e velho ao mesmo tempo, que tinha todos aqueles poderes...

— Merlin?

— O amigo Merlin. Sim, era ele. Eu não o chamei quando o vi no sonho. Eu não sabia como fazer isso. Ele nos encontrou sozinho. Talvez ele até mesmo já tenha nos encontrado antes.

Eles olharam de novo para o lugar onde o lobo havia aparecido, então — lembrando-se do truque de Merlin de ocupar o corpo de pássaros — observaram o céu noturno, procurando por um falcão. Não havia nada lá no alto, apenas as nuvens se movendo e o brilho ocasional de alguma estrela.

— Há algo errado — Urtha murmurou.

— Você está sempre dizendo isso — Ullanna provocou gentilmente. — E isso está começando a me deixar nervosa.

Nós já sabemos que há algo errado. A deserção de sua terra. Todo aquele território arrasado. Foi por causa disso que seguimos até a Macedônia, para matar o homem que deixou seu lar desprotegido.

— Estou sendo alertado sobre algo mais — Urtha insistiu. — Por que outra razão todos eles estariam em meus sonhos?

— Eu acredito muito em sonhos — a caçadora concordou com veemência, enquanto esfregava os olhos sonolentos —, mas também creio que os sonhos se tornam realidade de maneiras inesperadas. Nem sempre eles mostram a verdade. Não fique antecipando problemas, você só saberá o que está acontecendo quando chegar à sua Colina.

Urtha olhou à sua volta, observando a floresta escura, e sorriu para Ullanna.

— Você tem razão. Mas que o Pai Ligeiro da Floresta possa manter livre nosso caminho até a Colina, como você a chama. E que ele me permita chegar lá em segurança.

E com essa invocação breve e preocupada, ele se encolheu sob seu manto, para fitar o fogo até aquela última hora antes do amanhecer, quando os preparativos para o próximo dia de viagem deveriam começar a ser providenciados.

Foi a esse ponto que chegamos. Um rei que se autoexilara de sua própria terra e que estava se arrastando lentamente de volta para casa como um cão espancado rasteja de volta para sua toca malcheirosa atrás da casa de seu dono. Como foi que a situação chegara a esse ponto? Eu não poderia ter feito nada para piorá-la. Ninguém tem tanto talento.

Oh, Aylamunda! Por que você levou os meus sonhos a sério? Por que você não apanhou uma mó e tentou incutir algum bom senso na minha cabeça oca? Eu sinto tanto a sua falta. Vou encontrar o lugar onde você está enterrada e beijá-la até a Ilha Bonita. Eu juro.

Perdoe-me por amar Ullanna. Ela salvou minha vida. Ela jamais ocupará seu lugar. Cathabach teria me afogado por amá-la, mas sei que você me compreende. Avance depois de um golpe, bata de volta, deixe para se preocupar com as pernas bambas quando não houver mais ameaça. Você foi meu rito de batalha. Você sempre será.

Por que foi que eu saí à procura do escudo de Diadara? Que maluquice foi aquela que se apossou de mim e calou minha razão? Buscas como essa na qual eu me meti são para os loucos e os tolos. Eu jamais deveria ter abandonado meu reino por conta de um capricho de um druida drogado com meimendro. Seria mais fácil encontrar o Caldeirão de Dagda, aquele grande caldeirão de ferro do renascimento, dentro do qual são cozidas em fogo brando as almas dos escolhidos, aqueles que estão prontos para serem tirados do caldo e devolvidos à vida. Às vezes, penso que consigo sentir o aroma dos temperos, farejar os ingredientes que ele usa! Doce, amargo e rosa-mosqueta, um filho, uma filha, terra e pedras...

— Urtha? Você está sonhando? — Ullanna colocara a mão sobre o braço dele. Ela parecia preocupada. — Você estava falando e fazendo gestos.

— Eu estava pensando em tudo o que joguei fora. O tempo, as vidas. Olhe só no que me transformei: um rei cujo séquito consiste em dois velhos resmungões, um deles meio druida; dois gêmeos excêntricos do Outro Mundo, filhos do deus Llew, um deus com o qual não se pode brincar, um carro de guerra, quatro cavalos, uma barraca, almofadas que aparentemente foram feitas com poucas penas e uma porção de cobertas malcheirosas. — Ele se voltou e olhou para a mulher e sorriu ao ver sua sobrancelha erguida e ela pronta para reclamar por não ter sido incluída na lista dele. — Graças às mãos curativas de Nodons, eu tenho você.

— Até que enfim — ela riu. — Eu já ia lhe dar uma razão para invocar a mão curativa desse deus. Ah, vamos, não é tão ruim. Não estamos muito longe de casa... — Ela subitamente deu-se conta de algo e ergueu a mão trêmula. — Aqueles sons estranhos e, ainda assim, tão familiares. Começo a pensar sobre seu país como se fosse a minha casa. E eu só estive lá pouquíssimas vezes. Bem, lar é onde você cruza suas lanças contra a porta, como dizemos na Cítia.

O lobo se aproximou, mastins do senhor da guerra detectaram sua presença e se agitaram, mas o intruso cinzento e rápido manteve-se a distância, e o rei controlou seus cães com sua voz de comando. Maglerd e Gelard eram cães velhos, que haviam recebido o nome de deuses mais velhos ainda, e eles sabiam que deveriam sempre confiar em seu senhor.

Mas eles odiavam o cheiro de lobo que, ocasionalmente, empesteava o ar.

Mas assim como aparecia, esse cheiro logo sumia, e o *foedor* continuava seu caminho, passando por enormes esculturas de pedra e pelos grotescos cavalos entalhados na madeira, que pendiam dos galhos dos carvalhos e que marcavam a entrada pela floresta para a terra dos coritanis. Ali onde Vortingoros, muito bêbado e rindo alto, havia certa vez sido Rei Supremo, e, então, quinze chefes de clã pagavam tributos para ele. A quantidade de forragem para os porcos era tão abundante em sua floresta que ele poderia reivindicar a quinta parte de cada fêmea abatida e essa porção alimentaria os quatrocentos homens em sua fortificação num único banquete.

Ou, pelo menos, era o que ele gostava de dizer.

Mas Vortingoros, assim como seus cavaleiros, desapareceu quando houve a Grande Deserção, aquela nuvem de flagelo que desceu sobre o lugar. Apenas efígies de carvalho polido e elmos foram deixados para trás, figuras agachadas, fortemente armadas, espalhadas pelos vales e florestas, cada uma delas entalhada para parecer-se com um homem tolhido pelo que quer que tivesse atingido os homens de Coritani.

Dois dias mais tarde, Urtha levou seu pequeno bando por entre as altas efígies do javali, do touro e da garça, com suas penas longas, que se erguiam acima do caminho sinuoso onde ele entrava por seu próprio reino de florestas pelo leste. O rio estava próximo. Símbolos antigos de saudação ao Sol, feitos de galhos de salgueiro e castanheira, bloqueavam as trilhas estreitas. O carro de guerra rangia e sacudia seguindo aqueles caminhos, evitando obstáculos, os dois cimbros ainda trazendo consigo as rodas do carro de guerra de Nodons. Os cães farejavam e rosnavam, alertas para o que estava à frente deles, recuando conforme avançavam, o lobo esquálido ainda era um observador insistente do progresso deles.

No dia seguinte, a natureza do rio já havia mudado. Ele parecia mais caudaloso, mais quieto, as margens carregadas de árvores baixas, cujos galhos pendiam por sobre as águas. A excitação dos cães era quase incontrolável. Eles davam trancos na corrente, enfiando o nariz no mato rente ao chão. Era a primeira vez, em muitos e muitos anos, que eles voltavam a sentir aqueles cheiros tão familiares.

Os cimbros andavam a meio galope pela floresta, seguindo aquele labirinto de trilhas que levavam para o oeste. Até que, por fim, Conan voltou com os olhos brilhando, seu cabelo comprido cheio de folhas.

— Há uma planície à nossa frente — ele disse, com uma risada provocativa. — Uma colina se ergue do outro lado, e em seu topo há uma espécie de estrutura erigida. Parece estar em ruínas, como se fosse um abrigo de animais. Isso significa algo para você?

— Bem, creio que sim — Urtha respondeu.

Depois disso, Gwyrion retornou da vigilância, quase caindo de seu cavalo ao tentar controlá-lo, os olhos cheios de excitação, sorriso aberto.

— Mais à frente, no rio, há um lugar cheio de sepulturas e pedras altas e ainda um bosque secreto. E há um lobo encarapitado no topo do mais alto dos montes, olhando nesta direção... isso significa algo para você?

— Ah, acho que sim — disse Urtha. — Você pode, por favor, me emprestar seu cavalo?

Gwyrion desmontou satisfeito de seu cavalo. Urtha então cavalgou, abaixando-se para passar pelas árvores com galhos baixos, até encontrar o primeiro dos bosques. Ele se esticou para tocar as grandes pedras cinzentas próximas a ele, que se erguiam em seus ninhos de espinhos pelas clareiras perto do rápido curso do rio Nantosuelta, até ver o lobo de pelos escuros, cobertos por uma capa negra, que observava com seus olhos brilhantes a aproximação do rei.

O lobo se ergueu devagar, tirando a capa de cima de si.

— Você demorou demais — eu disse para Urtha. — Espero que tenha trazido um pouco daquele ótimo vinho do sul.

— Merlin! Eu sabia que era você. Quando foi que você começou a nos espionar?

— Naquele nevoeiro sobre o mar. Estava começando a desistir de você.

— Bem, aqui estou eu, em casa novamente.

Eu corri pela inclinação da sepultura. Urtha desmontou e nós nos abraçamos, o alívio nos fazendo rir e esquecer das palavras.

— É chegada a hora de as coisas voltarem ao normal — ele disse, com calma. Então, vendo a expressão de meu rosto, ele franziu a testa.

— Isso não vai ser tão fácil quanto parece — eu lhe disse, mas sem acrescentar mais nada, não querendo preocupá-lo até que ele tivesse celebrado o que de melhor acontecera até ali: sua volta.

10

O lado escuro da lua

Urtha não queria ouvir falar em cavalgar passando por seu próprio forte, em direção ao vale dos exilados, onde Ambaros e os outros haviam se refugiado. Ele permaneceu no limite do bosque, olhando para além da fileira de ídolos que marcava o princípio do território tomado pela Terra dos Fantasmas, do outro lado da planície coberta de mato. Ele gritou insultos para o inimigo, de forma muito parecida com a que seu próprio filho fizera poucos dias antes, e gritou por Segomonas, o Grande Vitorioso; e por Rigonemetis, o Rei dos Bosques Sagrados, pedindo que as graças da Gralha e do Corvo fossem mantidas afastadas daqueles que possuíam a fortaleza. E clamou ainda pelos deuses que agora olhavam pela fortaleza.

Conforme sua raiva aumentava, Urtha ficava mais agitado sobre a sela em seu novo cavalo, meu presente de boas-vindas para ele, e pediu que eu o seguisse. Nós dois cavalgamos pelo mato alto em direção aos portões fechados. Nenhum ocupante da fortaleza saiu para nos desafiar, apesar de ser certo que eles nos viram. Quando chegamos onde estavam espalhados aqueles que perderam a vida na batalha, ele cavalgou solene em volta de cada corpo retorcido, jogado no chão. Ele não conhecia todos os mortos, e os pássaros já haviam se banqueteado com os rostos, o que tornava impossível um reconhecimento, mas ele falou com cada um deles, confortando-os, dizendo que em breve lhes seria destinado um local de descanso digno na terra, com os rituais apropriados, canções corretas e com todas as demais celebrações adequadas.

Mas não ainda, ele lamentou, não naquele momento.

Perguntei-lhe por que tinha de deixar esses pobres mortos no campo onde eles haviam tombado, mas a resposta do rei foi um sorriso sombrio e um olhar bem estranho, como se dissesse: você, mais que todos, deveria entender o que eu estou fazendo.

— Aquelas árvores e sepulturas serão nosso lar agora. É lá que iremos acampar, entre nossas memórias. Os mortos não vão se importar.

Hesitei em dizer ao rei recém-chegado que alguns dos mortos naquelas sepulturas junto às quais encontraríamos abrigo, provavelmente agora, cerravam fileiras no exército inimigo. O momento adequado para explicar aquilo tudo viria depois.

Urtha ficou triste ao saber que Ambaros fora mortalmente ferido. Ele mandou os dois cimbros irem buscá-lo — eles haviam posto as rodas de Nodons em um carro de guerra totalmente reparado, que provavelmente fora abandonado na floresta, depois do ataque malsucedido de Kymon à fortaleza — e assim, os gêmeos foram cumprir as ordens do rei, cheios de energia, açoitando os cavalos para que eles corressem ao longo da planície de MaegCatha e chegassem a Taurovinda antes que os Cavaleiros das Sombras aparecessem e os desafiassem.

Nós encaramos a tarefa de erguer uma paliçada ao longo dos limites das árvores, com um portão único que dava para a planície. Essa paliçada era, antes de tudo, um símbolo, uma indicação para os ocupantes da fortaleza de que nós estávamos nos instalando ali para ficar, e não de passagem. Mais tarde, quando tivéssemos mais ajuda, aumentaríamos a parede e deixaríamos nossas instalações mais confortáveis; mas por ora armamos nossa tenda voltada para o rio, e a dedicamos a Taranis, o deus do Trovão.

No fim do primeiro dia, conforme a noite caía sobre nós e as tochas começaram a ser acesas nos muros da fortaleza, Urtha cavalgou com seus dois *uthiin* até a planície, aproximando-se da fileira de ídolos. Eles usaram cordas para manter aquelas esculturas rudemente entalhadas presas ao chão. Dois de cada vez, eles eram arrastados pela planície a galope, passando pelos espinheiros, varrendo a grama alta antes de retornar à floresta e aos corpos daquela carnificina.

Os portões para Taurovinda permaneciam fechados para seus inconformados antigos donos.

A intenção de Urtha era transformar os ídolos em piras, para dedicar aquele fogo à memória de Aylamunda. Cheios de marcas e silenciosos, agora aqueles ídolos não serviam para nada além de lenha para fogueira.

Quase no final do segundo dia, uma súbita revoada de pássaros para o oeste nos fez correr alarmados para apanhar nossas armas. Já quase sem poder contar com a luz do dia, era difícil discernir seus emblemas, seus estandartes, mas o estrondo repentino causado pelas rodas de ouro e o grito de alegria de um rapaz anunciaram que Kymon e Munda se aproximavam, acompanhados dos outros membros da comunidade do campo dos isolados.

As crianças estavam no carro de guerra com Conan, que, sorrindo de felicidade e despido até a cintura, segurava as rédeas. Ele fez os cavalos darem uma volta para atravessar o portão da paliçada tosca e passar pelas árvores que protegiam a entrada. Os cavalos estavam ofegantes e suados.

Kymon pulou do carro de guerra, usando seu manto curto e sua adaga. Munda, com um vestido rodado, o cabelo preso em uma trança, correu até seu pai e pulou nos braços dele. Ela estava bem mais alta do que ele se lembrava e aquele homem grande resfolegou e choramingou enquanto beijava os cabelos de sua menina.

— Quando foi que você ficou tão alta? — ele perguntou a ela. — E olhe só o seu irmão!

Kymon se aproximou, olhos brilhantes, mas envergonhado. Urtha colocou seu braço sobre o ombro do garoto.

— Cometi um erro terrível — o menino disse, demonstrando arrependimento.

— Sim, você cometeu — o pai concordou. Ele puxou os cabelos do rapaz e sorriu, destemido. — Um erro que fará parte do mundo dos erros que todos cometemos durante nossa vida, fornecendo combustível para que o grande caldeirão do Bom Deus possa queimar! Mas nós aprenderemos com isso, nós sempre aprendemos com nossos erros. Senhor do Carvalho! Eu não consigo acreditar no quanto vocês cresceram. Sua mãe certamente zela por vocês. Ela está impaciente para ver o ciclo renovado.

— Que ciclo? — Kymon perguntou inocentemente e Urtha riu.

Eu percebi que Munda também estava achando graça na pergunta do irmão. Imaginei se as Altas Sacerdotisas haviam sentido, como eu, a Luz da Visão emergindo na jovem, e se haviam começado a ministrar os delicados ensinamentos adequados às condições que se apresentavam. A menina precisaria deles.

As tendas e demais proteções foram rapidamente erigidas. Uma revoada de cisnes, batendo asas rumo ao leste, sobre o rio, alertou Ullanna, que já se aprontava para caçar, até que Urtha refreou seu entusiasmo. Munda estivera observando a rude mulher cita com certa curiosidade e um pouco de desdém. Então, Urtha a apresentou para as crianças.

Isso aconteceu à beira do rio, em uma de suas curvas mais sinuosas. Eu não deveria intervir, sequer testemunhar aquele momento íntimo da família, mas observei a distância, esperando, de certa forma, que Kymon protestasse contra o pai por causa dessa situação, como Cathabach havia feito enquanto eles esperavam a neblina se dissipar.

Porém, foi a garota que pareceu ficar perturbada. Ela parecia estar tremendo. Depois de seu arroubo inicial, foi como se ela tivesse perdido toda a sua jovialidade e não conseguisse encarar os olhos do pai.

O cheiro de comida e a lamentável cantoria do séquito do rei perturbavam a paz daquele lugar sagrado. Se fôssemos surpreendidos por cavaleiros inimigos naquele momento, seríamos presas fáceis.

Ullanna afastou-se do grupo e, ao notar minha presença, aproximou-se de mim. Ela olhou para as fogueiras, para a comemoração e me perguntou por que eu estava tão distante.

— Porque eu estava observando você — respondi com sinceridade. — Como todo mundo, preciso de certo tempo para me adaptar.

— Munda me faz lembrar Niiv — a mulher cita disse, com a testa levemente franzida. — Ela não gosta de mim. E também não desgosta. Mas ela enxerga uma sombra em mim que a perturba.

Ullanna encarou meu olhar.

— Ela disse: nada está oculto. E assim que falou essas palavras, ela me deu as costas e saiu. O que ela quis dizer? Nada está oculto?

— Ela tem o que os hibernos chamam de *imbas forasnai*, ou seja, basicamente, ela tem vislumbres nítidos do futuro. A Luz da Visão. O talento ainda está imaturo, mas ela viu o campo de morte ali, na planície, os ossos branqueados que sobraram quando seu irmão falhou em sua primeira incursão militar.

— Então, o que é que não está oculto? — a mulher perguntou, abaixando-se diante de mim. Ela estava pálida sob a luz fraca da lua, e havia sombras e aflição em seu semblante marcado.

— Todas as mulheres com esse dom usam essas palavras. É uma tradição tão arraigada quanto acordar e dormir. *Nada está oculto.* Significa: posso ver, em meus sonhos, dias que ainda não nasceram! Munda viu algo sobre você que a deixou inquieta.

Ullanna pensou um pouco sobre o que eu dissera e então perguntou:

— O que eu deveria fazer? Insistir com ela? Se ela viu minha morte, não estou preocupada. Não tenho medo de saudar o oitavo cavalo. Não tenho medo de cavalgar pela planície coberta de relva ao lado de meu pai e minha mãe. Se ela viu minha morte, eu deveria pedir-lhe para me contar? Eu gostaria que ela ficasse confortável quando estou por perto, e não apreensiva.

O "oitavo cavalo" era um cavalo com armadura de guerra, e nunca era montado por um cavaleiro. Na região de Ullanna, o corcel era conduzido pelos sete campeões que vinham recolher os mortos.

— Ela perdeu a mãe. E você não é mãe dela. Ela certamente percebeu sua proximidade com o pai. Talvez esteja ressentida. Por que isso ou qualquer outra coisa seria maior que o medo dela em perder um pai que nem chegou a ter?

— *É* mais do que isso, Merlin — Ullanna murmurou. — Ela intui algo, além disso. E eu gostaria de saber o quê.

E com um rápido dar de ombros, ela ficou de pé e partiu.

Urtha pregou duas estacas na orla da floresta, mantendo seus olhos atentos voltados ao forte escuro, mas os fantasmas que haviam ocupado a colina não investiriam contra nós nesta terra sagrada, eu tinha certeza disso.

Após o jantar, Amalgaid, o poeta, declamou alguns versos em homenagem a Urtha, depois, de forma sagaz e delicada, criticou as decisões impetuosas do filho do rei na Planície da Batalha do Corvo, antes de celebrar a bravura dos homens e mulheres que haviam cavalgado sob seu comando. Então, nós nos apinhamos ao redor do rei para ouvi-lo discorrer sobre sua jornada para a Macedônia e seu retorno. Kymon escutou com o maior interesse, frequentemente voltando os olhos, cheio de dúvidas, e dizendo:

— Não foi assim que Merlin contou.

Em nossos dias na terra dos exilados, eu havia dado uma descrição bastante razoável sobre o que acontecera durante minha viagem com o pai dele.

De forma pouco usual, Urtha subestimava sua importância na jornada. Mas assim que percebeu que Kymon queria mais emoção e atos de bravura, invocou o espírito do contador de histórias, e lâminas de ferro brilhante cortaram os céus, cavalos ficaram cobertos de suor e o ar dentro da tenda assumiu as cores da aventura de Urtha.

Ele não economizou nenhum detalhe quando chegou ao combate que travou contra seu irmão adotivo, Cunomaglos.

— Ele tinha se escondido em meio ao grande exército, quase perdido naquela legião de homens que cavalgavam para o sul, em direção ao oráculo, em Delfos. Mas os cães de caça conheciam seu fedor. Eles o seguiram por dias, e eu segui os cães. Merlin estava comigo. Um dia, Maglerd começou a latir muito alto. Um homem virou em sua sela e me olhou. Quando um cão choraminga de medo, seu focinho muda. Quando um homem encara a morte, seu semblante se torna o de um cão amedrontado. O Senhor dos Cães não passava de uma pilha de ossos aterrorizados, um homem que não viu um irmão indo em sua direção, mas, sim, o voo determinado de um bando de corvos agourentos. Aquela visão me encheu de energia.

"O senhor da guerra, Brennos, que comandava sua grande tropa — um excelente rei e líder —, decidiu que o combate aconteceria em um rio estreito, perto do mar. Eu era auxiliado e aconselhado por Cathabach, que está aqui, e Cunomaglos era ajudado pelo traiçoeiro Lexomodos. Nós trocamos os três abraços inevitáveis e... isso é algo que você sempre deve fazer, Kymon..."

— Eu sei, pai — disse o rapaz. — Por um passado compartilhado, por palavras gentis compartilhadas e pelo futuro, quando nós cavalgaremos lado a lado na Terra dos Fantasmas.

— Sempre. Não importam quais sejam os atritos que você e seu oponente possam ter. Você também, Munda, se você assumir espada e escudo contra alguém por vingança.

— Eu me lembrarei disso — a garota murmurou. — Contudo, duvido que eu venha a precisar da espada. As pontas da lua cortarão gargantas em meu nome.

— Ah, é? Elas farão isso mesmo? — Urtha olhou para ela, curioso por um instante, franzindo a testa. Depois, continuou:

— Primeiro nós lutamos com lanças pesadas e escudos feitos de carvalho cobertos com couro de bezerro, com aros de rebites feitos de bronze e chifres. Depois de passar a manhã golpeando o maldito, eu estava com fome, então eu saciei meu apetite com a carne crua dele e lavei o sangue da minha boca com a água fresca do rio.

Aqui vamos nós, pensei. Da verdade sublime para a fantasia ridícula.

— Nós fomos para um segundo dia — Urtha continuou. — Dessa vez, usamos espadas de lâmina pesada, com punho de marfim, e escudos leves de madeira de lei, cobertos com pele de cabra e decorados com garças prateadas. Eu estava como um salmão, pulando na água, saltando sobre sua cabeça, golpeando-o enquanto ele me cutucava com sua lança como uma criança que procura maçãs em uma árvore. Eu dei os vinte saltos do Gryffe! É aquele golpe no qual você respira fundo e salta sobre a cabeça de seu inimigo. A cabeça de Cunomaglos estava coberta por um elmo e, ainda assim, ele gritava. A cada salto, eu arrancava um pouco de sua barba. Você ficaria orgulhoso de mim!

"Aliás, aquele cachorro foi um adversário difícil. Ele sempre foi um homem forte. Nós entramos no terceiro dia. A escolha de arma foi dele. Você sabe o que ele escolheu?"

— As duas lanças que voaram para as suas mãos? — Kymon gritou, esquecendo, em sua empolgação, o que eu já havia contado a ele. — E os escudos que rangiam com suas bordas afiadas e retorcidas, que podem ser jogados como discos.

Urtha balançou a cabeça, seu rosto refletindo um eco da perplexidade que ele então sentira, à beira daquele rio distante.

— Ele escolheu "aquilo que o rio pode nos dar". Nenhuma arma, mas pedras, água e a força de nossos braços!

Kymon lembrou-se, então, e estalou os dedos, em reconhecimento, ao escutar.

— Cada um de nós havia perdido o equivalente a um homem pequeno em músculos e ossos, com todos os ferimentos que havíamos sofrido com as lâminas e os golpes mútuos — Urtha disse, sombrio. — Àquela altura, nenhum de nós estava em sua melhor forma. Mas nós lutamos como o famoso campeão Ferdia, no Vau do Golpe Traiçoeiro. Eu dei então o Golpe das Sete Quedas, lançando aquele bastardo sobre a minha cabeça sete vezes, no mesmo tempo que uma coruja leva para mergulhar e pegar um rato.

Kymon virou rapidamente para me olhar, seus olhos repletos de ardor e excitação:

— Você não me contou *essa* parte, Merlin!

Levantei minhas mãos em sinal de desculpa.

— Foi um lapso, Kymon, desculpe-me.

Urtha ergueu os braços para conseguir um efeito mais dramático. As chamas bruxuleantes do fogo lançavam luz e sombras ao seu rosto. Os olhos dele brilhavam. Até Munda se inclinou para a frente, tentando ouvir melhor, na expectativa do que viria.

— Mas você sabe o que estava acontecendo mais acima, no rio? Um bando de guerreiros, que cavalgava com Brennos, defrontou-se com um exército de macedônios, lutadores destemidos, fortemente armados. Suas orelhas haviam sido cortadas para que não pudessem ouvir os gritos de seus amigos que morriam durante as batalhas, seus olhos piscavam como os de um cavalo acuado, então, durante o confronto, eles não conseguiam ver além do homem que estava a sua frente. Seus músculos do pescoço haviam sido torcidos e amarrados com um nó, para impedi-los de se virarem e fugirem do enfrentamento. Houve um grande massacre. Os mortos desciam pelo rio, ainda agarrados às suas lanças e espadas. Escudos passavam boiando, com as mãos arrancadas dos guerreiros ainda presas neles. Cabeças com seus dentes batendo e seus olhos rolando nas órbitas, suplicando por ajuda.

“Assim, pelas minhas costas, passava flutuando esse repentino e bem fornido arsenal. Cunomaglos — que seus olhos nunca faltem, para que o corvo possa se alimentar constantemente deles! —, aquele cão maldito, agarrou uma lança e fez isto comigo. — Urtha ergueu a camisa para mostrar a cicatriz de uma ferida terrível. — A lâmina dele trespassou o objeto mais valioso para meu pai...”

A seguir, ele puxou uma *lunula* dourada, que estava perfurada no centro, de seu pequeno saco.

— Durante cem gerações este tesouro passou de pai para filho. Este objeto salvou minha vida. Sairei pelo pequeno portão para Avawn, no reino da Sombra dos Heróis.

Ele passou seu dedo no corte profundo que sofrera e continuou:

— Devolvi o golpe ao cretino. A lança que usei era amiga ou inimiga? Não faço ideia. Finquei-a em seu pescoço. Conumaglos afundou na água. Maglerd pulou sobre o corpo e o segurou até ele boiar na direção do oceano. Depois, esse excelente cão de caça arrastou o defunto de volta do mar e o aninhou nas rochas, lambendo as algas e o sal da face para limpá-la. Eu estava muito fraco para fazer qualquer coisa sozinho, mas o companheiro Manandoun teve um gesto nobre, que me permitiu trazer para você este presente especial...

Ele apanhou novamente o saco de couro e puxou uma pequena bolsa de pele. Kymon aplaudiu antecipando o presente. Munda cobriu a boca com suas mãos. Manandoun estava sorrindo de satisfação ao observar o filho de seu amigo.

— Isto é para você — Urtha disse. — Meu agradecimento pelo que você tentou fazer, lá na Planície da Batalha do Corvo.

O cheiro de podre e óleo doce flutuou no ar. Urtha estava segurando a pavorosa cabeça de Cunomaglos. Seu cabelo e barba escorridos, embebidos de líquidos. Os olhos pareciam fitar o rapaz. A boca aberta e babada, como se estivesse em desespero.

Kymon disse ansiosamente:

— Você o homenageou?

Cabeças eram preservadas dessa forma, geralmente, para que lhes fossem prestadas as devidas demonstrações de respeito.

— Eu não o homenageei — Urtha disse, impiedoso. — Eu o *recolhi*. Eu o impedi de seguir sua caminhada. Este maldito viverá na escuridão por toda a eternidade. Encontre um buraco nas pedras e o coloque dentro, com o rosto virado para baixo. Lacre o buraco com barro e lama. Eu quero saber que ele estará gritando mil vezes por mil anos, quando eu e você caçarmos nas florestas da Ilha Bonita.

Ele colocou o troféu de volta na bolsa, amarrou e jogou para o rapaz que a aguardava. Kymon agarrou a bolsa, sacudiu com raiva e depois a esmurrou com ferocidade.

— Eu gostei deste presente! — ele exclamou para todos nós. — E sei exatamente onde colocá-lo.

Urtha então olhou para Munda. Ele tirou de dentro da bolsa um último item, uma pequena boneca de palha, usando um vestido vermelho e um xale estampado, preso ao ombro por um pequeno broche brilhante prateado.

— Eu a encontrei numa cidade abandonada, nos pés de uma montanha. Pensei em você quando vi esta boneca, mas vejo agora que você está crescida demais para brincar com ela.

— Eu gosto dessa boneca — Munda disse. — Tenho muitas delas.

Urtha deu a boneca para a menina. Mas Munda ficou nitidamente desapontada e seu pai notou. Ele hesitou apenas por um instante antes de pegar a meia-lua dourada e colocá-la no chão diante dele.

— Eu vou dar a cada um de vocês um presente melhor. Isto era de meu pai, como vocês sabem. Houve um tempo em que cem nomes de seus antigos donos poderiam ser declamados. Mas os homens que se lembravam daqueles nomes estão mortos agora.

O druida, O Que Fala Pelos Reis, tossiu ao ouvir essa observação, mas Urtha o ignorou.

— Isto me salvou de ser separado de vocês dois. Agora, farei que essa *lunula* mantenha vocês dois juntos...

Antes que qualquer um pudesse dizer uma palavra, ele puxou sua longa espada polida da bainha estampada com galões, que jazia no chão diante dele, e partiu a meia-lua em duas com um único golpe, começando da fenda aberta pela lança de Cunomaglos.

— Pronto! Metade para cada. Pegue a metade que vocês quiserem.

— O lado esquerdo — Munda disse, rapidamente. — O lado escuro da lua.

Kymon pegou o lado esquerdo do precioso objeto e entregou a ela.

— Eu gostei mais deste presente que do primeiro — ele disse. — Eu vou prender minha metade no meu escudo. Seu brilho confundirá o inimigo. E você, minha irmã?

— Eu vou sonhar com ela antes de fazer qualquer coisa — a garota disse, calma e confiante.

Urtha os observava com orgulho. Ele disse mais uma coisa antes de mudar de assunto.

— Depois que eu partir, lembrem-se: as duas partes pertencem uma a outra. Elas podem estar separadas agora, mas nao importa o que acontecer, elas devem estar juntas antes de vocês acomodarem minha carne fresca na colina final.

— Eu construirei a sepultura exatamente aqui onde nós estamos sentados! — Kymon anunciou, para diversão de seu pai. — Mas espero que demore muitos e muitos anos.

— Eu também.

A celebração e a reunião terminaram tarde da noite, mais sóbria do que poderia se esperar, por causa da falta tanto de vinho, quanto da forte bebida adocicada que reis e seus séquitos preferiam; mas não foi por isso menos tumultuada. Ao redor do fogo brilhante, entre os jazigos de seus ancestrais, a miséria e o mistério da segunda terra arrasada foram brevemente colocados de lado.

No dia seguinte, preparações seriam feitas para marcar o funeral da rainha de Urtha, Aylamunda. Como seu corpo havia sido arrastado durante o saque de Taurovinda e estava perdido para sempre, pois apodrecera na floresta, haveria uma longa discussão, cheia de detalhes, a respeito de como a rainha poderia ser adequadamente homenageada.

O som do canto de uma menina me tirou do sono leve no amanhecer seguinte. Era Munda, claro. Ela não havia dormido nem um pouco. Ela passara a noite sentada na pronunciada curva do rio, segurando o fragmento da meia-lua de seu pai, recebendo a luz da lua e das estrelas, e sussurrando para ela mesma. No momento, ela estava cantando sobre cisnes.

Uma névoa fraca envolvia as árvores sobre o rio, que fluía quase silenciosamente além. Munda me viu aproximar dela, mas continuou a cantar com sua voz aguda. Quando me abaixei para jogar água em meu rosto, ela parou de cantar e me encarou.

— Os cisnes estão vindo. Você pode ouvi-los, Merlin? Eles estão vindo do mar, na direção do rio. Você pode ouvi-los?

— Ainda não. Você pode?

— Há um estranho bater de asas — ela disse e olhou para o leste.

Os pássaros emergiram da névoa. Vinte ou trinta deles, voando baixo, silenciosos, a não ser pelo barulho que seus corpos faziam ao se deslocar no ar, asas subindo e descendo, como se fizessem parte de um sonho lento enquanto passavam por sobre o rio e nossa cabeça, esticando o longo pescoço para nos olhar com curiosidade, até desaparecerem.

Um deles voltou, penas negras em meio às asas brancas, olhos dourados brilhantes. Passou por mim logo acima da água, depois subiu, pegou velocidade e voou de volta em direção ao leste.

— Ela estava observando você — Munda disse, a voz levemente abafada, talvez porque estivesse cansada, talvez porque estivesse surpresa. Seu rosto inocente brilhou com aquela repentina percepção enquanto ela me fitava.

Eu fora notado. Eu fora encontrado.

11

Morndun

O retorno do rei fora celebrado. Depois da celebração, Urtha começou o ritual de luto pela perda de sua esposa, Aylamunda. Ele usava pó de mármore para branquear sua barba, rosto e braços e começar o ritual dos Três Esforços Nobres: um dia para lamentar sua morte em música, um dia para celebrar sua memória com música e riso, um dia para chamar um guia do Outro Mundo, para encontrar o espírito dela e levá-lo adormecido e em segurança para o reino apropriado na Terra das Sombras dos Heróis.

Ullanna compreendeu que não seria adequado que ela — o novo amor de Urtha — permanecesse no santuário dos ancestrais naquele momento. Assim, providenciou suprimentos e um vigoroso cavalo cinzento. Acompanhada pelos cimbros em seu carro de guerra veloz, cruzaram o rio para o norte, onde foram encontrar gado e porcos perdidos. Kymon e Munda vestiram o branco do luto, assim como o pai deles, e passaram o dia entre pedras redondas e montes de pedras erigidos como marcos, seguindo a trilha do rio que passava através dos bosques três vezes antes de seguir, despercebido por um instante, pela Planície de MaegCatha até o Portão do Touro de Taurovinda.

Uma das Altas Sacerdotisas, Rianata, e o velho sacerdote, Aquele Que Fala Pelo Passado, em seu manto de pele de touro branca e seu colar de penas azuis e brancas, juntaram-se a eles naquele momento de dor.

Urtha perguntou se eu não gostaria de me juntar ao grupo, mas o homem usando pele e penas desaprovou com o olhar. Conheci esse tipo de homem a minha vida inteira. Com memória prodigiosa, compreensão profunda da vida e pensamento complexo, além de defensor empenhado da tradição, ele teria a pequena habilidade de ver através do véu do Tempo, mas apenas de forma obscura e incerta. Mesmo Niiv teria sido mais perspicaz. Esses sacerdotes rudes nasceram com pequeno talento e conquistaram sua visão de sonho mais com estudo e treino do que com habilidade inata.

Ainda assim, nesta terra árida, seus métodos primitivos seriam provavelmente suficientes para despertar os espíritos desacordados e deixá-los prontos para aceitar mais um entre eles. Eu decidi manter distância, apesar de Urtha ordenar que eu não fosse para muito longe.

Aylamunda estava perdida. Não apenas seu corpo — arrastado durante a investida no forte —, mas sua alma também. Ela estava vagando. E essa perambulação do espírito, para os celtas, era uma coisa terrível. Ela teria de ser chamada de volta, e como fazer isso envolveria uma grande discussão.

Essa discussão ocupou todo o segundo dia; porém, antes disso, Ambaros, ainda que com o osso do peito quebrado, levantou-se e, apoiado em uma lança, proferiu um afetuoso discurso pela memória de sua filha. Suas pernas mal o suportavam, seu rosto estava cansado, pálido e descarnado. Olhei para ele com piedade e percebi, então, que ele se mantinha vivo para o momento do funeral de sua filha. Nada que pudesse acontecer depois seria tão importante quanto o fim da inquietude espiritual de Aylamunda.

Cathabach, que já havia sido um druida, encontrou-me mais tarde, no leito do rio. Talvez ele tivesse vindo para seguir ordens de Urtha, talvez por sua própria iniciativa, eu não sei. Seu cabelo estava preso em um coque elaborado e havia marcado seu rosto e braços com símbolos protetores azuis.

— Você poderia voar e encontrá-la? — ele me perguntou de forma franca. — É um pedido de grande responsabilidade. Talvez esteja além de suas habilidades. Esse é o tipo de morte que nós encontramos uma grande dificuldade de homenagear apropriadamente. Aylamunda pode estar nos observando daquela clareira ali ou pode estar a meio caminho do mundo sob nós, confusa e assustada. Trazê-la para casa não será fácil. Não para esta pequena tribo.

Ele me olhou cautelosamente. Ele não tinha nada a esconder e sabia disso.

— Amanhã nós devemos chamar o guia dela. Saber onde ela está vagando em meio à escuridão seria de grande ajuda.

— Isso aqui é o fim do mundo — eu comentei, e o guerreiro sorriu, compreendendo exatamente o que eu queria dizer: que estavam todos perdidos!

— Minha impressão — ele disse, depois de um momento — é de que ela está seguindo Tauraun, o touro branco com as orelhas vermelhas e os olhos de Taranis, o deus do Trovão, marcado em marrom em seu flanco. O Donn. O Touro Estrondoso, cujas patadas na terra jogam para cima até a grande fortaleza. Mas é só uma sensação. Eu ainda não estou em posição de receber esse tipo de ensinamento.

Agora eu entendia o som do bramido do touro que eu ouvira quando retornei pela primeira vez à fortaleza. O velho espírito da colina estava acordando, em resposta aos ataques em sua ocupação. Havia uma grande quantidade de Tempo trancada sob os pomares e casas em ruínas naquela região destruída.

Disse a Cathabach que não adiantaria nada se eu voasse como um falcão, corresse como um cão de caça ou nadasse como um salmão à procura de Aylamunda. Eu teria de viajar na forma espiritual de Morndun. Era um ato difícil de realizar e oneroso para a saúde de um feiticeiro. Este feiticeiro, pelo menos. Eu havia usado o espírito na Grécia, não fazia muito tempo, e as cicatrizes profundas daquela jornada ainda doíam.

Cathabach compreendeu.

— Dez máscaras e dez feitiços — ele disse, referindo-se a meus talentos em termos mágicos. — Está correto?

— Sim. Não faço segredo com relação a isto.

— Espíritos e criaturas, a lua, Extremo Pesar, Memória, e há um para a criança na terra, e um para ver as sombras das florestas esquecidas. Correto?

— Sim. Todos esses.

— Memória me interessaria, e ver florestas esquecidas. Esse também. Nós deveríamos conversar sobre esse assunto em outro momento.

Ele cofiou sua barba áspera enquanto me estudava, curioso sobre as máscaras, curioso sobre minhas origens.

— Não há nenhuma outra máscara através da qual se possa ver a rainha morta?

O Sonho da Lua, eu pensei comigo mesmo. Talvez O Sonho da Lua, a facilidade de ver a mulher na terra. Mas eu nunca a havia usado para procurar um espírito, apenas para conjurar ou invocar a presença feminina na terra.

— Terá que ser Morndun — eu disse a Cathabach. — Eu tenho vontade de tentar. Mas terei de esperar até anoitecer. E precisarei de ajuda.

— Para fazer a máscara?

— Tenho a máscara em minha mente. Faz muito tempo desde que talhei uma casca de árvore para salvar minha vida. Mas preciso de alguém para me observar.

Ele tocou um dedo em sua testa em sinal de agradecimento.

— Se você precisar de companhia, será um prazer. Dentro de um ano eu me livrarei das maldições e voltarei a treinar andar no mundo dos sonhos.

Eu disse a ele que aceitava sua oferta e que ele não aprenderia nada com o que pudesse ocorrer, porque não veria nada além de meu corpo inerte. Mas havia certo conforto em saber que minha carcaça indefesa, cuja mente estaria flanando por outros lugares, estaria sob a constante vigilância de um amigo.

Nós fomos alertados pelo vigia no portão. Era fim da tarde e a luz começava a desaparecer, o céu, um redemoinho de nuvens tempestuosas. O vento tornou-se ameaçador. Urtha permaneceu dentro da tenda, mas Manandoun e muitos outros pegaram suas lanças e correram rapidamente para a paliçada.

O mato na planície ondulava com o vento. As altas muralhas da fortaleza estavam escuras, os estandartes do invasor tremulavam em seus mastros como cobras que serpenteavam, mostrando horrendos animais sorridentes em cores vívidas. Dois homens andaram em nossa direção, um deles curvado sob o peso de um pacote, o outro caminhando à frente, cajado alto na mão. Eu conseguia ver a luz de seus olhos. Os dois estranhos pareciam cinzentos: barba e cabelos grisalhos, manto cinzento.

Então eu os reconheci como druidas Cabeças de Lobo que já vira antes no vale dos exilados.

A vinte passos do portão, eles caíram sentados, observando-nos nervosos, e pediram comida e abrigo. Manandoun deu de ombros, permitindo que adentrassem. Eles entraram no campo, olhando ao redor, e foram para perto do fogo.

Quando a lua estava alta no céu, emprestando às nuvens sobre nós uma borda prateada, andei rio abaixo com Cathabach até o fim da floresta, e tomei um pequeno barco sobre o rio. No outro lado do rio Nantosuelta, além da terra firme, estava uma área ampla e pantanosa, silenciosa, repleta de salgueiros, amieiros, cárpinos e com as margens cobertas de musgo e ladeadas por piscinas naturais onde crescia o junco, algumas delas profundas, outras rasas, todas perigosas.

Este era o Local da Pressão, o local de execução sagrado, e Cathabach estava hesitante em entrar, embora ele já tivesse estado ali certa vez, para participar do despacho cerimonial de um jovem príncipe, um refém abandonado dos vindelícios, que deu sua vida em troca do matrimônio fértil de um casal nobre dentro do clã de Urtha.

Uma passagem alta conduzia para fora do matagal, aquele pedaço de terra saturado, coberto de vegetação. Havia plataformas escondidas na escuridão, cada uma com uma estátua de oferenda; cada uma sobre um poço onde ritos finais haviam sido praticados antes da morte terrível da vítima escolhida. Os pântanos ainda gritavam por aqueles que haviam sido pendurados de cabeça para baixo, enfiados na lama e submergidos lentamente, alguns pelo retorno do sol, alguns para pacificar os espíritos uivantes de um inverno particularmente rigoroso, alguns porque haviam quebrado suas maldições, seus tabus de nascimento.

— Por que aqui? — Cathabach sussurrou incomodado, esfregando os dedos sobre uma das imagens em seu antebraço.

— Preciso dos mortos — eu respondi. — Eu preciso de um veículo.

— Você pode escolhê-los. Mas estes não são mortos comuns, Merlin. Eles não nos pertencem mais.

Ele me observou, imaginando se eu sabia a que ele se referia: que os cadáveres no pântano eram propriedade dos deuses, da terra ou do senhor da guerra Araun, que durante a noite recolhia o espírito daqueles que haviam traído suas próprias vidas, principalmente os adúlteros, matricidas, reféns de outros clãs que haviam sido abandonados e desertores.

— Além disso tudo — ele acrescentou —, este lugar tem sido usado desde antes da chegada de nosso clã. Há alguns cadáveres muito antigos naquele poço.

— Eu só vou... — como eu poderia dizer aquilo para o homem ansioso? — *pegar um emprestado*. Por algum tempo. E eu arcarei com as consequências.

— Sim, certamente arcará — Cathabach, o antigo druida, disse enfaticamente. — Eu peço licença para deixar meu cargo de protegê-lo contra qualquer coisa que não seja um homem vivo com uma espada de ferro

— Eu não peço nada além disso — assegurei ao sacerdote guerreiro de rosto pálido.

A prancha de madeira na qual nos agachamos estava em condições tão ruins quanto as ameias do forte da colina, danificada pelo inverno, enfraquecida pela chuva, metade afundando no lodo. Eu andei sobre ela com imenso cuidado.

A passagem se subdividia em duas, indo para os bosques de salgueiro, mas eu me mantive sempre à esquerda. Atrás de mim, Cathabach acendeu uma tocha. O fogo discreto que ela emanava era reconfortante naquela escuridão fétida e silenciosa.

A plataforma à qual eu finalmente cheguei também havia sido devastada pelo vento, mas havia assoalho suficiente para pisar. Ao meu redor, na escuridão, criaturas se moviam e escapavam, pulavam e faziam os mais variados sons. Eles haviam tomado aquele lugar de matança para si novamente. Os botes selados com alcatrão e couro estavam todos meio submersos, transformados em lares para enguias e ratos. Os salgueiros eram vultos serpenteando na luz fina, gigantes curvados, os galhos curvando-se por sobre os ossos de três mil anos de sacrifício na água.

Escrevi em algum lugar sobre o doloroso e assustador processo pelo qual Morndun é invocado, para que os mortos possam ser dirigidos e usados como guias. A última vez que eu recorri a essa particularmente desagradável forma de viagem havia sido no rio Danúbio, antes do grande ataque a Delfos, na Grécia. Eu estava ainda assustado e era assombrado em meu sono pelas visões e vozes que havia invocado naquela missão desesperada.

Eu me senti indisposto enquanto invocava os mortos.

Eles lutaram para se erguer. A primeira coisa que senti foi sua batalha contra os cabos e as cavilhas de aveleira que os haviam prensado contra o lodo. A maioria deles estava apodrecida, ossos dissolvidos, apenas a carcaça de seus maxilares subindo. E eles ainda gritavam, as sombras de suas almas, os finos cacos de luz remanescentes em seus ossos branqueados, lutando para voltar.

Eu precisava de alguém que estivesse fisicamente em melhores condições.

Senti a movimentação de um homem injustiçado, suas mãos atadas atrás do corpo, a garganta aberta pela lâmina, os pulmões cheios de lama.

Ele se debatia como um pequeno peixe fora da água, muito abaixo dos juncos. Ele se virou, sentou-se e começou a se contorcer e empurrar para atingir a superfície, e ao longe eu vi a moita de juncos ser sacudida e se abrir, enquanto ele, ajoelhado, ainda lutava para levantar, olhos imersos piscando para agarrar um feixe de luz, a pele parecendo couro segurando seus ossos.

Ele estava limpo e arrumado, sua barba cortada elegantemente, suas unhas bem cuidadas, o desenho de seu corpo era de um homem nobre, um príncipe.

Eu não estava pronto para isso! Ele se enfureceu em minha mente. *Eu fui traído. Eu fui enganado. Meus nove anos não serviram para nada!*

Nove anos e o rei é afogado, eu me lembrei, embora esta fosse uma prática comum a muitas gerações antes de Urtha. Então, este homem era mais do que um príncipe, era um jovem rei que fora selecionado para sacrifício em pleno inverno, antes de sua hora. Sua raiva era perceptível, terrível, persuasiva... útil.

— Eu preciso de sua ajuda — sussurrei para ele.

Meu irmão foi o responsável por eu ter sido posto aqui. Ele cavalga com os sacerdotes no nascer da lua. Ele derrama sangue nas pedras altas junto com eles. Ele me traiu.

Como eu iria dizer a ele que aquela traição fora esquecida havia muito tempo? Enquanto ele jazia em ódio, afundado na lama, seu irmão era derrotado em algum outro lugar, uma vítima, quase certamente, de sua própria presunção. Eu não havia estado lá para testemunhar, é claro, mas eu presenciara traições como essa em muitas ocasiões.

— Eu preciso de sua ajuda — repeti.

Sua forma cresceu sobre seus pés, arrastando-se na escuridão turva, a água cintilando nos contornos de seu corpo, trêmulo de raiva.

Uma voz atrás de mim soou como uma superfície sendo arranhada:

Eu o ajudarei se você me levar de volta para meus filhos.

Eu me virei rapidamente. A figura deteriorada de uma mulher de cabelos escorridos se inclinava na minha direção, agarrando-se à beira da plataforma. Nos buracos em seu crânio ainda podiam ser vistas faíscas que brilhavam débeis, um fio tênue de vida. A corda ao redor de seu pescoço, pressionando os tendões de sua garganta, não a impedia de usar sua voz. Atrás dela, um homem alto mancava, alquebrado, observando-me, esperando. Seus braços estavam amarrados para trás. A madeira de aveleira que havia sido amarrada em seu pescoço para mantê-lo submerso no pântano havia se enfiado em sua garganta como se fosse uma lança.

Eu o ajudarei, ele sussurrou. *Você pode me libertar? Eu cheguei aqui como refém. Fui usado como escravo. Fui morto por um capricho.*

— Não há nada que eu possa fazer por você.

Quando os mortos despertam, é melhor ser brusco com eles. Eles tinham pouca compreensão das realidades do Tempo e de que não poderiam fazer nada para modificar acontecimentos passados. Às vezes, é claro, o Tempo permitia uma ressurreição. Por isso Jasão estava novamente em nosso mundo. Mas tais extravagâncias eram raras.

Percebi que estava ficando impaciente com a possibilidade de mais dessas memórias apodrecidas emergirem para se lamentar comigo. O príncipe de rosto envelhecido, com seu corpo excepcionalmente preservado onde havia sido enterrado, mil anos atrás, era exatamente o que eu precisava.

Enviei os outros de volta para a lama, chutando a mulher de onde ela segurava a plataforma de carvalho. Ao afundar, ela lamentou-se para mim, mas eu endureci meu coração como havia feito por dez mil anos.

Liberte-me — o príncipe do rosto arruinado exigiu.

— Quando você me ajudar.

Eu estou preso a este lugar — ele ofegou.

— Você é um portal que eu preciso atravessar — respondi. — Estou procurando uma mulher morta que vaga por seu mundo. Ela esteve andando em círculos. Então, não pode ter ido muito longe.

O homem com a pele danificada estava silencioso. Eu o deixei refletir por um tempo. Sua mente estava enlameada, mas houve uma ponta afiada de consciência que o ajudou em sua decisão: considerando que ele não poderia nunca deixar este lugar, não poderia haver nenhuma recompensa real em me ajudar, não em termos de ressurreição. Mas eu tinha consciência, memória, e um valioso presente para oferecer. Ele murmurou:

Eu contarei a você meu nome. Você repetirá. Marque algum lugar que mostre o meu nome. Faça isso de uma forma que eu não possa ser esquecido. Eu não posso ser esquecido. Você fará isso?

— Eu farei todo o possível para lhe assegurar de que seu nome nunca seja esquecido. Primeiro, me ajude a encontrar o espírito de uma mulher, uma rainha em seu país, chamada Aylamunda.

Ele andara em minha direção pelo lodo. Agora eu vi a faixa dourada ao redor de sua fronte e o galão vermelho e azul abaixo do lado esquerdo de seu pescoço.

Um *troiano*? Aqui, em Alba?

Você me reconhece?

— O cerco à sua cidade foi há mil anos. A história foi contada pelo mundo conhecido: a persistência dos gregos, a selvageria de seu campeão Heitor, a astúcia do comandante grego Ulisses. Apenas poucos de vocês escaparam. Quanto tempo você vagou?

Metade de minha vida. A espada de Aquiles abriu meu crânio. Eu perdi meus conhecimentos, mas quando a ferida cicatrizou e eu me fortaleci outra vez, reuni um pequeno exército de mercenários e naveguei para o oeste. Cheguei a esta lendária ilha. A ilha de brumas e dos mortos. Meu navio foi incendiado e enterrado abaixo de uma cidadela que eu fundei. Eu me pergunto se ela ainda existe. Eu parti para explorar a terra, mas fiquei muito longe ao norte, fora da área segura, e foi meu destino cair nas mãos erradas. Você me reconhece agora?

Uma cidadela em Alba, fundada por um troiano? Eu já tinha ouvido falar disso. Num amplo rio ao sul, dedicado ao deus Llew. A fortaleza havia sido sugada pela terra muito tempo atrás.

— Brutus. Você escapou com o nobre Eneias...

Eneias. Eneias. Um bom amigo. Não soube mais dele depois que fui ferido. Qual foi seu destino, eu me pergunto.

Ser famoso por todo mundo ao sul, pensei comigo mesmo, fundar uma dinastia, mas ocultei estes pensamentos do cadáver. Brutus, fundador de uma fortaleza então em ruínas, às margens do rio Tâmisa, havia trazido conhecimento e habilidades para esta enevoada ilha, mas fora recompensado com um ritual de morte quando se perdera no santuário de pedra, construído havia muito tempo na beira de salgueiros de Nantosuelta, e fora fadado ao esquecimento.

Lembre meu nome — o sussurro fantasmagórico de Brutus bramiu. — *E anote no lugar onde fui enterrado.*

— Eu o farei — prometi.

Ele lutou contra as cordas que prendiam seus braços, então se virou, andando através do junco, de volta para seu lugar de descanso. Ele me chamou para segui-lo e caminhei como Morndun, o fantasma na terra, para a escuridão do mundo onde os impacientes e desarraigados vagavam.

Este era um mundo escuro, um reino de trevas, parecido com o submundo dos gregos e citas. Não havia nada de paradisíaco aqui, apenas árvores altas, poços em espiral, pedras esmigalhadas. Havia movimento em todo lugar, mas algo escorregadio, como sombras, que seguiam na direção das fissuras dos penhascos e caminhos cercados da floresta.

Eu andei até que minhas pernas doessem, contornando os amplos e silenciosos pântanos, e atravessando os preguiçosos córregos congelados que desaguavam nas colinas escuras. O espírito de Brutus andava atrás de mim em silêncio, seus membros de espírito libertos de sua escravidão, conseguindo ocasionalmente puxar minhas vestes, fazendo que eu parasse e olhasse a arrastada forma de um animal ou a figura aflita de uma mulher.

Ele havia visto o touro de orelha vermelha em muitas ocasiões. O animal frequentemente cruzara o fluxo cristalino de Nantosuelta, às vezes sozinho, às vezes guiado por um pequeno bando de cavaleiros grisalhos, com armadura prateada.

Eu tentei conservar alguma noção do tempo neste mundo lúgubre e sem luz, mas a tarefa era dura. Não havia descanso, comida, sono, bebida. Era exatamente o que esperava: um vagar, uma caminhada constante através dos vales baixos e em torno das florestas murmurantes. Talvez dois dias e duas noites, talvez três, andando em círculos, como se fosse um pequeno reflexo do Caminho no qual passei toda a minha vida.

E nós encontramos o touro.

Ele estava andando decidido para o sul, cabeça baixa, chifres enormes roçando no mato alto, elevando-se sobre mim na noite. Seu maciço corpo branco estava coberto de arbustos e árvores secas, elevações retorcidas em seus flancos pesados, emaranhado nas cordas agitadas que mantinham unidos os restos obscuros das vítimas sacrificadas. Eles se curvaram e balançaram como bonecos de crianças enquanto a criatura se movia em seu caminho opressivo. Atrás dele, braços cruzados sobre seu peito, cabeças baixas como a do touro, havia aqueles do perdido e esquecido que haviam morrido durante um tempo em que o Donn estava passando pela terra, e seguiram o animal.

Quando chamei por Aylamunda, uma daquelas miseráveis figuras levantou sua cabeça e olhou na minha direção. Olhos reluzentes em um semblante triste se encontraram com o meu. Uma das mãos rapidamente mexeu no cabelo desgrenhado e cinzento. Ela não teria me reconhecido. Nós nunca nos encontramos. Mas havia o mais simples piscar de esperança em seus traços branco-neve, como se ela estivesse atenta ao momento em que sua perambulação poderia, então, chegar ao fim.

O Donn parou subitamente, movendo seu corpo e batendo a pata esquerda no chão. Ele virou sua enorme cabeça para olhar para mim, a respiração saindo condensada de suas narinas, soando como um par de foles na forja do deus Wayland, o grande ferreiro. Ele se moveu desajeitado, aproximou-se de mim, baixou a cabeça até que a nuvem de sua respiração me envolvesse. Olhos do tamanho de escudos brilharam, bloqueando minhas reflexões etéreas.

Em seguida, ele ergueu a cabeça e mugiu, retomando então seu caminho de volta ao rio, onde flutuou até o seu limbo da imortalidade.

Eu estava tremendo de alívio e também pelo esforço que despendera nessa busca. Eu odiei e tive asco de viajar em Morndun, foi como andar com a Morte. Mas perseverei, e, agora com Brutus ainda atrás de mim, segui o touro até que retornamos ao lugar onde o troiano encontrou seu fim. O touro e Aylamunda e os outros continuaram em direção às profundezas da fortaleza, logo desaparecendo da minha vista.

Fiz a viagem de volta à noite na terra de Urtha e sussurrei para os juncos, para onde Brutus havia retornado: — Manterei minha promessa —, enquanto alongava minhas pernas retesadas e doloridas.

Quase amanhecia. Eu podia ouvir Cathabach gritando meu nome da parte mais distante da trilha do pântano, onde ele havia esperado por mim. Não havia ansiedade ou urgência em sua voz. Provavelmente, ele havia gritado meu nome durante todo o tempo em que eu estivera afastado, para manter o vínculo entre nós.

Cambaleei até onde ele esperava por mim agachado, encurvado em sua capa na parte seca do solo. Ele me saudou com um sorriso de alívio e um pequeno chifre com um pouco de cerveja fresca adoçada com mel. Ele não me ofereceu comida. A carne e a torta de aveia que havia trazido para mim revelaram ser muito tentadoras durante sua vigília, mesmo que eu só tivesse ficado fora por uma noite. Mas isso não importava. O que eu descobrira significava que agora ele poderia completar os arranjos para o funeral da forma mais adequada.

— O espírito dela está em casa. E o barco está sendo construído — ele completou de forma enigmática. — O caminho da procissão está pronto. A pira poderá ser acesa em breve.

Dito isto, nós voltamos para o bosque.

12

A manobra do trovão

Até onde todos em Taurovinda sabiam, o duplo anel de pedra na elevação do terreno com vista para o rio tinha estado lá desde o começo dos tempos. Um caminho cerimonial, agora escondido atrás da grama alta, tinha se enredado através da Planície de MaegCatha a partir do Portão do Touro da fortaleza da colina até as pedras. Uma trilha mais curta, então, levava do santuário ao rio. As pedras, àquela altura, tinham sido cercadas por salgueiros altos, embora seus topos decorados se mostrassem acima dessa barreira, e ela estivesse aberta para a água.

Nos tempos remotos, as procissões dos mortos tinham começado na colina e seguiam seu caminho para o rio, passando pelos anéis, fazendo primeiro uma pausa no meio do círculo, antes do desmembramento do cadáver e do ritual de lavagem das facas. As cerimônias que celebravam o despertar da primavera, ou o amadurecimento do milho no outono, começavam no rio, e seus participantes dançavam até o topo da colina, onde os casamentos do homem com a terra e da mulher com a árvore se consumavam.

Porém, aquela procissão funeral começaria às margens do Nantosuelta, onde estava atracado um barco raso, de formas grosseiras, que deslizava de um lado a outro seguindo o curso de água, como um peixe preguiçoso. Essa embarcação frágil estava cheia de galhos, flores de cores vivas, folhas que se amarelavam, e era ornamentada com fitas e feixes de capim amarrados, nos quais estavam presas as duas metades da *lunula* de Urtha. Demorou um pouco para que eu percebesse que esses feixes estavam moldados na figura de uma mulher, seu corpo em repouso sobre a cama colorida da natureza, sua cabeça na popa da embarcação de ritual, a meia-lua dourada sobre seu peito.

A mão pequena de uma menina pousou sobre a minha, sorrateiramente. Munda olhou para mim, sorrindo.

— Eu posso ouvi-la cantando — ela disse. — Ou é um sonho?

— Eu não sei — confessei. — Mas ela está perto de você agora. Logo ela irá para o seu próprio lugar, do outro lado do rio.

A garota levantou sua cabeça, lutando com um pensamento, então formulou a questão.

— Você é muito velho — ela começou.

— Sim, eu sou.

— Você já amou alguém?

— Sim — admiti, imaginando onde essa conversa da menina iria acabar.

— O que você fez quando elas morreram? Você não parece pertencer a lugar algum. Como você as sepultou? Como você as visita?

Eu não sabia como responder. Em minha vida tinha havido tantos encontros breves: eu deixara tantas mulheres para trás; algumas eu vira morrer, e havia sofrido por elas, por algumas até bastante. Mas fazia questão de nunca voltar para onde tinha conhecido tal emoção. Era muito difícil encarar os restos arruinados pelo tempo de um lugar que um dia eu havia conhecido tão bem.

O único amor verdadeiro que eu tinha conhecido ainda estava meio oculto nas sombras, escondida na terra das sombras. Medeia, a feiticeira da Cólquida, que já fora esposa de Jasão. Ela estava perto de mim outra vez, assustada, insegura, na defensiva e desafiadora, eu tinha certeza.

Ela teria envelhecido: diferente de mim, ela havia usado seus poderes concedidos pelo Tempo para proteger-se e aos filhos que ela amava. Mas ela ainda estaria linda.

— Você está chorando — a garota ao meu lado sussurrou. A mão dela apertou-se na minha. — Não chore. Eu vi o futuro para você, Merlin. Nada está oculto. Eu o vi constante; eu o vi alegre. Não ainda, mas um dia, no tempo que está por vir. Tudo dará certo.

Por um momento eu fiquei surpreso demais para reagir. Então, agarrei-a pelos ombros e chacoalhei-a gentil, mas vigorosamente.

— Não faça isso jamais! — eu a adverti. — É uma coisa perigosa ver o futuro de um amigo.

— Não pude evitar fazê-lo! — ela disse, alarmada, os olhos arregalados postos em mim. — Eu não *procurei* por isso. As visões simplesmente vêm. Por que isso é errado?

Levaria muito tempo para explicar uma coisa dessas para a menina. À medida que ela dizia aquelas palavras, a lembrança de Niiv, uma lembrança não muito agradável, devo acrescentar, crescia dentro de mim, a feiticeira das Terras do Norte balançando um cisne morto à minha frente, gritando desafiadoramente: *Eu vi você usar florestas como um manto.*

Niiv tinha espreitado e sondado meu futuro e usou seus conhecimentos de uma forma sinistra e tortuosa. Agora ela estava voltando para Alba. Urtha a havia visto na neblina do mar, e os cisnes eram a confirmação!

Eu estava apreensivo, era o mínimo a se dizer.

A última coisa de que eu precisava era *um par* de visionárias bisbilhotando sobre quanto tempo eu ainda tinha na terra.

Tranquilizei a garota e a deixei sentada ao lado da proa do barco, cantando baixinho enquanto encarava a imagem de grama.

Mais tarde, naquele dia, Ullanna e seu séquito — agora ampliado — caminharam ruidosos e coloridos desde o norte, alcançando o outro lado do rio, conduzindo diante deles mais de trinta cabeças de gado gordo, brancos e pardos, que tinham passado todos aqueles anos da Deserção pastando despreocupadamente. Também havia dois veados amarrados a um cavalo branco, e os participantes tinham encontrado cinco cavalos selvagens, que davam coices e empinavam enquanto eram conduzidos para a margem da água e presos em currais improvisados. O bando de Ullanna contava, então, com sete homens novos que usavam armaduras de couro, não usavam elmos, eram fortemente armados e tinham a aparência rude. Mas eles pareciam temer Ullanna e obedeciam a todas as suas ordens.

A mulher cita viu que o funeral ainda não ocorrera. Ela levantou a mão para mim, em saudação e despedida, e então esporeou seu cavalo novamente em direção à floresta; Conan e Gwyrion seguiram-na, sempre ansiosos por aventuras mais emocionantes. O resto do grupo montou acampamento do outro lado do rio, para cuidar de seu espólio e aguardar o convite para atravessar os bosques e discutir o pagamento por seus serviços.

A noite abraçou a terra; os gomos da lua crescente estavam aumentando. Ela estava baixa no oeste, seu brilho iluminando os cumes escuros das colinas arborizadas e o aclive de Taurovinda.

Os tambores começaram uma batida baixa e constante. Trompas soavam asperamente. Tambores de metal matraqueavam. Gaitas de fole pranteavam.

Os bosques se tornaram vivos com a luz das tochas. A ondulação do rio parecia estar incendiada. O barco foi arrastado para a margem, e oito homens o levantaram sobre seus ombros. Tochas ardiam na proa e na popa. Os homens caminhavam lentamente, andando lado a lado em um ritmo constante, subindo a encosta até onde as pedras esperavam. Uma figura encapuzada e mascarada caminhava à frente deles, usando seus homens para marcar o ritmo de seu progresso.

O barco funerário foi carregado através do portão na cerca de salgueiro para o coração do anel de pedra cinzenta. As batidas dos tambores pararam, as trompas que se lamentavam e o matraquear dos tambores silenciaram. O barco foi baixado até o chão. Nada se ouvia além do crepitar do fogo.

O longo silêncio terminou com o soar de um pequeno sino de bronze. Os tambores lançaram uma batida estrondosa, e o barco foi hasteado novamente. Agora as trompas soavam sua música monótona em harmonia e as gaitas de fole tocavam um lamento estridente de uma beleza singular, pontuado pelo som dramático dos tambores de pele de bezerro. A procissão se moveu para além das pedras e através dos bosques, então para fora deles, para a planície. Ela serpenteava no caminho pelo mato alto, seguindo as tradições do antigo cerimonial, ainda marcado pelos montículos das pedras caídas.

O traçado sinuoso pela planície era uma representação da viagem do rio que o espírito de Aylamunda percorrera para chegar ao seu nascimento. Ela voltava para a morte com Tauraun, o Touro do Trovão.

Por três vezes a procissão parou em silêncio mortal, o barco foi posto no chão, o homem mascarado que conduzia a fila de pranteadores em pé diante deles. O céu estava tracejado por nuvens iluminadas pelo luar; os cavalos na parte de trás da fileira relinchavam nervosos; a vegetação se revolvia e sussurrava na brisa.

Então, novamente o soar do sino, o bater do tambor, e o barco foi levantado. As trompas lamentavam, profunda e desoladamente, enquanto a marcha recomeçava.

Desse modo nós chegamos diante da encosta nascente do monte e do pesado Portão do Touro que marcava a primeira entrada para o recinto fortificado.

Estariam as Sombras dos Heróis observando do alto daquelas fortificações? Apenas seus estandartes, espalhando o preto e a prata de suas cores na noite, diziam-me que estavam lá.

Fez-se um silêncio sepulcral. Os cavalos saltaram para a frente, arrastando os totens quebrados da Terra dos Fantasmas, árvores esculpidas em formas repugnantes amontoadas em uma pilha baixa. O barco foi delicadamente colocado por cima dos símbolos caídos dos Mortos, um desafio para eles. Urtha delicadamente retirou a *lunula* quebrada do "cadáver". Feixes de aveleira foram empurrados por baixo dos troncos e rapidamente acendidos; as chamas se estenderam alto dentro da noite. À medida que o barco pegava fogo, a efígie de folhas começou a arder, as trompas e os tambores soaram novamente.

Urtha permaneceu diante da pira, em sua armadura de batalha. O fogo brilhava em seu elmo, na couraça e nas lâminas estreitas da lança de freixo que ele trazia na mão direita.

Ele olhava para o fogo, mas para mim parecia que ele olhava *através* do fogo, seus olhos focados nas escuras muralhas de sua cidadela.

Ele começou a gritar; o grito era um canto, embora me parecesse que palavras estavam perdidas em meio ao ruído das buzinas. Mesmo assim, eu ouvi o nome Tauraun repetido; o grande Donn estava sendo invocado.

Cheguei a acreditar que a criatura emergiria da floresta atrás de nós e que caminharia decidida pela planície, e várias vezes olhei para aquele lado, curioso para ver como ela se manifestaria no mundo real. Na verdade, ele surgiu através da colina, algo que eu deveria ter esperado, considerando o nome da fortaleza.

A terra tremeu sob nossos pés e a pilha de troncos em chamas deslizou, espalhando um redemoinho de faíscas brilhantes dentro do céu da noite. A própria lua parecia avivar-se e espessar-se, as nuvens formando um contorno de tempestade acima das muralhas.

A voz de Urtha ergueu-se em tom e volume. De repente, ouvi as palavras que ele estava usando, e emocionou-me o reconhecimento de uma linguagem muito mais antiga que a língua vivaz desses celtas hiperbóreos. As palavras que ele usava eram um dialeto da língua do meu próprio tempo, fatais e vitais nos seus usos de encantos e magia, a pacificação, celebrando e convocando cantos para as primeiras e maiores formas de vida sobre a própria terra.

"Ka-scaragth, raa-Dauroch, Cuum Cawlaud, Nuath Raydunfray, Odonn Tauraun..."

Lobo varredor do inverno, Caçador da face verde da floresta virgem, Coruja mais velha, Coiceado de prata, Veado estandarte de veludo, Marrom lustrado, Touro vestido de sol...

Mas entre todas essas entidades louvadas, apenas Tauraun foi chamado; Urtha ofereceu sua vida e a vida de seus netos ao grande Touro em serviço após a morte para o período de duração de duas vidas de touro, duas gerações do próprio homem.

Tauraun tinha respondido ao chamado.

O sol começou a levantar-se dentro da fortaleza. Duas trompas grandes e curvas surgiram atrás dos baluartes mais altos. O sol brilhou entre elas. O ar ficou saturado com o fedor do hálito da criatura. Atrás daquelas paredes altas, os portões da cidadela estavam abertos e as forças da Terra das Sombras dos Heróis vagavam em meio ao medo e à desordem dentro da fortaleza ocupada às escondidas e defendida com vigor.

De repente, eles se derramaram para fora do portão, no fundo do aterro íngreme, espalhando-se à esquerda e à direita, uma força militar de cem ou mais. Novamente a terra tremeu à medida que o Grande Touro bateu os cascos acima deles, seu rosto largo, escuro, espiando através da planície, a roda do disco solar enrolando-se como fogo entre seus chifres.

O Exército dos Mortos e Não Nascidos abaixou as lanças, puxou as espadas e investiu em fila contra nós. Um cavalo foi a galope até Urtha, ele pulou na sua sela de traseira alta, tomando as rédeas de Manandoun. Cathabach e outros galopavam em frente à pira, as armas reluzentes, seus rostos iluminados com o prazer do combate iminente. Kymon, com armadura e elmo, estava entre eles.

Mas nós não estávamos em número suficiente!

Então, o tremor da terra assumiu um ritmo diferente. Eu me virei a tempo de ver a investida de um exército de cavaleiros da floresta à margem da planície, uma viagem selvagem e ruidosa de homens armados e de cabeças nuas, espalhando-se para circular a base da colina. Ao mesmo tempo, Conan parou o carro de guerra com rodas de ouro ao meu lado.

— Pule para dentro! Agarre uma lança! — ele gritou, o suor jorrando de seu rosto. — Depressa!

Eu fiz como me foi ordenado. Lanças rasgavam o ar, uma espada foi de encontro à estrutura de vime do carro de guerra, permanecendo ali cravada. Conan açoitara os cavalos para o centro da batalha. Minha lança foi arrancada de minha mão e atirada de volta contra mim, mas eu usei uma manobra de salto para evitá-la e apanhá-la de volta.

— Bom trabalho! — meu condutor gritou com entusiasmo. — Meu irmão logo procurará por outro parceiro! Eu gosto do modo como você salta!

— De onde vieram aqueles cavaleiros?

— Um truque na manga de Urtha! — foi a única resposta que eu obtive, exceto que ele adicionou — *Coritani*! Nós os encontramos no caminho de volta para cá!

Nós tínhamos galopado através do combate. Agora, Conan virou o carro e disparou ao redor do campo de batalha, gritando como uma das Fúrias. Manandoun e Urtha desabaram em seus cavalos atrás de nós; então Cathabach, e depois Ullanna e seus novatos. Nós cavalgamos rodeando uma fileira de soldados, derrubando alguns pela esquerda, saltando sobre os corpos caídos de homens e cavalos. Os cavaleiros da floresta entraram na confusão, alguns pulando de seus cavalos para o chão para lutar em pé sob o bater dos cascos dos Mortos. Conan estava gritando e rindo enquanto chicoteava seus cavalos, dando lhes as rédeas. Seus cabelos esvoaçavam, longos e dourados. Seu torso com músculos estriados brilhava com o suor. O homem estava possuído!

Eu achei que fôssemos um pequeno destacamento procurando o momento certo para entrar novamente na batalha, mas Conan de repente virou o carro em direção ao Portão do Touro, uma investida repentina, e o rei e seus homens, agora ao nosso lado, agiram de acordo com um plano que nos levou através do portão e acima da trilha sinuosa, atravessando as paredes protegidas, e novamente para dentro do coração de Taurovinda.

Gritos triunfantes e urros felizes acompanharam nossa entrada no lar de Urtha. Então, um súbito silêncio.

No outro extremo do recinto fortificado, a imagem cintilante do touro Tauraun, suas pernas separadas dando apoio;

o disco do sol, fraco, agora como uma roda estrelada girando entre seus chifres. A respiração de suas narinas evaporava-se no ar repentinamente gelado. Ele nos encarava com olhos enormes, mas não fez nenhum movimento em nossa direção.

Em pé, bem quieto em suas pernas dianteiras, olhando para nós enquanto se inclinava sobre um escudo oval, radiante, estava um homem alto, com cabelos loiros compridos e barba.

Quando os cavalos que puxavam o carro de Conan empinaram assustados, não foi por medo da criatura gigante que os encarava, mas porque seu condutor estava apavorado com a aparição da figura abaixo de sua mandíbula.

O rapaz, até agora tão alegre e destemido, tornou-se pálido e tenso com o medo.

— Desça, Merlin — ele disse baixinho. — Desça! Depressa!

Quando hesitei, ele estendeu a mão para me empurrar, não desviando os olhos da figura dourada na extremidade do forte.

Eu ainda podia ouvir os gritos de batalha de homens e cavalos e o toque do ferro. Urtha gritava em triunfo. Mais cavaleiros, ensanguentados e espumando, entraram cavalgando pelo portão interno, desmontaram e correram para as muralhas para derrubar os estandartes ondulantes dos reis caídos da Terra dos Fantasmas. Ouvi alguém gritar que os habitantes da Terra dos Fantasmas estavam fugindo pelos pântanos do rio.

Então, Gwyrion veio cavalgando pelo portão, Munda na garupa, agarrada em seus braços. Seu cavalo também empinou quando viu o Touro e seu mestre de cabelos de sol. A garota caiu no chão e Gwyrion escorregou da sela e ajudou-a a subir, pedindo muitas desculpas.

Embora houvesse confusão e gritaria à nossa volta, Cathabach e o sábio Manandoun observavam em silêncio, conscientes de que o jovem cimbro estava em apuros.

Conan deu uma olhada para mim, quase chorando.

— Bem, Merlin — ele disse —, foi uma viagem longa, mais divertida do que dolorida. Desejaria tê-lo conhecido melhor.

— O que está acontecendo? — perguntei-lhe, mas ele simplesmente sorriu e balançou os ombros.

— Ajuste de contas.

O homem entre as pernas do touro levantara sua lança e acenava com ela para os rapazes. Eu comecei a compreender a verdade que deveria ter sido óbvia.

— Nós roubamos o carro dele — Conan disse tristemente. — Lembra-se? Estava decorado em ouro por um deus grego chamado Hefesto, e tinha ferro trabalhado dentro de sua estrutura de vime para torná-lo mais forte que um muro de pedra. Aquele homem estava muito orgulhoso de seu carro. Ficou muito irritado quando nós o roubamos, embora ele mesmo o tivesse roubado, antes de nós. Infelizmente, colidimos durante uma corrida e o estragamos, embora isso tenha acontecido apenas porque a outra equipe trapaceou: eles tinham espadas presas às suas rodas. Bastardos! Enfim, eu não acho que este pedaço de vime disfarçado de cobre irá satisfazê-lo, mesmo com as rodas de aros de ouro.

— Quem é ele?

— Meu pai-deus — Conan murmurou tristemente. — Quem mais? O grande deus Llew. Aquele é seu Touro do Sol. Ele sempre chega com o touro quando emerge da escuridão. Nós não vamos sair daqui facilmente. Ele tem outros filhos brilhantes para valorizar, mais obedientes — uns aduladores nojentos. Então, ele certamente vai pedir nossa cabeça. Adeus, Merlin.

Gwyrion, parecendo igualmente angustiado, deu um sorriso triste enquanto se aproximava; em seguida, entrou no carro, segurando o varão.

— Bem, foi divertido enquanto durou — Conan gritou para mim, com uma última explosão de fanfarronice juvenil. — E você dará um grande lanceiro de carro de guerra!

Então, balançou as rédeas, os cavalos entenderam a deixa e o pequeno carro de guerra foi conduzido em direção ao homem que esperava. O grande deus Llew entrou no carro e pegou as rédeas, virando as costas para seus filhos, cujo rosto se tornou prateado, em contraste com o dourado radiante dele. Congelados, sem sorrir e desconcentrados, agarrando os varões com ambas as mãos, sombras nos olhos irados de seu pai, eles pareciam assistir ao fim de sua aventura mortal com tristeza.

Com um poderoso golpe de seu chicote, Llew virou os cavalos em pânico e levou o carro para baixo do corpo do Touro, logo desaparecendo na escuridão da montanha. O Touro deu uma forte sacudida de cabeça, repentinamente vivo outra vez, e se virou para retornar à escuridão, descendo por entre as sombras para continuar sua lenta caminhada pelo submundo.

Mas ele havia feito o seu trabalho. Embora tivéssemos perdido dois jovens amigos, o fantasma de Aylamunda agora estava vivo novamente, e ela, finalmente em seu devido lugar, na terra mais apropriada entre as Sombras dos Heróis. E Urtha havia retomado sua fortaleza. As portas maciças já haviam sido fechadas, e os pendões e estandartes da Terra dos Fantasmas estavam sendo pregados a uma árvore "de zombaria", feita de madeira morta cortada de aveleira e freixo. Isso seria pendurado sobre a muralha do norte, permanentemente fora da visão de passagem do sol.

Eu me juntei a Urtha na muralha. Os Cavaleiros das Sombras tinham se dispersado, levando seus mortos em batalha com eles. Mas se o rei estava triunfante. Ele se expressou de forma moderada.

— Nós ainda não vimos o último deles — ele disse, calmamente. — Você não concorda, Merlin? Eles não vão desistir tão facilmente. Eles estão estendendo seu domínio. Por ora, não compreendo por que eles estão fazendo isso.

Atrás de nós, o pequeno exército de guerreiros e suas famílias estavam se espalhando pelas ruas, reivindicando casas e planejando a reconstrução do lugar. Seria uma tarefa demorada.

Reconheci entre eles os estandartes dos coritanis.

Parecia que Urtha, ao atravessar o território do Rei Supremo dos coritanis, tinha encontrado o território novamente ocupado pelos homens que antes lá viviam. Eles haviam retornado antes dele da aventura caótica que levara um exército das tribos para a Macedônia e a Grécia. Disfarçado como estava, na forma de um lobo, eu testemunhara esse encontro. Urtha, alertado para os problemas com Taurovinda, tinha ganhado o respeito desses homens e a promessa da ajuda deles na recuperação de sua própria terra. Ele os mantivera na floresta, fora da vista e em silêncio. Ele não sabia o que esperar em sua cidadela de origem, e quando os Cavaleiros das Sombras, feitos mortais neste mundo, revelaram estar em tão grande número, a ajuda dos coritanis foi vital.

Como ele agora pagaria seus mercenários pelos seus serviços contínuos era algo a ser pensado no devido tempo; eles certamente permaneceriam pelo ciclo de uma lua. Depois disso, começariam a reivindicar gado e cavalos.

Parte três

A luz da visão

13

Taurovinda

Urtha reivindicara de volta a fortaleza ancestral de Taurovinda, atacada e roubada dele anos antes. Ele reclamara seu forte com audácia e imaginação, aproveitando de modo louvável os poucos recursos militares que possuía em termos de armas e homens, e contara com o sobrenatural para criar um grande efeito. Ele me contou em um só fôlego como se inspirara no fogo e na fúria de seu filho tão jovem, Kymon. Por outro lado, ele poderia ter postergado o ataque, procurando a melhor estratégia para realizar uma tarefa que lhe parecia já fracassada. Ele antecipara uma longa luta e tinha vencido. Um triunfo glorioso e excitante, seduzido por atrevimento juvenil.

Sim, Kymon, o espírito do rei, tinha sido o pontapé inicial em seu flanco; somente mais tarde ele me diria que quando ele ouviu minha narração a respeito da figura miserável de Aylamunda, movendo-se atrás do Touro em seu caminho para uma felicidade maior, ele mesmo a vislumbrara, e tinha sido tomado por uma raiva tão insensata que chegou perto de atacar a cidadela sozinho, nu e desarmado. Ele a tinha visto tão claramente quanto eu, um vislumbre da escuridão abaixo, uma visão da mulher que ele amava com paixão. Se ele suspeitava que eu tivesse, de alguma maneira, semeado aquela visão momentânea em sua mente, guardou o pensamento para si. O amor não perece quando o corpo morre. E em Ullanna,

Urtha tinha uma nova companheira que entendia a natureza da ferida profunda no coração de Urtha — ela mesma sobrevivente de uma trágica separação. Com essa mulher cita ao seu lado, ele costumava se gabar de ser capaz de conquistar até mesmo a Terra das Sombras dos Heróis.

Essa declaração apressada e infundada me foi feita ainda sob a excitação da vitória; o suor da batalha mal havia secado em seu rosto. Mas Urtha estava ciente de que a Terra dos Fantasmas precisaria ser ainda muito mais subjugada até que Taurovinda pudesse novamente abrir seus portões para a Planície de MaegCatha.

Na verdade, havia muito a ser feito, e, no início da madrugada seguinte à noite do ataque, Urtha e Ambaros, este ainda frágil por causa de suas feridas, tentaram colocar alguma ordem no caos que reinava na fortaleza.

Os druidas, Aqueles Que Falam Pelo Passado, Pelos Reis e Pela Terra, os mantenedores dos rituais, começaram a percorrer os perímetros do território, da fortaleza até o coração da floresta, com seus bosques e túneis protegidos, onde oferendas tinham sido depositadas nas profundezas da terra durante os últimos séculos. A eles se juntaram em sua tarefa as Altas Sacerdotisas, embora as mulheres se preocupassem com os poços e em especial com os pomares de maçãs — se é que a pequena fruta azeda de que essas pessoas gostavam tanto era de fato maçã.

Os dois druidas vestidos com peles de lobo, os antevistos peregrinos que tinham aparecido no desfiladeiro quando Kymon reunira suas forças, estavam tão sujos, cinzentos e desalinhados como sempre, e suas roupas de pele fediam a banha de animais. Mas eles eram peritos em esculturas, descobriu-se, e assumiram a tarefa de cortar a madeira queimada das estátuas altas que foram reunidas no coração da floresta da fortaleza, refazendo os rostos e usando tintas e ocres para trazer-lhes a vida de volta.

Eu pensei que Munda se envolvesse nessas funções sagradas, mas ela não estava à vista; cuidava de suas tramoias particulares e negócios, sem dúvida.

Seu irmão Kymon, entretanto, estava muito em evidência. Ele andava ao lado de seu pai sem dizer nada, observando tudo, aprendendo. Ele era o herdeiro legítimo daquele reino, e sua sensação de tristeza e angústia por ter falhado em suas tentativas de retomar Taurovinda tinha sido rapidamente varrida para um canto em sua própria mente. Ele falhara; ele aprendera sua lição; e isso era tudo! Sem tempo para olhar para trás, apenas olhar para a frente, e Taurovinda, a cidadela que um dia seria seu domínio, tinha de ser protegida contra inimigos que mais pareciam rajadas de vento do que guerreiros, difíceis de ver e difíceis de combater; um inimigo forte apenas onde a defesa contra ele era frágil.

Os mercenários recrutados em meio aos coritanis, cavaleiros e lanceiros aliados de Vortingoros, o senhor da guerra, eram experientes, rápidos e habilidosos em construção. Vortingoros equipara esse pequeno exército quando Urtha atravessara sua terra, com a intenção de reavivar os laços de honra que tinha unido os dois povos quando estiveram ombro a ombro na grande batalha contra o clã do norte. A força de homens jovens e ansiosos rapidamente jogou por terra muitas das casas queimadas e quebradas, fincando as estacas do telhado e erguendo duas grandes construções, uma em cada flanco da fortaleza, alojamentos e áreas de festividades, suficientes para acolher homens e mulheres que agora faziam parte da ocupação.

A residência do rei seria deixada de lado por enquanto, por ordem específica de Urtha. Ela não havia sido queimada, embora tivesse sido severamente saqueada e o telhado estivesse completamente quebrado. Isso não era um gesto de magnanimidade por parte de Urtha, era uma medida simplesmente prática. Sua prioridade era construir bons quartéis para seu novo exército e boas habitações para os sobreviventes de seu próprio clã.

Enquanto isso, quatro forjas foram restabelecidas perto do poço e logo estavam em produção frenética, consertando armas e armaduras, moldando as ferramentas que seriam necessárias para a reconstrução da fortaleza.

Fora da Planície de MaegCatha, as aves de rapina pareciam participar de um festim. Algumas bicavam os olhos e a garganta daqueles do povo de Urtha que tinham tombado em combate. Outras aves espectrais, de plumas brancas, olhos vermelhos, estranhamente lentas em seu voo de reconhecimento, como se saltassem e voassem pela água, regalavam-se com a rápida decomposição daqueles mortos da Terra dos Fantasmas. Faces cinzentas, corpos vestidos de ferro enferrujado, braços erguidos em desespero cumprimentavam as garras e bicos encurvados desses abutres sobre os duas vezes mortos.

Era uma visão sinistra. Não era possível observá-la sem ser subjugado pela exibição de tripas retorcidas e costas arqueadas, bocas sorridentes com sangue enegrecido ampliadas pela espada.

Estando perto de Urtha nas muralhas, entreouvi Ullanna dizer-lhe:

— Eu não entendo. Por que eles saíram do Outro Mundo? O que eles podiam esperar alcançar nesta terra insípida e sombria? Eles tinham vivido a vida inteira, tinham morrido na batalha, tinham uma nova vida num país onde tudo era agradável para eles, onde encontrariam seus filhos e filhas no devido tempo. Por que retornar a esta planície miserável?

Urtha hesitou por um longo tempo antes de responder.

— Por que um cavalo selvagem corre em direção a uma moita de espinhos?

Ela franziu a testa.

— Bem, talvez porque ele possa estar sendo perseguido. Homens podem estar atrás dele. Ou, talvez, lobos. E ele tem de encontrar algum lugar para onde correr.

— Por que um bezerro de olhos arregalados corre para dentro de uma armadilha murada de vime, para ser capturado e marcado, levado para longe e abatido?

— Porque ele foi conduzido a isso. Os homens o obrigam.

— Portanto: ou eles fogem, ou são levados a tomar alguma atitude.

Ullanna riu e se curvou sobre o ombro do Senhor da Guerra.

— Posso ver aonde *você* está me conduzindo! Mas nós não somos os mais qualificados para responder a essa questão. — Ela deu uma olhada para mim enquanto falava. — E você, Merlin? Você tem uma ideia para nos dar?

— Uma vaga ideia, talvez — respondi, e ela aprovou minhas palavras com um breve aceno de cabeça.

Eu já havia falado com Urtha sobre minhas suspeitas no que dizia respeito às Sombras dos Heróis, que eles eram um bando dividido entre Mortos e Não Nascidos, e embora ele certamente tivesse aliados entre suas tropas, distinguir o amigo do inimigo iria demorar algum tempo. O que eu não conseguia entender era a razão para a divisão. Embora minhas suspeitas sobre aquilo também estivessem aumentando, eu precisaria voltar ao outro lado do rio e percorrer mais profundamente a Terra dos Fantasmas do que o pequeno santuário onde as crianças, deslocadas de seus próprios mundos, tinham sido alimentadas e educadas pelas *modronae*.

Atrás de nós, em um dos espaços abertos, Kymon estava montando um cavalo cinzento, descrevendo círculos cada vez mais fechados na arena, fazendo que o animal se habituasse aos seus comandos com os pés, seu peso, o modo como ele usava as rédeas. Ele parecia um homenzinho crescido no comando daquela atividade. Então, seu pai perguntou:

— Onde está Munda? Eu não vi essa garota desde que entramos na fortaleza na noite passada.

Tanto ele quanto Ullanna olharam para mim, como se eu pudesse saber o paradeiro dela, mas, a última vez em que eu havia visto a menina, ela estava andando em direção ao extremo da colina, onde a aparição do grande Donn tinha se desvanecido e os temerários cimbros haviam desaparecido.

De repente, Urtha entrou em pânico. Pulou da passarela para dentro da muralha, chamando em voz alta por sua filha. Kymon parou no meio de suas voltas e balançou a cabeça quando lhe perguntaram se havia visto a irmã.

Uma terrível sensação de medo varreu a cidadela recém-conquistada. O bater do ferro nas forjas hesitava; o murmúrio de risos e gritos tornou-se um silêncio assustado. Apenas a voz de Urtha chamando por Munda quebrava o silêncio.

A voz da garota chamou de volta como se viesse de um sonho, tornando-se mais forte, mais aguda, finalmente tão real quanto a própria menina. Ela estava além da floresta da fortaleza, imóvel. Eu podia vê-la e ela podia me ver. Através da distância, ela sorriu para mim.

Urtha, aliviado e não zangado, passou um tempo com ela.

Quando, mais tarde, ele retornou aos seus afazeres de supervisão e construção, Munda me procurou. Eu estava riscando espirais duplas nas pedras para virar os lados marcados para baixo, em torno da borda da nascente rasa que ressurgiu em

Taurovinda. O poço profundo, atrás de sua parede de pedra, era supervisionado apenas por mulheres. A garota sentou-se ao meu lado e correu um pequeno e pálido dedo pelo meu risco fino e raso, as duas espirais correndo lado a lado uma da outra, conectadas no meio.

— Eu conheço isso.

— Estou começando a perceber que você conhece muita coisa. O que a espiral significa para você?

— É o Tempo. O Tempo começa jovem aqui, do lado externo, e envelhece aqui, no centro, então gira de volta sobre si mesmo para tornar-se jovem novamente.

Eu estava surpreendido. Ela captou meu olhar de curiosa surpresa e encolheu os ombros.

— É fácil. À medida que avançamos no Tempo, passamos por nós mesmos, fazendo o caminho de volta. O tempo reflete as estações do ano, envelhecendo e então se renovando. Simples. Você pode ver através da divisa? Você pode ver a si mesmo voltando?

— Onde você aprendeu isso? — perguntei-lhe, ignorando sua questão impertinente. (Era muito difícil ver dentro daquele outro Tempo, onde o mundo se movia de volta para seu começo. Eu nunca me arriscara. Eu não via nenhuma utilidade possível nisso.)

— Eu tenho uma boa mestra em meus sonhos — ela respondeu. — Eu gosto dela, ela me faz rir. No sonho, está sempre nevando, e nós patinamos em lagos gelados e comemos peixes gordos, grelhados sobre fogo de lenha. Ela é muito gentil.

Minha cabeça pareceu girar com as palavras dela.

Se você leu meu relato sobre a ressurreição de Jasão na terra dos Pohjoli, antes que ele e eu nos aventurássemos na Grécia, você entenderá por que o sangue congelou em minhas veias naquele momento. A "mestra dos sonhos" de Munda não poderia ser outra que não Niiv, a feiticeira do norte, filha de Mielikki, a Senhora da Floresta, que também era a deusa protetora de Argo.

— Qual é o nome dela? — perguntei com muita cautela, e estremeci quando Munda sussurrou:

— Niiv. Ela é muito bonita, e pode ficar muito irritada...

Eu me lembrava daquilo!

Niiv estava se matando, usando seu talento sem cuidado ou consideração, sabendo muito bem que iria envelhecer muito rápido se fizesse uso de seus dons de forma tão descuidada e prodigiosa. Nisso, ela era tão determinada quando Medeia. Se eu senti uma ponta de preocupação naquele momento pela jovem mulher do norte, esse sentimento foi logo substituído pela minha preocupação por mim mesmo.

Sim, eu sabia que Niiv estava tomando o caminho de volta para mim, a bordo de Argo, deixando Jasão profundamente irritado. Ela havia me visitado no vale dos exilados e me insultado! Mas as palavras de Munda deixavam claro que Niiv estivera bem perto de mim com maior frequência do que eu pudera perceber. Ela estivera nos bosques ao lado do rio, sussurrando nos sonhos de Munda... Talvez ela tivesse visitado a Terra dos Fantasmas, antes que a menina alcançasse o sopro interrompido de sua vida, envelhecendo rapidamente à medida que nós atravessávamos o rio.

Talvez, de fato, Niiv estivesse me espionando desde o momento que eu deixara a Grécia, ela mesma a bordo da sombra de Argo. Niiv estava determinada a ficar permanentemente em minha vida.

Gentilmente, perguntei a Munda quando a sua professora dos sonhos, a garota bonita, tinha começado a falar com ela. Ela respondeu:

— Depois que nós voltamos. Depois que minha amiga Atanta foi embora.

— Não quando você estava brincando com Atanta antes de cruzarmos o rio?

— Não. Eu acho que não. Quando Atanta foi embora eu fiquei muito triste.

— Eu lembro. Sinto muito.

— Mas Niiv veio e me disse que todos os velhos amigos finalmente se encontrariam. Às vezes, eles são levados para diferentes tarefas, e, às vezes, se esquecem de que precisam um do outro. Mas, com o tempo, todos os que estão ligados pelo coração voltam para o abraço final. Você acredita nisso, Merlin?

— Eu acredito que Niiv acredita nisso — comentei, tentando não parecer amargo.

— Mas você não acredita?

— Eu acredito um pouco. Tenho certeza de que um dia você encontrará sua amiga novamente.

Ela sorriu, parecendo ansiosa.

— E você encontrará a floresta, que usará como um manto. Eu espero vê-lo naquele manto de florestas!

As palavras da garota derramaram-se de seus lábios tão inocentes quanto coelhinhos saindo do ventre da mãe. Cheias de potencial de magia, cheias de significado, cheias de tabus.

A expressão tornou-se sombria por um momento, antes que ela acrescentasse num sussurro distante:

— Mas eu o vejo cinzento, eu o vejo correndo...

Ela não entrou em detalhes sobre a imagem distante.

O dia tinha nascido brilhante; o vento estava forte, mas fresco. O ar estava perfumado com madeira queimada nas forjas atarefadas e as ervas fumegantes do pomar da fortaleza, agora novamente ocultado atrás de paredes altas de vime. O som dos tambores e dos cantos flutuou, vindo da mesma direção. Um poço estava sendo escavado, pronto para receber o tronco de uma árvore e os ossos limpos de um cavalo sacrificado. Uma vez que não houvera reféns capturados na batalha, suas sombras tendo se dissolvido na noite e seus mortos inutilizáveis, de acordo com Cathabach, que entendia dessas coisas, um cavalo teria de ser oferecido. Era uma égua branca e cinzenta. Ela já estava com as rédeas e com a crina trançada, e algumas das crianças a estavam decorando com flores e folhas sob o olhar atento de duas mães.

Vários outros cavalos tinham sido abatidos, aqueles com membros quebrados e feridas profundas, e suas carnes removidas, para servirem como alimento.

Ao lado do poço, as Altas Sacerdotisas tinham conseguido reunir algo em forma humana que brilhava e se deslocava no ar. Elas estavam ocupadas esfregando as pétalas de flores do prado amarelas nas palmas de suas mãos e depois mantendo as mãos erguidas na direção desta emanação natural da terra. Elas estavam testando a eficácia de velhas invocações e a confiabilidade da fonte de água. Elas pareciam satisfeitas com o que estavam vendo. Uma manifestação de Nodons, deus da cura, foi o que me disse discretamente Manandoun.

Havia um murmúrio de alegria no ar.

Tudo estava voltando ao normal em Taurovinda.

As revelações de Munda pesaram sobre mim pelo resto do dia. Comecei a me sentir sufocado em Taurovinda, preso pelas altas muralhas, o barulho de pessoas e animais e os cheiros asfixiantes. Das muralhas ocidentais, eu podia olhar para fora através dos pântanos e florestas para as montanhas distantes que margeavam a Terra das Sombras dos Heróis, e podia sentir o vento fresco que soprava daqueles vales escondidos.

Havia alguém que eu precisava muito rever; e um mistério que eu teria de resolver se quisesse me livrar dos laços que me mantinham preso a Urtha.

Onde estava o barco do espírito de Argo? Eu chamei e ele respondeu. De algum modo, ele estava em um riacho raso, rio acima. Escondido por juncos e salgueiros pendentes, ele estivera dormindo tranquilamente, esperando o momento quando o próprio Argo viria e o encontraria, ou eu afrouxaria meu vínculo com ele, permitindo-lhe que deixasse Alba, do outro lado do mar cinzento, para encontrar, ele mesmo, sua embarcação-mãe.

Ele lutava para sair de entre os juncos, para alcançar o fluxo da correnteza (eu vi isso no olho da minha mente, apenas brevemente, antes de interromper o contato), e começou a tomar o caminho para o santuário de pedra ao lado do Nantosuelta, onde nós tínhamos acampado antes da batalha. Ele ainda demoraria um pouco para chegar.

Ao anoitecer, o bando dos coritanis instalou-se em duas mesas compridas para conversar, comer e beber, duas fogueiras queimando violentamente entre os bancos. Na casa do rei, Urtha e os sobreviventes de seu próprio clã convidaram os chefes dos coritanis e a mim para relaxarmos, comer e ouvir histórias por algum tempo, a maioria sobre a busca de Delfos, até que Aquele Que Fala Pelo Passado entrou no centro do círculo e se pôs a consagrar a residência real ao seu legítimo proprietário.

Esse processo durou até a alta madrugada, um encantamento interminável de histórias tribais, ataques do clã, invasão de gado, nascimentos estranhos, estrelas cadentes, guerreiros selvagens, mulheres astutas que tinham governado no passado, homens tolos que tinham desperdiçado tudo que seus pais ganharam no passado.

Eu estava impressionado com a proeza fenomenal de memória mostrada pelo homem de barba aparada e cabelo preso, que parecia ter cinquenta anos ou mais. Seu olhar não se afastava da árvore sem galhos que cresceu no centro da casa, embora ele andasse em torno dela várias vezes durante sua longa descrição das gerações passadas de Taurovinda. De vez em quando, ele golpeava a árvore com uma lâmina de osso. Em um determinado ponto, ele urinou contra o tronco, ao som rítmico do bater de palmas do bando reunido. Aparentemente, tudo fazia parte do processo de renovação.

Então, Aquele Que Fala Pelos Reis listou a dinastia que precedera Urtha, de seu avô, um homem chamado Mordiergos, até Durandond, o fundador desta fortaleza em Alba. Então, em sete gerações, o nome foi o de uma mulher – Margomarnat –, e então os nomes das mulheres iam até muito atrás no tempo, Rainhas Supremas da cidadela caída do outro lado do mar. Os nomes finais devem ter sido de um tempo antes que Jasão tivesse nascido na Grécia. Cada um foi mencionado em termos de seus filhos, sua infância, sua primeira façanha como governante do povo, e o feiticeiro que serviu cada mulher. A exposição continuou ao que parecia ser uma eternidade, mas ninguém que ouvia parecia minimamente entediado.

Quando ele também terminou, com o fogo ainda queimando alto, vários dos homens à minha volta começaram a se gabar de seus feitos, rindo e zombando entre si, jogando sujeira e restos de comida para sinalizar a sua descrença.

Eu vira isso muitas vezes antes, e deixei-os, dei boa-noite a Urtha e encontrei um lugar abrigado para me sentar, pensar e recobrar as forças.

Eu tinha intenção de partir à primeira luz, mas o druida conhecido como Aquele que Fala Pela Terra começou a chamar acima do Portão do Touro. Ele estava acenando com um mastro de varetas de avelã, torcidas juntas, um *collcrac,* e fazendo um som de corvo entre os chamados, numa língua que, eu suspeitava, era um antigo dialeto da própria língua de Urtha, agora esquecido por todos, menos por esses homens de memória.

Parecia que o tempo estava então propício para trazermos os corpos e membros dos mortos de nossos dois bandos, deste ataque e da investida fracassada de Kymon. Os portões foram abertos e vinte homens cavalgaram planície abaixo. Urtha me chamou para ajudar, trazendo-me um cavalo. Eu subi na sela áspera e o segui.

— Nós trazemos para dentro o que podemos — ele gritou para mim. — Você tem estômago para isso, Merlin?

Ri com sarcasmo. Eu já havia visto Medeia picar seu irmão em pedaços enquanto o rapaz gritava, lançando os pedaços ao mar para retardar seu pai, um homem enfurecido com o que ele acreditava ser o rapto dela por Jasão.

Sim, eu achava que teria estômago para aguentar aquilo.

Os corvos já tinham se juntado novamente. Os excelentes cães de caça de Urtha os espantaram, saltando entre os abutres de voo lento e puxando-os para baixo, sacudindo suas penas e sua vida através do campo. Juntei espadas e escudos, alguns fragmentos de membros. Urtha puxou o corpo em decomposição de Munremur, que apodrecera atravessado em sua própria montaria, e voltou lenta e sobriamente ao *nemeton,* ao solo sagrado, no coração de sua fortaleza. Lá, os portões foram puxados para serem abertos pelos druidas e os corpos transportados para dentro dispostos em bancos. Os membros dos recém-mortos estavam duros, mas logo relaxariam.

Quando todos os mortos estavam dentro do bosque, os portões de vime foram fechados novamente. Antes que os portões fossem fechados e lacrados, eu deslizara estrada abaixo para a planície, seguindo o caminho do cerimonial de volta para o rio. Eu tinha dado o meu mais breve adeus a Ambaros, que havia sido muito compreensivo. Mas Urtha estava consternado com meu desaparecimento e cavalgou para fora do forte, correndo ruidosamente pela trilha abaixo, uivando e gritando meu nome como um jovem irado. Eu corri à frente dele, cada vez mais rápido. Ele tinha uma lança pequena erguida acima de sua cabeça. Teria o homem enlouquecido?

Irrompendo através da vegetação rasteira que margeava o rio, freneticamente buscando o córrego em direção ao meu pequeno barco, Urtha fez um círculo à minha frente, peito nu, cabelos soltos, galopando através das águas rasas e cavalgando no caminho de árvores. A lança veio bater com estrondo no tronco próximo a mim, fazendo as penas cinzentas amarradas em volta de seu eixo tremerem como as penas de um pássaro assustado.

— Você era um convidado em minha casa. E parte dessa forma, sem me avisar?

Eu ofendera o senso de hospitalidade de Urtha. Eu deveria ter pensado.

— Eu preciso partir. Eu disse a Ambaros. Eu não parti sem me despedir.

Ele não se acalmou.

— Sim, Ambaros me disse. Mas Kymon e Munda estão profundamente afeiçoados a você, especialmente a menina. Quando descobrirem, ficarão perturbados. Você deveria ter falado com eles.

— Eu falei com Munda, ontem — eu disse a ele. — Sua filha está crescendo forte. Ela traz em si a Luz da Visão. Ela começou a desenvolvê-la na Terra dos Fantasmas, e eu pretendo descobrir como e por quê. É por isso que estou partindo.

Ele parecia genuinamente desapontado e eu garanti-lhe que não era a última vez que ele me veria.

— Mas eu acabei de encontrá-lo novamente — ele reclamou amargamente. Sua mão repousava sobre o punho da espada enquanto ele estava sentado, olhando para mim. — Eu confio em você mais do que naqueles sacerdotes do carvalho. Eu confiei em você desde o momento em que você pisou na minha tenda, na distante Terra do Norte. E o que eu direi ao bando dos coritanis? Eles estão ansiosos para voltar para sua própria fortaleza caso a Terra dos Fantasmas os ataque em seguida. Eu garanti-lhes que você é o maior dos sacerdotes do carvalho que eu já conheci, o mais sábio dentre Aqueles Que Falam Pelo Passado. É uma das razões pela qual eles estão ficando para ajudar em Taurovinda.

— Então, você mentiu para eles.

— Eu pensei que você *fosse* ficar.

— Eu não sou um sacerdote do carvalho. Eu sou um homem do Caminho. Eu já esqueci mil vezes mais do que seus druidas podem se lembrar, por mais prodigiosa que seja a memória deles.

— Você está indo pelo caminho errado para as Terras das Sombras — ele insistiu.

— Eu tenho um pequeno barco para me levar lá.

Ele riu.

— O rio está fluindo para o mar. A Terra dos Fantasmas está acima de nós, no curso do rio. E você não é um bom remador, pelo que me lembro de Argo.

— Esse barco tem uma mente própria — eu disse, e ele franziu o cenho.

Urtha desafiara-me. Agora ele deu de ombros, esporeando seu cavalo de guerra em minha direção, estendendo a mão para dizer adeus enquanto passava, seus olhos novamente duros.

— Bem, cuide-se naquele lugar. Tenho certeza de que eles não terminaram seu trabalho conosco. Este é só o começo.

— De fato. Mantenha-se em guarda — concordei que estava absolutamente certo sobre o perigo da Terra dos Fantasmas.

— E a lança é para você. As penas foram derrubadas por um dos abutres que se alimentava do inimigo. Eu mesmo a fiz. Ela tem as bênçãos de um rei! Você saberá o que fazer ou não fazer com ela, eu espero.

Eu tinha de esperar pelo barco até o anoitecer, mas devia ter previsto aquilo. Minha pequena embarcação deslizou pela água em minha direção, banhada em luar, balançando à medida que atravessava contra a correnteza sem esforço, o rio reluzindo prateado onde ele quebrava contra sua proa.

Avancei com dificuldade até ela e arrastei-me para dentro, aninhando-me embaixo dos tapetes de pele, puxando-os sobre meus ombros. Agarrei a lança, pensando em Urtha, seus gestos simples e nobres, imaginando se ele poderia de fato ter emprestado à simples arma algum significado por amarrar penas de corvos de outro mundo.

Dessa forma, entrei em um estado suspenso, sem sonhos, o estado desligado do pensamento que um barco como Argo, ou esse pequeno reflexo de Argo, sempre precisará se for navegar contra a natureza. Eu tinha consciência das estrelas acima de nós e passei o tempo fazendo um estudo cuidadoso de como algumas delas tinham se movido em todo o milênio em que eu as vinha estudando. Algumas se moviam velozmente; algumas pareciam ter perdido a força, enfraquecido, para depois voltarem fortes novamente, como a lua brilhando. A maioria parecia se mover de forma tão lenta quanto um seixo que se desloca poucos centímetros rio abaixo, uma mudança da posição celestial dificilmente visível, a menos que observada em intervalos de várias centenas de anos.

Havia mistério e intriga naquele telhado de fogo celeste, mas eu duvidava que, mesmo se sacrificasse minha vida, eu conseguisse chegar tão longe a ponto de poder tocar uma delas. A luz, talvez, mas o risco era grande. Quem poderia adivinhar que forças elementais guardavam seu rosto dos dedos inquiridores dos homens que a gravaram na memória e agiam em conjunto com seus humores?

O barco balançava levemente, tranquilo, inclinando-se um pouquinho em direção da terra.

— Bem, aqui estamos nós — ele sussurrou. — Estou cansado. Deslizarei rio abaixo para descansar até que você me chame para irmos embora daqui. Este é o lugar onde você se encontrou com a Mãe. O Vau do Último Adeus. Este é o lugar onde eu cruzei com seus filhos. Mas temo que os outros tenham sido tomados. Sinto apenas abandono e dano.

Eu observava enquanto ele deslizava para longe. Uma névoa fina pairava sobre o rio. Na margem oposta, vários gamos pastavam. Um bando de garças voava em minha direção, passando por sobre minha cabeça, voando da terra dos vivos para a terra dos mortos, como se não se preocupassem. Tomei uma nota mental daquilo, e então me virei para segui-los.

14
Sonho da Lua

O espírito de Argo estava com a razão. Quando cheguei ao vale rodeado por seus altos muros de pedra, suas matas e campos onde as crianças da realeza do mundo de Urtha haviam uma vez sido escondidas, encontrei apenas abandono e sinais de luta. O lugar havia sido deixado muitos anos antes. O tempo pregara uma peça nessa triste casa comunal.

Os ossos brancos quebradiços de um cavalo, ainda com farrapos de couro em sua carcaça, sugeriam que o ataque não havia sido totalmente unilateral. Tiras esfarrapadas de vestimentas, presas em galhos e apodrecendo sob as pedras, eram uma demonstração brutal de que o conflito havia sido violento.

Quanto tempo após eu ter levado Kymon, Munda e sua amiga Atanta para um lugar seguro, eu me perguntei, toda essa destruição havia acontecido? Entretanto, recentemente o Tempo se alterara para mudar o evento no sentido inverso no ciclo dos anos.

Eu estava triste ao ver aquilo, mas não surpreso. Um pequeno território formado por bosques, campos e despenhadeiros, separado do mundo da fortaleza, mas ainda assim não totalmente encampado pelo Outro Mundo, do qual se aproximava a oeste, era um refúgio e, ao mesmo tempo, uma região perigosamente desconhecida. Com isso, era como se fosse uma região interior que servisse a todos os lugares em volta do Caminho. Os filhos dos reis encontravam segurança ali por algum tempo, sem dúvida por causa da presença protetora das atemporais *mondronae,* que haviam feito um feitiço simples de ocultamento em volta daquele lugar por séculos e séculos. Que a trama um dia fosse rasgada, era inevitável. Esse lugar oculto era palco para travessias. Era uma terra de ninguém, e era também vulnerável.

E, ao mesmo tempo, era uma terra para todas as horas, como eu descobrira anteriormente. Escondidas em suas florestas e em seus desfiladeiros sinuosos estavam conexões e passagens, através de cavernas, poças e santuários de pedra, para todos os interiores do mundo; elas se sobrepunham. Eu poderia tão facilmente entrar nas cercanias nebulosas de Tartarus ou Tuonela pelos limites da Terra dos Fantasmas quanto poderia entrar nestas florestas através das fronteiras de distantes submundos. Aquelas regiões eram sem fim também. Eu havia nascido em tal lugar e, de certa forma, aquele local de nascimento existia em todos os lugares. Havia certamente uma presença aqui, em algum lugar próximo. Eu estive perto disso antes e estava certo de que Medeia também teria visitado aquele poço velho e a queda d'água e a floresta repleta de árvores que a continha. O lugar em que eu e ela havíamos crescido muito, muito tempo atrás.

Eu agucei meus sentidos. Um cheiro, um sabor, às vezes um som, podem levá-lo de volta à infância de uma maneira muito eficiente. Eu me movi para além do rio, na direção das montanhas cintilantes no coração do reino, sentindo o ar pelo perfume da água.

Depois de um tempo, percebi que estava sendo seguido. Quem me espreitava não estava atrás, mas diante de mim, afastando-se quando eu me aproximava.

Emergindo da floresta em uma clareira, um cão de caça acinzentado cruzou meu caminho, arrepiando seus pelos e rosnando mais alto, de um jeito ameaçador, antes de desaparecer na escuridão.

Um falcão me atingiu, suas asas acertando minha cabeça.

Em algum lugar, uma mulher clamava por seu amor perdido.

Uma criança sorria, espreitando da vegetação rasteira, mostrando a língua, bombardeando-me com bolotas de carvalho.

Então, repentinamente, a floresta inteira parecia se transformar e girar ao meu redor. Eu estava em um dos muitos caminhos dali, os raios do sol sobre mim. Quando virei, aquelas árvores tão altas viraram também. Eu fiz um círculo completo e, como um estranho manto, a floresta rodopiou. Quando andei, a floresta me seguiu.

Eu estava muito quieto, contudo meu coração estava disparado, meus sentidos alertas. Não havia nenhum canto de pássaros, nenhum movimento furtivo de animal no emaranhado de moitas. Apenas silêncio. Andei outra vez e novamente a mata me acompanhou. Eu era meio homem, meio árvore, sangue e seiva.

Então, diante de mim, um espinheiro e uma aveleira uniram-se como um manto em torno de uma figura humana e aquela formação começou a se mover.

Corri o mais rápido que pude, apesar do efeito vertiginoso da floresta distorcida.

Eu tinha a mais absoluta das certezas de que era Medeia se escondendo no pequeno bosque. Nós estávamos próximos a um dos lugares que lembravam nosso local de nascimento. Essas manifestações de cães de caça e falcões, a criança, a mulher lamentando, eram reflexos de um treinamento em disfarce e percepção que tivéramos enquanto crescíamos, centenas de anos atrás. Dez máscaras por dez poderes, conhecidas como *rajathuks*. Nós estávamos na forma de Skogen, a sombra das florestas esquecidas.

Eu imaginei se nós estávamos sendo vigiados, Medeia e eu, mesmo enquanto jogávamos nosso jogo de caça, mesmo enquanto eu tentava me aproximar da mulher que eu certa vez amara e então esquecera por um longo, longo tempo. Tudo na paisagem que eu conseguia ver sugeria que nós estávamos de volta ao lugar de nosso nascimento, bem ao sul do Vau do Último Adeus.

Medeia enviou um gamo para investir contra o tronco da árvore que eu era, uma criatura gigante, quase feita de bronze de tão forte e esplêndida. Depois disso, ela mandou vespões para enxamear meu galhos, agoniando-me, distraindo-me. Ela estava tentando desviar minha atenção, mas de seu próprio jeito inimitável e provocador.

Ela fora uma companheira precoce e irritante em minha infância, sempre me aplicando truques, zombando de mim. Era parte de seu fascínio, em ambos os sentidos da palavra.

Javalis com os pelos das costas eriçados, rosnando e fedendo, uma família inteira deles lançou-se sobre minhas raízes e começou a mastigá-las e escavar a terra. Foi tão doloroso!

Foi quando ouvi sua risada, vi o lampejo de olhos humanos em meio à folhagem da aveleira e a vi desaparecer, fundir-se às profundezas da floresta.

Diversão e medo, eu diria. Eu me virei rapidamente. O movimento repentino jogou os suínos para longe, e eles aterrissaram em seus flancos, caíram pesados, raivosos e confusos. Os pequenos animais ganiram e foram embora.

Eu conseguia sentir cheiro de água e ouvir o sussurrar de uma queda d'água. Retornei a isso tudo imediatamente, uma lagoa natural abaixo de um rochedo alto de onde a água caía violentamente. Havia uma ilha no meio da lagoa, e o pequeno bosque estremecia e balançava como se estivesse naquela enlameada elevação de terra, sacudindo a água de seus galhos.

Eu me acomodei na margem e esperei que ela se movesse.

Ela enviou um pombo para fazer ninho em meus galhos.

— Fique longe de mim. Por que você está me seguindo? Este lugar é tudo o que eu tenho, agora que Jasão descobriu meu filho mais velho. Kinos é minha vida, agora, e ele vive escondido em seu coração. Ele vive sob um medo constante do Degenerado, Aquele Que Negocia Com A Morte. Estou tentando protegê-lo. É meu papel de mãe. Por que, se você me ama, tenta destruir tudo isto que eu deixei?

Fiquei zangado por ela pensar que eu queria machucá-la. Eu estava assustado, afinal. Ela usara seus anos de desenvolvimento de habilidades, que certamente se sobrepunham aos meus. Ela poderia ter me esmagado naquele momento, eu acreditava.

Mas com os olhos de minha mente, eu conseguia vê-la, lembrar dela. Eu poderia sentir seu frescor, sua respiração. Poderia lembrar seu sorriso, seu amor. E eu também me recordava do momento terrível, aqueles longos anos no passado, quando ela fora levada para longe de mim. Eu jamais passaria por tamanha solidão outra vez. Eu exterminara a habilidade de sentir-me sozinho e perdido — como um de meus primeiros feitiços.

Ainda assim, ela me assombrou outra vez, e meu coração ficou enfurecido por memória e necessidade.

Conjurei uma cotovia. Atraída para meus galhos, a ave assumiu o controle de seu pequeno espírito e levou consigo minha resposta para Medeia.

— Eu não quero machucá-la. Quero encontrá-la outra vez. Tenho um bom amigo, Urtha, o Rei Supremo, lá na fortaleza. Algo nesta terra o está ameaçando. Você pode me ajudar a descobrir o que é e deter essa ameaça.

Eu não estava dizendo toda a verdade. O fato é que eu já fazia uma ideia sobre o que era, do que era a terrível presença.

Medeia respondeu com um corvo. Imaginei que responderia assim. O pássaro havia matado a cotovia, carregando a ave atacada de volta para mim, soltando-a.

— Mentiroso! Mentiroso! Você tem a intenção de me machucar. Você está em dívida com Jasão. Você o ajudará no que quer que ele peça.

— Jasão possuía uma grande influência sobre mim — respondi através do mesmo olho desafiador de pássaro. — Ele tinha grande influência sobre você também. Jasão é um daqueles poucos homens que podem fazer até os feiticeiros dançarem de acordo com a música. Mas Jasão me matará se me encontrar. Agora ele me odeia. Eu pensei que você soubesse disso.

— Por que ele odeia você? Você o trouxe de volta à vida.

— Eu não disse a ele que você estava neste novo mundo. Ele não tinha ideia de que você havia esperado através do tempo para encontrar seus filhos. E eu dificultei seu encontro com Thesokorus, o Pequeno Toureiro. Quando eles se encontraram, Thesokorus tentou matá-lo, perto de Dodona; deixou o pai à beira da morte. Foi um grande choque para Jasão e ele cultivou a dor daquela ferida, transformando-a em raiva contra mim. E tudo o que resta a ele, agora, é encontrar Kinos, o Pequeno Sonhador.

— E ele está vindo para cá porque você lhe disse onde Kinos estava se escondendo. Esse é o seu jeito de não me machucar?

— Você mesma contou a ele, Medeia, quando entrou no oráculo em Arkamon e viu Thesokorus pela primeira vez em setecentos anos. "Entre muralhas açoitadas pelo mar; ele rege o mundo, mas não sabe disso." Aquelas eram as palavras. Eu sei porque estava oculto nas sombras, ouvindo o que você dizia.

Ela ficou em silêncio por um longo tempo e então o corvo voou de volta.

— Então você contou a Jasão.

— Ele era meu amigo. Eu o ajudava da melhor forma que eu podia. Agora estou com medo dele. Deuses poderosos ainda mantêm os olhos nele. Eu não acho que seja seu parceiro. Não mais.

Desta vez não houve resposta.

O crepúsculo começou a se aproximar de nós. A lua crescente se erguia sobre o topo do rochedo e a queda de água se lançava à lagoa.

O som da cascata deve ter embalado meu sono. Eu estava cansado, de qualquer maneira, da jornada e do esforço de manter a máscara do *rajathuk.*

Quando despertei, de repente, havia mãos molhadas sobre meu rosto, ela estava próxima de mim. Nossos pequenos mantos de floresta haviam se fundido. Para olhos curiosos, nós não parecíamos mais que um remendo de madeira, mas, dentro do seio do pequeno bosque, Medeia ficou diante de mim, metade dentro, metade fora do tronco da aveleira que dominava o pequeno bosque.

Seus olhos estavam escuros e ferozes. Olhos Ferozes. Como eu me lembrava dela.

Seu semblante, outrora sensual, agora me intrigava; seu corpo, em outro momento voluptuoso, agora estava magro, embora ainda desejável. A beleza dela era do tipo que não perdia o brilho com o tempo e a idade. O comprimento de seu cabelo era mais notório por sua rica cor cobre do que por seus contornos.

Ela me esquadrinhou de cima a baixo, quando fiquei de pé, nu e excitado diante dela, ainda com aparência jovem porque havia racionado o uso de minhas habilidades de feitiço e encantamento, mantendo a medula em meus ossos macia e suculenta. Mas ela poderia ver através da carne o homem aflito por trás dos olhos.

— Você perdeu tanto, Merlin. Você poderia ter envelhecido graciosamente e se tornado extremamente habilidoso, senhor em idade e sabedoria.

— Pense em quanto talento deixei guardado e ainda posso usar.

Ela riu de mim.

— Como uma árvore atingida por um relâmpago: fogo repentino, reluzente como o sol, ah, um fogo glorioso. E depois, nada resta além de um toco queimado. Será o seu destino. O seu e o de todos os seus planos de viver eternamente.

Era isso que ela acreditava me motivar? Viver até as estrelas caírem? Viver até que a lua fosse sugada pelo sol? Viver até que a terra liberasse pássaros grandes o suficiente para carregar homens até os céus? Todas estas coisas contribuíam, mas não eram as minhas razões para permanecer jovem, apesar da ideia de ser capaz de testemunhar todos esses acontecimentos ser deveras atraente.

De repente, ela afastou-se da árvore e veio em minha direção, uma ninfa de carne macia me abraçando enquanto eu tremia, nu, diante dela. Suas mãos me envolveram e me afagaram; seu polegar me provocou intensamente outra vez enquanto ela pousava seus lábios nos meus, observando-me com os olhos semiabertos.

— Eu lembro disso.

— Eu lembro também. A qualquer momento agora, você vai...

Ela executou o feito e eu uivei de surpresa. Medeia sorriu, inclinou a cabeça e olhou para baixo enquanto brincava com seu velho amigo.

— Você cheira mal — ela disse, sem rodeios, aquelas palavras tão rudes. — Vamos nadar na lagoa. Nós não estamos sozinhos aqui, você sabe.

Toda a floresta farfalhava, como se risse. Sim, eu imaginei que não estávamos sozinhos. Mas isso não importava naquele momento. Os olhos que nos observavam estavam cansados de assistir e esperar o nosso retorno do Caminho. Eles deixariam que nos atrasássemos. Só um pouco mais. Eu estava certo disso.

Ela pegou minha mão e a colocou sobre seu seio, brevemente, uma lembrança do passado e uma lembrança de sua idade. Ela observava minha reação, mas seu toque — que por tanto tempo me foi negado — era mais excitante do que eu poderia explicar. Ela era tudo o que eu sempre quis. Ela era a causa de toda esta sensação, mesmo depois de dez mil anos.

Ela percebeu e ficou satisfeita. E segurando o jovem-velho homem outra vez com a mão esquerda, ela me conduziu, correndo, para a lagoa, arrastando-me dolorosamente para a água gelada.

Nós nadamos embaixo da queda d'água. Era fundo ali, mais fundo do que eu poderia mergulhar em meu estado normal. Uma escuridão crescente e a sensação de estar sendo puxado para as profundezas desencorajavam toda a exploração. Aquela lagoa era uma *caverna*, um daqueles caminhos sob e através do mundo, conectando todos os espaços interiores da terra. Nós deveríamos ter cuidado para não nos afastarmos demais.

Tais considerações eram secundárias naquele momento. Duas crianças brincavam na lagoa, mergulhando como lontras, contorcendo-se e lutando no fundo, depois se escondendo atrás da cascata ou entre as grutas rochosas ao redor de sua margem interna. Ríamos alto. Não há nada tão maravilhoso e desesperado quanto sexo na água fria quando estamos bem-humorados e excitados. Nada existe além dos abraços e da intimidade deliciosa que os corpos permitem. É um dos grandes e simples prazeres.

Na beira, deitada sobre nossas roupas, Medeia abriu seus braços para mim de forma mais convencional. Nossas bocas tinham fome uma da outra. Seus dedos beliscavam e puxavam, acariciavam e apertavam. O jovem-velho sacudiu o frio, armou-se como se para a guerra, numa busca voluntária de um gosto de verão.

Nós nadamos outra vez pela manhã e, depois, Medeia foi em busca de um favo de mel. Ela possuía faro para tais coisas, e voltou feliz com o mel que encontrara, sem ser perseguida pelas abelhas indignadas. Nós dois poderíamos suspender nossa fome por longos períodos de tempo, mas a guloseima era bem-vinda. O sol estava reluzente e o dia morno e sossegado.

Ela era uma menina outra vez.

— Este é o lugar mais profundo em que já estive — ela disse. — Do topo da cascata, você pode ver um longo caminho na direção das montanhas. A Terra dos Fantasmas é tão vasta!

Nós estávamos ainda naquele lugar afastado de tudo e todos, ainda metade dentro e metade fora do Tempo.

Ela ficou empolgada com a ideia de encontrar o pequeno vale onde eu havia vivido. Sua memória estaria próxima à lagoa onde havíamos nadado com frequência, mas as trilhas que serpenteavam pela floresta eram enganosas. Quando lavamos o mel pegajoso de nossas mãos e queixo, partimos por entre as árvores, procurando pela estreita abertura do precipício.

Logo ouvimos o estrondo de madeira. Uma brisa estranha soprou em nossa direção.

As máscaras foram arremessadas através da fresta, manchadas e pútridas, mas cada uma delas ainda reconhecível. O vento as soprou juntas. Elas giraram e se retorceram, e havia luz por detrás de seus olhos vazados.

Nós cantamos seus nomes juntos, Medeia e eu, como se tivéssemos sido ensinados a cantá-los quando ainda estávamos aprendendo nosso ofício.

Falkenna, espírito do falcão... Cunhaval, espírito do cão de caça... Sonho da Lua, memória da mulher na terra... Sinisalo, a criança na terra...

Em seu rosto dependurado, Hollower, olhos sombreados e boca sorridente, ainda verde com a tintura que cobrira a máscara. Ele era o trapaceiro que poderia levá-lo através dos espaços escondidos da terra. Ou mandá-lo para o caminho da morte. Quando Medeia passou sob esse portão de máscaras, encostou um dedo nos lábios e depois na boca sorridente de Hollower.

— Por que você fez isso? — eu perguntei a ela.

— Melhor mantê-lo feliz — ela respondeu, como se nada pudesse ser mais óbvio.

Eu fiz o mesmo, só por segurança, mas não foi Hollower que prendeu minha atenção quando entrei naquela fissura da rocha, mas a estranha máscara que tinha relação com a narrativa de histórias, a memória da terra, a memória do povo. Eu lembrei que essa professora se chamava Gaberlungi, apesar de ser um nome estranho. O druida da fortaleza de Urtha, conhecido como Aquele Que Fala Pela Terra, era um eco recente dessa tradição, embora fosse muito menos misterioso do que a envergonhada e observadora Gaberlungi.

Eu acho que entendo por que a contadora de história sussurrou algo para mim quando passei por ela. Talvez ela estivesse ordenando os acontecimentos que me levaram a escrever estas palavras, esta narrativa. De todas aquelas crianças que foram enviadas para fazer o Caminho, cada uma tinha uma missão diferente a cumprir. A minha, deduzi, era deixar um registro que pudesse transcender a narrativa oral. Este seria um registro para ser lido.

Ainda que eu só escrevesse tudo o que aconteceu muitos séculos depois, lembro nitidamente da sequência desse particular encadeamento de pensamentos, enquanto Medeia me conduzia de volta para a margem do rio e as cavernas de nossa infância. E ela mesma, que função teria Medeia? Na época, lembro ter pensado que ela era o espírito de Sinisalo, aquela eterna criança que protege as outras.

Ela havia dedicado a vida, depois de Jasão, a apenas esse esforço, apesar de todo o resto.

Nós fomos ao rio. As cavernas nos penhascos estavam protegidas do tempo e seus elementos por grossos pedaços de couro amarrados a furos feitos com muito esmero na pedra que ficava por cima. Eu podia sentir cheiro de comida e o odor pútrido do couro sendo curtido. Eu ouvi um riso distante, o grito raivoso de uma mulher, o grunhido de um leitão, a batida sincopada de vários tambores de pele. Todos esses eram sons assustadores do passado, recriados na memória, quase reais mas, ainda assim, apenas ilusórios.

Sorrindo, animada, ela tomou a frente pelo caminho, percorrendo as cavernas, uma a uma.

— Oh, Merlin, isto está exatamente como eu me recordo! Olhe! Aqui é onde a pele dos animais era retirada e eles eram estripados! Aqui é onde aquele velho esculpiu com osso e chifre todos os amuletos que nós carregamos conosco!

Ela mergulhou em uma caverna, exclamando com afetuoso reconhecimento:

— Meus bonecos! Meus bonecos!

Eu a acompanhei até a parte mais escura. Pelúcias e peles haviam sido fixadas às paredes frias do espaço. O piso estava forrado de juncos e palha e depois por uma camada de pelúcia, para sentar. Uma pilha de peles de urso marcava sua cama. Havia quatro camas ali, e três pequenos bonecos de madeira, rostos pintados com graça, braços feitos de finos galhos flexíveis, estavam sentados no travesseiro.

Medeia pegou cada um deles e beijou, depois colocou de volta no lugar. Ela murmurou algumas palavras para eles de costas para mim, de maneira que eu não conseguia ver exatamente o que ela estava fazendo com esses pequenos bonecos desmazelados.

— Você dormiu aqui — ela disse, apontando para a parte mais funda da caverna.

Eu já havia visto a pilha de ervas, a coberta de pele de cabra, a parede nua de pedra ao lado da cama, as marcas quase apagadas de criaturas imaginárias que eu pintara a dedo ao longo dos anos, praticando a arte da conjuração. Quão estranhos esses animais pareciam, quão irreais. Se eu tivesse resolvido conjurar tais feras, teria colocado o vale em maior perigo do que um estouro de cavalos selvagens pela encosta do rio.

Este era um local frio, cuja recordação também era fria. Havia a presença da realidade ali, mas também o senso atormentado de sonho. Eu estava incomodado e deixei essa reflexão de minha infância para trás, seguindo a mulher que havia sido minha amiga e meu martírio naqueles doces anos.

Medeia e eu nos sentamos à beira da água por um longo tempo. Ela alcançou, segurou minha mão com firmeza, lágrimas nos olhos.

— Tanto tempo atrás. Como chegamos longe. Que triste é estar longe de casa.

Notei que ela fora tomada por uma melancolia irritante. Talvez porque eu não me sentisse assim também.

Eu disse a ela:

— Até vir a esta terra circundada de mar, com Urtha e Jasão, eu não tinha a menor lembrança sobre este tempo de minha vida. Quando tantos amigos vêm e vão, em um piscar de olhos, parece não haver motivo para viver por nada, a não ser pela próxima aventura.

— Eu pensava o mesmo — ela disse. — Até Cólquida. Quando meu caminho trouxe-me Cólquida, gerações antes dela se transformar na grande cidade que você lembra da jornada em Argo, percebi que havia encontrado uma segunda casa. Tudo no mundo dos sinais e dos espíritos dizia que eu, um dia, seria feliz lá. E quando a cidade cresceu, o rei Aeëtes atingiu a maioridade, ficou mais velho que eu e me adotou como sua filha, estive no paraíso por algum tempo. Eu era a Sacerdotisa do Carneiro. Eu fui a sacerdotisa de muitas coisas em meu tempo. Uma jiboia, um touro, uma águia. Eu sabia exatamente o que fazer. — Ela sorriu. — Matei e queimei muitos carneiros. O fedor de carne de carneiro tostada ainda me assombra! Depois, Jasão veio e tudo o que eu havia esperado na vida, em minha existência como mulher, aconteceu em poucos, rápidos, surpreendentes e maravilhosos dias. Você já amou, Merlin?

— Eu amei e me entreguei ao meu caminho por dez mil anos. Estive desde sempre entre e dentro da aventura. Eu prefiro isso.

— Amor verdadeiro, eu quero dizer.

— Só senti isso por você, e você sabe disso. E até isso parece muito distante.

Por que eu menti?

— Nosso amor estava destinado a acontecer — ela disse ternamente, beijando minha mão enquanto falava, ainda distraída por suas memórias. — Nós fomos feitos para amar um ao outro, antes de sermos separados. Contanto que vivamos quase para sempre, nós somos imortais. Mas amor mortal? Aquele homem, aquele Jasão. Tão diferente dos aventureiros que navegaram pelos mares e vagaram por terras. Ele é tocado pelos deuses, por algo mais profundo do que uma ordinária alma humana. Então, quando eu o amei, eu o amei com fúria. E quando ele me traiu, eu o odiei com fúria. Eu ainda o odeio. Ele partiu meu coração. Eu poderia tê-lo matado. Então, decidi roubar seus amores mais preciosos: seus filhos. E eu fiz isso muito bem, por sinal. Eu acho que você concordará. Mas, depois, eles se tornaram meus amores mais preciosos também.

Ela parecia tão calma ao falar sobre isso. Antes, no submundo, em nosso trajeto para a Grécia, ela se enfurecera comigo. Maldade e veneno, como a peçonha de uma víbora, deixaram-me cego como se ela me condenasse por ser amigo de Jasão.

Esta era uma Medeia mais razoável. Medeia, uma mulher introspectiva e triste.

Eu tive uma chance e toquei no assunto que nos afastava um do outro:

— Depois de todo esse tempo, não é possível perdoar um homem que, como nós dois concordamos, é forte e fraco, um homem mortal? Mesmo que ele seja um "degenerado"? Por que não deixá-lo encontrar o Pequeno Sonhador? Ele morrerá em breve. Kinos viverá, mas não para sempre. Você sobreviverá aos seus filhos. Seu próprio futuro é tão vazio de crianças quanto o de Jasão tem sido por setecentos anos.

Tarde demais eu lembrei que Medeia também havia vivido em isolamento setecentos anos, e em maior dor que Jasão. Eu suportei a fúria dos Olhos Ferozes, mas ela se enroscou em mim, colocou um dedo em meus lábios e sussurrou:

— Eu pensarei a respeito disso. Há tempo suficiente para pensar sobre isso. Mas, por agora, você se lembra disto?

Eu não lembrava. Lutando para me libertar de seu abraço doloroso e prazeroso, rolamos até a água, mergulhamos e depois emergimos sussurrando e sorrindo.

Eu amava este lugar. O sol preenchia o barranco estreito durante a maior parte do dia. Bandos de pássaros se acomodavam nas árvores, na água, e nós os capturávamos, inventando cerimônias de sacrifício para cada pequena carcaça que enfiávamos no espeto e colocávamos sobre o fogo. Nós criávamos estranhos deuses e estranhos rituais. O mundo parecia irreal, os dias eram mágicos de uma maneira que indicava um tipo de existência quase inacreditável em sua ternura, sua fertilidade, seus pequenos prazeres.

Medeia era ótima para encontrar frutas, raízes e ervas. Eu preparava iscas para peixes e buscava lenha. Nós explorávamos as partes escondidas dessa região afastada, e às vezes escalávamos altos penhascos e observávamos as montanhas carregadas de névoa no coração do Reino das Sombras dos Heróis.

Havia um oceano lá, Medeia me contou, e ilhas de todo tipo, poucas delas habitadas. Como ela sabia disso, não perguntei.

— E o Pequeno Sonhador está em segredo no meio delas — sugeri.

Ela me fitou com um meio sorriso.

— Pequeno Sonhador construiu sua própria casa. Ele mostrou ser muito bom construtor de casas. Está bem guardado, apesar de estar sempre muito vulnerável.

Ela não me diria mais nada sobre o assunto.

Aqueles poucos dias foram idílicos. Um longo tempo havia se passado desde a última vez que eu rira tanto. A comida que Medeia fazia era estranha e maravilhosa. Uma pitada disto, um pouco daquilo. Eu realmente não sabia bem o que era tudo aquilo. Apenas via a jovem mulher na velha carne, absorto no prazer da renovada busca de satisfação.

A única atividade em que eu fracassava era pescar. Eu nunca conseguia atrair uma das roliças criaturas brilhantes que beliscavam tão calmamente na superfície os insetos e as ervas daninhas. Eles não cairiam em minha armadilha.

Eu poderia tê-las feito morder a isca, é claro, mas aquilo teria sido contra o espírito do reencontro com minha amiga de infância, minha amante e minha nova aliada.

Uma noite, quando nos deitamos preguiçosamente às margens do rio, ela subitamente empurrou meu corpo, apertando suas mãos contra meus ombros. Seu olhar era solene.

— Eu prometo permitir que Jasão veja seu filho... você prometerá mantê-lo tão longe de mim quanto for humanamente possível? *Merlinamente* possível? — ela acrescentou com uma pequena risada.

A pergunta me atordoou.

— É claro. Não é você que ele quer, é Kinos.

— Ele gostaria de minha cabeça em sua lança.

— A minha também. Mas ver seu filho outra vez, se isso fosse possível...

— Tudo é possível — ela disse, enigmática. — Mas eu preciso ter certeza.

— No que me concerne, eu posso lhe garantir isso! O homem não viverá muito mais, de qualquer forma. Ele deve estar beirando os cinquenta anos. Eu dou a ele dez anos, no máximo.

— Ele é protegido por deuses — ela sussurrou, franzindo a testa. — Eu não colocaria nada diante de seus deuses. Hera o amava. Maldita! Se ela ainda estiver no submundo, ela pode tomar suas providências e estender a vida dele por séculos.

— Os deuses dele brincaram com a sorte. Eles eram ardilosos, sempre salvando um ao outro. Exceto Hércules, nunca os vi conceder mortalidade extra para seus filhos. "Filhos" é como eles veem o povo grego.

Medeia sorriu

— Eu sei. Eu passei anos entre eles, lembra?

Ela me deu um beijo breve e disse:

— Eu poderia ficar aqui mil anos, mas há coisas para fazer.

Ela ficou de pé e desapareceu no vale.

Eu também poderia ter ficado ali por mil anos. Aquela era uma vida ternamente preguiçosa. Voltando a Taurovinda, os trabalhos de reconstrução e regeneração do clã estariam sendo realizados. Jasão ainda se encontraria distante, abrindo seu caminho à força pelo complexo de rios que fluíam através de Alba, buscando o coração da terra, onde ele acreditava que seu filho estaria escondido.

Certamente havia tempo para relaxar ao lado de Medeia.

Durante os poucos dias seguintes, entretanto, os *rajathuks* me visitaram de uma forma perturbadora. Eu estava caçando, quando o grande cão de caça Cunhaval surgiu vindo de um bosque e, pulando sobre mim, imobilizou-me no chão, rosnando como se tentasse morder minha garganta. Eu ainda estava carregando a lança de Urtha e enfiei a arma entre as mandíbulas do animal. Isso deixou profundas marcas de mordidas. Os olhos da criatura eram vermelhos e insanos. Eu fiquei desesperado por um instante, mas enquanto me preparava para usar meu feitiço para despachá-lo de vez, ele recuou, ainda rosnando. Eu usei a lança para golpear suas patas, mas ainda assim ele me perseguiu pelo resto do dia, rosnando em algum lugar da floresta.

Em uma das madrugadas, acordei e encontrei Falkenna sobre meu peito, asas abertas, o bico castigando minha carne. Mas ela voou para a lua quando acordei e a golpeei. Medeia colocou unguento nas feridas. O encontro havia sido perturbador, surreal. Outra vez, como acontecera com o cão de caça, senti que aquilo significava algo.

Sonho da Lua esteve em meu sonho. Ela estava voluptuosa, nua, metade de seu rosto iluminado pela luz da lua, a outra metade encoberta pela escuridão; ela brilhava, olhos inquietos me observando com preocupação.

— Acorde, acorde — ela sussurrava, inclinando-se para me beijar.

Eu a tomei em meus braços, segurei seus seios salientes e senti sua língua em minha boca.

— Merlin, meu querido, é hora de levantar. Levante.

— Deite comigo.

— Acorde. Olhe ao seu redor. É tudo o que eu tenho a dizer.

— Não vá! — eu pedi ao espírito feito de sonhos.

Mas, com um abraço final, ela retornou ao rio, afundou na água da madrugada e foi levada pelo fluxo, meio reluzente, meio encoberta, para longe, para o leste.

No dia seguinte, perguntei a Medeia se ela também havia sido visitada e importunada pelos *rajathuks*.

— Não — ela disse brevemente, e me fitou com atenção.

Ela me empurrou no chão onde eu estava sentado, me envolveu e disse:

— Eu tenho uma pergunta.

— Pois então, pergunte.

— Se eu prometer deixar Jasão ver o filho, você me prometerá mantê-lo o mais distante possível?

A pergunta me surpreendeu, e eu me peguei imaginando se ela estava bêbada ou meio sonolenta.

— Você sabe que sim. Eu já disse que o farei. Nós conversamos sobre isso antes.

Ela se pôs sobre mim, olhando sobressaltada. Seus olhos se tornaram duros, depois vagos. O aperto de suas mãos em meus ombros enfraqueceu. Eu poderia ver o céu através de seu semblante pálido. Ela se tornou insubstancial.

Acorde! Acorde! As palavras fantasmagóricas de Sonho da Lua voltaram a me assombrar.

Quando eu tirei Medeia de cima de mim, não havia nada para tirar. A ilusão se dissipou como névoa em ar quente de verão.

Eu direcionei minha visão interna e quase gritei, atordoado. Não havia nenhum raio de sol, apenas um dia melancólico, uma garoa fria cintilando contra as pedras. As cavernas eram como bocas abertas; dentro delas, nada além de saliências que haviam sido feitas para acomodar os adormecidos. Sem bonecos, sem couro, sem pelúcia, nada para reavivar a memória. O rio estava baixo, coberto de ervas daninhas e preguiçoso. A grama sobre suas margens estava achatada exatamente onde alguém havia se deitado e sonhado. Não havia nenhum sinal de outro corpo.

Eu estivera sozinho. Fora enganado. Seduzido pelo passar do tempo nessas florestas sombrias. Eu me perguntei por quanto tempo estivera naquele estado. E quando permiti que minha visão interna descobrisse a verdade, eu me senti estúpido, fiquei muito zangado.

Uma estação inteira! Vinte vezes o tempo que eu acreditava ter estado ali. Nesse ínterim, Urtha teria me dado como morto ou desertor e desistido de mim. E Jasão estava se aproximando, guiado pelo desejo, desafiando a morte.

O que Medeia andava fazendo ninguém podia adivinhar.

Fiquei enjoado e senti meu coração pesado. Corri de volta, na direção do rio que separava a Terra dos Fantasmas do reino de Urtha. Eu não conseguia deixar de pensar em Ulisses, herói da guerra contra os troianos, um homem que havia vestido sua sagacidade como uma armadura e que, ainda assim, teve seu retorno para casa postergado pela bela Calipso, embalado por uma falsa sensação de relaxamento e segurança, desatento à violenta passagem do tempo.

Como eu deixara isso acontecer? Como, tendo uma vez escutado em primeira mão a fábula de sofrimento daquele bravo homem, eu podia ter falhado em lembrar sua advertência: sempre vestir a armadura de batalha da perspicácia e da astúcia quando fosse negociar termos de batalha com um inimigo que sorria, prometendo paz?

E quando — e esta era a questão que me perturbava, rosnando como Cunhaval — a verdade havia terminado e a mentira começado? Seu compromisso com Jasão? Sua paixão por mim? A ternura redescoberta que um nutria pelo outro? *Truque ou verdade?* Tenho certeza de que gritei alto enquanto corria de volta na direção do pequeno espírito de Argo, que esperava por mim sob a sombra do salgueiro à beira da água.

Medeia!

Por amá-la, eu agora estava com medo dela. Ela havia me comido, mastigado meu corpo e minha alma, sem dúvida, quando me atirara no rio imundo. Um tolo, seduzido pela memória e pela avidez.

Se a tivesse visto por um instante, a lança de Urtha teria voado em seu peito com meu arremesso, e ido além, cruzado o vale.

Corri muito, fui em direção ao Sinuoso, o rio Nantosuelta, chamado por minha pequena sombra de Argo enquanto corria. Um vento soprou, abaixo das enormes nuvens cinzentas. Havia chuva no ar e os céus giravam, agitados por bandos de pássaros negros.

Então, sua voz me sussurrou: *Fique longe do rio. Há perigo no rio. Fique longe.*

Seria outro truque? Eu continuei correndo, passando por entre a floresta chicoteada pelo vento: *Tenha cuidado. O perigo está mais próximo do que você pensa.*

Eu tive de acreditar que não era um truque, apenas que minha amiga urgentemente me alertava. Diminuí meu ritmo e cuidadosamente me aproximei do prado anexo, onde as crianças haviam brincado. A grama no prado havia crescido bastante. No outro lado, o estreito desfiladeiro que conduzia na direção do rio transmitia o som murmurante de vozes.

Eu recuei para a proteção de uma pedra. O volume das vozes aumentou, e seguiu-se um silêncio abrupto. Quem quer que estivesse se aproximando havia visto o espaço aberto e parou de falar.

Alguns instantes depois, três figuras emergiram do desfiladeiro, espalharam-se rapidamente e se abaixaram, parcialmente escondidas pela grama alta.

— Este é o lugar — a voz de uma mulher disse, com sotaque carregado. — Este é o lugar ao qual eu vim em meu sonho. Mas está abandonado. Ninguém vem aqui há anos.

— Eu não acredito — um homem respondeu rudemente. — Rubobostes! Traga os outros.

Mais cinco criaturas curvaram-se para deslizar através da abertura, a luz alcançando suas sombras e a decoração nos escudos ovais. Três deles faziam parte do grupo de homens sinistros que eu havia visto quando Argo alcançara a costa de Alba.

Cabelos negros, membros grandes, Rubobostes surgiu por entre a vegetação, os olhos rudes explorando o campo em busca de perigo. Eu havia presumido que nenhum homem mortal poderia alcançar aquele lugar remoto, mas estava enganado, ou então Rubobostes era mesmo do Outro Mundo, uma parte de mito, como eu suspeitava havia tanto tempo.

— Este *é* o lugar — a jovem mulher repetiu.

Percebi, pelo jeito com que ela sondou a clareira, que estava desconfiada. Ela sentia perigo, mas não conseguia identificar a fonte de sua preocupação.

Ah, Niiv! Tanto a aprender apesar do fato de que ela usara seus dons de encantamento em excesso e com grande prazer.

Eu havia me escondido dela no momento em que a reconheci, embora estivesse encapuzada. Seus cabelos, agora negros, seu rosto escondido atrás da lama. Ela não me notaria, e era necessário muito pouco esforço para desviar sua atenção.

Jasão, um mortal protegido pelos deuses, era outra questão. Ele não estava me procurando, mas seus olhos viam além de meras tentativas de disfarce, ainda que frequentemente ele falhasse ao reconhecer o que via. Ele era um guerreiro, um mercenário, e sua sagacidade era tamanha que ele poderia superar um feitiço e ir além, desde que não pensasse muito no que estava fazendo. Eu poderia estar visível para ele, apesar de saber que levaria algum tempo para ele me reconhecer.

— Não há nada aqui. Apenas mato e memórias — Niiv sussurrou para Jasão.

— Você tem certeza? — o cauteloso homem disse.

— Eu ouço ecos de uma invasão. Ouço gritos e dor. Isso tudo aconteceu há muito tempo.

Lentamente, os argonautas se levantaram, escudos ainda erguidos, espadas nas costas, prontos para um ataque. Então, eles começaram a se aproximar de mim, movendo-se na grama silenciosamente, abrindo-se em linha. Niiv parecia observar o céu. Jasão parecia prestar especial atenção ao meu canto discreto. Rubobostes franzia a testa, olhando para a direita e esquerda, enervado com algo que eu ainda não conseguia ver.

Eles saíram do meio da vegetação como uma revoada de pássaros. Mais ou menos dez homens usando armaduras, todos a cavalo. Os animais golpeando o ar, lutando para se libertar de seu esconderijo, pareciam emergir da própria terra. Os argonautas gritaram em uníssono, erguendo escudos, empunhando suas espadas. Niiv escapou na direção do desfiladeiro. Rubobostes correu adiante para ficar lado a lado com Jasão, enquanto os do Outro Mundo seguiam logo atrás.

Seus elmos tinham uma crista alta, tingidos de cobre, as partes de proteção do rosto, brancas. Os condutores estavam todos desarmados, peitos e costas protegidos com armaduras de batalha de couro, cintura cingida por uma túnica brilhosa, tíbias com faixas de couro como joelheiras. Eles carregavam lanças afiadas, que contavam com lâminas largas.

Pareciam gregos!

Ferro sobre ferro, ferro sobre couro. O retinir e o baque da escaramuça era furioso, barulhento e sangrento. A voz de uma mulher ecoou da tropa da Terra dos Fantasmas. Um dos cavaleiros, o líder, presumi por causa do raio de ouro em seu elmo, cavalgava perto de Jasão e o golpeou com uma espada longa com lâmina de folha, impiedoso e determinado enquanto tentava alcançar a cabeça de Jasão. Eu o ouvi rosnando as palavras:

— Você *não é ele*! Você *não é o homem*! Você é *ele*? Não! Você *não* é!

Aquele foi um encontro estranho.

Jasão se moveu como em um sonho, o rosto pálido, detendo os golpes com facilidade, desviando dos cortes, mas sem fazer qualquer esforço para cortar as pernas expostas tanto do cavalo quanto do cavaleiro, nem para usar seu escudo para algo além de se defender ou para avançar, apenas protegendo-se da investida, antecipando a direção do ataque e respondendo a ele. O cavaleiro hesitou apenas uma vez, olhando em minha direção, antes de retornar para sua singular tarefa.

Dois dos homens de Jasão foram mortalmente feridos, dois dos homens sinistros. Mas eles se arrastaram de volta ao desfiladeiro antes de sucumbir discretamente. Rubobostes pegou um dos cavalos por suas pernas dianteiras, virou-o de cabeça para baixo, esmagando seu cavaleiro, e meneou sua carcaça pesada formando um arco extenso, irritando os guerreiros mais próximos, incluindo o determinado oponente de Jasão, embora este particular cavaleiro já estivesse batendo em retirada. Com a espada em riste apontada para Jasão, o cavaleiro fazia sua montaria recuar, andando de costas, desaparecendo na vegetação alta. Suas palavras, que sibilavam como um gato ameaçado, perderam subitamente o sentido, mas estavam cheias de temor e fúria. O que quer que o oponente de Jasão tivesse visto, deixara-o consternado.

A vigorosa intervenção do dácio deu a Jasão e aos outros tempo para retirarem-se pelo desfiladeiro. Rubobostes galopou atrás deles, seu escudo posto defensivamente atrás de sua cabeça e nas costas, enquanto três dardos inimigos pendiam no objeto de carvalho coberto de couro.

Tão rapidamente quanto o ataque, todos os cavaleiros, exceto o líder, fugiram, desaparecendo em meio à vegetação, suas formas ficando mais tênues e menos definidas conforme avançavam, até reduzirem o trote, e entraram nos esconderijos da montanha. Dois deles jaziam imóveis e em silêncio no local do ataque.

O cavaleiro solitário aproximou-se de onde eu estava, escondido e agachado. Seu corpo pingava o suor do esforço que ele havia feito para matar Jasão. Havia sangue em seu queixo.

Ele mordera o próprio lábio. Olhos sombrios, gelados e sem vida me observaram com atenção através do elmo grego em formato de crânio, salpicado de ouro e brilhando quando se movia de um lado para o outro. O cavaleiro observou o objeto pendurado. Eu percebi que na bochecha esquerda do guarda estava a imagem de um navio, na direita a imagem de um carneiro. E na testa havia uma inegável imagem da Medusa.

— Este é meu lugar — o rapaz sussurrou na antiga língua grega. — Você está em meu lugar. É Lugar de Evocação aos Pais.

Ele disse essas palavras sem demonstrar nenhum tipo de emoção. Depois, virou seu cavalo e, de repente, sem olhar para mim de novo, cavalgou na direção do campo, seguindo sua tropa. Eu olhei para as pedras e vi, pela primeira vez, um navio, um falo, um cão de caça e muitos pequenos homens com bastão esculpidos na superfície cinzenta. Mas este não era o Lugar de Evocação aos Pais ao qual Kymon havia me levado quando eu vim buscar as crianças reais. Será que este lugar pertencia a Munda?

Eu não tinha energia para pensar. Ainda estava assombrado com a visão do terrível ataque a Jasão e com o reconhecimento daquela voz feminina gritando, feroz. Era a voz de Medeia, claro. Eu não tinha visto onde ela estava escondida. Era bem provável que ela fosse um daqueles cavaleiros. Ela estava tentando acabar com a busca de Jasão de uma vez por todas, mas fora frustrada pelo enorme dácio, o Hércules dos novos argonautas, que havia enfrentado o sobrenatural e vencido.

Como eu dissera antes, este lugar recolhido era estranho, igualmente alienado da Terra dos Fantasmas e do reino mortal. Não havia nenhuma regra concreta aqui, nenhum caminho verdadeiro para guiar um viajante desavisado. Este era um território desconhecido.

O tempo passou e eu permaneci encostado nas pedras, recuperando a calma e a capacidade de entendimento.

Depois de escurecer, Rubobostes voltou sorrateiramente ao prado. Ele segurava uma tocha bem acima de sua cabeça, como se não tivesse receio de anunciar sua aproximação. A figura furtiva de Niiv deslizava atrás dele. Ele viera buscar os dois argonautas feridos. Puxando-os pelas mãos com firmeza — seus olhos estavam abertos e vívidos, mas eles estavam calados —, arrastou-os de volta para o rio.

Niiv ficou onde estava, assumiu uma postura ousada em meio à vegetação, seus olhos cintilando como os de um lince.

— Eu sei que você está aqui — ela sussurrou. — Eu posso sentir o seu cheiro. Eu sabia que você estaria aqui. Por que você não aparece, Merlin? Você sabe que você quer.

Eu continuei exatamente onde estava. O vento soprou através do desfiladeiro, e a brisa alisou minha pele como um dedo fantasmagórico.

— Eu sei que você esteve me observando — ela disse lentamente. — Eu estava atenta, entusiasmada por você me observar: primeiro através de seus olhos de corvo, depois através dos olhos da águia do mar. Você acha que eu não percebi? Eu percebi! Eu acompanhei você também, Merlin. Primeiro com meus olhos de cisne, depois com meus olhos de espírito, você se lembra? Não tente negar — ela riu. — Você e eu temos *olhos* um para o outro. Eu quero tanto você! Você não tem ideia do quanto eu o quero. Eu não faria nada para prejudicá-lo. Assim que eu o conheci, eu me apaixonei por você. Nós poderíamos ser fortes juntos. Eu seguiria seu caminho com você. Não falo de *feitiços* e *trapaças* — não quero roubar sua mágica. Só o seu coração! Eu o perdoo pelo que você fez com Medeia.

Com este último comentário tão ambíguo, ela se virou e correu de volta para o vale, seguindo a tocha que já brilhava na distância, carregada pelo dácio. Ela me espionara mesmo aqui, quando eu estava perdido em minha fascinação por Medeia? Ou ela estava se referindo a algo que acontecera havia muito tempo, num passado distante? Onde aquela garota estivera bisbilhotando?

Logo depois deste encontro perturbador, andei com cuidado na direção do desfiladeiro, seguindo a estreita passagem. Quando avistei as curvas do rio Nantosuelta, pude ver Argo, aquela embarcação simples e bonita amarrada à margem, presa firmemente para evitar ser tolhida pela força daquele rio poderoso. Sua vela estava enrolada, embora o mastro estivesse ainda ereto. Suas cores eram encantadoras, os emblemas e sombras de sua tripulação original em seu casco como sinais de boa sorte e boa viagem.

Figuras encapuzadas agachavam-se na margem da enseada ao redor de uma fogueira. Rubobostes estava de prontidão, uma pequena pilha de lanças aos seus pés, um machado em sua mão; seu olhar impaciente saltava do rio para o desfiladeiro onde eu me escondia. Eu não conseguia ver Niiv, nem Jasão. Mielikki, a deusa da embarcação, franziu o cenho em sua efígie pintada na popa, traços gélidos, realçados pela chama, direcionando-se para o além, como se lutasse para sair ela mesma da madeira.

A terra próxima ao rio, a entrada do reino de Urtha, estava envolvida pela noite e por um véu de névoa densa. Eu precisava voltar para lá. E para fazer isso, precisava de Argo.

Distraí o vigilante Rubobostes com um miado, bem atrás dele, e corri furtivamente além do barco, para as moitas de junco, onde a minha pequena embarcação estava oculta e segura. Ela havia esperado por mim e murmurou que eu deveria *embarcar rapidamente*. E quando eu me acomodei nas pelúcias úmidas em seu porão, ela deixou a costa. Eu me surpreendi ao ver uma figura agachada diante de mim, sem traços por um instante. A embarcação passou como sombra de coruja para além das margens e seguiu pela parte rasa do rio.

Então, virando-se para a popa, a dura face da Senhora da Floresta olhou ameaçadoramente para mim. A respiração gelada de Pohjola, ao norte, resfriou minha pele. Aqueles olhos oblíquos que conheciam o destino piscaram para mim, mas os finos lábios abriram-se em um sorriso que eu já havia visto antes. Mielikki, a deusa das Florestas do Norte, era muito afetuosa comigo.

— Bem, Merlin, é hora de deixá-lo. Estou feliz que você tenha encontrado seu caminho de volta. E estou feliz que tenha reencontrado seu Caminho, depois de Delfos e daquela terra quente e desagradável.

Ah, a Grécia! Quanta falta senti daquele calor, da fragrância do lugar, daquela aridez. Mas, para aquela beleza já um tanto desgastada do gelo, essa guardiã do esplendor da floresta de bétulas, aquele clima castigado pelo sol havia sido uma maldição. Eu compreendia suas preferências, e agradeci o espírito guardião da quilha de Argo.

Ela me deu um beijo cúmplice e afetuoso, acrescentando:

— Niiv não deixará você escapar.

— Eu sei. Estarei de prontidão.

Ela disse:

— Eu sou a protetora dela. O que você faz para evitá-la depende de você. O que você faz para dissuadi-la depende de você. Mas se você tentar prejudicá-la...

Para ilustrar a ameaça subentendida, um *voytazi* com proporções de um touro agigantou-se da água e estalou suas mandíbulas gigantescas na frente de meu rosto, antes de afundar de volta, exultando, para o raso.

— Eu não vou prejudicá-la — prometi a Mielikki. — Mas eu combaterei encantamento com encantamento. E não ficarei no caminho de sua morte.

Mielikki franziu o cenho. O luar refletiu-se em seus dentes. Os olhos ficaram brancos de raiva, mas ela aceitou minhas palavras.

— Sua vida está nela — ela me lembrou. — Eu ainda posso sentir o amor no alojamento onde você amou e possuiu a ancestral dela, muitas gerações atrás, quando você visitou Pohjola. Ainda posso sentir a angústia em seu hálito de quando tentou afogar aquela mulher, para depois voltar a si. Eu posso sentir o sabor do sal nas lágrimas que você derramou ao assistir a criança nascer, a futura avó de sua pequena Niiv. Como sal diluído em água, ela ainda traz em si a força de seu próprio encantamento, então, lembre-se disso: o que você fizer a ela, você fará a si mesmo.

Quando o barco menor zarpou, da popa, Mielikki sorriu, e seus traços se tornaram juvenis, delgados e bonitos. Eu exclamei:

— Ela quer arrancar a mágica de meus ossos.

— É melhor você engordar, então — a deusa sorriu.

— Ela me roerá como um chacal, se tiver a mínima chance. Eu não posso permitir que ela faça isso, não importa o que você diga para mim.

— Essa será uma longa batalha para você — ela sussurrou de volta. — Quem envelhecer primeiro perderá!

15

Sob cerco

A pequena embarcação, minha alentadora companhia, deslizou para além da praia e foi içada para Argo, casco dentro de casco, o passado contido no presente. Senti-me triste por vê-la partir, mas sabia que Argo ficaria feliz em tê-la de volta. Jasão agigantava-se soturnamente diante da popa, esquadrinhando através do rio Nantosuelta, o olhar afiado procurando a sombra do homem que ele, de certa forma, suspeitava que o estivesse vigiando. Então, a uma ordem, Argo se desprendeu do banco. Nantosuelta envolveu a embarcação e a carregou para o lado mais próximo da vida e dos viventes. Os remos subiram e mergulharam, e meu velho amigo Rubobostes resmungava o ritmo enquanto se encarregava do leme. Na proa, a pequena e elegante figura de Niiv se encurvara como um gato prestes a atacar, estática, tão estática quanto a morte, aguardando por seu momento.

Argo sumiu de vista ao longo do rio entre os mundos, e eu fui forçado a aceitar a realidade que se impunha: como retornar a Taurovinda antes que Jasão e sua tripulação de mercenários alcançassem a fortaleza?

Eu não conseguiria sem Mielikki. Ela devia ter retardado o avanço pelo rio abaixo, talvez porque fosse mais favorável a mim, uma criatura eterna como ela, do que a Jasão, para quem os interesses eram mais pessoais e privados, agressivos e insultuosos. De qualquer modo, após vários dias de corrida através dos vales, florestas e estreitas passagens entre Taurovinda e a Terra dos Fantasmas, eu finalmente vi a gigantesca colina, com suas colunas de fumaça, estandartes e totens erguendo-se acima das altas muralhas, um claro sinal de que Urtha ainda estava no controle de seu lar.

Taurovinda, entretanto, estava sob cerco.

Em minha jornada, eu havia passado por uma longa fileira do que acreditei serem os Não Nascidos. Eles montavam cavalos fortes e vestiam capas de cores vivas, vermelhas e verdes, em vez dos padrões elaborados dos mortos. Suas espadas repousavam em bainhas incrustadas em ouro e carregavam grossas lanças únicas, e não mais os feixes de dardos compridos dos quais os predecessores de Urtha haviam se tornado adeptos.

Seus escudos eram estreitos e ovais, muito simples, e carregados nos flancos dos cavalos em vez de pendurados sobre as costas dos guerreiros. Eu estava aprendendo o bastante sobre a Terra dos Fantasmas para ser capaz de reconhecer um esquadrão de futuros senhores da guerra do reino.

Embora eu estivesse escondido deles no momento em que passaram, eles não me pareceram nem um pouco ameaçadores.

Então, um bando de Mortos, cerca de vinte, nus e pintados com cores vibrantes, usando anéis de ossos e de bronze em seus antebraços, orelhas e tornozelos que tilintavam, fugiu a pé, perseguido pelas sombras dos corvos, uma revoada mantendo os olhos sobre os homens que saciariam seu apetite. Brutal e cruel, esse bando parecia existir em um mundo de sensações ocultas, cientes da minha presença sem me enxergar, passando pela floresta como umidade no vento frio. Sumiram quase tão rápido quanto surgiram, mas consegui segui-los por dias, pois deixavam uma trilha de massacre pela floresta.

Em algum lugar entre os exércitos reclamantes, tanto Não Nascidos como Mortos haviam procurado se proteger, contornando a colina, bloqueando todos os caminhos e passagens, exceto aqueles que partiam do Nantosuelta, o sinuoso caminho ao longo do qual os barcos de vime eram levados, carregando os cadáveres dos falecidos.

Esse foi o meu caminho de volta a Urtha, como também seria o caminho até Taurovinda, para Jasão, quando Argo finalmente aportasse no rústico porto de madeira.

Figuras humanas feitas de salgueiro, aveleira, teixo e carvalho circundavam a colina em cinco fileiras. Algumas delas eram elaboradamente construídas, mas a maioria era constituída de dois galhos cruzados e presos com pele humana. Esses macabros e frágeis ídolos podiam deter até mesmo carniceiros que quisessem atravessar a fortaleza. Na alta relva os Mortos moviam-se como sombras. Eu os contornei e cheguei até o rio. Ali, no campo, havia centenas, a maioria encurvada e adormecida. Cada brisa, cada golpe de vento era um fantasma passando. O ar estava infestado de podridão. Pelo canto do olho, eu podia ver o brilho do metal, o lampejo da plumagem em um elmo. Grandes cavalos e pequenos pôneis corriam à meia-luz da próxima existência. Quando abri meus ouvidos para a verdade, havia o som de risos e exercícios de batalha, o crepitar das fogueiras, o latido dos cães.

Esses invasores do Outro Mundo tinham a intenção de recuperar Taurovinda, não havia nenhuma dúvida a esse respeito. Eles haviam deixado seu próprio mundo e trouxeram um pouco da Terra dos Fantasmas para cercar a Colina do Trovão.

Mas como exatamente eles fariam isso? O que eles esperavam ganhar com a posse de tal fortaleza?

As defesas de Urtha eram os portões fechados, o fogo sagrado e as imagens de homens feitos com pedaços dos Mortos. Não havia dúvida de que ele havia sido instruído sobre como proceder pelos Cabeças de Lobo e por Aqueles Que Falam Pelo Passado. Eles pareciam ser efetivos contra o inimigo. As Sombras dos Heróis eram vulneráveis ali, como eu já havia dito antes.

Eu estava a ponto de começar minha caminhada por entre as fileiras de Mortos quando ouvi a voz de uma menina, cantando. Por um momento eu não consegui reconhecê-la, apesar de parecer muito familiar; mas quando a suave música parou e eu ouvi as palavras sussurradas "*Eu vejo o verde, eu vejo o bronze*", compreendi que Munda estava por perto.

Chamei por ela, mas o estranho cantarolar continuou. O som me conduziu até ela e eu a encontrei agachada entre duas pedras cinzentas, encarando além do Nantosuelta, seus olhos fitos na Visão, cegos para o mundo do rio.

Interrompi sua visão e ela lentamente se virou para olhar para mim. Havia luz em seus olhos e ela me reconheceu e sorriu. Não havia o som do rio ali, nem o som do vento.

— Merlin — sussurrou ela, desviando o olhar. — O Degenerado está muito próximo. Ele irá negociar a morte. Eu vejo, Merlin, mas seu rosto é muito estranho: ao mesmo tempo jovem e velho. Ele é realmente Degenerado.

— Isso é porque ele está fora do seu próprio tempo — expliquei à menina.

— Ele está? Ah, isso faz sentido, então: eu o vejo perdido, vazio, raivoso. Eu o vejo chorando.

Balancei minha cabeça.

— O homem não tem mais lágrimas. Ele não chorou quando seu filho mais velho o afastou com a ponta de uma lâmina.

— Não vejo filhos, apenas irmãos. Dois homens raivosos com dois fantasmas pálidos que usam seus rostos.

Munda nunca cessou de me impressionar, embora isso apenas reflita minha percepção do quanto ela era jovem. Os jovens podem ver o mundo espiritual com grande facilidade, mas com uma visão estreita, atrapalhada pela falta de experiência na vida. Mas não a filha de Urtha! Ela vira os dois filhos de Jasão com as sombras que lhes faziam companhia: cada irmão, separados no mundo quando sua mãe os escondera no futuro, havia recebido o eco de seu irmão, para manter-se feliz e impedir seu sofrimento. Thesokorus estava na distante Grécia, um eco de Kinos farejando seus rastros. Ainda assim, Munda os tinha visto. Eu estava muito impressionado.

— Saia da *imbas forasnai* — eu disse suavemente a ela, que tremeu e respirou profundamente, voltando de imediato para o mundo das pedras, árvores e brisas outonais.

— Merlin! Merlin! — ela gritou com verdadeiro deleite, batendo suas mãos em meu rosto e pulando para me abraçar. — Por onde esteve? Você partiu há tanto tempo! Todos nós sentimos sua falta.

— Estive além do rio.

— Estamos sob cerco — contou-me, sombria. — Apenas alguns de nós podem passar pelo exército. Seguimos a velha trilha...

Eu sorri.

— Foi isso que imaginei.

— Mas meu pai está furioso com você por tê-lo abandonado! Ele lhe dirá palavras duras. Mas o quanto antes ferido, tanto antes curado, então venha, vamos lá.

Com isso, a menina agarrou minha mão e me arrastou atrás dela, para longe do Nantosuelta e através da Planície de Maeg-Catha, regida pelos espíritos.

Urtha viu minha chegada. Ele enviou homens através das fogueiras que bloqueavam a tortuosa aproximação para abrir os portões. Munda, apertando minha mão como uma pequena garra, arrastou-me através do touro, cervo, lobo, homem e cavalo e quase me atirou em direção ao cordão de recepção feito de carruagens e guerreiros sorridentes, Urtha e Ullanna sobressaindo entre eles.

Mas Urtha e Ullanna não estavam sorrindo.

Urtha agarrou sua filha pelo ombro, furioso:

— Onde você estava? Como deixou a fortaleza? O que eu disse a você? Não saia dos limites!

— Não consigo ter visões neste lugar — disse ela. — É muito sufocante.

— Muito sufocante? Veremos o que é muito sufocante. Você foi proibida de deixar estes muros. Quantas vezes você fez isso antes?

Munda encarou seu pai com audácia:

— Não consigo *ver* neste lugar. Preciso ir aonde haja ventos à nossa volta.

— Você parece estar me vendo sem dificuldade.

— Não falo desse tipo de visão! Deixe-me ir.

Mas seu pai estava muito bravo. Duas Altas Sacerdotisas foram convocadas e Munda foi levada, contra sua vontade, até a casa onde as guardiãs viviam. Ela havia infringido a lei de seu pai, trazendo perigo à Taurovinda. Isso estava muito claro, pela reação das Senhoras Supremas e d'Aqueles que Falam Pelo Passado.

Enquanto ela era arrastada para longe, continuava a gritar raivosamente:

— Você não entende! Se não posso enxergar claramente, não posso ajudá-lo!

Urtha a ignorou. Marchou em minha direção, fulminando-me antes de me indicar as muralhas. Eu o segui até uma das torres onde podíamos ver a extensão da planície abaixo e a brilhante horda que nos encurralava.

— Por onde você esteve? Um quarto de ano, seu bastardo! Toda uma estação! Olhe o que nos aconteceu nesse meio-tempo.

— Caí sob um feitiço.

Ele riu amargamente.

— Você caiu sob uma mulher! Conheço seus gostos, Merlin. Passei um tempo com você nas Terras do Norte, lembra-se? E no caminho para Delfos. Vi como aquela pobre criatura Niiv pendurava-se em seus ombros.

— Não era bem assim.

— Vocês eram amantes, não negue.

— Nego, sim. A mulher está atrás de meus segredos, não de meus beijos.

— E por que demorou tanto? — perguntou furioso, golpeando meu braço com força. — Olhe esta horda de homens! De fantasmas! De heróis! Meus ancestrais estão lá. Provavelmente, os filhos dos meus filhos! Eles nos assombram e nos provocam, eles nos imobilizam. Apenas os druidas podem chegar até o rio sem problemas... E minha filha, aparentemente! Estamos famintos, esgotados, e os malditos não nos enfrentam em um simples combate. Então, eu pergunto novamente: onde, em nome de Sucellus, você *esteve*?

Precisei de um momento para evocar as palavras. Urtha estava claramente com um humor traiçoeiro.

— Com uma mulher — respondi.

— Rá!

— Mas não uma mulher qualquer.

— Sim?

— Medeia. Ela me deixou em farrapos, assim como esses heróis o derrubaram. Nós dois passamos a última estação sob cerco, com a diferença que você sabia e eu não! Ela me enganou, Urtha. Mas isso abriu meus olhos.

— Você e minha maldita filha! Sempre se queixando que não conseguem *ver* corretamente! O que faço com vocês?

— Uma bebida cairia muito bem. E carne. Queijo e uma pequena tigela de azeitonas? E menos desse olhar cheio de ódio.

Urtha sorriu por trás de seu comprido e escuro bigode, seus olhos piscando divertidos.

— Uma bebida? Estamos cheios do vinho do Nantosuelta!

Ele se referia à água do rio. Evidentemente, eles eram capazes de fermentar *alguma coisa* neste lugar: de maçãs, relva, até bagas, espinheiros e rosas-bravas. Ocorreu-me que, mesmo que fossem capazes, teriam bebido tudo a esta altura.

— Quanto à carne, com sorte serei capaz de lhe oferecer — continuou ele. — Aí vem agora. Espere nos portões! — acrescentou ele, com um grito pelo muro.

Nos pomares eternos à margem do Nantosuelta houve um súbito brilho de luz na armadura, um veloz movimento além da Planície de MaegCatha, e três cavaleiros vinham penosamente pelo tortuoso caminho, um com a balançante carcaça de uma corça amarrada através dos arreios de sua montaria.

Da relva na planície, cavaleiros fantasmas surgiram exatamente como haviam se erguido para ludibriar Jasão no interior. Uma alta coluna corria ao lado dos três caçadores, o ar brilhando, quase atraindo os cavaleiros humanos para longe da trilha que seguiam. Os três continuaram lentamente, golpeando os flancos de suas montarias e batendo à esquerda e à direita com longos bastões amarrados com tiras de tecido colorido, perfuradas nas pontas com as curvas dos ossos de algum animal. As costelas de um touro, eu viria saber mais tarde. E os trapos balançantes eram tiras que haviam sido retiradas dos corpos dos Mortos. Assim como um lobo renegado podia ser espantado pela caveira sorridente de um dos seus, também os cavaleiros fantasmas se intimidavam com o cheiro de seus parentes do Outro Mundo.

O Portão do Touro estava escancarado e os três caçadores galoparam por eles a salvo.

Foi então que perguntei a Urtha a respeito dos bastões. Ullanna me respondeu:

— Bastões-amuletos — disse ela. — Eu me perguntei o que *você* sugeriria para dar segurança a nossos caçadores. E vi algo parecido sendo usado quando meu pai foi ao oráculo em Airan Kurga, em meu próprio país. A passagem para o oráculo é perigosa por causa dos errantes perdidos, os desonrados. Eles são repelidos por seus próprios ossos.

— Um pouquinho disso e um pouquinho daquilo — eu disse, impressionado, e ela fez uma pequena mesura.

— Geralmente, é a melhor saída. Os Cabeças de Lobo ajudaram. Eles contam com a experiência de uma longa jornada de sobrevivência, e apesar de serem desprovidos de encantamentos, têm um bom conhecimento dos seus poderes.

Eu havia retornado para uma cidadela agitada e infeliz. A tropa de coritanis do Rei Vortingoros, que havia concordado com um período curto de trabalho para Urtha, como mercenária, agora estava frustrada e confusa com sua longa estadia. Os homens estavam preocupados com suas famílias. Tinham visto que era possível escapar de Taurovinda através dos sombrios trabalhos do cerco, e apenas a liderança carismática de Urtha os mantivera baseados na Colina do Trovão.

Os poderes de persuasão de Urtha estavam esmaecendo, no entanto, assim como os suprimentos e a cooperação na forma de entretenimento e jogos. Lutas encenadas e desafios, combates e corridas estavam se tornando letais à medida que os ânimos se desgastavam e os corações ficavam cada vez mais perdidos.

Havia um bom suprimento de comida, no entanto. Urtha tinha se certificado disso. E como atenuante, naquele dia em particular, e em parte como forma de me dar as boas-vindas, o novo abate foi estripado e seu fígado foi assado em um banquete oferecido aos homens das fileiras entre os mercenários. Quatorze de nós nos sentamos em bancos baixos, Ullanna incluída, Cathabach e Rianata, a Mulher Sábia, que tinha que ouvir minhas histórias sobre a Terra dos Fantasmas. O salão de Urtha estava ricamente colorido novamente, com armas penduradas nos cantos do teto; escudos brilhavam nas paredes e capas eram espalhadas entre eles para ajudar a amenizar as correntes de ar e os sons melancólicos da noite, a casa mais uma vez cercada por um profundo fosso e uma pontuda paliçada, segura com as cores dos cornovidis e as cores ancestrais dos Tectosages.

Kymon, o filho briguento do rei, não estava presente, e por vezes podia se ouvir claramente os protestos de Munda contra o seu encarceramento involuntário. A menina estava furiosa.

Enquanto tiras de carne de corça eram sovadas para que ficassem mais macias e depois suspensas acima do fogo, a conversa ficava mais leve e os ânimos se elevavam. Havia um pouco de cidra de maçã, forte e aguda, vinho de pera e uma bebida feita de leite fermentado, que era horrorosa, mas com a qual a mulher cita se deleitava e que ela mesma preparava. Ela se sentou ao lado de Urtha e fez comentários rudes sobre ele, e mais rudes ainda sobre o homem robusto e de barba ruiva, Morvodugnos, irmão de Gorgodumnos, para o aparente divertimento de ambos os homens.

Recebi uma fatia da língua da corça, uma porção de chefe, o jeito de Urtha me dar boas-vindas e talvez de dizer: fiquei furioso porque você se afastou por tanto tempo, mas foi isso e acabou. Agora, mãos à obra!

Urtha descreveu como os primeiros sinais do cerco a Taurovinda tinham acontecido no retorno de uma caçada, parecido com o que eu testemunhara correndo entre os caídos hoje.

— Morvodugnos e dois outros haviam saído em uma missão de recrutamento no leste, como sempre, uma vez que era onde a maioria dos lanceiros que retornara estava aparecendo quando começaram a retornar da conquista da Grécia.

Conquista? Aquele ataque massivo e desordenado da Macedônia até Delfos e seu oráculo? Essa história ficara cada vez mais doce ao ser contada!

— Eles vieram através de um filho do rei, Conary, do clã Thulach, com seu séquito de cavaleiros e três escravos, capturados da Macedônia enquanto voltavam. Os macedônios eram bons lutadores e haviam concordado em lutar como mercenários por sete anos em troca de serem soltos para procurar seu caminho de volta para casa. Eles formavam um trio deprimente, como vocês podem imaginar, mas precisávamos de toda a ajuda que pudéssemos conseguir.

Fiquei triste pelos três homens, levados a este clima hostil e esta fortaleza de barro.

Urtha continuou:

— Esse bando havia seguido o rio tão longe quanto a floresta. Quando viram nossas altas torres a distância, saíram a meio galope através da planície, cantando e gritando para que soubéssemos que estavam chegando.

— As Sombras dos Heróis devem ter ficado esperando na relva alta. Quarenta ou cinquenta deles apenas se ergueram sob as costas de cavalos e os atacaram. Eu estava observando da torre do Portão de Riannon. Esses saqueadores pareciam se erguer do solo, como se estivessem escondidos em túneis. Conary foi atingido por sete dardos, cada um deles tão fino quanto um espinho, e tão longos quanto flechas, e morreu em agonia em meio à planície. Todos em seu séquito ficaram feridos. Os macedônios tiveram mais sorte. Eles aparentemente atravessaram ilesos, embora também apresentassem ferimentos visíveis. Foi uma tropa ensanguentada que entrou em Taurovinda. Um dos escravos recuperou o corpo de Conary, e mais tarde nós o sepultamos próximo do poço do rio Nantosuelta. Providenciarei para que seu corpo seja levado para casa assim que o cerco terminar.

— Imagino que irá perguntar: de onde eles vieram? É impossível dizer, Merlin. Mas nos dias que se seguiram, toda a planície e os pântanos até o oeste se tornaram repletos de sombras dos Mortos e Não Nascidos. Quando chove, você pode vê-los, como fantasmas de água, deslizando na relva saturada, gesticulando em nossa direção, ou cavalgando à nossa volta, contando vantagem ou tentando nos matar.

Eu me lembrei disso no meu primeiro retorno à colina abandonada.

— Você consegue diferenciar um do outro, um homem morto de um herói não nascido? — perguntei, mas Urtha balançou a cabeça.

— Se a sua couraça é familiar, talvez sejam do passado. Se cavalgam aqueles enormes cavalos e sua couraça parece estranha, então eles são de tempos vindouros. Talvez.

Morvodugnos ergueu seu cutelo para chamar minha atenção.

— Uma coisa eu notei: alguns dos cavaleiros hostis na planície são muito ativos, atacando nossos cavaleiros quando é lua nova, antes de ela brilhar prateada. Outros são o oposto — aqueles que nos parecem estranhos —, atacam mais quando a lua está mais perto de ficar cheia, quando ela brilha mais prateada.

— Também vi isso — disse calmamente, Rianata, a Mulher Sábia. Ela estava me observando cautelosamente. — A horda que cerca este lugar não está unida. Há brigas e discussões. Eu vi. Há muitos, indo e vindo entre os bandos. Há um salão para os espíritos que se espalham no oeste, perto da floresta. É onde o Senhor Supremo tem o seu lar. É onde os conflitos são encenados entre a horda, na planície adiante.

Cathabach bateu as mãos, dando três palmas.

— Também eu vi. O salão é protegido pelas sombras das criaturas que são apenas meio humanas. As bandeiras do Senhor Supremo não carregam emblema de nenhum reino ou possessão que eu já tenha visto.

O que não queria dizer muito.

— Mas o que querem eles com Taurovinda? — Ullanna perguntou, balançando sua cabeça enquanto mascava tanto a carne quanto a pergunta.

— O que, realmente? — ecoou Urtha. — Espero que Merlin possa ter alguma intuição. Merlin?

— Se eu tiver — repliquei com sinceridade naquele momento —, ela está *muito* oculta, totalmente fora de vista.

Mas meu entendimento a respeito das Sombras dos Heróis havia aumentado um pouco com essa sugestão de que cada presença na Terra dos Fantasmas era influenciada por um tempo diferente no ciclo normal da lua. Fazia sentido: a lua, através dos regatos e pomares na terra abaixo dela, exercia muita influência entre os viventes. Ela mostrava sua face escura e sombria para os Mortos e seu seio reconfortante para os Não Nascidos. Ela certamente tinha seu papel nos acontecimentos.

Prestei contas de minha jornada até o interior, não escondendo nada de minha vulnerabilidade sob o feitiço lançado por Medeia. Urtha pareceu excitado ao pensar no retorno de Jasão — imagino que pensava em incrementar a quantidade de guerreiros de sua tropa —, mas não pareceu intrigado com a ideia da astuta feiticeira do norte, Niiv, retornar à nossa companhia.

O musculoso Morvodugnos subitamente ficou em pé, arrumando sua curta capa escarlate e embainhando seu cutelo. Franziu o cenho para mim e seu rosto pesado se encheu de súbita preocupação. A luz do fogo fazia seu cabelo ruivo parecer se contorcer com vida.

— Se meu irmão Gorgodumnos estiver morto, como creio que esteja... então, está entre os Mortos, na Terra dos Fantasmas. Ele era um bom homem, um bom lutador, um pouco destemperado, um pouco vingativo, intolerante ao fazer prisioneiros, sedento por prêmios e espólios, às vezes duro em suas ações quando se tratava de tomar posse de gado nos limites do nosso território, não engolia um insulto ou mesmo um elogio, mas ainda assim um bom homem. Como aqueles entre vocês que o conheceram devem se lembrar, ele era o melhor entre nós em cinco das doze manobras de inverno: a manobra dos doze tambores trovejantes, a manobra dos cinco escudos tocados por bronze e ouro, a manobra dos dez saltos mortais de cavaleiros, a manobra dos seis ovos de ganso mais bem enfeitados e a manobra dos onze assobios significativos. Quem neste lugar pode dizer que fez tanto?

Houve um burburinho generalizado, concordando que Gorgodumnos tinha sido bom em suas manobras.

Manandoun sussurrou para mim:

— Mesmo com tudo isso, a manobra que ele nunca dominou é a manobra que todos nós aprendemos primeiro e à perfeição: a Manobra das Nove Mulheres Rodopiantes.

— Vocês rodopiam nove mulheres? Com que finalidade?

— Uma mulher: nove rodopios — Manandoun disse, franzindo significativamente a testa, como se o feito fosse óbvio. Percebi, então, que ele não estava falando sobre dançar.

Morvodugnos chegou ao ponto:

— Se ele está escondido na companhia de Riannon e Avernos, além do rio e no Reino dos Heróis...

Se ele foi morto...

— ...então ele pode agora fazer parte da tropa que nos assombra, lá entre a relva alta e os espinheiros de MaegCatha. Irá nos atacar? Irá atacar seu próprio irmão? O que devo fazer se nos enfrentarmos face a face, espada contra espada, peito aberto contra peito aberto? Qual será a consequência para Gorgodumnos se eu lhe aplicar um golpe de tirar o fôlego? E se ele me atacar, desferindo-me um golpe mortal?

A pergunta de Morvodugnos trouxe de volta ao centro da casa a estranha e sinistra situação na qual os defensores desta fortaleza se encontravam: eles estavam em guerra contra seus ancestrais... e contra sua prole não nascida. O que Morvodugnos havia feito tinha sido trazer o desconforto para o coração do salão real. Por meses, cada homem e mulher deste lugar estiveram varrendo o campo da Batalha do Corvo, procurando entre as sombrias imagens acampadas na planície por alguma visão, algum lampejo de um marido, filho ou pai que haviam enterrado com dignidade e honra. E procurando pelo campo dessa forma, eles certamente teriam vivido o terror pessoal de ver seus uma vez bem-amados vindo em direção a eles, de espada desembainhada, talvez, ou arco esticado, lança erguida... a macabra tarefa, como Morvodugnos havia colocado, claramente nos gestos dessas pessoas se não em seu coração.

A Mulher Sábia nos tirou do silêncio que se seguiu à lastimosa questão de Morvodugnos.

— Não há desonra em dar as costas para um irmão ou um pai que você reconheça. Deixe o campo. Pelo que tenho visto, essas Sombras dos Heróis são fracas em nossa terra, mais fracas que nós. Lembram-se dos ossos espalhados que deixamos quando tomamos de volta a Colina do Trovão? Quem quer que estivesse liderando essa invasão além do Sinuoso, aqueles que uma vez amamos, aqueles que irão nos amar na lembrança em seu próprio tempo vindouro, estão aqui contra sua vontade. O Degenerado, aquele que negocia com a morte, ocasionou isso. Houve homens assim antes e haverá tais homens novamente. Mas eles são eternos nesta terra apenas um de cada vez. Alguns são bons. Devem lembrar-se de Cuhuloon, aquele grande homem de Ierna, o homem das Doze Manobras e do famoso contorcionismo em combate. Sim, alguns são bons. E outros são maus. Este é mau. E Munda, a menina que tem a Luz da Visão, já havia visto que ele está próximo.

Como se tivesse ouvido a menção a seu nome, de algum lugar a distância a filha de Urtha começou a expressar sua irritação por ficar separada e encarcerada.

Eu não conseguia desviar meu olhar de Rianata. Ela sustentou esse olhar com firmeza.

Houve homens assim antes e haverá tais homens novamente.

Essa mulher já havia possuído a *imbas forasnai*, eu estava certo disso. Já a havia deixado, agora, pois tal dom da visão está fadado a desaparecer. Ela possuía sua memória, profunda e detalhada, e tinha sua intuição, precisando de constantes provas. Munda poderia se tornar sua protegida. A menina certamente trilharia o mesmo caminho.

O que a Terra dos Fantasmas podia querer com Taurovinda? A resposta talvez repousasse no passado da fortaleza, um assunto que Aquele Que Fala Pelo Passado agora abordava.

Eu o ouvi atentamente. Ele era eloquente, descritivo, apaixonado, mas logo ficara evidente que ele estava simplesmente falando algo que já estava escrito, versos aprendidos e relembrados, sem que houvesse nenhum entendimento mais profundo ou visão. Aquelas eram palavras que haviam atravessado os séculos. Dois séculos, de fato: o tempo que havia se passado desde que os derrotados reis Teutoborgan haviam chegado pela primeira vez a essa extensa colina, no coração de Alba, e entrado em combate para determinar quem deles iria tomar posse das altas elevações e ricas florestas.

Durandond e sua esposa, Evian, ganharam o dia. Três de suas quatro famílias companheiras de exílio haviam se mudado para o sul. Uma havia viajado para o norte. Novos reinos foram rapidamente estabelecidos, mas esta Colina do Trovão havia sido o primeiro local de reunião, o local do primeiro Conselho dos Exílios e o primeiro lugar a ser defendido.

Mais tarde, os cinco reinos estariam novamente envolvidos em uma guerra sangrenta e em sangrenta desordem, desta vez uns contra os outros.

Eu conhecia Durandond e homens como ele. Meu caminho, minha eterna jornada ao redor deste mundo, conduziu-me através do centro daquelas terras repletas de florestas e vastas pastagens, onde os aristocráticos antepassados de Urtha e seus pares haviam, certa vez, presidido sobre as propriedades que eram dedicadas a apoiar o luxo e a indulgência de uma elite. Aquela elite não tinha nenhum conceito de honra além de seu próprio sistema de castas: os bem-nascidos, os cavaleiros, os sagrados e as Altas Sacerdotisas, as verdadeiras governantes dessas vastas herdades.

Recordo-me de ter visto os corpos dos cavaleiros favoritos das Altas Sacerdotisas, mortos após a batalha, embrulhados em suas armaduras completas, dobrados dentro de vasos dourados. As tampas dessas extravagantes urnas funerárias eram seladas com piche antes de serem enterradas em fossos profundos, cobertas com cacos de mármore e granito, seladas com carvalho e decoradas com flores do campo.

Os traidores desses nobres de nascimento eram igualmente confinados, mas vivos, e em barris feitos de madeira, jogados em profundas fossas e cobertos com terra úmida.

As cinco dinastias haviam sido enfraquecidas por uma série de guerras menores contra invasores ao leste, incluindo os cimérios e os citas, e por uma devastadora invasão da Grécia, uma armada que havia marchado através de quatro terras e através de duas cadeias de montanhas. Eles haviam saqueado e depositado a maior parte do tesouro no oráculo de Delfos.

Mas foi sua própria avidez que levou à queda dos reinos, violentados pelo povo que haviam abusado e reprimido.

O que esses regentes exilados poderiam ter trazido com eles que tornasse Taurovinda tão atraente para os espíritos dos Mortos? Evidentemente não seriam os cadáveres de Durandond e Evian, mesmo jazendo em uma carruagem de ouro, seriam?

Eu tinha tentado ver dentro da colina, e através de seu fosso que, como todos os fossos, era claro para a visão interior, mas não havia nada mais visível, exceto o fluxo espiralado de água que alimentava os riachos no forte, vinho cristalino direto do Nantosuelta. Se houvesse alguma coisa mais sob nossos pés, estava oculta até mesmo para mim.

O banquete terminara e os convivas se dispersaram. Urtha indicou que eu devia ocupar minhas antigas acomodações em seu salão e eu aceitei. Estava exausto.

Fui despertado de meu sono por uma pequena mão em minha boca, e uma criança observando-me com gravidade. Ela sussurrou:

— Deleite! Deleite! Vejo um cisne, eu o vejo voando... meu cisne está voltando para mim!

E nesse momento o uivo de alerta de uma trompa em uma das torres de observação trouxe a fortaleza à vida novamente.

16

Fantasmas roubados

Um dos exércitos na Planície de MaegCatha tinha conseguido romper as defesas nos portões ocidentais, uma horda noturna que agora se abatia sobre Taurovinda, cavaleiros e carruagens abriam caminho em meio à desordem conforme investiam em direção ao *nemeton*, o pomar sagrado. Eles não carregavam tochas. Ao atravessar as muralhas tornaram-se imediatamente sólidos e vulneráveis ao ferro, e aos coritanis, que convocados em seus alojamentos atacavam com igual fúria os invasores.

As carruagens rodavam em um círculo, setas voavam e flechas sibilavam pelo ar da noite. Vi Ullanna correndo para a briga, coberta apenas com suas calças de montaria e sua couraça de bronze. Ela caiu sobre um joelho e começou a disparar flechas e mais flechas sobre os invasores, virando-se a cada disparo, devastadoramente preciso a julgar pelos corpos girando e caindo de suas montarias.

Trompas soaram do leste informando um ataque semelhante ali. As altas muralhas de Taurovinda tornaram-se vivas com as tochas e o brilho das armas.

Mantive uma distância segura, intervindo apenas uma vez: quando um machado, atirado por sobre um cavalo, atingiu Ullanna e a derrubou. O cavaleiro se preparava para cercá-la em um momento, recolhendo e reerguendo o machado para partir seu crânio.

Quase sem pensar, evoquei um gigantesco lobo raivoso e o aticei contra o homem, observando enquanto ele o derrubava e se ocupava de seu pescoço. Ullanna se recompôs, olhou ao redor, assustada, não me viu e retomou rapidamente sua tarefa de atiradora, esvaziando o coldre e correndo de cabeça baixa, em busca de outro abrigo.

Liberei o lobo do homem morto, mas a fera permaneceu! Observei surpreso, e então assustado, enquanto ele carregava sua presa através dos combatentes, passando pelo portão, seguindo abaixo pelo caminho tortuoso e mais além em direção aos pântanos de salgueiros, sem dúvida para se banquetear com seu fígado.

Quem havia dominado o meu feitiço?

Deleite! Um cisne está voando...

As palavras de Munda sacudiram-me como uma risada. Niiv estava aqui! Ela havia conseguido se esgueirar em meio ao tumulto e havia penetrado em Taurovinda e estava aqui, perto de mim, observando-me, roubando meus poderes mesmo quando eu os encerrava.

Os cavaleiros passaram trovejando por mim, estrilando e se revirando. Manandoun e sua guarda surgiram diante de mim, espadas desembainhadas e escudos descartados, prontos para uma dura luta. Manandoun encontrou-me e pediu que eu abrisse caminho.

— Você viu aquela garota? A garota das Terras do Norte? — gritei para ele, que já estava possuído pela ira sangrenta da batalha, o rosto vermelho, os olhos começando a brilhar. Ainda assim, minhas palavras chamaram sua atenção por um instante e ele apontou para trás de si.

— Sim. Ela tingiu seus cabelos de preto e usa um cisne sobre os ombros. Ela estava correndo para o *nemeton*. Não se preocupe com ela. — acrescentou com ferocidade. — O Portão de Riannon está resistindo. Venha, traga seus conhecimentos para cá, Merlin! Conjure um exército para varrê-los de volta a suas tumbas!

Ele gargalhou, sabendo que minha resposta seria a inércia. Conhecia-me bem, esse velho amigo de Urtha. Sabia realizar a Manobra de Guerra do Pé e da Espada, então, e foi possuído pela fúria que lhe permitiria acessar instantaneamente a Terra dos Fantasmas se o seu hálito pudesse ser roubado.

Os mercenários coritanis, apesar de suas reclamações sobre a falta de pagamento por seus serviços, tinham conseguido conter o quartel ocidental da fortaleza, embora tivessem pago um preço brutal por isso, sendo espancados e decapitados pelos desesperados Mortos.

Contornei o pomar, subindo pela escadaria até a muralha oriental, para observar além do vasto trecho de planície. A região agitava-se com fogo e movimentação. Pressupunha-se uma batalha abaixo de mim pela correria das tochas, os bandos de guerreiros marchando para o Portão do Touro. Eles haviam derrubado o Portão do Touro! Lutavam para derrubar a segunda barreira de totens na passagem, mas estavam falhando.

A distância, uma linha de homens a cavalo parou silenciosamente diante das tendas que acreditávamos pertencer à propriedade real.

Eles nos observavam por trás de elmos gregos escuros, lanças abaixadas, escudos pendurados em suas costas. Falcões de asas brancas flutuavam e lutavam para se livrar das amarras nos braços esquerdos desse pequeno bando de cavaleiros. Estranhamente, senti que eles estavam perturbados. Um deles lutava para controlar sua montaria, embora a inquietude do animal parecesse ser um reflexo do nervosismo de seu cavaleiro. Ele continuou olhando em direção ao rio. Seu elmo brilhou como ouro.

Um fogo brilhante brotou no Nantosuelta. Eu podia ver o topo do mastro de uma pequena embarcação e não tinha nenhuma dúvida de que Argo havia aportado no ancoradouro.

Havia algo estranho no ar, no entanto, um brilho etéreo, um desvio de espaço entre a fortaleza e os pomares eternos.

Então, no ar da noite, veio o inconfundível aroma da feiticeira das Terras do Norte. Eu reconheceria esse perfume em qualquer lugar. Voltei-me rapidamente, esperando encontrá-la bem atrás de mim, mas ela ainda estava em seu esconderijo. "No pomar", Manandoun havia dito, e quando penetrei em seu perímetro, fora da apertada parede trançada de vime que cercava o santuário, rapidamente achei a falha — menor que o buraco de uma raposa — por onde a garota havia forçado sua entrada.

Ela estava espreitando do outro lado, encurvada, prendendo a respiração, esperando por minha passagem. Em vez disso, empurrei a parede de volta ao seu lugar, bloqueando o buraco. Ouvi seu pequeno resmungo de irritação, e um momento depois a parede entortou-se para frente, dobrada sob um golpe feroz. Um segundo golpe e, então, a parede se abriu e a garota de olhos ferozes e cabelo escuro ficou ali, furiosa comigo por um momento, depois correndo em minha direção.

— Merlin! Não me evite, eu preciso de você!

— Essa deve ter doído — eu disse a ela, apontando a parede. Peguei suas mãos, e os nós dos dedos estavam sem pele, em carne viva. Mas ela não possuía a força física necessária para fazer a invasão sozinha.

— Você continua usando seus poderes para realizar coisas tão triviais — eu disse, com cansaço. E era verdade. Ela estava desperdiçando sua jovem vida. Era tão importante dominar e conservar os poderes de encantamento, especialmente com tal feitiço menor, como o sustentado por uma feiticeira tão insignificante quanto Niiv.

— Não importa — disse ela, se agarrando ao meu braço. — Jasão está aqui. A embarcação... — sua voz tornou-se um sussurro. — A embarcação nos atrasou. Eu sabia o que ela estava fazendo. Mas ele está aqui agora. Ele acha que você deve saber onde o Pequeno Sonhador foi escondido. Ele disse que já perdeu um filho, mas que não irá perder o outro. Se você o ajudar, talvez ele não o mate!

— Ele não irá me matar.

— Ele vai! Ele pode! Ele pensa que você é aliado de Medeia.

Quase ri diante disso, mas a dor da própria mentira de Medeia ainda me dilacerava.

Niiv me apertou contra si, tremendo.

— Mantenha-me perto — ela sussurrou. — Prometo não olhar em seu futuro novamente. E prometo manter meu nariz de fora dos seus negócios.

— Do mesmo jeito que você acabou de mandar meu lobo para fora do forte?

— Sinto muito — disse ela. — Não pude resistir. Só queria provocá-lo, para que soubesse que eu estava aqui.

Ela era perigosa e não estava nem um pouco vulnerável. E também não era nem um pouco confiável. Mas lembrei-me das palavras de um chefe cimério que certa vez conheci: mantenha os inimigos à vista.

Não tive tempo de ruminar mais. O fragor da batalha no portão ocidental havia baixado para um murmúrio. Trompas soavam do Portal de Riannon e houve uma movimentação geral de homens em direção à muralha que se debruçava sobre o rio Nantosuelta. Ullanna passou por mim, carregando seu arco e um coldre vazio, o cabelo esvoaçando. Ela olhou nervosamente para Niiv, e então para mim, e gritou:

— Estão batendo em retirada. O que está acontecendo?

De uma torre de observação, a voz de Urtha ribombava alto:

— Merlin! Argo! Rápido!

Compreendi imediatamente o que as três palavras significavam e escalei a escada para as muralhas, Niiv seguindo logo atrás de mim. Se ri enquanto olhava pela planície foi com surpresa e admiração pela sábia e antiga embarcação.

A horda noturna se desorganizou. O tortuoso caminho cerimonial, que seguia do rio Nantosuelta até a fortaleza, era agora um brilhante rio! Argo navegava por aquele caminho de água cheio de curvas, seus remos subindo e descendo ao ritmo constante de um tambor. Rubobostes estava no comando. Jasão estava na proa, olhando para a colina, procurando na noite algumas feições conhecidas por entre os pequenos rostos acima dele. Se nossos olhares se cruzaram, foi por apenas um instante.

Niiv estava sem fôlego.

— Mielikki! Minha mestra! Ela fez o rio alcançar os portões!

Mas não fora Mielikki quem criara essa ilusão, eu suspeitei, e sim o próprio Argo, o Espírito da Embarcação, mais velho até mesmo do que eu. Ele havia, em minha recente experiência, navegado por riachos da largura de uma árvore caída. Podia controlar o mundo das águas segundo seu capricho. Ele era encantado no casco, mastro, proa e popa. Os remos que o conduziam eram pernas e asas, nadadeiras e dedos, levando-o onde desejava.

Ele também sabia o que estava fazendo. Enquanto se movia com serenidade ao longo do caminho que agora era um rio, também as Sombras dos Heróis se reuniam com seus clãs, recolhiam suas armas e cavalgavam ou corriam da Planície de MaegCatha. Eles estavam assustados e desorientados. Havia confusão e horror entre suas fileiras.

Dirigindo-se para o sul, para longe do Nantosuelta, derramando-se pelos pântanos e bosques de salgueiros espinhosos que cobriam a terra ocidental até onde a vista podia alcançar, observando cuidadosamente, notei que o brutal exército dos Mortos cavalgava para uma direção, enquanto os Não Nascidos, em seus cavalos mais pesados e em suas estranhas armaduras, tomavam uma rota diferente.

Apenas a elite dos falcões brancos permanecia.

Quando a planície se esvaziou eles soltaram suas aves de rapina, balançaram os escudos para a frente, atiçaram seus pôneis cinzentos e galoparam em direção a Argo, que chegava lentamente. Jasão virou-se e encarou seu bando, procurando uma espada. No último momento, à medida que se fechavam sobre a embarcação, todos com exceção do seu líder fugiram, seguindo o voo de seus companheiros para o sul. Esse único homem lançou sua lança, que realmente voou, atingindo Jasão onde ele se encontrava, derrubando-o quase para o outro lado da embarcação. Mas ele estava preparado para isso, com seu peito protegido por uma espessa camada de couro e madeira. Ele arrancou a lança de sua armadura e, assim como o seu atacante, gritando em fúria, levantou-se e agitou-se freneticamente, enviando a arma de volta. Ela atingiu o cavaleiro em seu flanco. Novamente, a arma fora arrancada do ferimento e desta vez erguida em desafio.

— Você não é *ele*! — ouvi o jovem homem gritar novamente na antiga linguagem grega. — Não é *ele*! Não é *ele*!

Quatro carruagens, com tochas esvoaçantes dos lados, haviam corrido do Portão do Touro, espirrando a água do rio ilusório que agora fluía através dele, virando-se para perseguir o sombrio cavaleiro até o campo da Batalha do Corvo.

Ele as deixou para trás com facilidade.

Argo diminuiu a velocidade, mas continuou se movendo. Os remos foram içados e Jasão pulou para a margem, jogando sua capa para trás, sobre seus ombros. Rubobostes, também, saltou em terra firme, e então os sombrios argonautas juntaram seus escudos pelo casco e desceram do navio. Argo, no entanto, continuou movendo-se. Ele invadiu o portão e foi engolido pela colina, deslizando para dentro da terra abaixo dos nossos pés tão facilmente como a neblina da manhã era engolida pela floresta.

Tudo ficou subitamente muito quieto.

Niiv tremia. Ela apertou meus ombros enquanto se escondia atrás de mim, olhando para a cena abaixo.

— Diga-lhe o que ele quer saber — suplicou.

O estreito foco de seu pensamento não me causou surpresa. Perguntei a ela se sabia o que havia acabado de acontecer.

— Sim. Jasão o encontrou. Argo usou sua magia especial. Merlin, você corre perigo!

Taurovinda estava cercada havia meses. As forças que a oprimiam haviam desaparecido como fogo-fátuo no momento em que Argo abrira o antigo rio até a colina. O que os assustara? Um navio? Um homem? O que poderia ter causado a ruptura do entrave? O que teria afastado as hordas noturnas de volta à Terra dos Fantasmas?

— Você está perturbado — disse a garota, agarrando-se a mim. Afastei seus dedos com um tapa. Jasão encabeçava seus homens até uma entrada mais baixa, escoltado por duas carruagens. O rude som das trompas e o canto harmonizado das mulheres eram a música de boas-vindas. Urtha, vestindo sua capa de pele cinzenta de Rei Supremo, chamou por mim. Ele havia descido da torre e me esperava abaixo, com seu orgulhoso filho, Kymon, ao seu lado.

— O que, em nome do Bom Deus, está acontecendo, Merlin? — gritou para mim.

— O tempo irá dizer.

— Abra seus olhos! Eu preciso saber!

Niiv gargalhou.

— Todos precisam de Merlin. Merlin pode ver dentro das colinas!

Não gostei disso. Ela estava certa: nos momentos de crise era sempre pressuposto que eu poderia usar algum truque, imitar um lobo, enfeitiçar uma lança, vislumbrar um segredo. E algumas vezes eu podia, outras vezes não, mas todas essas coisas me custavam e eu não estava preparado para arcar com o custo, a menos que fizesse essa escolha. O tom de Urtha fez meu sangue pulsar com raiva, e Niiv — aquela ninfa miserável — havia sentido essa falha humana. Eu não a queria em minhas veias, e certamente não queria seus dedos tateando as falhas em minhas bases, tocando os segredos de meu nascimento.

Eu precisava julgar esse momento cuidadosamente. A frustração de Urtha era compreensível. Ele simplesmente não podia compreender por que a horda que quase o havia esgotado retirara-se tão subitamente. Estava ao mesmo tempo exultante, furioso, aliviado e confuso. Assim como eu. Mas não podia permitir que ele pensasse que eu estava ali para atuar conforme seus caprichos. Pensei que havíamos deixado isso estabelecido em nossa longa jornada até Delfos.

Ele precisava de um lembrete.

Mas quando o segui, pronto para discutir, ele colocou a mão sobre o meu ombro.

— Kymon acaba de me contar que Jasão é uma ameaça para você. Não se preocupe, velho amigo. Nenhum grego barbado e cabeludo irá insultar um convidado favorito meu dentro destes muros. Mas o *que* está acontecendo aqui?

— Se eu soubesse, lhe diria. Se eu soubesse um jeito de ver a verdade, eu tentaria ver. Mas há disfarces ao nosso redor, Urtha, disfarces que confundem nossa visão e sentidos.

Observei seu rosto. Ele refletiu por um momento, franziu a testa e então sugeriu:

— Estamos sendo ludibriados? Nem tudo é como parece?

— Eu não teria dito de maneira melhor.

Ele chegara a uma conclusão contra a qual eu não podia argumentar.

— Sua trepada de olhos ferozes: Medeia.

— Minha antiga amante — corrigi para algo mais agradável. — Ela certamente tem algo a ver com essa tempestade de estranheza. Mas a chegada de Jasão havia, por si só, causado uma tempestade. Está a nosso favor no momento, mas você precisará me conceder algum tempo para compreender o que está acontecendo.

Urtha resmungou. Olhou para seu filho, que retribuiu o olhar. Suas expressões eram idênticas: duras, de aceitação e ligeiro desdém. Como ecos, ambos deram de ombros e olharam para mim.

— Enquanto isso... — Urtha começou, mas pausou quando observou minha repentina expressão de preocupação. — O que foi?

— Um banquete, era o que você ia dizer? Um banquete de boas-vindas?

Ele estava pasmo.

— A esta hora da noite? Será que a lua dominou sua mente?

— Graças ao Bom Deus por isso, pelo menos.

Senti alívio pela pequena família de javalis que ficavam confinados no flanco sudoeste de Taurovinda. Eu começava a acreditar que os *cornovidi* não faziam nada além de lutar e se fartar.

— O banquete de boas-vindas será amanhã, ao anoitecer — concluiu Urtha. — Enquanto isso, é preciso garantir que você esteja a salvo. E que Jasão e seus homens sejam acomodados apropriadamente. Devo tirar esse papa-defuntos de suas mãos? — encarou Niiv com firmeza, que se protegeu atrás de mim. — Espero que saiba o que está fazendo — acrescentou Urtha.

Não sei.

O Portão de Riannon se abriu naquele momento, e, à luz das tochas, os sérios argonautas entraram na Colina do Trovão.

Do meu esconderijo, eu os observava. Como eu já havia percebido pelo voo da minha ave marinha (uma era atrás, era minha impressão naquele momento), havia algo muito sinistro, muito errado, a respeito de vários dos homens encapuzados que seguiam Jasão. Rubobostes estava como eu me lembrava dele, exceto pelo fato de que parecia cansado e faminto. Os outros quatro olharam em torno minuciosamente enquanto atravessavam o portão até o cercado de entrada, como se procurando por uma oportunidade, embora fosse mais provável que estivessem procurando por sinais de que poderiam dormir com conforto por algum tempo.

Os outros seis eram arrastados e assombrados, de olhos sombrios, pele cor de oliva, apenas meio vivos. Seis figuras sinistras.

Custou-me o esforço de um instante vislumbrar seus pensamentos e compreender o que Jasão havia feito. Um deles sentiu minha presença e olhou com raiva em minha direção. Ocultei-me nas sombras o máximo que pude, com apenas um pensamento em minha mente. Como Jasão havia conseguido isso? Não podia ter sido sozinho. Alguém o ajudara. *Pelo favor de Atenas, que não fosse Niiv. Não a tola, errante, garota predadora... Ela não teria se aproximado tanto da morte por vontade própria!*

Niiv sentiu que fiquei assustado repentinamente e tentou escapar. Segurei seu pulso, puxando-a para perto.

— Se isso for coisa sua, sua tolinha, você perdeu tudo. Tudo!

— Não fui eu. Eu juro. Sabia quem eles eram, mas não tive nada a ver com isso.

— Então, como ele conseguiu? Como?

— Eu não sei.

Soltei o pulso e ela sumiu noite adentro. Uma pequena criatura procurando segurança.

Urtha recebeu Jasão com hospitalidade formal. Sua casa era a casa de Jasão e havia espaço no chão para todos os seus homens passarem a noite.

Jasão reconheceu o gesto e depois perguntou:

— Ele está aqui?

— Sim. E, como você, ele é um convidado sob meu teto. Mantenho um lar pacífico, amigo Jasão. Se for sua intenção matá-lo, matarei você.

— Francamente falando, Lorde Urtha, pode ficar descansado. Não tenho nenhuma intenção de matá-lo.

Ele procurou em torno, à luz das tochas na noite, e em breve seu olhar encontrou o meu. Encarou-me por alguns momentos e então se voltou. Ouvi quando falou a Urtha:

— Alguns velhos amigos de Merlin também estão aqui. Ele tem muito em comum com eles.

— Isso é assunto para futuras discussões. No momento, estou intrigado em saber o motivo pelo qual a simples visão de Argo pode ter expulsado nossos inimigos tão apressadamente de volta para suas catacumbas.

Eu compartilhava a perplexidade de Urtha. Incapaz de repousar, sem disposição para dormir no salão real ao lado de Jasão, espreitei por entre as ameias até que o amanhecer começasse a irromper através da floresta pelo leste de MaegCatha. Todos os sinais dos habitantes da Terra dos Fantasmas haviam desaparecido. Era difícil entender como uma força de trezentos homens ou mais estivera acampada ali pela maior parte da estação.

Embora eles parecessem ter abandonado suas tendas, essas acomodações temporárias também haviam sido engolidas pela terra.

Passos pesados na escada atrás de mim anunciaram a chegada de Rubobostes. Ele havia dormido e comido um pouco e parecia ligeiramente melhor. Estendi a mão para ajudar o musculoso dácio a subir na plataforma interna da paliçada e a mão que apertou a minha era como um torno de ferro.

— Você teria sido um bom páreo para Hércules — disse a ele.

— Gostaria de tê-lo conhecido. Ele era famoso em minha terra. Esculpiu um vale através de uma colina com suas próprias mãos. O rio que surgiu ali ainda corre para o mar. Nós o chamamos por um nome que significa "a urina do homem famoso".

— Certamente.

— Estou feliz em vê-lo novamente, Merlin.

— Estou feliz em vê-lo também, embora eu o tenha visto no interior. Como conseguiram atravessar o rio? Argo, eu suponho.

— Mielikki abriu o caminho. Há uma coisa estranha: quando estávamos explorando aquela estranha fronteira, eu pude jurar ter ouvido sua voz. Fomos atacados por um esquadrão de cavaleiros, entre eles um muito raivoso, um jovem furioso.

Disse-lhe que estivera lá, testemunhando o ataque através do prado.

— E o que aconteceu com o seu cavalo? Ruvio?

A montaria de Rubobostes era uma criatura de força sobrenatural. Homem e besta podiam muito bem ter sido criados juntos.

— Nós o deixamos perto da Terra dos Fantasmas, estrategicamente posicionado. Ele estava exausto pela jornada e lá havia várias éguas selvagens na borda da floresta e boas pastagens. Quando Ruvio olha para mim de certa maneira, eu nunca discuto. Deixei que ele decidisse, e a esta altura os ventres daquelas éguas estão se enchendo de pequenos garanhões. Serão muito úteis nos tempos que virão.

O sol subitamente brilhou como fogo acima das árvores. Rubobostes ficou em silêncio por um momento fazendo seu ritual sagrado da alvorada com uma pressa que beirava a blasfêmia. Ocorreu-me, brevemente, que eu também gostaria de fazer meu próprio ritual, mas se algum dia eu havia tido um, ele já tinha sido esquecido há muito tempo. Quando o sol se levantou em seu caminho, brilhante, claro e subitamente mais forte, reacendeu milhares de lembranças para mim. Todas profanas.

— Antes que os outros se levantem — o dácio falou calmamente, quanto terminou —, há seis velhos amigos que nunca dormem e que gostariam de vê-lo. O druida permitiu que eles entrassem no pomar de macieiras. Estava muito assustado com eles para recusar.

Olhei em direção ao *nemeton* atrás de suas altas paredes de vime. Aquele Que Fala Pelo Passado estava diante do portão, seu cajado de aveleira apertado entre as mãos como se guardasse seu precioso pomar de qualquer outra coisa que pudesse manchar seu solo precioso. Ele parecia sombrio e profundamente triste.

— Como Jasão os criou? — perguntei ao dácio rapidamente, mas Rubobostes encolheu seus ombros largos.

— Ele os criou antes de me encontrar novamente. Estava voltando para casa, depois daquela grande luta na Macedônia, no caminho para Delfos, está lembrado? Mas eu mudei de ideia. Tomei gosto pela aventura novamente, Merlin! E, como creio que você deve ter descoberto, não há nada de aventureiro neste frio coração grego. Encontrei-o com seu séquito, rumando para o norte através dos contrafortes, próximos do rio Danúbio, onde ele escondera Argo antes de se dirigir à Macedônia. Os seis estavam com ele. Tudo o que sei é que ele cobrou uma promessa que lhe fizeram. Aparentemente, você estava lá nessa época. Algum tipo de pacto feito quando Argo navegou buscando pelo velo de ouro.

As palavras do dácio me surpreenderam, embora eu não estivesse chocado. Passei muito tempo com Jasão na famosa viagem de Argo, há sete séculos. Ele fez muitos acordos para atingir seus objetivos. Comecei a compreender o que devia ter acontecido.

Aconselhei Rubobostes, embora estivesse cansado pela viagem, de que ele poderia passar um tempo agradável ecoando as atividades procriativas de seu cavalo, uma vez que Urtha poderia precisar de um forte séquito em seus futuros anos, e o deixei, para um encontro mais difícil.

Pareceu decepcionado por um momento, depois me chamou:

— Só para deixar claro: você não está sugerindo que eu me acasale com cavalos, certo?

— É claro que não.

— Mas todas as mulheres aqui parecem tão ferozes! Até mesmo as solteiras.

— O doce som de uma harpa, uma canção de amor... muito calmante, muito agradável.

— Obrigado — ele disse, com sarcasmo. — Não sei cantar e nem tocar harpa. Obrigado.

O druida franziu a testa quando me aproximei. Ele havia aparado seu cabelo curto, que ficara espetado, enfatizando o ar esquelético de seu rosto murcho. Vestia uma capa escura, amarrada sobre o ombro esquerdo, e havia manchado seus trajes com barro. Agora segurava seu cajado de aveleira como uma lança apontada em minha direção. De fato, ele estava muito contrariado, e obviamente parecia considerar que corria perigo.

— Há seis homens mortos no pomar — ele grunhiu. — Fique longe.

— Estamos em luta contra os Mortos — lembrei a ele. — E esses seis estão do nosso lado.

— Esses não estão mortos como os Mortos. Os Mortos ainda estão vivos! Sombras dos Heróis. Esses mortos *são* mortos. Relutantemente ressuscitados! Aqui não é o seu lugar.

— Então, por que você os deixou no pomar?

— Melhor ali, ao alcance do Nantosuelta, do que fora daqui. Mais chances de descer para a terra, onde não representam perigo. E aquela embarcação está lá embaixo, no coração da colina. Ela é o lugar deles. Quem são eles, Merlin?

— Ainda não sei. Sei que são seis dos argonautas de Jasão. Seis da antiga tripulação. Deixe-me passar. Eles não lhe oferecem perigo. Aposto minha vida nisso.

— Minha vida não importa — murmurou Aquele Que Fala Pelo Passado, com irritação. — Esta fortaleza importa. Apenas este lugar.

Ele me deu passagem, mas assim que pisei no pomar, ele correu a ponta de seu cajado pelas minhas costas. Um pequeno feitiço, coisa simples, tanto para proteger quanto espionar, tocou meus ossos. Deixei-o ali. Confiava nesse homem e seria bom que ele pudesse ver o que eu sabia, e saber que seu forte não estava ameaçado por estes Seis da Ressurreição Relutante.

Estavam espalhados pelo pomar. Cada um havia encontrado um lugar para ficar no brilho da primeira manhã dentro do santuário, mas assim que entrei, se viraram para escutar e olhar. Fui até o monte de pedras coberto de grama e flores que marcava a profunda cova até a tumba de Durandond e sua rainha. Um dos velhos argonautas se aproximou. Retirou seu elmo e mostrou o rosto. Embora seus olhos estivessem assombrados, também havia a sombra de prazer ali, e fome. Fome de compreensão, talvez, ou fome de ouvir uma saudação de um velho conhecido.

— Tisaminas. Lembro-se muito bem de você. Ficou ao lado de Jasão até sua morte. Foi o melhor dentre eles, e o mais corajoso.

A assombrada expressão em sua forte e acinzentada face não se alterou.

— Eu fui? Isso importa? Assisti a morte dele em Iolkos. Mas todos eles voltaram quando Argo navegou para longe com seu corpo. Toda a tripulação. Lembra-se como contornaram os penhascos acima do porto? Lançaram suas tochas ao mar. Foi um momento milagroso. A lua tragou a bela embarcação. E ainda assim aqui está ele de novo. E você! Antiokus. Antiokus. Como você pode continuar vivo e quente?

Antiokus era o nome pelo qual eu era conhecido em Argo.

Saudei o velho homem e depois tomei suas mãos entre as minhas. Elas estavam frias, não geladas. Ele era forte nesta ressurrcição, não frágil. De algum modo Jasão havia conseguido devolver a vida à corrente sanguínea de seu cadáver.

— Você sempre soube que eu era de outra época, outra era — lembrei a ele.

— É mesmo? Não me recordo.

— Quem mais está aqui? Quem mais dentre vocês seis?

— Hilas, Cefeu de Arcádia, Linceu de Arene e Leodoco de Argos, ambos feridos. E Atalanta.

Se eu tivesse de usar a linguagem dos celtas, essa teria sido uma das Sete Revelações Chocantes da minha vida. Eu já ficara chocado antes e sem dúvida ficaria chocado outra vez, mas não nego que embora a menção a Hilas — o jovem servo de Hércules, amante e lanceiro, e um amigo útil para mim durante meus primeiros dias difíceis em Argo — lançara uma onda de angústia sobre meu coração empedernido; a menção à Atalanta era a mais perturbadora.

Hilas havia se cansado a ponto de se desesperar com Hércules e seu ego. Jasão conspirara com outros argonautas para escondê-lo do monstruoso homem, fingindo que ele havia sido levado pelas ninfas aquáticas, seduzido e se afogado quando alcançamos terra firme em nosso caminho para Cólquida. Hércules destruíra o lago onde ele acreditava que seu favorito havia sido morto, antes de perseguir outras aventuras. Hilas havia se esgueirado de volta a Argo, separando-se de nós na foz do rio Acheron, onde esperei que tivesse partido para uma vida longa e menos exigente. Seria difícil saudá-lo novamente.

Atalanta, entretanto, era outra questão. Não a mencionei antes porque, verdade seja dita, ela se mantinha reservada quando navegou em busca do Velo de Ouro. Ela não era dada a conversas fúteis e embora se divertisse com muitos de nós, como todos nós fazíamos uns com os outros naqueles tempos solitários na vastidão do mar, ela não compartilhava o espírito da embarcação. Tinha outras tarefas a desempenhar. Era uma boa companhia e boa caçadora, além de ter senso de navegação e um faro feminino para problemas iminentes que nos serviu bem naquela viagem.

Quando desembarcou e decidiu permanecer em terra, antes de atingirmos Cólquida, ela se ausentou por um longo tempo.

Eu a conhecera rapidamente e não muito bem, mas conhecia a mulher que era sua descendente: Ullanna, a nova consorte de Urtha. Ullanna, cita e forte, e admiradora de sua lendária ancestral.

Esta seria uma apresentação complicada.

O sábio Tisaminas percebeu minha preocupação, talvez. Ele disse:

— Somos um bando forte, mesmo estando à parte do Tempo. Estamos aqui por causa de Jasão, por causa do que prometemos a ele. Podemos ser mantidos longe dos outros. Assim que o Pequeno Sonhador esteja em seus braços, todos nós poderemos ir para casa. Não precisa se preocupar tanto, Antiokus.

— Onde é casa para você, Tisaminas? Como Jasão o persuadiu a deixá-la?

O velho olhou para mim e quase sorriu, mas o peso de seu desterro repuxou os músculos de sua outrora bela face.

— Casa é uma vasta planície, com bosques de oliveiras, água fresca, vinho aromatizado com resina e a visita ocasional de meus ancestrais, nenhum deles tão velho que queira se demorar, nenhum deles tão jovem que precise fazer um esforço para se sentar e conversar e beber e comer comigo.

— Foi isso o que você desejou em vida?

— Não é o que todos desejam?

— Não sei, Tisaminas. Sou um dos visitantes.

— É mesmo. Agora me recordo. Mas isso pode mudar. Se o seu futuro é para ser tão longo quanto o seu passado, você pode construir uma torre até a lua. Nos meus dias, ouvi dizer que havia pessoas no leste planejando fazer tal coisa.

— E falharam — pude dizer a ele. — Os construtores vieram de terras muito distantes. Idiomas demais, capatazes demais, barganha demais, cimento barato demais tentando manter a coisa toda junta. E muito macio.

— Desmoronou?

— Sempre desmoronam.

— Nada muda.

— Nem mesmo você, embora você tenha sido arrastado subitamente de seu túmulo.

— Não chame de túmulo, Antiokus. Túmulos são para onde vão os corpos.

— Mas este é o seu corpo. Não é? — Belisquei sua pele fria.

— Emprestado.

— Fale-me a respeito dos termos do empréstimo.

Sua resposta foi um sussurro, sua expressão tornou-se ainda mais sombria, fechada e assustada, como se a resposta para minha pergunta fosse uma maldição em si.

— *Kolossoi. Kolossoi.*

Só precisei de um instante para entender a importância do que ele estava dizendo. Tudo o que eu sabia sobre Jasão naquele momento perdeu o sentido. Uma fúria gélida irrompeu em meu peito. Eu não havia percebido o quanto aquele homem tinha sido mercenário, quanta coisa havia reunido! Eu não conhecia o homem, afinal. Senti-me tonto e traído. Mas onde ele havia escondido os despojos de sua ganância?

— Posso ajudá-lo — eu disse, cheio de irritação, para Tisaminas. Esta sombra de meu velho amigo pareceu reconhecer minha intenção e implorou-me para não fazê-lo. Ele pareceu assustado com o meu ímpeto.

— Ainda não. Ainda não. As consequências seriam imprevisíveis. Demos o *kolossoi* a ele de boa vontade. Você precisa entender isso. Não fazíamos ideia do que ele poderia fazer, se assim desejasse. Mas reconheço que é um direito dele, por nosso acordo.

— Que bandido! Ele enganou vocês.

Tisaminas tentou me acalmar.

— Ele nos deu *kolossoi* em troca, mas nunca sentimos a necessidade de usá-lo. Nós o descartamos há muito tempo. E o fizemos por nossa vontade.

— Escute-me! A noite passada eu evoquei um lobo para proteger um dos mais recentes argonautas de Jasão, uma mulher chamada Ullanna. Esse ato, o feitiço, custou-me muito pouco. Talvez um cabelo branco a mais, um minuto de minha vida. Uso meus talentos com parcimônia, mas de vez em quando eu os desperdiço e com prazer. Algo em mim me faz agir assim. Nunca questionei o impulso. E quero segui-lo agora. Tisaminas! Posso ajudá-los, todos vocês. Vocês não pertencem a este lugar e não merecem esse chamado insensível. Jasão os traiu. E acusou a mim de *traí-lo*. O homem é ganancioso, egoísta, presa dos instintos. É um lobo, devorando o cadáver de sua vida relembrada, um saqueador de tudo que ainda vive e que o remete àquela vida. Matá-lo me custaria muito. Eu envelhecerei. Sofrerei de gota no inverno! Mas eu o matarei para vocês, e com alegria. Apenas me conte onde ele escondeu o *kolossoi*. Não posso fazer nada sem essa informação.

Uma voz atrás de mim murmurou:

— Acha que se soubéssemos a resposta ainda estaríamos aqui?

Assim que me virei, Atalanta beijou minha face, lábios frios numa face febril, um gentil toque de carinho, acalmando a ira. Devolvi o abraço.

Ela não vivera até a velhice. O que quer que tenha tirado sua vida, o fizera no auge. Mesmo esquálida, ela era bela, e através dos seus olhos, Ullanna me observava. São sempre os olhos que delatam o laço inquebrável. Há algo no olhar que atravessa os séculos.

Atrás dela, estava Hilas. Eu o reconheci de imediato. Ele também não passara da meia-idade, nenhuma rigidez dolorosa em seus ossos, então. Os deuses de sua era tinham sido volúveis e caprichosos e sem dúvida o haviam punido pela deserção ao seu amado Hércules. Ainda estava em boa forma, embora mais musculoso nos membros do que quando o conheci, e as linhas do sofrimento, infligidas pelas grotescas exigências de seu mestre de pele de leão, haviam se suavizado.

Hilas disse:

— Você deve ter nos amado muito quando esteve a bordo de Argo para oferecer tal sacrifício agora. Isso o tornará velho.

— Eu não sabia que você estava ciente do quanto me custa em anos fazer magias.

— A garota na embarcação me falou a respeito. A das Terras do Norte. Ela o ama, Antiokus. Ela fala sobre você entre sussurros. Ela me sussurra seus sentimentos.

Uma gélida mão apertou meu coração. Niiv havia claramente penetrado a capa de sombra desse jovem homem. Ela podia seduzir os mortos! Bons deuses, eu precisava mantê-la por perto! Nesse momento eu compreendi que nunca podia deixá-la se afastar de mim. Seja lá o que seu pai xamã houvesse legado a ela, em sua morte no norte distante, era mais do que podia saber. Ela era parecida com uma roseira, crescendo vigorosa em busca do sol: bela, abrindo-se bravia, nem sempre florescendo, mas sempre lançando brotos para atrair os incautos.

Era irritante, para dizer o mínimo, reunir-me a esses amigos do passado, amigos cujas mortes ou partidas eu chorara tempos antes de chegar a sentir sua ausência. Aquela tripulação a bordo de Argo, havia muito tempo, quando os mares estavam cheios de desafios e uma praia brumosa falava mais sobre o desconhecido do que o conhecido, fora o mais próximo de família que eu já tivera, desde que iniciei minha caminhada pelo mundo.

Eles sentiram algo parecido. O confinamento de um navio cria uma intimidade de espírito que transcende clã, tribo e família. Tudo é compartilhado, assim como tudo é arriscado.

Que simpatizássemos com Hilas em detrimento de seu autoritário mestre, Hércules, era um mero testemunho da democracia essencial que se formava em tal pequeno mundo dentro do mundo do Oceano.

Mas dentre essas tristes ressurreições, era a presença de Tisaminas que mais me aborrecia. Eu gostara muito dele, que havia sido o mais fiel dos argonautas para Jasão, ficando em Iolkos até muito depois de todos se dispersarem, cuidando do homem que envelhecia e apodrecia, mantendo-o bem alimentado em seus simples confortos, sendo o ouvinte que podia lidar com os rompantes de raiva de Jasão e tristeza contra Medeia, e com a perda de seus filhos.

Tisaminas não deveria estar aqui.

Esse foi um golpe baixo de Jasão. Ele havia usado o *kolossoi*, dado a ele em amizade, representando a boa vontade de Tisaminas em oferecer-lhe sua ajuda no mundo dos vivos, como meio de tripular seu novo navio nessa missão egoísta com braços e membros extras. Para Tisaminas, isso significava a ausência não de sua vida após a morte, mas de sua vida durante a vida. Eu sabia o bastante sobre a troca de favores representada pelo *kolossoi* para saber que para cada dia que Tisaminas passasse no mundo dos vivos como um fantasma, teria sua vitalidade tolhida quando estivesse entre seus familiares. E ele tivera uma grande família, quatro filhos e duas filhas, um clã que devia ser um grande fardo para muitos em Iolkos naquele tempo. Por sorte, um de seus filhos cultivava vinhas e uma de suas filhas havia ingressado no Templo de Palas Atena. Os problemas de um pai são com frequência resolvidos por tal combinação de produção e compromisso.

A última coisa que perguntei a Tisaminas foi quanto tempo ele estivera em Argo desta vez.

— Meio ano — ele disse. — Olhando para trás, posso ver onde estive ausente. Minha mulher ficou perturbada. Ela arrumou um amante! Meu filho mais velho tentou me assassinar. Eu mesmo tentei me matar no porto de Iolkos. Sentia-me como uma sombra de mim mesmo. Dormia como um gato. Não me recordava de nada além do dia a dia. Um homem que vive sua vida nos braços do beberrão Dioniso não pode ter se sentido mais deslocado do mundo do que eu me senti naquele tempo. — Seu olhar estava cheio de dor. — Mas durou mais do que meio ano...

Que estranho: pensar que a vida de Tisaminas, muitos séculos atrás, agora dependia de meus negócios com Jasão. Isso é o que os dácios chamam de *conundrum*: um intrincado problema.

— Velho amigo, o que foi roubado não pode ser devolvido. Eu o enviarei para casa assim que puder. Enquanto está aqui, ainda está vivo em Iolkos, mas em estupor, e há uma celebração por acontecer quando você aparecer de volta dos mortos-vivos.

— Aquela celebração é uma memória distante — Tisaminas disse com um pálido sorriso. — Mas eu a apreciei. Ergui uma taça em sua honra. Não entendi o porquê.

— Nós estamos moldando o passado. É mais fácil que moldar o futuro. Sua sombra está alerta, mesmo que você não esteja.

— As consequências, no entanto...

— Deixe-as comigo. Jogo bem o jogo das consequências.

Ele pareceu aliviado ao ouvir minhas palavras.

Naquela noite, cinco figuras espectrais se esgueiraram pela guarda no portão traseiro. Altos homens em longas capas, os cabelos soltos, carregando apenas espada e bainha, me buscaram. Reconheci o homem que sonhara ser Pendragon. Seus olhos capturaram o brilho prateado da lua enquanto ele me saudou em silêncio. Por um momento, novamente, pensei estar olhando para um reflexo de Urtha.

— Este foi um dia maravilhoso — ele me disse. — A Profecia do Mar se tornou realidade. O Velho Navio chegou.

— A Profecia do Mar?

— Umas das Cinco Profecias Incertas feitas por um homem chamado Sciamath, um mago, que está perdido para nós.

Novamente Sciamath, o homem cuja capa era um fluxo rodopiante de florestas, um profeta dos tempos antigos. Uma figura enigmática que claramente tinha suas visões no Outro Mundo assim como no território dos reis. Eu não sabia que ele estava perdido.

— A profecia?

— Que um Velho Navio com uma tripulação de fantasmas viria nos libertar para perseguirmos nossos sonhos novamente. Nós temos sido escravos dos Mortos por muito tempo. O cerco a este lugar acabou. Esta é a nossa hora! Isto é um adeus, Merlin. Pensei que pudéssemos desbravar o mundo juntos, mas este não é o momento certo. Do outro lado daquele tortuoso rio agora haverá uma prestação de contas que não lhe interessa. Mas eu verei *você* em outro dia!

Os cinco senhores da guerra, os cinco reis Não Nascidos, seguraram suas bainhas ricamente bordadas em minha direção, saudando-me, depois deram as costas à fortaleza, silenciosos e invisíveis, para guerrear além do rio.

17
Luz da visão

Um pelotão de homens, armados com os amuletos arranjados por Urtha, partiu em direção à Planície de MaegCatha, galopando pela relva e correndo como crianças para espantar galinhas selvagens e perdizes para os arqueiros à espera. Entretanto, nada que estivesse oculto na planície e pudesse ser induzido a voar em busca de liberdade seria comestível.

Tendo em mente as últimas e amargas palavras de Jasão, enquanto jazia "mortalmente" ferido por seu próprio filho mais velho à sombra do oráculo de Dodona, saí em busca do homem para confrontá-lo a respeito de sua trapaça. O guarda no pátio real me reconheceu e permitiu que eu passasse, mas entrei numa casa alta, sem vida nenhuma, exceto pelo fogo e seus vigias, dois cães, que estavam adormecidos, embora cada um erguesse a cabeça languidamente para me estudar, enquanto eu adentrava no local, e ao argonauta liguriano, que estava doente e encurvado numa bancada mais baixa.

— Onde está Jasão? — perguntei ao homem. A fumaça enchia o principal aposento e a luz realçava os detalhes dos escudos e armas espalhados ao redor, prontos para o uso. Filigrana de ouro brilhava em diversas flâmulas penduradas nas vigas.

— Procurando o filho. Procurando o maldito feiticeiro desgraçado que conhece o filho — o doente grunhiu antes de puxar sua capa sobre a cabeça.

Procurando por mim, então.

Eu poderia ter vagado atrás dele como um cão, ou rastreado o monte com um olho de águia a partir da nuvem mais baixa, mas eu tinha um forte pressentimento de que o velho grego estava próximo, e, de fato, assim que entrei na antecâmara do salão principal de Urtha, mergulhando na atmosfera claustrofóbica do local onde os escudos e as lanças eram armazenados, senti a ponta de uma faca abaixo de minha orelha direita, dolorosamente apertada.

— Onde está o Pequeno Sonhador? — foi a pergunta de Jasão. A ponta da faca tão insistente quanto o assédio de Niiv, e igualmente inútil.

— Em algum lugar nesta terra — repliquei.

— Sei que ele está em algum lugar nesta terra. "Entre muralhas açoitadas pelo mar, onde ele reina sem saber." As palavras do oráculo de Arkamon. Eu não me esqueci.

— Esta é a ilha entre muralhas fustigadas pelo mar. As falésias! A ilha de Alba!

— Ilha? Ela não tem fim. É uma ilha amaldiçoada! Naveguei por seus rios, lua após lua. Nunca encontrarei o menino, a menos que possa restringir a busca.

Ele usava a lâmina como uma faca para ostras, virando-a como se pudesse abrir o osso abaixo da minha orelha. Parafraseei as palavras de Aquiles, que, quando foi surpreendido desarmado por seu inimigo mortal, Heitor, fez uma oferta a Atena em um bosque fora de Troia. Sentindo a pontada da espada contra suas costas, ele disse:

— Enfie a lâmina ou a embainhe. Não negocio com metal, apenas *homem* com metal.

Heitor foi subjugado, e mais tarde, naquele dia, morreu pelas mãos abençoadas de sol de Aquiles.

Jasão gargalhou diante da minha pequena prepotência.

— As mesmas palavras de Dédalo para o Rei Minos, quando seu primeiro labirinto falhou em conter seu monstruoso filho, o Minotauro, e o rei estava prestes a matá-lo. Você conhece sua história!

Dédalo? Talvez eu estivesse mal informado.

Mas ignorei o tom de reconciliação na voz do argonauta. A lâmina ainda doía, e meu sangue ainda corria furiosamente diante da lembrança de Tisaminas, arrastado das sombras e vazio por causa do capricho mercenário desse homem, outrora grandioso.

— Onde você escondeu os *kolossoi*?

Ele me agarrou pelo ombro e girou meu corpo. Parecia velho e embrutecido, irado e morto ao mesmo tempo. Um hálito violento escapava de sua boca e seu olhar era injetado como se tivesse sofrido de algum mal ou possivelmente pela iminência da velhice. Seu cabelo, comprido e grisalho, pendia como um cobertor engordurado emoldurando um rosto enrugado que poderia ter sido esculpido em pedra.

— Esqueça os *kolossoi!* Kinos é tudo o que importa. A mãe dele, aquela cadela, escondeu-o aqui. Não tenho mais tempo para esquadrinhar cada maldito vale e cada pântano fedorento atrás do rapaz. Mas você, você, Antiokus, é a chave! Eu sei que você sabe onde ele está. Você é intrometido demais para não tê-lo encontrado. Onde ele está?

— Onde estão os *kolossoi*?

— Por quê? — ele gritou para mim. — Por quê? Em nome dos deuses, o que esses símbolos importam?

— Importam para mim. Importam para Tisaminas e os outros.

— Eles estão *mortos*. Não podem compreender. Já tiveram importância. Agora não valem mais nada! A não ser por sua força.

— Valem para mim.

— Eles estão fora do Eliseu, e retornarão para o Eliseu.

— Eles sofrem.

A fúria tomou o velho homem. Seu punho acertou meu rosto e meus joelhos se dobraram enquanto minha cabeça girava por causa do golpe. Ele gritara "Não!" ao me atingir. Não desviei o olhar nenhuma vez. Ele não queria encarar a verdade do que eu havia dito. Suas mãos continuavam me segurando em pé, pelo casaco. Fiquei tão tonto com o terrível miasma vindo de seus pulmões quanto com a confusão dos meus sentidos pela resposta contundente às minhas insistentes perguntas.

Eu poderia ter acabado com isso rapidamente, mas esse homem já havia sido meu amigo. E enquanto ele me encarava furiosamente, imaginei se havia algum demônio debruçado sobre seus ombros. Nada era visível, além da loucura.

— Ele está aqui? — bufou Jasão, mostrando os dentes. — Kinos! O menino que pode sonhar por toda a Grécia. Está aqui? Fale, desgraçado! Fale e eu nunca mais o incomodarei de novo.

— Onde estão os *kolossoi*?

— Esqueça esses malditos *kolossoi*! Antiokus, eu o conheço muito bem, sei que a esta altura você já teria encontrado o rastro do menino! Apenas me diga onde ele está e você pode ir embora, instalar-se numa pequena campina, plantar beladona e feijões e a cada inverno entrar em transe e peidar até alcançar as estrelas! É só o que eu lhe peço. Não quero mais matá-lo. Já quis, mas não quero mais. É um pedido *simples*. Kinos! Onde aquela cadela o escondeu? Kinos. Pergunta simples. Resposta simples. Deixe o resto comigo.

— *Kolossoi*.

Obviamente, ele não estava entendendo.

— Por quê? — bufou exasperado. — Que importância tem? Eles morreram há setecentos anos. Só me servem para remar a embarcação. É uma grande embarcação. Preciso de braços fortes nos remos. Não tenho intenção de mantê-los. Eles foram meus amigos, e são os únicos que tenho! Não os estou perturbando, Antiokus.

— É claro que está!

— Como? Eles estiveram em suas tumbas por sete séculos.

— Eles estão vivos. Os *kolossoi* tomam suas vidas. Há sete séculos esses homens, e Atalanta também, são mortos-vivos.

Ele tentou alinhar seus pensamentos à declaração. Sacudindo sua cabeça, disse apenas:

— O que foi feito está feito.

— Não necessariamente. Seus atos de agora podem facilmente afetar a vida dos seus seis mortos ressuscitados. O passado deles, quando eram vivos, pode ser alterado. Como serão lembrados depende de quando você devolver os *kolossoi*. Você não tinha direito de usá-los. Eles deveriam ter sido usados durante a existência dos seus argonautas. Depois que eles estivessem mortos, você deveria tê-los descartado.

Ele afrouxou minhas vestes, parecendo pensativo.

— Não sabia que você estava tão bem informado sobre nossos pequenos símbolos.

— Seus *pequenos símbolos* têm sido moeda de troca entre feiticeiros por dez mil anos. Sob nomes diferentes e em formas diferentes, mas é claro que eu conheço o Presente de Grego! Onde você os escondeu?

— Onde Kinos está escondido?

Eu podia ouvir homens se aproximando pelo caminho que levava até a casa real. Uma das mulheres, cuidando do fogo, havia saído para pedir ajuda ao perceber vozes alteradas.

Decidi deixar que Jasão soubesse quão perto ele estivera de seu filho. Contei-lhe que ele estivera ao alcance de um tiro de funda do rapaz, que agora já se tornara homem. Disse que havia trocado golpes com ele.

— Golpes? Quando?

— Quando cruzou o rio. O cavaleiro que tentou matá-lo.

Você não é ele. Você não é ele.

Jasão foi pego de surpresa.

— Aquele bastardo violento não podia ser Kinos. Ele teria me reconhecido. Sempre usei barba... o grisalho nela não o teria impedido de me reconhecer.

— Ele se lembra de você de um modo diferente. Agora é um homem feito. Seu outro filho era um homem feito. Que tipo de recepção esperava dele? Pergunte à sua própria carne! Não espere uma festa de boas-vindas até que ele saiba quem você é.

Minhas palavras abalaram Jasão, que se preocupou por um momento, franzindo a testa. Ainda assim, murmurou:

— Você *sabe* onde ele está...

Atrás dele, Urtha e Manandoun entraram no sombrio salão, as mãos precavidas sobre os cabos decorados de suas espadas. Manandoun perguntou asperamente:

— Podemos ajudar?

— Não, obrigado.

Urtha lembrou a Jasão o que tinha dito na noite anterior:

— Não aceitarei uma disputa entre vocês neste momento. Ambos são convidados em minha casa.

— Não há disputa — Jasão disse, virando-se e fazendo uma reverência ao rei. — Apenas acabo de saber que vi meu filho sem que o reconhecesse, e ele me viu sem reconhecer seu pai. Acabo de saber que Merlin pode me ajudar, e suplico por essa ajuda. Asseguro-lhe que não haverá hostilidade enquanto estiver em seu forte.

— Exceto contra o inimigo, eu espero — sugeriu Urtha.

Os dois homens nos deram as costas e saíram. O rosto de Jasão, novamente enrugado com os pensamentos, iluminou-se com a porta que se abriu e fechou, dando um breve olhar em minha direção.

— Não sei onde os *kolossoi* estão. Eu os perdi assim que Argo entrou por esse rio. Pergunte à embarcação. Ela é mais amiga sua do que minha.

Se eu pudesse ter sugado a verdade do sumo de seu cérebro, eu o teria feito na mesma hora. Mas Jasão estava fechado para mim. Sempre estivera. Além disso, algo em seus modos sugeria que ele não estava mentindo.

Um *kolossoi* é algo ao mesmo tempo simples e complexo. Um objeto mágico e pessoal, cada um é único, uma vez que cada um é feito da vida e dos sonhos do homem ou da mulher que o oferece como símbolo da ajuda a um amigo, irmão, pai ou filho.

Nas Terras do Norte, são chamados de *sampaa.* Na montanhosa região além da Cólquida, são *korkonu.* Em muitas regiões, seu poder tem sido mal compreendido e eles são e se tornaram simples objetos, amuletos e talismãs: badulaques, brilhos, gotas de orvalho no campo e nada mais.

No passado distante, no formidável mundo obscuro e mágico das florestas onde nasci, eu os conhecia por um nome, mas como o próprio nome tem poder, não posso escrevê-lo, nem mesmo marcá-lo ou sinalizá-lo.

Meu antigo *kolossoi* está bem escondido. Nem mesmo Medeia o encontraria.

Os *kolossoi* dos antigos *aqueus*, gregos, chame-os como quiser, eram terríveis, portáteis e quase hipnóticos se observados por muito tempo. Duvido que Jasão tenha sequer olhado para eles quando os escavou de onde os escondera. Deve ter utilizado um truque protetor, como o criado por Perseu em seu encontro com a mãe das Górgonas, Medusa, cujo olhar direto para um homem podia literalmente petrificá-lo. O escudo no qual ele podia ter visto o reflexo dos artefatos que buscava assim que os encontrou deve ter sido de bronze polido ou prata. A simples refração da luz teria anulado o poder dos objetos por um momento, longo o bastante para que ele os cobrisse com um saco de couro, ou os encaixotasse, ou os escondesse sob um manto se fossem grandes e começassem a crescer depois de terem sido perturbados. E alguns *kolossoi* eram mesmo *colossais.*

Aqueles dos amigos de Jasão pareciam ser do tipo menor.

Eu tinha uma ideia do que havia acontecido com eles, mas Argo, se Mielikki me permitisse passar até o Espírito da Embarcação, certamente poderia me dizer. Embora essa certeza, é claro, não fosse razão para crer que ela revelasse o esconderijo.

Argo estava oculto dentro da Colina do Trovão, em algum lugar ao longo dos intrincados canais do rio Nantosuelta, que corria através de Taurovinda em uma série de veias helicoidais, assim como o sangue, eu acredito, flui através dos membros e ventre dos homens: controlado e urgente. O monte era um mundo em si, aberto por poços a partir da superfície, fervilhando com uma rede espiralada de água subindo de suas profundezas.

O lugar mais óbvio por onde começar a descer e procurar a embarcação era através do poço dedicado a Nodons, próximo ao portão ocidental.

Um labirinto de pedra, da altura de um homem alto, protegia o poço, embora seu centro pudesse ser visto das fortificações mais altas. Essa proteção servia tanto para pessoas quanto contra o sobrenatural. O labirinto em torno do Poço de Nodons era simples, com caminhos e curvas paralelas, sem pontos cegos, mas de alguma forma eu continuava perdido.

Quando cheguei até a fonte, protegida por um caramanchão florido, as três mulheres que a velavam quase não conseguiram conter suas risadas. Cada uma tinha uma árvore sob a qual se sentava: abrunheiro, sorveiro e álamo.

— Veio beber, lavar ou olhar? — o abrunheiro me perguntou. Por olhar, ela queria dizer fazer algum pedido a Nodons, o que devia significar depositar uma oferta no profundo poço.

— Vim para descer — disse eu. — E sem nenhuma interferência sua, se vocês não se importarem.

Elas me encararam inexpressivamente, depois com ar divertido e surpreso enquanto eu me despia, empilhando minhas roupas cuidadosamente em um nicho na parede de pedra.

Mergulhei na fonte, braços acima da cabeça, e deixei que o puxão da terra me arrastasse para baixo. Evoquei *prateado*, o espírito dos peixes. Meu peito parou de doer, minha visão clareou, e se a água entrou em meus pulmões, não percebi. Podia ficar nesse estado por metade da manhã antes que a necessidade da carne humana me levasse a buscar o ar novamente.

O poço desceu e então se nivelou, erguendo-se novamente através da terra, a água presa entre ásperas paredes de rocha, depois mergulhava novamente, e logo senti o poderoso aperto do Nantosuelta, arrastando-me em seus braços. Este era outro labirinto, um labirinto aquático. Nadei através do monte, cada vez mais fundo, forçando-me através de túneis rochosos, apertando-me em fendas largas o suficiente para um peixe, por onde um homem de membros maiores não passaria. Em alguns momentos, dobrava-me para seguir a correnteza, às vezes, mergulhava em uma câmara subterrânea maior e finalmente deslizei por pedras escorregadias e lisas até o próprio rio.

A luz ali era fraca e fosforescente, um brilho verde e amarelado vindo das paredes e do teto. O monte acima desse lugar ribombava e gemia, estremecendo e bufando, como uma besta, ressonando infeliz.

Em todo lugar havia sinais da conexão entre Taurovinda e o Touro Solar, de esterco seco, volumoso e duro como rocha a caveiras e chifres de representações menores da besta espalhados. Cada pedaço de rocha fosforescente nesse sistema subterrâneo de rios parecia ser a cabeça calcificada de tal criatura.

Mais numerosos eram os barcos, pequenos botes que haviam carregado os mortos homenageados do monte até o rio durante tantos séculos. Jaziam sobre as pedras, ou vagavam preguiçosamente pela correnteza, presos por tiras de couro. Estavam vazios, é claro, e alguns estavam bastante apodrecidos, embora falassem de muitas eras por esculturas e desenhos em seus cascos simples.

No mundo acima, ritos e cerimônias aconteciam mês após mês nos bosques, santuários e caminhos sagrados, enquanto em todos os outros lugares a vida continuava normalmente, desconhecendo a linguagem secreta do mundo subterrâneo. Imagino como aqueles sacerdotes e reis teriam ficado surpresos em saber quantos vestígios de suas cerimônias se acumulavam abaixo de suas fundações.

Não poderia ter acontecido em qualquer outra fortaleza. Agora eu tinha visto tudo o que precisava para captar melhor o significado de Taurovinda.

Mas onde estava Argo? Devia estar ancorado em algum lugar nestas cavernas.

Só o que podia fazer era chamar por ele, e foi o que eu fiz, sendo atendido algum tempo depois. Escorreguei e deslizei ao longo das pedras até que, gentilmente iluminada pela estranha fosforescência, vi sua proa.

Mielikki me observou severamente enquanto eu escalava o casco do barco e me ajoelhava abaixo da carranca, nu, tremendo de frio, esperando que Argo abrisse seu espírito para mim.

Uma lufada de ar quente de verão. Um lince olhou para mim e então se virou e seguiu em direção a um esparso bosque de álamos, balançando com a brisa. Cruzei o umbral, entrando numa paisagem de verão. Mielikki sentou-se perto em um trecho rochoso, vestida em um delicado vestido branco, jovem e agradável ao olhar, exceto por seus olhos, que se estreitavam em seus cantos da forma que os nórdicos chamam de *pookish.*

— Obrigada por devolver a pequena barca — ela disse. — Argo está feliz em tê-la de volta. Uma ferida foi curada.

— Aquela pequena barca foi minha amiga e meu consolo. Sei que deixou uma ferida na grande embarcação. Sou grato pelo empréstimo. Gostaria de agradecer diretamente a Argo.

Mielikki cerrou o cenho. A brisa tornou-se gelada, uma golfada de neve, o rosnado de um gato escondido na relva. A paisagem de verão retornara, mas agora havia certa ferocidade na deusa protetora.

— E eu não mereço agradecimentos? Intercedi por você em Dodona. Persuadi Argo a lhe emprestar a pequena barca e afastá-lo de Jasão. Não mereço um agradecimento?

Sem pensar, eu simplesmente disse a verdade:

— Quando deixei a Grécia não estava pensando em nada.

— Nada além de si mesmo.

— Eu estava confuso. Vivo através dos séculos. O entendimento da amizade não é facilitado quando se vê os amigos morrendo velhos e decrépitos enquanto você continua vivo e vigoroso. Abri mão da amizade. Por várias vezes em minha vida estreitei laços com alguém. Jasão foi um dessas pessoas.

Tais laços significavam muito para mim, e quando Jasão me confrontou em Dodona, ameaçando matar-me, dispensando-me como se fosse apenas outro traidor bastardo...

Não consegui terminar. Uma onda de angústia e tristeza se formou, como uma pesada nuvem, em meu crânio. Senti-me frio.

Mielikki disse as palavras que eu não fui capaz de dizer:

— Você se sentiu perdido.

— Eu me senti perdido.

— Ainda se sente perdido?

Que pergunta. Será que ela não percebia o quanto essa pergunta era sarcástica? Perdido? Ninguém na terra acima de mim estaria vivo daqui a quarenta anos. Eu perderia a todos. Incluindo Jasão, que já fora abandonado por Argo.

Mas *perdido*?

Para falar a verdade, o fato é que eu vivia por esses mínimos redemoinhos de ação e desejo, busca e convicção, perda e luto, que ocasionalmente se espiralavam através do mundo tal como eu o conheço, esparsos turbilhões de paixão em uma paisagem extremamente sem graça.

Não. Eu não mais estava perdido.

— Onde posso encontrar Argo?

Mielikki riu.

— Ela está à sua volta, Merlin. Olhe ao seu redor.

Lentamente me virei, olhando por entre os frondosos carvalhos, cego por um momento antes de compreender.

— Esta é a madeira da qual ele foi construído — murmurei.

— Esculpido — corrigiu Mielikki. — Argo começou sua vida como uma canoa, uma embarcação primitiva cortada pela mão de um homem. Ele a conduziu para alguns lugares estranhos e inóspitos antes que ela passasse ao seu segundo capitão. Apenas estes capitães, os homens que construíram, e construíram *em*

Argo, podem falar com ele diretamente. Mas diga-me qual é a sua pergunta e estou certa de que ele o responderá.

Mielikki sentou-se sobre a pedra, o lince rolando de costas a seus pés, espantando pequenas abelhas com suas patas, um gato brincalhão, apesar de seu rosnado feroz. Ela me lembrava a Pitonisa que se sentava diante do cavernoso oráculo de Delfos, a intermediária entre homens e deuses. Talvez esse tenha sido um dos primeiros oráculos.

— Jasão roubou a vida de seis dos seus argonautas. Pequenos símbolos, os *kolossoi*. Os homens estão no limbo por causa desse seu ato e ele alega que os perdeu. Ele disse que Argo saberia.

A floresta estremeceu. Uma sombra passou pela pequena clareira. O lince sentou-se alerta, assustado e desconfiado. Mielikki estendeu a mão para acalmá-lo e acariciou sua cabeça. Seu rosto pálido estava pensativo e eu sabia que ela estava ouvindo a voz do próprio velho Argo. Essa moça, a deusa protetora do barco, em sua forma veranil era tão bela se comparada à carranca na embarcação! Era difícil lembrar que gélida ira violenta podia subitamente irromper dela.

— Ele conhece as pequenas vidas — disse subitamente. — Jasão trouxe os *kolossoi* a este lugar e os escondeu por perto. Mas embora Argo ame Jasão, assim como amou todos os seus capitães, pôde ver que ele as estava usando de maneira ruim. Elas estão a salvo. Ele as escondeu em algum lugar além do Sinuoso, e quando Jasão tiver derramado seu manto de fúria, ele os resgatará e os entregará aos homens e à mulher que os perderam. Isso não irá demorar. Argo sabe que deverá navegar através do Sinuoso. Mas não fará a jornada mais longa até o Reino das Sombras para pacificar o Degenerado, aquele que negocia com a morte. Está muito cansado. Os últimos anos foram árduos para o barco, tanto quanto para a tripulação.

Venha até nós quando ele estiver descansado, Merlin, e ele lhe dirá onde encontrar as pequenas vidas. Você, então, será o guardião delas.

Fiz outras perguntas, mas ela simplesmente sorriu e acariciou seu felino.

Lidar com deuses e oráculos é algo frustrante. Seja por enigma ou omissão, eles nunca se permitem lhe dizer tudo que sabem.

Argo tinha escondido os *kolossoi* na Terra dos Fantasmas. Isso estava claro. E que ele "soubesse" que em breve navegaria através do Nantosuelta sugeria que estava ciente de que Kinos, o Pequeno Sonhador, vivia lá agora. Jasão suspeitara disso, uma vez que já havia feito uma investida à Terra dos Fantasmas, mas não desembarcara, atravessando-a de volta e vindo a Taurovinda. A razão era óbvia: o Reino das Sombras dos Heróis era uma terra muito mais complexa do que a própria Alba. Ele precisava de um guia.

Medeia conhecia a localização de Kinos, e ele sabia que eu seria atraído até Medeia por um vínculo de amor esquecido. Eu quase podia ouvir o puxar de cordas dentro de sua cabeça, erguendo e baixando a vela, sinalizando sua direção. Segui-lo, encontrá-la. Segui-la, encontrar meu filho.

Eu ainda estava agachado sobre as pedras escorregadias do rio subterrâneo, os pés repousando contra o frio casco da embarcação, quando Mielikki sussurrou:

— Algo está irrompendo na superfície! Algo está errado! Volte, Merlin. Vá agora. Depressa!

A causa da perturbação era a filha de Urtha. Os protestos de Munda por seu encarceramento no alojamento feminino tornavam-se cada vez mais atormentados. Sua voz, alta e furiosa, ressoava através da cidadela, onde os animais se perturbavam e as crianças ficavam assustadas. Mas quando a fúria tornou-se pranto, a preocupação aumentou entre os sábios no recinto.

A menina não estava mais furiosa. Estava sofrendo. Sua voz era um uivo animalesco, angustiado e primal. Quando Ullanna comentou que ela soava como uma mulher parindo, Rianata, a Sábia, reagiu como uma lebre em fuga.

— Pelos olhos de Riannon! O que foi que eu fiz? Como pude ter estado tão cega?

Ela retornou mais tarde e pediu a Urtha para convocar um conselho.

— A menina terá algo a dizer a todos nós. Representantes de todos os que vivem aqui precisam estar presentes. Rápido! Ela não está em nosso mundo e irá perder a consciência se não a trouxermos para um local onde possa ser ouvida. Ela terá algo a nos dizer.

— Que lugar seria esse? — Ullanna perguntou, preocupada.

— O salão real. Façam um círculo. Digam a todos os presentes que mantenham absoluto silêncio até que o frenesi acabe. Pobre menina. Pobre menina. Eu devia ter previsto isso.

E exatamente assim foi feito. Vinte homens e mulheres fizeram um círculo no alojamento real, sentados em duras bancadas. Nas partes mais baixas do cômodo, os outros, entre eles Jasão, sentavam-se de pernas cruzadas e observavam curiosos. Um fogo ardia em algum lugar atrás de nós, mas tochas forneciam uma luz mais clara, uma luz lúgubre, realçando o ouro e o bronze das fivelas e broches dos homens presentes, e o brilho da cor nos cabelos, rosto e braços das mulheres.

Quando Munda chegou ao salão, estava descontrolada. Ela atirou-se ao chão duro, arranhando a superfície, balançando a cabeça de um lado para o outro, seus cachos acobreados brilhando. Ela murmurava palavras, mas de forma arrastada. Não fui o único no aposento a distinguir a interminável ladainha: *Eu nada escondo.*

Que Munda já estava imersa no manto atemporal da *imbas forasnai* era claro, ao menos para mim. O brilho estava lá, aquele vislumbre da pele, a aura brilhante que a cobria da cabeça aos pés. Seus olhos estavam vazios, sem foco. O que ela estava vendo? Sua língua tremia entre seus lábios, saboreando o ar de mundos futuros.

Subitamente, ela se acalmou. Ficou em pé, de frente para seu pai, erguendo as mãos diante de si à altura do peito, palmas para fora, dedos abertos. Ela tremia como um inocente filhote de passarinho, caído do ninho.

— Sou Munda. Filha do rei. Irmã do futuro rei. Nada escondo. Ouça-me e desespere-se por suas ações.

Em sua voz infantil, por vezes forte, ela disse:

Vejo um homem perdido, um homem corrompido,
Um homem nobre.
Seus olhos são da cor de avelã,
Ele é elegante, agradável de ver,
Os cachos escuros de seus cabelos caem-lhe sobre os ombros,
Seu riso, um deleite.
Sua cintura está manchada de vermelho.
Sua espada é uma foice, ceifando. Não há sentido em sua morte.
Bronze é sedento, tão forte como ferro no aperto do degenerado.
Esse homem é a perdição para dois de vós.
Dois que agora vejo.
Eu nada escondo.

Sua fortaleza é um lugar verde,
Um lugar de pedra verdejante, vibrante, brilhante.
Um vasto mar se quebra contra a costa.
Uma horda acampa ali, cega por sangue,
Cansada do cerco, ano perdido, homens perdidos.
Sua embarcação encalhada entre eles!
Esse encontro é a perdição para dois de vós, um é mulher,
Eu nada escondo!
Nada posso esconder!

Ilhas flutuam no oceano como joias brilhantes.
Elas mostram o caminho até o rei torto,
Na Ilha dos Três Irmãos.
Vejo um lugar de onde se evoca o pai, oculto na fortaleza,
Um homem e um menino nos braços um do outro,
Lágrimas e risos, serpentes e sonhos.
E o resto é vazio.

Assim que terminou de falar, a menina se dobrou em aparente agonia, caindo ao chão, revirando-se com selvageria, sua boca aberta cobrindo-se de espuma, embora nenhum som saísse dela. Rianata e Manandoun seguraram seus membros até que o ataque terminasse. Munda ficou subitamente consciente do ambiente que a cercava, sentando-se e ajeitando seus longos cabelos. Ela me olhou com a expressão de alguém emergindo de um sono profundo, a consciência voltando lentamente.

— Que sonho estranho — disse ela.

— Nós o testemunhamos — respondeu seu pai. — Errei em mantê-la fechada. A Visão estava lutando em você.

— Sonhei com cães selvagens que se despiam de suas peles e um homem choroso, atormentado por espíritos. E um menino que construiu animais com pedaços de bronze. Todos vivendo em ilhas.

Urtha me encarou, preocupado. Esses fatos não haviam sido ditos na declamação. Rianata percebeu o olhar.

— Ela sonhou mais do que a Visão falaria. Mas o que ela viu desaparecerá rapidamente. Vocês precisam se lembrar de cada palavra que ela disse. Esta menina *foi além do que podemos compreender*! É notável, Urtha. Ela só terá seu primeiro fluxo de sangue daqui a alguns anos, mas já teve seu primeiro surto de visão. Ela já está nos braços de Setlocenia.

Setlocenia era a deusa da vida longa e da visão maior, segundo me soprou Manandoun.

— Por que estão falando sobre mim dessa maneira? — perguntou Munda, enquanto olhava em torno para o círculo de rostos impressionados.

— Porque você está à frente do seu tempo — sua guardiã a informou. Diante disso, ela sorriu e procurou por seu irmão no círculo de pessoas sentadas, dando-lhe um olhar que dizia: aí está!

Kymon se endireitou no banco de madeira onde se sentara ao lado de seu pai e cruzou os braços, como se dissesse: mas olhe só o meu posto na fila!

Concorrência entre irmãos, crianças brincando, embora o manto da idade já estivesse lentamente se espalhando ao seu redor.

— Estou faminta por isso — disse Munda.

— Não fique faminta demais — rebateu Rianata. — Gostos refinados se adquirem com discernimento, e o discernimento se aprende com paciência.

Agora Jasão se levantara das sombras no fundo do salão.

— Se um convidado puder fazer uma pergunta... — ele disse na linguagem de Urtha, com forte sotaque, mas clara o suficiente, continuando quando Urtha o encorajou a falar. — A única embarcação que conheço neste lugar é a minha própria, Argo, e essa menina a viu encalhada no meio de uma guerra. Há um modo de conseguir uma imagem mais clara? Há algum deus, Elemental ou Alta Sacerdotisa, que possa ajudá-la com esse detalhe? Eu ficaria grato por detalhes. Estou mais do que preparado para honrar um deus com sacrifício ou ser provocado por um Elemental, ou obedecer ao capricho de uma Alta Sacerdotisa. Preciso de detalhes. Seria possível?

Não era, e isso lhe foi dito. Cathabach acrescentou:

— *Imbas forasnai* é um lampejo de coisas que estão por vir, e muitas vezes nos leva a um engano. Agora estamos em *dur viath*: o caminho em constante divisão. E devemos escolher nossos caminhos cuidadosamente. A visão da menina é o mais provável curso dos eventos, mas se escolhermos criteriosamente, poderemos evitar a desgraça.

Jasão me observou por um momento, como se eu pudesse traduzir a declaração incompreensível. Eu simplesmente balancei a cabeça. Houve um momento de antigo carinho naquele olhar antes que ele se retirasse.

A reunião terminou e Munda foi levada de volta à casa das mulheres, mas dessa vez como hóspede do alojamento e não como sua prisioneira. Ela já havia assumido a aparência selvagem que sempre associei a tais profetisas precoces, com seu cabelo ganhando nova vida, os olhos brilhando, os movimentos de seu corpo como os de um pássaro, súbitos, cuidadosos, observando com o canto dos olhos. Era do canto dos olhos que os vislumbres de outros mundos podiam ser captados.

E ela estava ciente de mim.

Cathabach declarou que sua maldição havia terminado. Após dez anos carregando espada e escudo, ele retornaria ao caminho do carvalho. Havia a questão de que ele não servira exatamente dez anos. Para resolver isso, ele foi até o alojamento feminino e se deitara com a Sábia. Quando ela examinou o que havia saído dele, anunciou que, de fato, havia seiva de madeira no fluido.

Agora, Urtha verificara o fim do período da maldição. Ele aceitara a espada do antigo guerreiro e cegara seu gume, depois se ajoelhou com a espada cruzada, e segurando seu punho, começou a dobrá-la. O próprio Cathabach completou a dobra até que a lâmina estivesse dobrada sobre si mesma, pronta para ser arremessada ao rio.

Verdade seja dita, muitos dos presentes sabiam que Cathabach havia descartado sua maldição por várias estações. Isso havia começado na Grécia, na busca sangrenta por Cunomaglos, durante a marcha para Delfos. Quando Urtha, ferido, decidira retornar para Alba, Cathabach e Manandoun ficaram consternados por quebrar a promessa feita a Jasão, de acompanhá-lo na busca de seu filho. Tal promessa contava fortemente entre esses homens de touros e ferro.

Jasão, afastado pela busca ao seu filho mais velho, tinha vindo até eles — eu o trouxera em forma de sonho — e o laço de lealdade foi quebrado. Cathabach percebeu o truque. Se Manandoun sabia da minha intervenção, fora sábio o suficiente para nunca mencioná-la. Mas Cathabach sabia. O que significava que mesmo assim ele estava perdendo metal: os braços de seus guerreiros acumulavam plumas para seu manto e cascas de árvore para sua máscara.

Cathabach agora pintava seu corpo com pastel, um corante azulado usado para tatuar a pele. Ele já estava bem marcado. O novo símbolo tinha uma forma obscura, mas servia para fazer a conexão entre ar, terra e água, os elos separados em seus dez anos de serviço como flagelo de mãos de ferro dos inimigos de seu chefe.

Numa curta cerimônia, conduzida dentro da muralha baixa em torno do poço, apenas Urtha, Manandoun e eu estavam presentes, além das três mulheres que cuidavam da água e o Manto de Nodons, as flores e folhagens que, ajustadas, entrelaçavam e adornavam as pedras em torno do tanque profundo.

Nu, Cathabach causava grande impressão, seu corpo rígido uma profusão de imagens em azul e púrpura, algumas escarlates, muitas delas mais fictícias que reais. Eu teria precisado de dias e noites para lê-las, mais do que seria necessário para uma quantidade similar de hieróglifos esculpidos nas pedras dos santuários no Egito. Não apenas uma vida estava marcada na carne desse homem, mas uma eternidade de sabedoria estava gravada ali. E Cathabach sabia que estava além do conhecimento, pois seu olhar furtivo para mim enquanto me viu examinando sua pele sugeria que ele também sabia que nós dois carregávamos o passado dentro ou sobre nosso corpo.

Ele não teria contestado que minha própria história secreta, entalhada nos próprios ossos, era mais poderosa que a dele. Mas éramos homens parecidos, e o que lhe faltava em profundidade de encantos ele certamente compensava com a experiência, uma vez que tivera uma vida plena, enquanto eu mantive a vida plena ao alcance dos braços.

— Quantas vezes você já viu um pequeno ritual como este? — perguntou-me de mau humor, reparando no jeito que eu o observava. Ele presumia que eu desprezasse esse rito de passagem na travessia de um ano e passagem do tempo e das pessoas.

Mas eu respondi com muita sinceridade:

— Muitas vezes, mas apenas ocasionalmente, quando havia um significado profundo.

Ele pegou o balde de metal com a água do tanque e espirrou por seu rosto e costas, segurando suas mãos úmidas diante de si, examinando os contornos de suas palmas.

— Este poço é profundo — disse ele. — E é eterno, infinito. Lembra-me você. E os reis. Urtha é a lua que cresce este mês. No próximo, haverá outra lua. Você é a manhã e a estrela da noite que segue seu brilho. Penso, Merlin, que você será o último homem vivo a beber desta fonte. Enquanto isso, seja um amigo para os reis que se seguirem a Urtha.

Agora, havia um canto solene enquanto Cathabach reacendia a vida em cada figura sobre sua pele, fazendo a contagem de dezenove, cortando dezenove linhas simbolizando as fases da lua, depois jogando uma túnica verde curta sobre seu torso antes de embrulhar um manto negro com bordas trabalhadas em vermelho-ferrugem sobre seus ombros, prendendo-o na altura do coração com um broche em formato de cabeça de águia, feito de prata e âmbar. Usou uma tesoura para cortar seus cachos longos e grisalhos até o comprimento de um dedo, que podiam ser corrigidos e enrijecidos.

Ele raspou a barba de seu rosto e em seguida deixou a fortaleza para passar um dia e uma noite em um dos bosques do rio sinuoso. Carregava consigo um saco de aves mortas. Em sua reclusão, ele costuraria as penas da águia, do melro, da cotovia e do grou em seu manto. As penas do grou eram as mais potentes. Elas garantiriam a constante proteção de Guranos, deus protetor da água, terra e do ar. Depois disso, ele seria capaz de comer carne de grou, proibida a todos, exceto aos druidas.

Dentro do pomar, os antigos argonautas estavam inquietos e infelizes. A palavra da profecia surpreendente de Munda lhes havia atingido, eu não sabia como, e eles ficaram preocupados com a ideia de "perdição" se abatendo sobre eles antes que seus *kolossoi* pudessem ser restituídos. Atalanta, em particular, estava agitada.

— É verdade? É verdade? — perguntou ela, seu olhar esquálido e belo enquanto procurava o meu por uma resposta.

Minha resposta — que nada era certo — a deixara confusa. Foi preciso um momento para que eu percebesse que a pergunta era a respeito de Ullanna e não sobre a previsão da morte de uma mulher. Era verdade que uma descendente dela estava em Taurovinda?

Eu disse-lhe a verdade, e também indiquei o extenso período de tempo e gerações que separava as duas mulheres, duas caçadoras, fantasma e eco.

Atalanta estremeceu. Tisaminas estava por perto, e seu olhar para mim foi um aviso. Eu imaginava que sua preocupação era que se Atalanta se encontrasse com a sua parente distante, poderia levar uma lembrança daquele encontro de volta para sua vida e sua família, se seu *kolossoi* fosse encontrado e esse pesadelo extraído do Tempo acabasse.

O instinto sugeria que Atalanta viva, seu espírito roubado, sua vida em suspenso, poderia acordar como de um sonho, um sonho estranho, sobre uma mulher de uma era muito longínqua adiante para imaginar, talvez. Seria reconfortante e em parte real, mais um deleite do que um fardo.

Eu prepararia o encontro. Poderia assegurar que fosse mantido em sigilo. Seria importante que Ullanna não dissesse muito sobre a história que conhecia. Há uma magia obscura e incontrolável em reuniões desse tipo ao longo do Tempo, para aqueles que não estão preparados para controlá-la.

18

Persuasão

Foi Cathabach quem veio a mim para se informar acerca da natureza da Terra dos Fantasmas, embora eu soubesse que ele representava Urtha. Eu já havia percebido várias discussões em voz baixa entre o rei e seu séquito sobre a vigorosa tentativa de conquista sem precedentes do Outro Mundo. Para os homens de Taurovinda não havia nenhum sentido nisso, pois eles acreditavam que aquele era um lugar de contentamento final, não um reino inquieto, a ponto de desejar estender seus limites.

— Se nos invadiram por causa de nosso gado — ouvi Morvodugnos dizer —, eu poderia dizer que nada que me ensinaram em meu lar adotivo era verdade, uma vez que a carne de touro na Terra dos Fantasmas é igualmente macia desde o corte dianteiro até o traseiro e precisa apenas de uma palavra entusiasmada para ser cozida. Nosso gado não lhes causaria impressão.

— Se nos invadiram por nossos porcos — concordou Drendas —, eu duvidaria de todas as minhas crenças e procuraria outra terra onde pudesse morrer, uma vez que os porcos na Terra das Sombras dos Heróis perdem seu presunto gordo quando perseguidos, apenas para criarem novos, mais macios e doces do que antes. Nossos porcos não impressionariam.

— Eles não estavam atacando por bois, porcos ou cavalos — apontou Manandoun —, porque não temos estoque do qual possamos nos vangloriar. Estavam nos atacando pela própria terra, e mais especificamente por este terreno mais alto.

— Precisamos atacá-los — falou Urtha, pensativo. — Esperar que nos ataquem novamente poderia sugerir que somos fracos, e não podemos aceitar isso.

— Nós *somos* fracos — Manandoun lembrou ao rei, mas Urtha bateu a espada embainhada contra o escudo redondo a seu lado.

— Um velho navio e um punhado de vagabundos enviaram os inimigos correndo de volta para suas tumbas — continuou ele. — Precisamos saber como o velho bode grego conseguiu assustá-los, mesmo sendo muitos.

O velho bode grego não estava presente nessa reunião.

A voz de Manandoun era firme e calma:

— Você é o comandante desta cidadela e Rei Supremo de sete clãs que lhe prestam tributo. E até agora sempre escutou cuidadosamente os meus conselhos.

— Estou ouvindo agora — Urtha disse. — Embora eu saiba que você desaprova a minha proposta.

— É bom. Bom que você esteja ouvindo. Porque o que você propôs é uma insanidade. Sua própria experiência nos diz que um homem pode entrar pelo interior pelo outro lado do Sinuoso. Mas nenhum homem vivo pode penetrar na terra dos Mortos e Não Nascidos. Se isso já tivesse sido feito, um bardo em algum lugar estaria bêbado de cerveja e engordando até explodir de carne de javali com a história!

— Deve haver razões para que ninguém nunca tenha contado a história. Pode haver um tabu a respeito de tais contos. Seria isso? Ou você tem mais conselhos para mim?

— Tenho. Mesmo que você entre no Outro Mundo, como sabemos pela experiência de Merlin, os dias e as estações correm de modo diferente lá. Você pode conseguir voltar apenas para encontrar a futura ruína da fortaleza.

Urtha ponderou a ideia.

— Isso pode explicar por que não há histórias de homens que retornaram da aventura entre os Heróis. Eles ainda estão esperando para voltar e contar a lenda.

— Bem pensado e profundo, Lorde Urtha. Dominar uma horda de homens da Terra dos Fantasmas poderia ser um ato de desafio aos deuses aos quais veneramos. E um ato sem sentido para a negociação.

— No entanto, se eu puder encontrar uma maneira de fazê-lo, é o que farei. Lutar contra o inimigo! Tenho um instinto para a estratégia que aprendi principalmente com os gregos, Manandoun.

Manandoun riu espantado, embora houvesse um tom azedo em seu humor.

— Suas palavras são as de um homem que certamente será lembrado por seus feitos.

— Ser lembrado por feitos corajosos é um dos Cinco Deleites Para Nossos Filhos.

— A palavra "imprudência" era a que eu tinha em mente.

Cathabach me chamou ao pomar. Ele havia construído um pavilhão simples em um círculo de árvores frutíferas e cobrira a área com palha para dormir sobre ela com dois bancos baixos de cada lado. Nós nos sentamos em lados opostos na penumbra com sua capa bordada estendida ao meio. Movimentos furtivos ao nosso redor sugeriam a presença inquieta dos argonautas ressuscitados, possivelmente ouvindo. Em todo caso, Cathabach estava ansioso e irritado com esses hóspedes indesejáveis. Ele havia se protegido com braceletes de ferro em seus braços e um colar de pregos de ferro que pendia abaixo da fina abertura de tecido dourado que prendia sua garganta.

— Urtha deseja atacar aqueles na Terra dos Fantasmas que arruinaram sua fortaleza. Tal ideia é inviável. Manandoun e eu iremos dissuadi-lo. Mas quem dentre nós poderia entrar no Outro Mundo? Conhecer nossas limitações é essencial e saber que poder temos sobre os Mortos seria uma vantagem. O Velho Divisor já não é tão forte quanto era.

O comentário do druida foi feito com um olhar significativo para mim. Ele havia chegado perto de captar uma das peculiaridades de Taurovinda, eu suspeito. Talvez "*a*" peculiaridade.

— Não tão forte quanto era... quando? — incitei.

— Quando a fortaleza foi construída. Quando o Sinuoso era mais profundo e largo, impossível de se cruzar a cavalo, a pé e pelos brilhantes carros de guerra do severo deus Llew, mesmo se guiados por seus impetuosos filhos.

Ele percebera a causa, mas interpretara mal os sinais. Por toda a sua vida os sinais estiveram lá para serem vistos, questionados e ter a resposta sugerida. Realmente, o Nantosuelta fora o motivo da fraqueza do Velho Divisor, mas deuses superiores aos de Cathabach haviam tido sua participação na trama, moldando o que acontecera: a formação de uma terra. Eu mostraria a ele o que havia perdido.

Levei-o até o rio, por entre os pomares eternos. Salientei que o caminho cerimonial estava ligeiramente afundado, escavado na planície. Procurando na terra, recolhi pedras arredondadas. Não pedregulhos, mas seixos rolados. Caminhamos para o leste ao longo da margem mais próxima até que as árvores fecharam o caminho até a água, estendendo-se para o interior. Um pouco mais à frente a margem se tornou mais rasa, larga e recuada: mergulhei na escuridão, seguindo uma depressão larga e pedregosa; suas margens, um emaranhado de raízes de salgueiro e aveleiras. O lugar era úmido, com ocasionais poças de água estagnada, cobertas por nuvens de insetos cercadas por samambaias e esverdeadas de lodo. O caminho escavado cortava a floresta e subitamente se alargava em uma clareira de salgueiros brancos, heras e tremulantes álamos prateados. Duas enormes rochas se erguiam de ambos os lados, cobertas de musgo, esverdeadas e reluzindo nos esparsos raios de sol.

Cathabach as observou com espanto. Quando a luz se intensificou, lançando sombras, revelou uma cabeça com três faces impressas em cada rocha, embora os galhos de samambaia tivessem crescido de seus olhos como assombrosas emanações.

— Conheço este lugar! — bradou o druida. — Este é o Vau do Único Salto. É lendário. Foi perdido no passado distante, roubado pelo deus Bruges, guardião das travessias de águas profundas, cujo desafio de saltar de rocha a rocha pelo rio foi aceito pelo jovem Peradayne. Peradayne nascera coxo e usou um longo cajado para se impulsionar através do rio, e uma vez que Bruges não poderia puni-lo por vencer o desafio, escondeu o vau para sempre, negando à Peradayne a chance de pular de volta.

— É *este* vau — confirmei.

Cathabach sacudiu sua cabeça, embora houvesse um ar de deslumbramento e compreensão em seu olhar.

— O Vau do Único Salto separava o Reino dos Reis do Outro Mundo. Essas rochas ficavam uma de cada lado do Sinuoso. Este é um antigo curso de rio. Agora eu vejo. Por onde entramos na floresta, ao longo deste caminho, às vezes surge uma fonte, em verões muito secos. O lugar é chamado de Corredeira Súbita da Mulher Seca.

— Então você compreende a importância de Taurovinda.

— Sim — Cathabach disse solenemente, estendendo seu manto de penas sobre o terreno espinhoso acima do rio morto. — Certa vez, já fez parte do Reino das Sombras dos Heróis. Talvez a própria fortaleza de onde eles observam a passagem das estações no mundo dos vivos. Também há uma história sobre aquele lugar. "O Monte das Nuvens e do Ar." Algumas vezes visível, outras vezes invisível, procurado, mas nunca encontrado. O mais estranho no conto, porém, é que os campeões que procuram o morro desaparecido são aventureiros da Terra dos Fantasmas, e suas terríveis e trágicas histórias nos chegam através dos sonhos de visionários, como a filha de Urtha.

Havia uma terra a leste do mundo, um lugar de montes e desertos, oásis rochosos e campos brevemente floridos, onde os rios mudam seu curso no intervalo entre dois invernos. Movem-se como serpentes, seguindo vias favorecidas através da terra mutante. O mesmo rio pode fluir ao longo de cinco ou seis leitos diferentes, mas apenas um a cada vez. O resto fica estéril e seco. Ninguém pode explicar a razão para esse comportamento instável. Por capricho dos rios, homens que deviam morrer, viveram, e famílias que se instalaram para cultivar a terra, morreram.

Os rios em Alba nunca foram tão caprichosos, e o entendimento de Cathabach sobre a força da mudança era ainda mais notável. Mas ele tinha uma observação pragmática para fazer.

— Por que agora? Por que, depois de todas essas gerações, a Terra dos Fantasmas nos ataca agora? Taurovinda era uma colina antes de ser uma cidadela, mas era uma colina em um mundo de guerreiros e sacerdotes. A Terra dos Fantasmas esperou muito tempo até que o Nantosuelta cortasse seu território oriental — Cathabach prendeu seu manto em torno dos ombros e reuniu diversas pedras, musgos e pequenas flores do leito da "Mulher Seca". — Mas Urtha não será capaz de penetrar além das terras do interior. Sua concepção ainda apresenta falhas.

Saímos do bosque úmido, antes de discutir a determinação de Urtha em aceitar o desafio de ir além do Reino das Sombras dos Heróis, no conforto de uma clareira sombreada à margem do Nantosuelta.

As terras nos arredores da Planície de MaegCatha haviam servido como uma forma de terras do interior para os Mortos e Não Nascidos, explicando sua habilidade em explorá-las. De ambos os lados do Nantosuelta, onde se formava o vínculo entre os dois mundos, eles eram vulneráveis à lâmina de ferro, à flecha e à lança. Sua segunda morte os despacharia direto ao Ifuren, um submundo de lagos gélidos e tediosa escuridão, uma lúgubre extensão do mundo onde encontrei Aylamunda presa ao Touro protetor que viajou para baixo, guardando tais espíritos miseráveis como o da esposa de Urtha. Entretanto, não havia tais feras ajudantes vagando por Ifuren.

Quanto à entrada do "mortal" na Terra das Sombras dos Heróis, eu estava certo de que, dentre os habitantes presentes em Taurovinda, apenas alguns — aqueles à margem do próprio Tempo — poderiam empreender a jornada com segurança, embora também eles fossem vulneráveis à *dismurthon* — a segunda morte —, uma vez que cruzassem o Velho Divisor. Dessa maneira, uma expedição poderia ser organizada com Jasão e seus seis enferrujados camaradas. Rubobostes era menos mortal do que aparentava, sendo mais um favorito dos deuses, e Niiv estava tão impregnada de encantamentos que eu não temia que sua própria passagem fosse bem-sucedida. Ao menos para que entrasse. A profecia de Munda, que fora tão cheia de detalhes, deixava-me ligeiramente incomodado: perdição para dois, um é mulher.

Eu podia ir, e certamente iria, mesmo sem Argo. Minha ajuda seria necessária para localizar os *kolossoi* dos gregos prejudicados.

Os dois filhos de Llew, Conan e Gwyrion, teriam sido úteis, mas haviam roubado muitos dos carros de guerra de seu pai e seus primos.

Dez não seriam suficientes para começar a batalha contra o inimigo. Urtha precisaria da antiga embarcação. Argo podia acolher alguns homens valorosos entre suas paredes de madeira, mas seus poderes protetores certamente eram limitados. Ele estava cansado. Essencialmente, Manandoun estava certo: o entusiasmo febril de Urtha era o grito estridente de uma criança ao vento.

Desci novamente pelo poço, espantando mais uma vez as três mulheres que supervisionavam sua decoração e ritual.

Encontrei Argo em clima invernal, silencioso e frio. Contei-lhe sobre a minha conversa com Cathabach, sobre a perigosa proposta de Urtha de fazer uma incursão sobre a Terra dos Fantasmas, quase certamente um ato impossível a menos que ele tivesse uma ajuda maior do que a que eu poderia lhe prestar. Perguntei-lhe se ele consideraria fazer uma última jornada.

Tal jornada seria uma insanidade, ele replicou. E estava cansado de Jasão. Era hora de partir em busca de outros mares, outros capitães. No momento, ficaria onde estava. E suplicou-me que não entrasse na Terra dos Fantasmas.

— Estou mais familiarizado com tais lugares do que você, apesar de sua idade avançada e jornada longa. Seu caminho foi definido com grande precisão. O meu não foi. Você possivelmente perderá suas habilidades e seus poderes naquele lugar. Esteja avisado.

Roguei novamente, mas ele não me respondeu. Nem mesmo pude ver Mielikki. A voz de Argo era um murmúrio frio.

Então, ele disse:

— Esta é a segunda vez que você desce até mim, e a segunda vez que há uma perturbação na terra acima de nós. Suba até lá novamente.

O dia já estava bem adiantado quando retornei à superfície e encontrei os ânimos muito diferentes. As três mulheres diante do poço estavam envoltas em verde, ajoelhadas em uma fileira pesarosa de um lado do fosso. À sua frente, também ajoelhado, estava Cathabach, vestindo um manto de pele negra dentro do qual havia centenas de penas amarelas e brancas costuradas. Seu rosto fora tingido de preto. Seu corpo estava nu sob o manto.

Uma das mulheres ergueu a mão em minha direção, alertando-me. Ela moveu os dedos indicando: vá embora. Deixe-nos a sós.

O que estava acontecendo?

Um grupo de cavaleiros passou correndo pelo poço, suas capas esvoaçando. Um deles me viu, deu a volta e bradou:

— Então aí está você! Urtha o está procurando. A menina foi levada por aqueles lobos!

— Que lobos? — gritei.

— Aqueles que são seus semelhantes — ele respondeu, com desconfiança.

Quando encontrei Urtha, ele estava de luto, cabelos desgrenhados, rosto com listras de argila, o peito nu sob a camisa rasgada. Ullanna, sua reconfortante companheira, imitara o ritual de luto dos celtas e estava igualmente desgrenhada, embora sofrendo menos, obviamente. Manandoun, armado, estava atrás deles, observando cuidadosamente.

— Por que toda vez que preciso de você não consigo encontrá-lo? — trovejou o chefe para mim. — Rubobostes o conteve, gentil e persuasivamente, ou do contrário — pela chama vermelha nos olhos do homem — Urtha certamente teria me atingido. Ele afastou o grande dácio, sacudiu sua cabeça e cobriu a pele com seus trajes.

— Vá atrás dela, Merlin. Pelo amor do Bom Deus, vá atrás dela. Eles já estavam mortos afinal, os dois Cabeças de Lobo, e se foram como os lobos que são.

Por quanto tempo eu havia estado dentro do monte?

Perguntei rapidamente:

— Quando isso aconteceu?

— Há muito tempo! Eles nos despistaram. Lobos são mais velozes do que cavalos, mas você pode convocar o lobo e os pegar. Sei que você pode.

— Isso é um ardil para nos tirar do forte — clamou Manandoun, mas suas palavras foram ignoradas.

Um segundo grupo de cavaleiros entrou galopando através do Portão de Riannon, cansados e desalinhados, um deles agitando sua mão como se dissesse: sem sorte em nossa busca.

Vi Niiv espreitando nas sombras. Ela estava acenando para mim. Urtha vociferou contra mim, mas suas palavras desapareceram da minha consciência. Rubobostes estava dizendo alguma coisa e Ullanna me observava com os olhos inchados, seus lábios se movendo, suas palavras perdidas para mim. Olhei para a menina aborrecida.

O que você quer?

Posso ajudar. Eu sei o que aconteceu. Vi em suas mentes.

Claro que viu, pensei sem nenhuma satisfação. Em parte isso era bastante curioso, pois Niiv sacrificara mais dias de sua vida para tentar compreender uma situação que ainda, no que me tocava, era confusa. Comecei a ter uma ideia do que podia ter ocorrido, mas a menina agora seria útil.

Urtha ficou indignado quando saí, mas sinalizei para que se acalmasse. Não vi Jasão ou seus outros argonautas. Este setor oriental de Taurovinda fervilhava com a ansiedade de Urtha diante da perda de sua filha.

Entrei na sombra de uma casa onde Niiv se sentara, abraçando seus joelhos flexionados com as mãos, os olhos brilhando abaixo do cabelo escuro tingido.

— Foram druidas do próprio Urtha — disse ela. — Estão muito diferentes agora. Lembra-se de quando Urtha estava procurando pelo escudo do futuro? Em minha própria terra?

Eu me lembrava muito claramente: um lago congelado, uma terra envolta em neve, bosques gélidos e noites sem fim. Nós havíamos nos amontoado numa tenda inadequada, Urtha, seu séquito *uthiin* e seus dois druidas, os homens que o haviam enviado em busca do escudo de Diadara, baseados na interpretação que fizeram dos sonhos dele. O escudo no qual ele poderia ver o futuro do seu reino.

Farto de tudo e furioso com eles, convencido de que o escudo, se afinal tivesse existido, estava oculto em outro lugar, ele os banira para a floresta assombrada pelos lobos. Ele não esperava que sobrevivessem à jornada de volta para casa. A terra era inóspita e os seus talentos como adivinhos e sacerdotes, severamente limitados.

Ele contara com a *fortuna,* um espírito do destino dos homens, tão caprichoso quanto as Três Normas. O Elemental, com frequência, se unia a homens famosos em buscas distantes. Na Grécia, era conhecido como *tukhea,* "o oportunista", e podia muito bem ter assombrado aqueles bosques em torno do lago desde que Jasão afundara lá, com Argo à sua volta como um esquife. *Tukhea* poderia ter estado a bordo, também.

Isso, de fato, fazia muito sentido: um Elemental solitário, afastado de sua própria terra, finalmente encontrando não apenas o veículo para sua fuga da floresta — e havia muitas oportunidades de se prender ao tráfego humano pela área —, mas a ocasião correta: homens abandonados, perdidos, homens em situação precária e que então precisavam apostar a sorte!

Niiv se iluminara, sua boca brilhando, as mãos tremendo enquanto me segurava pelos braços dizendo o que tinha visto, como uma criança explodindo de orgulho por saber de uma terrível verdade, ansiosa por fofocar.

— Rumaram para o sul por dias, depois que Urtha os expulsou de seus quartéis no lago. Seus dedos tornaram-se pretos com o frio. Suas peles racharam-se como finas lâminas de gelo. Eles amaldiçoaram Urtha e Cathabach, arranharam as marcas de sua *desgraça vermelha*, que foi como chamaram seu desterro, riscaram aqueles estranhos sinais nas árvores e rochas e os desenharam nos campos nevados. Eles ficaram *muito* bravos. Mas a neve foi perturbada pelos rastros de mais alguém, eles podiam ver. Eles estavam sendo seguidos. E ofereceram... pedaços... — fez uma careta ao recordar o que vira — pedaços de seus corpos. Por ajuda. Foi horrível de se ver. Mas o espírito que os seguiu os conduziu de volta ao lar. E lhes mostrou um caminho abaixo!

— Que caminho abaixo? — perguntei, impulsivamente.

— Não sei como você os chama, mas já usou um para chegar à Grécia. Caminhos através do submundo. Caminhos através do Outro Mundo. Caminhos por onde se cruzam as terras de modo invisível. Caminhos para casa.

Seu ar era de triunfo. Eu quase podia ouvir o caldeirão borbulhando, as palavras gritando para se fazer ouvir: *você e eu juntos, Merlin. Que força nós podíamos ser. Sua idade e conhecimento, minha juventude e energia, um casal apaixonado que poderia moldar montanhas: fazer florestas flutuarem ao nosso redor como mantos em verde.*

Seu olhar triunfante, porém, era porque embora ela houvesse me contado a verdade, ela a havia disfarçado, e não esperava que eu a adivinhasse. Ela estava me provocando novamente. Mas agora era mais evidente.

Os druidas, guiados pela *fortuna* Elemental, haviam encontrado seu caminho para casa, mas subiram à terra novamente, na Terra dos Fantasmas! E aquela teria sido, no mínimo, uma circunstância muito difícil para eles.

— Então, eles emergiram no Outro Mundo — divaguei.

Ela franziu a testa, furiosa.

— Eu não disse isso! Por que você disse isso? Esteve olhando dentro de mim? Você sempre me diz para não *fazer* isso!

Fiquei surpreso com seu rompante.

— Você mencionou o Outro Mundo. A Terra dos Fantasmas é próxima. *Fortuna* é um Elemental ardiloso. Esse é o tipo de ardil que usaria.

— *Fortuna*?

— *Tukhea*, então.

— Como você *sabe*? — choramingou ela, com olhos arregalados, furiosa. — Você esteve olhando dentro de mim!

— Só poderia ser um oportunista da Grécia. Um Elemental. Conheço cinco da Grécia, mas apenas *tukhea* senta-se sobre os ombros de um homem e caminha com ele pelo mundo. Os outros apenas espreitam, esperando em cavernas, bosques e tais lugares. Eles oferecem a sorte do mesmo modo que esses Reis Supremos oferecem pernis de porco assado.

— Relutantemente.

— De forma alguma. Aleatoriamente, talvez. Mas também quando é apropriado.

— Você sabe demais.

— Sou velho. E experiente. Como você mesma disse.

— Eu nunca *disse* tais palavras — ela argumentou furiosa e corretamente. Eu apenas estivera imaginando como seria o mecanismo de sua mente.

Mas ela acrescentou:

— É verdade, no entanto. Você sabe demais. Não há surpresas para você.

— Certamente que há. Você foi uma surpresa.

— Sim — disse ela, astuciosamente. — Porque nasci como algo diferente do que me tornei. Sim. Posso entender por que você é cauteloso comigo.

— Mielikki, sua guardiã, não ficaria feliz de ouvi-la revelar suas marcas de nascença tão facilmente.

— Minhas marcas de nascença?

— Seus segredos.

— Não. Não vou revelá-los. Você tem segredos para mim e eu tenho segredos para você.

— Essa é outra marca de nascença. Revelada a mim tão facilmente como se você tivesse erguido as saias e acenado para mim. Não diga nada, Niiv. Seja como Manandoun. O sábio conselho é que o melhor é manter os olhos abertos e a boca fechada.

— É um ditado tão velho quanto os montes.

— Mais velho que as montanhas. E eu não discuto com as montanhas quando tenho pressa de ir a algum lugar.

— Então, você não quer saber o que aconteceu aqui.

— Quero. Quero muito. O que você sabe agora afeta os outros. Niiv, você precisa se proteger de si mesma, mas se não consegue resistir a se intrometer, então não há razão para esconder a verdade.

Ela cruzou os braços, me encarando com frieza, balançando-se em suas ancas e refletindo.

— Esta é uma de suas marcas de nascença?

— É sim — menti. — Uma pequena troca.

— Você acha que sou ingênua. Que não tenho juízo.

— Acho que você é ingênua, e seu juízo está se formando. Lentamente. E acho que você é perigosa. E *isto* é uma marca de nascença. E agora, o que aconteceu a Munda? Depressa. Preciso encontrar um lobo e sair à caça, quando tudo o que gostaria realmente era de me sentar e pensar.

Embora os Cabeças de Lobo houvessem se transformado na esquadra de animais que se tornaram seus *fedishi* — formas escolhidas — após a morte, uma vez que estavam carregando Munda, de carne e sangue vermelho, ossos brancos e palidez cinzenta, eles não podiam viajar rapidamente, embora houvessem certamente viajado mais rápido que os cães que Urtha enviara em seu encalço.

Eu tinha uma boa chance de interceptá-los antes que chegassem ao Nantosuelta. Eles passariam, eu imaginava, pelo Vau da Lança Perdida, e o Vau do Último Adeus lhes negaria a passagem. Um terceiro vau na área, o famoso Presente Impressionante, também devia tê-los negado a passagem, uma vez que eles podiam ser tudo, menos heróis.

Evoquei o lobo novamente e, armado com o que Niiv continuara a me contar, corri na esperança de resgatar Munda.

Alcancei-os na floresta, não muito longe do rio, mas longe o bastante para forçá-los a enfrentar a perseguição, voltando-se para defender seu território. A menina estava encolhida abaixo do galho partido de um carvalho. Os dois lobos babavam e rosnavam para mim, as patas abertas e firmes formando uma linha defensiva no lado mais distante da pequena clareira. Eu os desafiei no ato:

— *Devia tê-los reconhecido antes. É uma vergonha para mim. Devolvam a menina. Urtha já sofreu perdas suficientes.*

Eles ladraram, rindo.

— *Ele nos enviou numa longa trilha por um deserto de gelo. Não está em nossos corações perdoá-lo por isso.*

— *Então, que ataquem o homem, não sua filha.*

— *Se fôssemos atacar o homem, que forma melhor do que fazê-lo roubando-lhe um filho?*

— *Vocês fizeram uma longa jornada para casa. Devem ter aprendido muito com isso.*

O lobo replicou:

— *Fizemos uma longa jornada. Que não nos levou até nossa casa.*

Eu estava prestes a continuar a discussão quando, para minha surpresa, Munda fez um gesto de impaciência, jogando uma pedra grande a um dos lobos. Por um instante, pensei que ela me rogava para que parasse de falar e a acudisse. Mas suas palavras revelaram a ingenuidade do meu julgamento.

— Depressa — gritou. — Livrem-se disso! Precisamos atravessar antes que meu pai chegue aqui e nos alcance. Rápido!

Os Cabeças de Lobo recuaram um pouco enquanto eu me inclinava para a frente, chocado com as palavras da menina. Compreendi, então, que ela não me reconhecera. É claro! Do ponto de vista dela, seus dois companheiros haviam sido atacados por um lobo.

Um deles me falou: — *O Pequeno Sonhador quer brincar com ela novamente. Seu irmão não quer brincar. Ele nos mandou buscá-la, e a menina está viajando por sua vontade. Ela não será ferida, não pelo resto de sua vida. Uma vida muito longa no palácio que o Pequeno Sonhador construiu.*

Novamente, havia um tom irônico em suas palavras.

Um momento depois, um dos Cabeças de Lobo pulou sobre mim, e no momento de luta, enquanto nos engalfinhávamos na relva alta, o outro corria até a menina, que se atirou em suas costas, os cabelos esvoaçando, se agarrando ao animal desalinhado, embora elegante, enquanto ele se virava e ambos desapareciam.

Quando eu viajo como lobo, ou qualquer outro animal, sou uma sombra dentro da fera. Usei as garras e presas e encontrei forças para rasgar meu agressor. O *fedish* desapareceu assim que ele morreu. Eu suspeitava que ele fosse o mais velho dos dois druidas, mas me deu um olhar através de suas barbas que sugeria que estava em paz. Então, percebi que ele havia mordido um ligamento em meu braço. O olhar por trás de sua mandíbula era de triunfo. No furor do encontro eu não havia sentido o ferimento.

Agora, Munda estava fora do meu alcance. Em pouco tempo, atravessaria a fronteira para a Terra dos Fantasmas, acreditando que lá era o seu lugar e que lá seria bem recebida. Um terrível equívoco.

Como eu poderia dar a notícia a Urtha? Refleti muito e demoradamente enquanto mancava de volta para casa, despindo-me do lobo quando cheguei aos pântanos, a oeste do monte escuro, e amarrando uma tira de casca amolecida de salgueiro branco em torno do braço ferido.

O que eu poderia dizer ao homem, agora?

Urtha estava esperando por mim em seu salão, sombrio, porém menos angustiado. Kymon e Ullanna esforçavam-se para confortá-lo. Seu séquito sentou-se ao redor do salão, meio equipado para a batalha, falando em voz baixa.

Assim que me viu, ele soube de imediato que eu falhara. Ele também enviara seus melhores cavaleiros nas montarias mais velozes, mas, obviamente, ele supunha que sua perseguição também seria infrutífera.

Contei-lhe sinceramente o que os Cabeças de Lobo haviam dito para mim, que ela iria brincar com o menino, o Pequeno Sonhador, e que ela estaria a salvo. Não mencionei suas estranhas palavras: *Depressa, antes que meu pai chegue aqui e nos alcance.* Eu não acreditava que fosse mesmo a menina falando. Julguei que repetir essa instrução apenas magoaria mais o chefe.

— E quanto a Argo? Ele nos ajudará na travessia? Cathabach me contou que você foi pedir a ele.

— Ele está pensando a respeito — respondi, cuidadosamente. — É uma embarcação cansada, e está cansada de Jasão.

Por um momento ele nada disse, e então suspirou, firmando sua resolução:

— Bem, então devemos encontrar outra forma de entrar na Terra dos Fantasmas.

Uma das duas mulheres do poço esperava fora do pátio real, o manto envolvendo-a e o capuz cobrindo a cabeça. Cathabach queria me ver com urgência, ela me informou. Ele estava no pomar.

Encontrei o homem esperando em seu manto de penas, em pé sob seu caramanchão coberto de palha no centro do *nemeton.* Os argonautas que se abrigavam no pomar de macieiras não estavam visíveis, já nas sombras do crepúsculo.

Contei-lhe o que Munda me revelara. Ele pareceu surpreso, mas não ficou chocado. Perguntou qual havia sido a resposta de Argo ao meu pedido, e minha resposta lhe causou um suspiro.

— Já era difícil o bastante persuadir Urtha a desistir da ideia maluca de uma invasão à Terra dos Fantasmas. Agora será impossível. Mas para Urtha *será* impossível...

Sua hesitação pedia uma resposta e eu concordei com ele:

— Impossível para ele, a menos que tenha proteção.

— Mas não impossível para ele chegar até lá?

— Conforme já discutimos, o problema não é chegar, é sair.

Cathabach passou os dedos sobre as novas marcas em seu peito e face.

— Eu me preparei para esta perda. Quando o rei morre, seu filho reina, a menos que seja contestado. Quando um rei está perdido, Aqueles Que Falam Pelo Passado, Pela Terra E Pelos Reis devem guardar a terra por sete anos. E eu sou Aquele Que Fala Pelo Rei. O mais novo deles. O homem mais velho que teve essa honra está agora retirado em um ritual e será enviado ao seu fosso neste pomar, no devido curso. Não ainda.

Por que Cathabach estava me contando isso? Ele chegou ao ponto:

— Uma terra sem rei é uma terra vulnerável, como você pôde ver muito claramente. Isso não pode acontecer novamente. Merlin... eu vi quando você evocou a sombra de um homem de seu lago sepulcral de gerações atrás. E se tais coisas como os *kolossoi* existem, vida temporária, fora do Tempo, então é possível que você consiga atingir as profundezas da sua magia e encontrar uma maneira de extrair tal espírito de Urtha: enviá-lo em lugar dele, guardando-o, protegendo-o, trazendo-o de volta para ser o rei novamente? Há, afinal, um modo para que Urtha possa ser protegido por encanto, sombras, com a aparência de um fantasma que lhe permita empreender a jornada até lá e retornar em segurança?

Novamente, tocou os cortes em seu corpo, o corante ainda encharcando sua pele. O olhar que me lançava era forte e firme.

— Se deve haver um preço a pagar por isso, uma vida a pagar, então, novamente é Aquele Que Fala Pelo Rei que deve pagar esse preço. O homem mais velho pode ser restabelecido, passando à lista e às conquistas de nossos ancestrais.

Fiquei impressionado com a coragem do homem. Ele havia sido o amigo mais próximo de Urtha em seu séquito dos *uthiin*, a elite de cavaleiros que acompanhava o rei. Ele sempre daria sua vida para proteger o rei em uma batalha. A maioria dos homens daria. Mas essa oferta calculada de sacrifício era uma rara qualidade, pela minha experiência. Cathabach havia claramente arranjado a estrutura hierárquica de Taurovinda para proteger tanto o títere quanto a memória.

— Isso pode ser feito de duas formas — eu disse a ele. — Nenhuma delas implicará sua morte. Uma delas exigirá uma boa dose da minha magia. E eu a praticarei de boa vontade. Tenho uma grande reserva de energia, e é hora de utilizá-la.

Minhas palavras me surpreenderam quase tanto quanto agradaram Cathabach. Eu havia passado milênios me protegendo contra as consequências do desperdício das habilidades. As próximas gerações seriam muito diferentes para mim, embora isso fosse apenas a sombra de uma profecia que eu mesmo me fizera.

— E a outra forma? — perguntou Aquele que Fala Pelos Reis.

— Argo está considerando. Está cansado, mas deve estar preparado para dar proteção ao rei. Vamos aguardar e ver o que ele faz.

Assim que deixei o pomar ouvi a breve explosão de uma gargalhada, duas mulheres compartilhando um momento de diversão. Sentadas de pernas cruzadas, próximas à parede de vime que cercava o santuário, Atalanta e Ullanna examinavam os arcos e flechas de Ullanna. Ambas usavam mantos pesados, mas os capuzes estavam abaixados e elas haviam prendido seus cabelos da mesma maneira, em tranças soltas pendendo pela direita. Pequenas tigelas de barro e um odre quase vazio de leite fermentado jaziam entre elas. Sua conversa era suave, uma luta para que uma compreendesse o dialeto da outra, mas com muita mímica e muito bom humor.

Quando perceberam que eu as observava, ambas olharam para mim e cada uma, com afeição, soprou-me um beijo. Mas com isso também estavam dizendo: vá embora, isto é pessoal.

Sobre o que estariam falando? Ullanna sem dúvida se beneficiaria muito com a conversa: entenderia os detalhes das lendas que aprendera desde criança. Atalanta, sem dúvida, estava se alimentando de sonhos.

Ullanna estava muito desanimada e triste na vez seguinte em que eu a vi, voltando ao pátio em torno da casa real. Mas era um tipo de tristeza suave e sonhadora, como se ela soubesse que havia recebido um presente muito especial, um enriquecedor e maravilhoso presente. Mas a hora para presentes havia chegado ao fim.

Parte QUATRO

Argo em outro mundo

Um igual temperamento ao dos corações heróicos,
Fez-nos fracos pelo tempo e pelo destino, mas fortes em decidir
Lutar, buscar, achar e não nos render.

Trecho de *Ulysses*, de Alfred Lord Tennyson

19

Sombras dos heróis

Fui acordado pelo toque do inverno em meu nariz. O ar estava glacial. O orvalho no chão cristalizara e a respiração congelava. Um amanhecer de inverno pintou o céu de magenta salpicado de estrelas. Cavalos relincharam e cachorros estremeceram. Do outro lado da cidade, as pessoas levantaram-se no frio, surpresas com essa intrusão do gelo no verão.

Todo o caminho cerimonial, da colina até o rio, estava coberto com uma crosta branca. O pântano estava em seu envoltório de inverno. O rio Nantosuelta congelara correnteza acima até onde o olho podia ver.

Argo, que jazia enviesado sobre a superfície gélida, reclinou-se, pronto para ser endireitado. O olho em sua proa parecia assistir a distância, entretido.

Rubobostes estava surpreso. Urtha praguejava, todo embrulhado em seu pesado manto enquanto olhava espantado para aquela paisagem de inverno. Ele agora estava menos angustiado, mais zangado e determinado. Mas Jasão riu.

— Ela diz que sim — murmurou, limpando o gelo que se acumulava em sua longa barba.

— Quem diz que sim? — perguntou Urtha.

— A velha embarcação. Ela concorda. Você não acha... Antiokus?

Aprovei suas palavras e Jasão acrescentou:

— Você deve tê-la convencido. Mas ela decidiu fazer-nos trabalhar pela nossa viagem, Lorde Urtha. Ela não vai torná-la fácil para nós.

— O seu barco fez isto? Transformou o verão em inverno?

Jasão reconheceu a queixa do rei:

— Parece que você terá de se esforçar para chegar à sua batalha.

— Nós teremos batalha o suficiente sem o seu barco nos testando — reclamou o celta. Jasão riu tão alto que quase insultou Urtha. Eles se entreolharam e então baixaram suas lanças. Enquanto o velho grego se virava, eu poderia jurar que fizera um comentário desagradável sobre a confiabilidade das deusas.

Posso estar errado.

Isso não tinha nenhuma importância para mim. Fiquei encantado ao ver meu amigo de volta de seu merecido descanso. Eu sabia exatamente o que Argo estava fazendo: exausto, havia consentido nada menos que mais uma aventura, mas, saudoso de sua casa, criara a paisagem que mais o confortava. Urtha precisava ser lembrado de que Argo não era, neste momento, o barco do Mar Egeu, quente e cor de vinho escuro. Mielikki, a Senhora da Floresta do Norte, agora formara seu gosto, no qual neve e gelo e a ameaça de *voytazi* eram o que a animava. Os Elementais *voytazi*, de fato, atacaram o gelo no rio, fazendo que ele se dobrasse e estalasse, suas vis cabeças pontudas trepidando e arreganhando os dentes, enquanto essas criaturas-peixe convocadas das profundezas vinham farejar o ar de seu domínio temporário.

Eles podiam consumir um homem em segundos. Mas, impressionantemente, também podiam sustentar um homem sob a água por um ano, mantendo-o vivo até que estivessem prontos para se alimentar de sua carne.

Para cada deusa, seus próprios ajudantes, seus próprios cães de caça, seus próprios terrores. Eu pensava que a bela e gentil

Hera, filha de Cronos, tinha tido apenas ajudantes bondosos quando guiara Argo e Jasão para o Velo de Ouro, mas os seus terrores, quando ela os revelou, eram assustadores, embora nenhum relato deles tenha sobrevivido nos registros daquela famosa viagem, salvo os meus próprios.

O que nós precisávamos agora era de Ruvio, o magistral cavalo do dácio. Rubobostes e uma pequena comitiva cavalgaram para oeste a fim de encontrar a criatura e retornaram mais tarde naquele dia, seguindo o garanhão galopante, que correu três vezes em torno da fortaleza antes de parar, balançando a cabeça, diante dos portões exteriores. Cinco éguas tinham galopado com ele, os flancos vermelhos brilhando, crinas negras flutuando. A respiração delas congelava de modo volumoso no ar do inverno. A julgar por sua aparência, elas eram do Outro Mundo, elegantes e graciosas, todas pulsando com o início de uma nova vida, a semente de Ruvio trabalhando em seus ventres.

— Podemos levá-las também? — Ullanna me perguntou, num sussurro.

— Não em Argo. Mas imagino que elas irão esperar por Ruvio no vau da despedida do Nantosuelta. Elas nos acompanharão na Terra dos Fantasmas, se puderem.

— Que bom — a cita disse, com praticidade. — Elas serão úteis. Uma corda a mais para nosso arco.

Ri desbragadamente. Gostei da expressão. Era um romance. Ela, com frequência, cunhava expressões como essa. Mas seu humor turvou-se quando lhe foi dito que iria ficar para trás.

Kymon percorria com gravidade e arrogância o comprimento e a largura de Taurovinda, num profundo mau humor, sua mão sobre a espada, a face mais austera do que a dos argonautas no pomar. Também ele não iria acompanhar seu pai na expedição, e não estava feliz com o fato. Ele e Manandoun deveriam tomar conta da fortaleza, entreter seus convidados, mostrar hospitalidade aos estrangeiros e defendê-la contra os invasores.

O menino ainda estava envergonhado por sua falha, antes do retorno de seu pai. Ansiedade e irritação lutavam pelo controle no jovem de feições inflamadas. Ele queria acompanhá-los, mas Urtha estava inflexível.

— Eu não confio em nenhum outro homem além de você e Manandoun para guardar o monte. Vocês dois são homens experientes. Manandoun tem discernimento e resolução, e você tem visão e determinação. Se ficarem aqui, então, eu não vou me preocupar com minha casa.

— Muito bem — Kymon concordou. — Mas da próxima vez que houver uma expedição, espero ir junto.

— Eu concordo — disse Urtha. — Agora vá e faça um plano para defender o que um dia será a sua própria cidadela.

Ullanna também deveria ficar. Isso havia sido negociado com Argo — que havia me chamado —, que estava preparado, como eu havia sugerido, para proteger o rei, mas nenhum outro do mundo "mortal".

Cathabach era obrigado a ficar para trás pelas mesmas razões, embora sua posição agora, em qualquer caso, requereria que ele o fizesse.

Argo, entretanto, tinha ainda prometido que nossa pequena equipe seria suficiente para a busca de Munda e do filho de Jasão.

Niiv tinha acabado a instrução sobre o método de transformar Argo num trenó. O barco foi colocado a prumo sobre o gelo, apoiado em troncos finos de árvores abatidas para esse propósito e preso aos arreios que seriam atados a Ruvio. Argo parecia plácido, quase entretido. Gelo formava-se em seu casco, pendendo rígido das proteções abaixo de sua amurada.

Parecia chamar: venham então, vamos acabar logo com isto.

Embora fosse sobrenatural, talvez não tivesse ideia da estranha viagem que o aguardava, que aguardava todos nós.

Suprimentos foram carregados a bordo. Cathabach estava maravilhado diante do mundo de inverno que Argo havia criado.

— Se ele decidir parar com a brincadeira e o gelo derreter, o barco naufragará com toda aquela madeira amarrada.

Sua preocupação era compreensível, mas Niiv sorriu e o tranquilizou:

— Ele fará que nós nos esforcemos por um tempo. Sua intenção não é nos afogar. Você pode ver nosso progresso naquele poço de água profunda.

Num determinado momento, no dia seguinte, eu fui convocado para assumir meu lugar no barco. Ruvio batia as patas e bufava. O rio congelado se estendia para além da nossa visão à frente. Homens e mulheres trêmulos e desolados sentavam-se nos bancos, envoltos em capotes. As despedidas foram breves e poucas, mas houve lágrimas nos olhos de Ullanna em duas ocasiões diferentes. Atalanta estava muito ciente do céu e da mata, e da fortaleza escarpada. Ela estava absorvendo as visões e sons deste mundo, criando memórias para seus sonhos com o apetite de uma criança faminta.

Rubobostes, que estava acostumado a assumir o comando do leme na popa, agora permanecia segurando a rédea de seu cavalo maravilhoso. Ao sinal de Jasão, ele instigou o animal para a frente, e após alguns momentos de esforço e respiração pesada, o animal assumiu Argo. O barco balançou, inclinou-se ligeiramente, depois começou a deslizar. Niiv aplaudiu ruidosamente. Os cavaleiros reunidos na praia nos seguiram por um tempo, antes de procurar terrenos mais favoráveis para nos esperar no Vau do Último Adeus. Eles não seriam capazes de entrar no Outro

Mundo, e o sabiam. Mas Urtha os queria com ele naquele ponto, para o caso de os Heróis haverem sabido da expedição e terem por conta disso enviado seu próprio exército para nos enfrentar.

O rio e a floresta congelavam à nossa frente, tão longe quanto os olhos podiam ver, derretendo atrás de nós numa misteriosa transformação de branco completo a verde viçoso e pendente. Éramos arrastados para dentro de um inverno gélido, neve caindo constantemente, o gelo abaixo de nós rangendo e ameaçando quebrar. Atrás de nós, não mais distante que a trajetória de duas flechas, o verão resplandecia, nos dando adeus.

Ruvio escorregava e lutava à medida que puxava, mas logo estava em seu passo largo e Argo viajava rápido através do gelo. Quando a brisa mudou, Jasão ordenou que se desenrolasse a vela, que pegou o vento, fazendo que o barco derrapasse por um momento e, então, continuasse sua jornada na forma de um carro correndo através da água. Grandes rajadas de gelo e neve cortavam as árvores do inverno que lotavam o rio, atingindo os pés das garças e espantando aves escuras que circundavam o céu, assustadas. Mielikki parecia sorrir de sua posição na popa, apreciando o jogo.

Ruvio, liberado do encargo de nos rebocar, galopava ao nosso lado, o suor de seus flancos e a respiração de suas narinas formando um manto cintilante nebuloso em torno dele.

Menos de dois dias mais tarde, estávamos nos aproximando da curva final do Nantosuelta antes do Vau do Último Adeus. E nesse ponto, Argo e Mielikki decidiram que o jogo estava acabado. Argo estava descansado. Havia confirmado sua posição, a de que embora não estivesse sempre às ordens aos chamados do capitão, cumpriria uma promessa. O inverno derreteu-se, juntamente com o gelo, mas lentamente, dando tempo aos argonautas para se pendurarem sobre os lados do barco e desamarrarem os cilindros de madeira que tinham transformado o casco num trenó. Ele afundou no rio, balançando alarmantemente, e Ruvio nadou para a margem, livre de seu arreio.

Era um barco totalmente diferente o que agora deslizava de forma pacífica e silenciosa ao longo das curvas percorridas pela correnteza até que as pedras altas que guardavam o vau aparecessem à vista e os bancos rasos e a entrada do lado mais distante com seu regato rochoso levassem ao interior.

O leito do regato era estreito. Eu esperava que Argo fosse aguardar até o anoitecer e então nos colocasse a todos num estado comatoso, enquanto negociava com o canal impossível, tendo a ajuda de um pouco de magia antiga. Ele já fizera isso antes, no nosso caminho para a Grécia. Mas eu estava errado. Ele enviou Hilas para o local do desterro, sob suas instruções sussurradas e particulares. Ele voltou mais tarde, deprimido e cansado, e tomou seu lugar silenciosamente.

Argo moveu-se para águas mais rasas, abaixo do dossel denso, ofuscado pela luz do sol, navegando em silêncio. Os argonautas sentaram-se calmamente em seus bancos, a cabeça virada para ver o caminho adiante, todos curiosos para ver onde Argo faria a curva para o mundo dos Mortos.

Depois de algum tempo fui chamado até Mielikki. Agachada na borda do Espírito do Barco, ela confidenciou: *Os kolossoi não estão onde eu os escondi. Alguém os pegou. Se estivessem lá, Hilas teria ouvido seus próprios gritos.*

Nós nos aproximamos do Vau da Lança Perdida. As estruturas sobre cada lado do rio estavam em ruínas, a ponte estendida sobre a água havia desmoronado em uma série de colunas de madeira desordenadas. Parecia que a retirada dos Mortos e Não Nascidos de Taurovinda fora muito radical.

Ali por perto, um rio fluía até o Nantosuelta vindo do oeste, despejando-se preguiçosamente através de altos bancos de cascalho, coberto com penhascos de calcário escondidos por espinhos. Houve uma pequena congratulação, quase um gesto irônico dos argonautas, à medida que o barco virava deixando o Sinuoso, encorajando sua tripulação a pegar os remos e começar a viagem para o interior.

Sob a batida constante do tambor nós remamos numa ravina ecoante, tão estreita no topo que, na ocasião, os galhos das árvores em sua extremidade impediam a visão do céu. A água estava gelada e transparente e, abaixo de nós, blocos de granito cintilante formavam seu leito. Cada batida dos remos parecia reverberar nas paredes de rocha pura que nos continham. Pedras deslizavam e caíam na correnteza. O sol faiscou sobre nós, transformando o que era sombrio em momentos de verde surpreendente e exuberante.

Surpreendeu-me que eu pudesse reagir tão intensamente a essa beleza. Eu já havia visto tais desfiladeiros milhares de vezes. Estava me tornando "humano", suspeitava. A advertência de Argo estava se tornando verdade. Minha força com a magia estava diminuindo à medida que eu entrava no Outro Mundo.

Rubobostes segurou o remo. Eu bati o tambor. Ruvio se aninhara no porão raso, respirando com dificuldade, talvez sentindo falta de seu harém, que tivéramos de deixar para trás, pois não havia nenhum caminho de terra firme abaixo das paredes arqueadas de Argo.

Niiv permaneceu na proa, como sempre, examinando cuidadosamente o caminho à frente. Jasão e Urtha, lado a lado na popa, cada um repousando um braço sobre a figura da Senhora das Terras do Norte, estavam impassíveis, embora a própria natureza de suas figuras, como estátuas, sugeria a ansiedade que sentiam. Eu olhava Urtha cuidadosamente. Apenas ele dentre nós podia ser vulnerável à distorção e à mudança de tempo no Outro Mundo.

Quando Argo circundou uma curva no rio e começou a se aproximar de duas rochas altas, escarpadas, levantando-se da água como estilhaços irregulares de osso, Jasão gritou a ordem: *remos para trás, remos para trás!* A lembrança das rochas colidindo, quando nós viajáramos para Cólquida, era vívida. Barcos destruídos, esmagados por estilhaços pelo bater indócil dos pináculos sobrenaturais. Tínhamos usado uma pomba, naquele tempo, como teste para saber se as rochas estavam acordadas ou dormindo. Nesta viagem nós não tínhamos nenhum pássaro à disposição, e eu não podia evocar um, embora tivesse tentado. Não me surpreendi com isso, embora tenha sido motivo de preocupação. A partir do momento em que entramos na ravina, minhas habilidades de encantamento tinham começado a abandonar o meu corpo.

A seguir, Hilas levantara-se de seu banco, tirando sua capa. Ele sempre fora um bom nadador. Embora seu rosto estivesse cinzento, tinha um olhar brilhante. Mergulhou ao lado do barco e nadou vigorosamente correnteza acima. Ao passar pelas rochas se virou e acenou, então, se impeliu em nossa direção, flutuando sobre suas costas, a face para o céu manchado capturando o feixe de luz. Ele parecia em paz, e por um momento eu pensei que podia ter morrido, regozijando-se num momento de liberdade da maldição da vida para deslizar de volta à sua sepultura. Mas de repente ele se ergueu na água, nadando para manter sua posição, seu rosto assustado. Ele chamou-nos em sua direção com urgência.

Jasão gritou comigo para que eu batesse o tambor coordenando o ritmo. Os remos levantaram-se e mergulharam e eu bati o tambor firme e rápido e Argo começou a sulcar o rio. Todos a bordo, mesmo aqueles que não estavam remando, gritavam, à medida que os remos eram colocados a bordo e o barco corria entre as pedras, quebrando contra uma delas, raspando o leito do rio com um ruído, como se as traves de madeira estivessem se partindo, embora os blocos de granito não conseguissem furar o casco.

Uma corda foi jogada para Hilas e ele foi içado a bordo. Os remadores tiraram Argo das águas rasas por entre as rochas e alguém aplaudiu, mas foi então silenciado.

Hilas apontava para o caminho de onde viéramos. Jasão respirava pesadamente. Ele não era o único capaz de ler as palavras que tinham sido gravadas na face lisa de cada um dos pináculos.

— Símbolos — Niiv disse desnecessariamente. — Existem símbolos gravados ali.

Profunda e maciçamente gravados, manchadas com líquen laranja, esverdeado com o crescimento das samambaias sobre a pedra rachada pelo inverno, as duas mensagens, uma em cada rocha, foram esculpidas numa língua que Jasão uma vez falara. Na pedra à direita estava a inscrição: NÃO É O QUE PARECE. Na esquerda podíamos ler: O QUE SOMOS NA ETERNIDADE MOLDA NOSSAS VIDAS.

Quando a tripulação fora informada do significado oculto por trás das epigrafes, Rubobostes observou:

— Isso é apenas um pressentimento, mas eu suspeito que se for verdade que as coisas não são como parecem, então estamos diante de alguns truques.

— Bom trabalho — Jasão respondeu, e Rubobostes olhou para mim com um olhar ameaçador que perguntava: isso foi sarcasmo?

Eu estava mais intrigado pela outra escultura. Eu me achava na companhia de seis ressuscitados, cuja vida na eternidade estava moldando muito a vida no passado. Mas as palavras significavam mais do que isso, eu tinha certeza. Que elas estivessem na língua de Jasão era altamente sugestivo. Realmente significativo.

Como Rubobostes sabia, um forte sentimento às vezes manifesta-se de forma instintiva.

Atalanta clamou:

— Uma tempestade se aproxima!

O céu escureceu e o rio começou a se encher de ondas à medida que o vento soprava em rajadas cada vez mais fortes vindas do oeste. O ar esfriou e nós voltamos a nossos postos, levando Argo para mais fundo dentro da Terra dos Fantasmas.

Logo a alta ravina afastou-se e o rio alargou-se, passando por colinas densamente arborizadas. Então a terra pareceu dissolver-se em campos coloridos e bosques cerrados, e embora a chuva tamborilasse sobre a relva e nuvem viesse atrás de nuvem pelo gramado, podíamos ver que esse era um lugar idílico. Cavalos empinavam e galopavam em pequenos bandos, e suas crinas e flancos estavam raspados e modelados para indicar seus donos. Apenas seus proprietários estavam ausentes. Enquanto o barco seguia adiante, nós também vimos o cume nebuloso de cidadelas e fortalezas. Fumaça de lenha, odores da cozinha, o aroma de guisados e assados flutuou por nós, mas nem mesmo Niiv, com sua visão apurada e sua natureza cheia de truques, podia ver as casas de onde essas delícias emanavam.

Nós estávamos na Terra dos Fantasmas, e provavelmente estávamos sendo observados. Mas não havia razão para sermos capazes de ver os observadores.

Remamos para a margem enquanto um crepúsculo de intensa beleza caía sobre a terra. Onde o sol descia além de picos distantes, o céu queimava, literalmente, as chamas subindo em cordões lânguidos a partir da borda do disco, línguas de fogo,

Atalanta as chamava. Elas pareciam verter estrelas, que se levantaram e se colocaram sobre nós.

Durante a noite que se seguiu ouvimos cavaleiros e trompas, o latido de cães e o som de choque das armas, mas não conseguíamos ver nada além de vagas sombras, e essas só vislumbradas pelos cantos do olhar. Mas de madrugada o primeiro de dois estranhos incidentes ocorreu, eventos que deveriam ter sinalizado a natureza da mudança no Reino das Sombras dos Heróis.

Rubobostes me sacudiu para me acordar. Os argonautas estavam todos se levantando de seus cobertores, olhando por sobre o córrego para a borda da floresta.

— Algo vem vindo deste lado — o grande homem assobiou. Não era do feitio de Rubobostes demonstrar medo, mas o susto vincava cada parte de seu rosto barbudo.

Por um momento eu apenas ouvia o barulho do trovão. Mas não era um trovão.

Um rebanho de estranhos cervos irrompeu freneticamente dos bosques, liderado por quatro cervos adultos de grande idade e tamanho. Quarenta ou cinquenta dos animais delgados, os pelos de um escarlate brilhante, suas ancas azuis-turquesa, seus pés brancos, saltaram na água, atravessando a correnteza em nossa direção, dividindo-se para passar por Argo, alinhados sobre a margem. Graciosamente, dando passos que pareciam incrivelmente longos, eles passaram por trás de nós. Outras criaturas estavam agitadas: raposas do tamanho de cães de caça, cães grandes como cavalos, e revoadas de pássaros de olhos brilhantes ricamente coloridos, passando sobre nós tão próximos que as pontas de suas asas nos atingiam.

Isso acontecera em instantes, esta explosão repentina de vida cheia de medo. E quando o último bando — corvos, verdes alados e de bico vermelho — deixou a floresta, então uma boca reluzente se abriu e mordeu, pegando as penas da cauda de um extraviado, puxando-o de volta para fora da nossa visão.

O brilho do cobre iluminou a borda da floresta e dois olhos estreitos piscaram por trás de pálpebras fechadas. O fogo cintilou brevemente de alguma parte do corpo gigantesco da criatura, e metal rangeu por um momento à medida que ela se virava, levando sua pequena presa lamentavelmente de volta para o envoltório.

— O que em nome dos deuses era aquilo? — Jasão perguntou alto, olhando, como sempre, em minha direção. — Qualquer deus serviria. Aquilo foi uma visão do Inferno.

Urtha disse:

— Nenhuma criatura como esta deveria estar andando pela Terra dos Fantasmas. O cervo escarlate nós conhecemos, e as outras criaturas, nós as vimos do Vau do Último Adeus. Mas não o caçador. Ele pertence a outro lugar. Deve ter se perdido aqui.

— Sim — Jasão concordou, repetindo —, do Inferno.

— Do Inferno de *alguém* — sugeri.

Se fomos induzidos a uma sensação de calmo idílio enquanto remávamos, agora nossa pele formigava e nossos músculos estavam tensos. O golpe foi rápido, o toque do tambor quase desnecessário. Argo deslizou para a água e nós remamos para as colinas cobertas de neblina além das quais o sol tinha descido com tal demonstração espetacular de fogo, cientes de que o ar estava subitamente perfumado com cheiros do mar.

— Um oceano! — de repente Niiv gritou da proa. — Eu vejo ilhas!

— Um oceano? Aqui? — Urtha perguntou.

Quando se levantou de seu banco, o ritmo dos remos foi quebrado, e Argo balançou violentamente. O chefe guerreiro cambaleou para onde Niiv estava deitada em seu manto negro, amarrado à amurada. Ele olhou a distância, então notou o mergulho e rodopio de gaivotas ao longe, adiante, seus gritos agudos que se tornavam audíveis.

— Nós viemos muito para oeste — ele gritou. — Esse mar não leva a lugar nenhum. É o vazio cinzento. As ilhas que se erguem por lá são inacessíveis por barco, todo mundo sabe disso com certeza. Até mesmo Maeldun, o maior dos marinheiros da Antiguidade, falhou. Apenas sua canção voltou, e apenas parte de sua canção sobre isso.

Jasão chamou seu cocapitão:

— Acalme-se. Se aquele é um vazio, então o que são as montanhas que podemos ver? Este é um mar interior, e eu sei tudo sobre mares interiores!

— Aquelas montanhas podem ser nuvens!

— É para aquelas montanhas que estamos nos dirigindo — Jasão replicou com autoridade. — Se forem nuvens, isso não importa, nós estaremos voando nas asas do encantamento antes de amanhã ao crepúsculo. Você não concorda, Niiv?

A garota deu de ombros, mas concordou com um aceno.

— Nós não queremos ir para lá. Todos os meus instintos dizem isso. Mas Jasão está certo. Este oceano é uma parte verdadeira do mundo dentro do mundo. As montanhas estão no Fim do Oceano. O outro mar, o vazio cinzento, repousa mais longe a oeste.

Assim como o rio havia se alargado anteriormente, agora se estreitara outra vez, entre falésias coloridas de ferrugem, margens repletas de carvalhos baixos com folhas afiadas e árvores de troncos cinzentos com frutos escuros retorcidos no chão, como se tivessem feito esforço para trazê-los para cima como ervas daninhas e tivessem falhado, deixando-os dessa forma curvos e esgotados.

Jasão estava imediatamente em casa: as plantas nodosas eram oliveiras, as árvores que reuniam calor e quietude e cintilavam em silêncio. O ar ali de fato era perfumado com o calor dos mares do sul. O mais austero dos argonautas entre nós se animou, reconhecendo a fragrância suave e o cheiro forte de ervas e frutos, desconhecidos na paisagem de relvados que cercava Taurovinda.

Este foi o segundo dedo de estranheza apontando o que estaria esperando por nós. Se Jasão estava ciente disso, guardou-o para si, nem mesmo favorecendo-me com um olhar de assentimento, embora ele deva ter adivinhado que eu vira os mesmos sinais.

Nós tínhamos remado rio acima por vários dias, e agora a correnteza começava a nos puxar e os remos eram empregados para nos guiar cuidadosamente, para nos retardar onde o rio corria para dentro do oceano. Gaivotas acompanhavam nosso rastro. Um cardume de golfinhos decidiu perseguir Argo enquanto ele seguia sua nova costa. Irrompiam pela superfície em vibrante alegria, brincalhões e curiosos. Eram tão negros e brilhantes quanto obsidianas, com listas escarlates e creme em seus flancos, as cores da sorveira brava, a árvore da "aceleração". Seus olhos tão atentos e inteligentes eram rodeados de azul-turquesa e verde-pálido. Estas não eram criaturas do mundo natural.

Talvez eles pensassem que éramos o que Ullanna chamaria de "almas penadas", a caminho de nossa ilha escolhida — era sua função no sul acompanhar o morto em tal caminho — e quando perceberam que pelo menos dois da nossa companhia estavam tentando arpoá-los, eles romperam com sua tarefa amigável, ainda vibrando enquanto se dispersavam rapidamente, porém zangados com o insulto, para encontrar águas mais seguras.

— Que bom que não matamos nenhum deles — Jasão gritou. — Fazê-lo teria nos trazido má sorte. Eles são criaturas sagradas.

Com o canto do meu olho notei Rubobostes apressadamente cortando uma linha esticada na popa, depois se comportando como se nada tivesse acontecido.

— Rebentação! — veio o grito de Niiv da proa. Havia pedras ali, estendendo-se como dedos. A vela foi puxada para cima, esticada para pegar a boa brisa, conduzindo-nos para longe dos penhascos, inclinando-se contra as rajadas e ondas, levando-nos para águas mais profundas.

Agora Jasão estava em seu verdadeiro elemento. Ele sabia que deveríamos ter seguido a linha da costa, mas não distante de nós; visível através da alçada e dos borrifos deste mar agitado, havia uma ilha de escarpas íngremes, verde e promissora e com um lampejo de branco que sugeria habitação.

Remo, vela e leme foram ajustados para colocar Argo num curso firme, e em questão de meio dia tínhamos chegado à quietude da sombra do vento, baixando a vela e indo à deriva calmamente no sotavento de um promontório, buscando um local de desembarque.

A praia, quando nós a encontramos, era estreita e arenosa, apoiada por falésias e coberta de pegadas. Niiv desembarcou e correu entre os rastos, gritando:

— Elas são todas iguais. Um homem correndo freneticamente. Principalmente em círculos descontrolados — ela acrescentou.

Um córrego caía das elevações arborizadas atrás da praia, transbordando através de um estreito barranco dentro do oceano. Grandes pedaços de rocha caída escondiam parte da costa das nossas vistas. E de algum lugar fora de vista veio um choro sobrenatural, cinco tons profundos e diferentes, soprando sem alteração, embora não todos ao mesmo tempo. O som era uma rajada de cacofonia, como gaitas de fole começando a tocar, um terrível som grave, gemidos, a melodia ainda não embalada. Ou estava? Havia algo assombroso sobre o que eu estava ouvindo.

Esta era a ilha do homem choroso, eu percebi! Munda vira-o de canto do olho, quando tinha sido banhada na Luz da Visão. E embora meus talentos de encantamento tivessem sido suprimidos ao cruzar para a Terra dos Fantasmas, minha intuição permanecia inalterada. Lembrei-me de um velho amigo, um perito com as gaitas de fole, um cantor e contador de histórias, um oportunista, como seu povo o teria chamado, e um homem corajoso.

Se eu estava certo, um hiberno chamado Elkavar espreitava em algum lugar ali perto. Seria possível? Ele certamente pretendera vir por este caminho depois de velejar comigo e Jasão em nossa última viagem para Delfos.

Elkavar nascera para encontrar passagens pelo submundo: era a função dele na lenda, e assim como Atalanta e Rubobostes, ele era um ser lendário. Infelizmente, a Elkavar tinha sido dado tudo o que ele precisava... exceto um senso de direção confiável! E essa ilha do Outro Mundo era exatamente o tipo de lugar desesperado no qual ele teria tropeçado por engano e por sua própria impaciência.

Encontramos as gaitas de fole esculpidas, cinco árvores ocas, posicionadas e moldadas para capturar o vento soprando do oceano. Elas sopravam seu barulho triste, tão alto quando o vento era forte que a reverberação nos atingia. Jasão e Urtha encaravam a estrutura imponente com surpresa. Eram versões monumentais das estranhas gaitas de fole que nosso velho amigo carregara!

Niiv, uma coisinha esperta, pulava para cima e para baixo, batendo suas mãos.

Ela também reconhecera o chamado do gaiteiro. Nossos espíritos elevaram-se.

Foi a intuição de Niiv que persuadiu Jasão a ficar na ilha. Desapontado com o que ele pensava ser um local menor do que o que imaginara a distância, queria mais que tudo encher nossos cantis e barris com água doce e em seguida partir em direção ao continente, para o oeste. Ele estava convencido de que seu filho seria encontrado em "recintos reais".

Ele vive entre paredes açoitadas pelo mar. Ele reina em seu mundo, embora ele não o saiba.

Mas se Elkavar estava de fato se escondendo na ilha ele poderia ser de grande utilidade para nós.

Urtha fora escolhido para ficar no barco. Jasão foi escolhido para procurar o jovem hiberno. Niiv ficou para trás, relutantemente, junto com Tisaminas e o pálido Leodoco. Rubobostes, Hilas, Atalanta e Jasão vieram comigo, seguindo o caminho que corria ao lado do córrego, e atravessando os rochedos para encontrar o planalto de terras arborizadas dentro dele.

Os outros argonautas foram enviados para patrulhar e procurar por suprimentos.

Uma explosão de música mais suave de repente flutuou pelo ar, uma melodia pura, levemente triste, um breve fragmento de alguma música mais longa. Depois o silêncio e então um grito de raiva. Ri alto. Eu não reconhecera a raiva. Mas a música era inconfundível, aquela combinação de vivacidade e saudade.

Saímos do esconderijo para adentrar uma clareira larga, rodeada por três túmulos, montes íngremes cobertos de grama. Havia um forte cheiro de terra, o aroma das cavernas úmidas, a sugestão de osso queimado. No centro da clareira estava uma casa de pedras cinzentas com muitas janelas em suas paredes altas, e um telhado inclinado de palha fina, mais aberto aos elementos do que protegido deles. Ali havia o cheiro nauseante de carne podre.

Jasão estava prestes a dar passos largos em direção a construção quando uma série de uivos breves e quase musicais, soando de dentro das paredes, fizeram-no parar em seu caminho. Novamente as gaitas de fole estavam tocando. Uma melodia de misteriosa beleza, algo antigo e estranho que afetava Atalanta tanto quanto incitava o velho bode grego.

De uma só vez, as entradas baixas para os montes se alvoroçaram com atividade. Então, mais rápido do que um olho mortal podia ver, formas se arremessaram de sob a terra e para dentro da casa. Um riso maníaco foi acompanhado pelos gritos e fúria do gaiteiro. Os tons graves eram agora aqueles de um conjunto de gaitas de fole sendo rachadas, rasgadas, quebradas. Quando estes Elementais insultuosos fugiram de volta para seus montes, um deles fez uma pausa, tão brevemente que apenas eu — e talvez Niiv — pude ter um vislumbre dele. Ela, acostumada aos *voytazi* e outros Elementais dos lagos e bosques, não se perturbara pela surpreendente aparição deste rápido atormentador. Eu também havia visto antes tais criaturas que eram como cadáveres. Eles foram concebidos por alguma natureza rude para aterrorizar os vulneráveis, não os que conheciam. A natureza em terrível disfarce, mas ela mesma vulnerável, eu suspeitava.

Jasão respirava com força, com todos os seus sentidos em alerta, cenho franzido.

— Eu conheço este lugar — ele sussurrou. — Tudo nele é familiar. Não em aparência, mas...

Então, vieram a ele. A lembrança e o entendimento.

— Há um homem lá dentro que está esperando por nós! Nós o ajudamos e ele será nosso guia.

Incontroláveis, Jasão, Atalanta e Hilas, inflamados pelas lembranças de uma busca anterior, investindo violentamente através da clareira, entraram na casa de pedra. Rubobostes, percebendo que eu hesitava, hesitou também. Ele me seguiu quando eu fui até um dos altos montes, parando para olhar para dentro da passagem de pedras alinhadas que levava para o interior. O batente e as colunas eram intricadamente esculpidos; as esculturas mudavam suas formas enquanto eu as olhava, símbolos esquecidos de várias idades. Estas não eram simples tumbas, elas eram as entradas e saídas de uma parte especial do mundo, uma que os celtas conheciam bem.

Espreitando, fora da vista, amontoadas nas passagens laterais, estavam as criaturas que guardavam esses caminhos para outros mundos.

Jasão estava me chamando. Chamou-me pelo meu nome *Merlin,* algo que me surpreendeu. Era um gesto inesperadamente amigável de um homem que um dia jurara matar-me.

— Um velho amigo está esperando por nós — lembrei a Rubobostes, que parecia intrigado com tudo o que estava acontecendo. — O tocador da gaita de fole. Você se lembra?

— Como posso esquecer? — o dácio murmurou. Ele não fora um apaixonado pelos tons agudos que algumas pessoas no mundo chamavam de música.

Se eu tinha esperado encontrar o despreocupado e jocoso que um dia eu conhecera, entretanto, logo fui desapontado. Grisalho e magro, olhos lacrimejantes e assustados, o homem que se amontoava no chão, entre as figuras agachadas e simpáticas de Jasão e seus argonautas, era uma sombra do robusto hiberno que me guiara pelo rio guardado pela deusa Daan ao oráculo em Arkamon, na Grécia. Alimentos se empilhavam numa extremidade do cômodo comprido — alguns frescos, a maioria em decomposição, fervilhando com moscas.

O chão estava escondido sob pedaços de couro e fragmentos de gaitas de fole quebradas, osso e madeira.

— O que aconteceu? O que aconteceu? — lembro de ter murmurado enquanto fui até ele e tomei suas mãos nas minhas. — Alguém não cuidou de você. Eu achava que você iria sair cantando de qualquer situação difícil.

— Merlin — Elkavar respirou. Sua mão apertou a minha mais forte, um fogo voltou a seus olhos. Ele procurou meu rosto, talvez tentando convencer-se de que este era realmente o homem que um dia ele ajudara. — Há tantos truques e encantos neste oceano — disse, como se estivesse lendo a minha preocupação. — Tantos truques. Eu me desentendi com o próprio deus mais trapaceiro! — E novamente levou-me para perto dele, seu hálito penetrante como a bile, lágrimas correndo de olhos desamparados que tinham envelhecido até mesmo mais depressa do que a carcaça miserável da qual eles olhavam.

— É você? Você me encontrou? Minha canção continuou? Eles nunca, nunca me deixaram terminar minha canção. Os bastardos! — ele chorou, repetindo tristemente: — Bastardos, bastardos!

Ninguém disse uma palavra.

— Minha canção continuou? — ele perguntou novamente, atravessando sua própria angústia. Ele então olhou furtivamente. — Achei um modo de deixar escapar uma canção. As gaitas na costa, ao lado do único lugar de desembarque. Eles me assistiam enquanto eu as construí. De cima. Eles não chegam perto do mar. Se eu tentasse pegar gaitas de fole apropriadas, eles me impediriam. Mas não me impediram de carregar madeira, grandes toras, ocas. Não creio que eles tenham entendido o que eu estava fazendo. — Ele riu para si mesmo. — Eu determinei as notas para lembrá-lo daquela canção, lembra-se daquela canção? Aquela que nós cantamos para chamar Medeia de volta do submundo? Cinco notas. E você as ouviu!

Bom Deus no Carvalho! Eu *tinha* ouvido! Bem naquele primeiro dia, quando havia retornado para Taurovinda, para as ruínas da fortaleza, e encontrei as Normas, as deusas do destino, oscilantes, sangrentas, provocantes, pendendo das vigas da casa de Urtha. Aquela melodia tinha sido um fragmento de som no ar do inverno. Eu o notara, mas não o reconhecera: o chamado desesperado de Elkavar, da prisão na Terra dos Fantasmas. E na praia também, embora a melodia tivesse sido muito profunda, muito lenta para captar.

— Eu a ouvi — eu disse a ele.

— E eu sabia que você viria! Eu sabia que você não esqueceria.

Jasão me lançou um olhar gélido. Nossa presença ali não tinha nada que ver com Elkavar. Mas o que eu podia fazer? Mentir para o pobre desgraçado cuja vida estava subitamente intensa de novo?

Elkavar esforçou-se para ficar em pé e olhou em volta.

— Você eu conheço — ele disse a Jasão. — Saudações.

— Saudações a você. Você é um homem magro para tanta comida armazenada de forma tão revoltante. Você nunca come?

— Eu nunca como — o hiberno disse, olhando para Atalanta e Hilas. — Eu não sei quem vocês são, mas bem-vindos ao meu humilde lar.

— Seria bom fazer uma boa limpeza — Atalanta disse atrás de mim. — Com tanta comida, por que você nunca come?

— Bem, eu às vezes como — Elkavar respondeu. — Eles me insultam com comida, tanta que eu não posso dar cabo dela. Eu pego o que preciso, mas o resto – carcaças, ensopados, caldos, sopas, frutas, garrafões de vinho – se acumula dia após dia. Se eu tento jogá-la fora eles a trazem de volta. Estou enterrado com alimentação, mas eles me negam minha música!

— Enterrado com comida? — veio a voz de Rubobostes do vão da porta. — Esse é o meu tipo de hospedaria. Embora um pouco rançosa. Você tem algo fresco?

— Rubobostes! — Elkavar gritou. — Agora *sei* que não estou sonhando. Estou salvo: tenho o encantamento de Merlin, a perspicácia de Jasão e a sua força. Meus amigos. Meus velhos amigos. — Ele virou-se num círculo, braços enfraquecidos tremendo, os pés fazendo uma pequena dança. — Ajudem-me a costurar o saco para as minhas gaitas, ajudem-me a tocar, e eu os levarei a qualquer lugar que vocês desejem ir! É uma habilidade minha — gabou-se com entusiasmo, apesar dos nossos olhares incertos de uns para os outros — que eu possa encontrar passagens através de Outros Mundos. Não é assim, Merlin?

— Você conseguiu uma vez, que eu me lembre — lembrei-lhe. — Apenas uma vez.

— Bem... é verdade. Mas isso significa que posso fazê-lo novamente. Não é? Mas primeiro: comam! Peguem o que vocês quiserem. Há mais comida aqui do que poderia ser queimado em uma Festa da Primavera. O beijo de Danu! Se eu empilhasse os porcos assados uns sobre os outros eu poderia lamber o rosto da lua. Andem, andem. Eles trarão mais daqui a pouco, mais para jogar na pilha.

Nós decidimos esperar um tempo. Pelo menos a carne estaria fresca.

E enquanto esperávamos, gentilmente extraímos de Elkavar a história de sua presença nesta ilha, no meio de um oceano, no meio da Terra dos Fantasmas. Rubobostes foi muito gentil em me lembrar, num sussurro, que nem tudo era como parecia. Ele estava preocupado que este pudesse não ser Elkavar, mas algum truque, uma ilusão concebida para nos confundir.

— Com que finalidade?

— Com que finalidade o quê?

— Por que nós deveríamos ser confundidos? Quem está fazendo a confusão?

— Eu ouvi falar de um Degenerado, aquele que negocia com a morte.

— Eu também ouvi!

— O Degenerado, muito provavelmente, está nos confundindo. Mas eu conheceria esse homem em qualquer lugar. Este é Elkavar. Elkavar está tão perturbado pelo Degenerado quanto nós estamos.

O dácio inclinou-se para mim, puxando o lado direito de seu bigode desalinhado.

— Eu espero que você esteja certo.

Elkavar estava muito alerta. Como se cego, ele reuniu os fragmentos rasgados e arruinados das gaitas à sua volta, agarrando-os junto a si como um rato se agarra a seu ninho.

— Só há um caminho para sair daqui — ele disse. — E para encontrar a saída certa eu preciso tocar a melodia certa. Cada vez que eu a toco sinto a brisa da liberdade, a fuga deste local desesperado, mas aquelas *criaturas* se aglomeram sobre mim, abelhas sobre o mel, e rasgam o saco da minha gaita de fole e quebram meus tubos. Eu os refaço. Eles rasgam e as despedaçam. Eles tentam me alimentar até que minhas entranhas estourem. E me mantêm aqui, preso. E tudo porque...

Ele hesitou, franzindo as sobrancelhas.

Jasão, lembrando de um encontro semelhante com um homem cego em sua primeira busca, sugeriu:

— Tudo porque você desafiou um deus. O deus o puniu. Você questionou seu julgamento! Ou era um deus-mulher? Isso seria pior. Mas não importa. Eu posso imaginar o que aconteceu. Você arrogantemente assumiu que em termos humanos era mais sábio do que um deus. Mas você é! Malditos sejam! Zeus, Atena, Apolo. Todos os deuses podem ser apaziguados do modo certo. Eu estou cansado destas divindades. Mais poderosos, oniscientes, ameaçadores, sim! Mas o *que* eles sabem? Qual deus você ofendeu? Eu me lembro do pobre Fineu, o vidente, nós o encontramos em nosso caminho para o velo. Ele fora cegado por Zeus, e a ele foi negado o delicioso alimento que lhe era trazido todos os dias por causa dos ataques de duas harpias que comiam seus suprimentos do festim e então urinavam sobre o resto. E tudo porque ele ousara sugerir que ele podia ler os presságios do destino mortal mais rapidamente do que o deus. Nada de viagens demoradas a oráculos, sem dinheiro mudando de mão, sem sacerdotes explorando os incautos. Pobre Fineu. Embora realmente *tenha* havido um problema em aborrecer Zeus. Mas Zeus é Zeus: incansável no desejo de vingança, todo-poderoso, mesmo para um deus para estranhos. Ele é o único. Não se discute com Zeus. Mas ele não está aqui agora. E seus deuses não são absolutamente tão terríveis quanto os nossos. Nós podemos ajudá-lo.

O rosto de Elkavar era um retrato de perplexidade e desespero. Sua olhada rápida para mim foi uma busca de reafirmação. A declamação entusiasmada de Jasão desvaneceu-se tão rapidamente quanto o interesse de um gato em sua presa assassinada. Ele repentinamente estava carrancudo outra vez, todo austero e com olhar firme.

Elkavar disse (e juro que ele parecia nervoso em contradizer o homem mais velho):

— Mas eu não aborreci um deus. Nem mesmo um semideus. Não aborreci ninguém. Eu dou minha palavra. Um homem louco fez isso a mim. Um homem cujo riso era como uma zombaria, cujo rosto era muito infantil até que ele risse, e então ele ficava deformado e retorcido, como a imagem da beleza num escudo de prata martelado. Mas aquele nome... o que você acabou de falar. Fineu. Foi como ele me chamou! "Você é meu Fineu", ele disse. "Fineu era uma das melhores partes da história. Então nós devemos nos certificar de que você tenha uma boa casa e boa comida e pequenos ajudantes apropriados." Sim, foi isso o que ele disse. Você é meu Fineu.

20

Esforçar-se, buscar, encontrar

Isto foi o que Elkavar nos contou:

Ele navegou para a baía em um barco muito estranho. Havia outras pessoas a bordo, mas elas ficaram muito quietas nos remos. Ele desembarcou e eu estava convencido de que ele viera para me resgatar desta ilha. Não me atrevera a partir pela rota em que cheguei.

Em vez disso, ele desapareceu no interior da ilha, mas veio me buscar depois. Esta casa apareceu subitamente entre as sepulturas. Ela não estava aqui antes, tenho certeza. Eu cheguei a esta ilha, antes de ela aparecer, através de uma daquelas montanhas! Mas ele me convenceu de que eu não prestara atenção à tal casa, que era uma casa que simplesmente aparecia de vez em quando.

Abrigamo-nos aqui e comemos comidas requintadas, trazidas para nós pelos jovens do outro lado da ilha. Isso continuou por muitos dias. Contei a ele tudo sobre minha vida e problemas, e Argo e a Grécia. Ele pareceu muito interessado na Grécia. Naquele período, ele voltava com frequência para os penhascos acima da baía onde seu barco estava ancorado. Eu me perguntei o que aqueles homens comiam ou bebiam. Eles nunca deixavam a embarcação até onde eu podia ver. Ele continuou olhando fixamente para o leste, sua frustração aumentando mais e mais. Estava esperando algo, mas, o que quer que fosse, continuava a frustrá-lo.

Então ele começou a zombar de mim, das minhas pequenas fraquezas, do meu hábito de ficar perdido nas passagens sob a terra. Ele começou a achar isto algo muito engraçado. Ele havia mudado. Ele se tornara um degenerado. Fiquei assustado. Pensei em uma rápida fuga, cogitei voltar para o lugar de onde eu viera, porque nem aquilo seria tão assustador quanto a expressão em seu rosto, e ele deve ter percebido meu temor. Então me chamou para tocar a gaita de foles. Aproveitei a oportunidade e toquei a melodia que abriria o "caminho para baixo", o portão de volta para o submundo. Pensei em aproveitar a chance e escapar, mas quando o fiz, as fechaduras na porta e janelas se abriram com violência e criaturas vindas de um pesadelo voaram e rasgaram a bolsa em pedaços antes de fugir. Um deles mastigou cada uma das gaitas de madeira como se roesse um osso, como se buscasse a essência da música.

O homem completamente louco gargalhou e me jogou um pedaço de carne. Ao correr da casa, ele gritou:

— Pelo menos você não terá fome. Mas deve esperar um barco que tenha levado uma Era para chegar aqui antes de encontrar o caminho para a saída! Meu Fineu!

Eu corri atrás dele até a baía, mas ele era um corredor veloz e já havia abandonado a ilha quando eu cheguei à praia, encontrando o barco sob o sol poente. Foi quando eu vi, na distância, diante dele, uma vasta frota de barcos, obscurecidos e indistintos na bruma entre o mar e o sol, mas longas embarcações, galés de guerra, eu tenho certeza. Muitos barcos pegavam ventos fortes e zarpavam firmemente para além do horizonte. Eu não fazia ideia de para onde iam.

Ele me fez de bobo. Eu era parte de um jogo, um jogo cruel.

— Que emblema estava exposto em sua vela? — perguntei quando ficou claro que Elkavar não tinha mais nada a dizer.

— A vela era de um tecido negro com os contornos bordados de vermelho, e a cabeça verde de uma mulher no centro; seu cabelo era um emaranhado de serpentes, seus olhos estavam vazios.

— Medusa — Jasão resmungou. — Isto ficou estranho agora.

— Mas o seu *é* o barco que levou uma Era para chegar aqui — Elkavar suspirou. — Eu dificilmente ousaria pensar que Argo seria o início de minha libertação.

Todos nós olhamos para Jasão quando Elkavar proferiu estas palavras. Jasão havia confabulado para a libertação do vidente cego Fineu das medonhas harpias. Mas ele tivera a assistência dos argonautas Zetes e Calais, os ligeiros filhos do trácio Boreas, que haviam ido longe para caçar os demônios, haviam ido até a Ilha do Céu Flutuante e cortado as penas de seus rabos, abandonando-os.

Logo descobrimos que não poderíamos penetrar mais do que a distância de uma sombra nas passagens de pedra destes *sidhs*, como Elkavar os chamava. Quando tentamos preparar uma rede para pegar os elementais, após Elkavar consertar sua gaita e começar a tocar, eles foram mais rápidos do que poderíamos imaginar, provocando dano, apesar da incrível velocidade com que Atalanta disparava suas flechas neles.

Foi Rubobostes quem veio em nosso resgate. Ele havia entendido o problema, apesar de suas dúvidas sobre a existência mortal de Elkavar, e juntamente com Ruvio arrastou as enormes gaitas entalhadas da praia até o topo da colina e da clareira do bosque.

— Tudo o que precisamos agora é de uma bolsa grande o suficiente para soprar estas coisas, e se meu instinto não estiver enganado, nós estouraremos os elementais tão longe naqueles montes que eles levarão uma estação para retornar. Até lá, nós teremos conseguido libertar o *gaiteiro* de sua maldição...

As palavras foram ditas sob a dedução de que isso atrairia uma maldição ainda maior sobre nós.

Ele acrescentou:

— Há uma lenda entre o meu povo que é muito parecida com esta situação, que foi o que me deu esta ideia. Eu não consigo lembrar os detalhes, embora muita feitiçaria esteja envolvida. Nós estamos um pouco fracos de feitiçarias nestes últimos tempos, ao que parece, então teremos de improvisar.

Elkavar havia modelado cada novo saco de vento com a bolsa de pele de animal na qual sua comida fora trazida, usando agulha de osso e barbante feito de cordão de cipó, amaciado pelo processo de mastigação, para costurar. A carne e a pele devem ter vindo de algum lugar, e Urtha foi convocado do barco. Ele e muitos saqueadores entre os velhos argonautas exploraram o lado distante ilha, retornando finalmente com uma pilha de peles não curadas empilhadas no lombo de Ruvio.

— Pessoas estranhas — foi como descreveram as comunidades que haviam descoberto. Falavam com dificuldade, atropelando as palavras. — Eles não parecem se dedicar a outro propósito que não seja a provisão de comida e bebida para barcos que passam. Não há nenhum porto lá. Eles descem os pacotes com provisões de um penhasco e transportam de volta, em troca de qualquer coisa que precisem para eles mesmos. Aproximadamente quarenta deles são mulheres e vinte, homens, nenhuma criança. Quando não estão fazendo comida, estão fazendo amor. Eles são todos muito esbeltos e jovens. Estão perto do paraíso, exceto pelo fato de não falarem, usando apenas dedos e gestos, embora eles se saiam muito bem usando apenas gestos e dedos.

— Você viu muitos barcos? — perguntei.

— Três muito grandes indo para o oeste e um quarto ainda recebendo suprimentos.

Urtha também havia recebido suprimentos. Pelo cheiro em sua respiração e pelo odor que os outros emanavam, eles estavam extremamente bêbados.

Dois dias depois, quando o saco de vento estava quase pronto e as gaitas altas estavam arrumadas e amarradas no devido lugar, o absurdo da situação começou a nos atingir. Apesar de Jasão estar muito quieto, Niiv sorria de uma forma que eu nunca vira. Urtha e Tisaminas compartilhavam a distração. Rubobostes parecia furioso porque o espírito hilário começara a obliterar seu bom senso, e quando ele propôs alimentar seu majestoso e sobrenatural corcel com a relva mais alta, para fazer que ele produzisse mais gases e, deste modo, ajudasse a inflar a bolsa, aquilo foi mais do que a maioria de nós poderia aguentar.

Eu gostaria de poder encontrar uma solução mais sofisticada para o dilema de Elkavar, mas o fato é que, no crepúsculo do terceiro dia de nosso trabalho, gaitas gigantes, tocadas ao comprimir de um saco de couro enorme, cheio de ar, achatada por tiras sob a tração do incansável cavalo dácio, fez soar uma ventania ruidosa em cada monte, um barulho abominável, tão estridente que a construção de pedras na qual Elkavar havia se abrigado rachou. Parte do penhasco acima da baía desabou no mar, e um grupo de aventureiros, duas mulheres, um cavalo foram arrancados do chão pelo choque e pelo consequente odor.

Depois disso, tudo caiu em silêncio.

Ainda que apenas por alguns instantes.

Quando Elkavar, então, tocou uma melodia apropriada em sua própria gaita de tamanho natural, o novo saco de ar feito de pele de cabra, comprimido entre seu cotovelo e costelas, o feitiço que o prendera neste lugar desapareceu, e apesar de nada parecer ter mudado, exceto que as entradas para os montes se fecharam, como se o Tempo as houvesse curado, e a construção de pedra se reduziu a cascalhos, o hiberno estava livre; livre para passar além da praia e voltar para o oceano. Os elementais desceram. O jogo com ele havia terminado.

Nós o levamos a bordo do nosso barco estranhamente nervoso, nossa relutante embarcação, um Argo que ficou subitamente em estado de alerta. Como qualquer viajante, as experiências que tivera com os muitos mundos ainda não lhe haviam dado a confiança para encarar este novo lugar. Jasão e Urtha, precipitados e meio cegos com a estranha mistura de aventura, se revezaram para acalmá-lo. Ela não os punira por suas mentiras.

Nesse ínterim, nos asseguramos de que nosso amigo de casco lustroso estivesse bem suprido pela comunidade que havia servido à clareira e a seu prisioneiro habitual e depois partira, seguindo a frota fantasmagórica.

Caçando o Degenerado.

Este era um oceano estranho. Não muito depois que nós deixamos a Ilha do Homem Choroso, outra ilha começou a agigantar-se diante de nós, suas colinas verdejantes separadas por uma queda de água que desaguava no mar. Elkavar nos disse para seguir para o sul.

— O Degenerado me contou sobre este lugar. A Ilha dos Cães Despidos. Olhem, ali!

Avistamos uma costa com dunas e colinas baixas, com inúmeras trilhas conduzindo para seu interior. As criaturas que corriam na areia, latindo para nós, eram horríveis, uma matilha, uma vez cães de caça bonitos, agora despidos de sua pele.

Essa era outra ilha de lamentos, embora, desta vez, o som que se elevava e caía como se levado pelo vento fosse o som de mil cães ladrando e se lamuriando. Enquanto Argo se movia lentamente pela costa, podíamos ver a grande vela em seu ponto mais alto, um lençol de peles remendadas, o vazio, olhos e bocas de cabeças sem ossos se abrindo e fechando com as rajadas de vento, emitindo o mais aflito dos lamentos.

Niiv estava em transe. Ela cintilava da mesma forma que Munda, quando foi possuída pela *imbas forasnai*. Ela estava ouvindo algo mais do que este uivo sobrenatural. Percebi que ela conseguia escutar uma música dentro do som.

— Oh, é lindo. É lindo! — ela exclamou. — Merlin, venha e ouça.

— O que eles estão cantando?

Suspeitei que ela não estivesse usando feitiço para ouvir a música dos cães. Teria sido uma grande ironia se os poderes dela fossem tudo o que nos restasse, agora que meus próprios poderes haviam esmaecido. Suspeitei que ela nascera para tal tarefa.

De fato, ela disse:

— Escutei a música de uma rena e um lobo da neve, ouvi um lince, uma cotovia e uma águia. Mas este lamento é o mais bonito. Você não consegue ouvir? Isto é tão antigo. Apenas ouvi fragmentos desta música até hoje, cada vez que um cão uivava para a lua. Mas esta é a música inteira.

— O que eles estão lamentando?

Ela pegou minha mão e a apertou.

— Estes são cães de caça da primeira leva de pessoas. Estes são os perdidos, que nunca conheceram a coleira nem o calor do fogo. Estes eram os velhos cães que observavam seus filhotes serem levados e adestrados. Agora eles desejam que não tivessem se mantido dentro dos limites da floresta, e sim que tivessem se aproximado do fogo e compartilhado o calor e as canções das pessoas. Esta é a ilha deles. Nós deveríamos aportar e brincar com eles um pouco. Eles viram o jogo, mas nunca participaram. Seria a coisa mais gentil a se fazer.

O olhar fixo de Rubobostes parecia dizer tudo: brincar com estas criaturas sem pele e opacas de sangue, babando ali na costa? Obrigado, mas não.

Eu estava mais sujeito ao olhar deliberado de Niiv para mim, a pressão de seus dedos nos meus. *Brinque um pouco. Seria a coisa mais gentil a se fazer.*

Como se subitamente alerta de que eu ficara frio a seu respeito, ela afrouxou seu aperto, sorriu tristemente e disse:

— Há algo mais nessa música. Há um baixo gemido como uma voz sugerindo um alerta ou uma direção... algo sobre um Lugar de Evocação aos Pais. Irá se erguer sobre nosso horizonte, mas não é seguro que mais de um homem desembarque aqui.

Rubobostes ouvia a conversa sem compreender plenamente o que Niiv falava. Quando traduzi para ele, sua testa franziu e os olhos se agitaram.

— Isto é uma nova armadilha — ele disse. — Não a garota, mas o que ela ouviu. Coleiras? Todos nós estivemos amarrados pelo pescoço, e alguém gentilmente está nos puxando.

Eu concordava com ele, é óbvio, e confessei isso. Mas precisava falar com o barco.

Jasão, apesar do ódio de Mielikki por ele, e do desapontamento de Argo por seus atos, estava autoritário como sempre, bloqueando meu caminho enquanto eu tentava me aproximar da face de madeira de bétula da deusa. O barco chacoalhou enquanto o vento nos sacudia, arrebentando e chicoteando a vela, como se tomada e puxada pela forte brisa.

— O que Mielikki disse a você?

— A respeito de quê?

— A respeito destas ilhas, desta viagem.

— Nada. Ela estada calada e com raiva.

— Eu preciso saber o que ela sabe. Na próxima ilha em que nós aportarmos, apenas um de nós poderá pisar em terra.

Jasão sorriu friamente, sentindo o aroma do que ele amava: o desconhecido, o perigo. Seu olhar sugeria: E daí? Eu sou capitão. Eu vou para a terra.

Urtha, compreendendo o que estava sendo dito, murmurou:

— Se apenas um de nós pode pisar em terra, então Merlin sabe mais do que nós, e ele deveria ir.

Urtha, como eu viria a descobrir com crescente frequência e afeição, era tão pragmático quanto orgulhoso.

Mas ele me perguntou pontualmente:

— Por que você precisa conversar com o barco?

— Garantia.

— Garantia? Você? Agora *eu* estou preocupado. Ei, grego! Afaste-se deste adorável rosto. Deixe o homem ter sua garantia.

O olhar hostil de Jasão nunca me deixou, mas ele estava ciente de que mesmo soando amigáveis, as palavras de Urtha não estavam totalmente desprovidas de perigo.

Se Jasão hesitou, foi por um instante apenas, longo o suficiente para notar, rápido demais para insultar. Ele se afastou.

Mielikki me chamou para o Espírito do Barco, encolhido na popa sob seu semblante sinistro. Além desse limiar, a brisa se encheu do frio de inverno. Como sempre, a Senhora das Terras do Norte estava sentindo saudades de sua casa.

Minha pergunta para a deusa era simples: Niiv havia compreendido uma grande questão sobre a última ilha, fatos que pareciam para mim mais do que deveriam ter sido para ela. Talvez a deusa soubesse mais. Este oceano não deveria estar ali. Não, pelo menos, da forma que o estávamos vendo. Se não Mielikki, então Argo talvez estivesse ciente do que se colocava adiante. E por que meus poderes haviam me deixado.

— Há um rastro de Tempo no oceano — Argo me confidenciou através de sua encarregada. — Mas novas mãos brincaram com a forma das terras que pairam aqui. Eu não entendo por que seu feitiço foi tirado de você. Talvez seu encantamento tenha sido elaborado para atuar em um mundo sem feitiçaria. Mas se Olhos Ferozes está aqui, o feitiço deve tê-la abandonado também. Vocês são parecidos. Tudo o que ela terá será sua astúcia.

— Estamos navegando para uma armadilha?

— Sim, é claro. Embora qual armadilha — aquela de Olhos Ferozes ou deste espectral Degenerado — eu não possa dizer. Não consigo ter uma ideia clara. Há tantos fantasmas, uma abundância de fantasmas, evidentes em suas memórias no oceano. Eles nos seguem como jorros, trepidantes peixes, embora não tenham forma. Mas você está se aproximado da Ilha do Homem de Vime, e além dela está a Ilha das Pedras Gigantes, e depois a Ilha do Graal de Ferro. Depois disto, tudo está distorcido para as madeiras velhas de meus olhos.

— Alguém a está "distorcendo"? — perguntei ansiosamente e, claro, ingenuamente.

— Não — ele respondeu. — Nada disso. Apenas vi esta situação muitas vezes antes. Meu casco foi reparado diversas vezes. Mergulhei sob bons e corajosos capitães, em mares com trechos tão estranhos quanto este. É a familiaridade que me deixa cansado. Eu estou meio cego pela ciência de saber o que esperar.

Eu nunca o vira tão acessível.

— Conto a você, Merlin, porque eu sei que me compreenderá. Você mesmo não é mais do que um barco. Homens de madeira duradoura. A idade nunca aparece até se mostrar e então chega com angustiante decadência. Você durou milênios. Você apodrecerá em algum momento, embora eu espere que não aconteça ainda. Quando chegar sua decadência, eu o levarei em segurança para um lugar que nem você pode imaginar. Serei o seu leito, sua pira, seu túmulo. Você será o último capitão deste barco. Mas ainda não, por um longo tempo. Há muito que fazer, ainda que você esteja preocupado. E uma vez que você é o capitão mais estranho que já conheci, também posso lhe contar que para todos vocês que remaram nos bancos tudo está perdido e tudo está para ser recebido. A Ilha do Graal de Ferro não tem nada que possa ser pilhado. Mas lhes mostrará tudo.

Ele então silenciou, um oráculo que havia dado tudo o que estava pronto para dar.

— Está tranquilo? — Urtha me perguntou quando deixei o Espírito do Barco e retornei para meu assento, segurando a amarra molhada de meu remo com as duas mãos empoladas.

— Não sei muito bem como me sinto — foi tudo o que eu pude pensar na hora para responder. — Mas o humor de nosso barco está desolador.

Ilhas apareceram diante de nós como se o próprio Oceano as estivesse erguendo em nosso caminho. Nós remamos com força ao redor de rochedos lúgubres, pegamos o vento onde podíamos e alinhavamos depois das margens acidentadas e recortadas e de costas que estavam lotadas das mais estranhas criaturas: cavalos gigantes que caçavam uns aos outros, como se fossem galopados por homens, mas mordendo severamente qualquer flanco que se tornasse vulnerável. Uma ilha em que homens e mulheres se espalhavam pela costa, sorrindo e jogando todos os tipos de jogos que atraíam enormemente Urtha. Fizemos tudo o que pudemos fazer para contê-lo, mas por fim ele lembrou a velha história: que qualquer homem que aportasse lá começaria a rir e jogar sem se importar, sem razão.

Uma ilha com terraços e verde de árvores era casa para enormes pássaros, cuja plumagem era rica em vermelhos e verdes, geralmente um sinal de que poderiam ser comidos. Atalanta abateu três deles a uma grande distância antes que eu percebesse que eles não eram simplesmente enormes, mas quase do tamanho de Argo. Ancoramos fora da costa por um dia, cortando carne e armazenando, enquanto a caçadora nos defendia do ataque de bandos raivosos.

A essa altura nossos estoques de comida estavam baixos e esse rico banquete fora bem-vindo, com Elkavar cozinhando tiras de carne de pássaro em uma fogueira improvisada sobre a superfície de um escudo. Elkavar era um excelente cozinheiro. Ele se esquecera de remover os apoios de couro do escudo, e ainda que eles tivessem sido cozidos com a carne, quem acabou por comê-la sequer percebeu.

Chegamos a uma ilha onde uma longa fileira de estátuas de madeira agachadas olhava para além do mar, guerreiros atrás de seus escudos. Urtha os reconheceu imediatamente. Ele desembarcou. Conforme ele se aproximava, cada figura se erguia e o cumprimentava. Homens de carvalho e freixo e elmo, lubrificados e polidos. Estes eram os coritanis que caíram em batalhas ao longo das gerações. Quando iam para a guerra, deixavam tais efígies para trás em sua terra, um fragmento de seu espírito em cada estátua, um ritual que havia sido imposto a eles em tempos infelizes, quando seus druidas eram mais poderosos. Aqueles que retornaram queimaram as efígies em comemoração. Aqueles que não andaram navegando até as efígies nesta ilha do Outro Mundo, esperavam por momentos como este para enviar mensagens de saudação e amor para suas famílias.

Urtha nos contou isto quando voltou a bordo. Ele gastara os momentos seguintes memorizando as palavras e pensamentos da morte do Rei Vortingoros.

Uma ilha surgiu diante de nós um dia depois. Um lugar de suaves colinas e uma costa larga e quente de areia macia delicadamente tocada pelas ondas. Lindas mulheres de cabelos negros se enfileiravam à beira da água, acenando para nós, sorrindo encantadoramente. Seus vestidos eram estranhos, um manto estreito de renda brilhante, cinza-escuro salpicado de branco. A essa altura, fizemos tudo o que podíamos para impedir Rubobostes de pular na água e nadar em busca de um breve momento de "descanso e recreação", como ele mesmo definiu. Essa expressão nos fez rir tanto que foi preciso empreender toda a nossa força para arrastá-lo de volta para a segurança de Argo. Niiv e Urtha sabiam o que estavam testemunhando, e quando remamos Argo com mais força e para longe da aparentemente agradável ilha, Rubobostes percebeu — como todos nós — o perigo que o havia ameaçado. A praia desapareceu e as pedras afiadas à beira-mar da verdadeira costa tornaram-se claras. As mulheres deslizaram em suas barrigas, gordas e cintilando, rostos bigodudos nos olhando enquanto choravam seu pesar como focas.

— O que, no mundo dos pesadelos, *elas* eram? — o dácio perguntou.

— *Selkies* — Urtha explicou. — Criaturas parecidas com focas que podem assumir a forma humana no corpo de mulheres.

Rubobostes olhou para ele, confuso:

— Por que fariam isso?

— Para atrair sua presa. Elas precisam de sangue para manter a mulher na foca. O restante do tempo, elas têm de se alimentar de peixe. Você não sentiu o fedor de peixe estragado?

— Sim — Rubobostes disse em um tom aflito. Ele tornou a olhar para a ilha.

— Aquilo não o advertiu do perigo? — Urtha perguntou a ele.

— Perigo? Em minha terra, peixe estragado é usado para fazer um ótimo petisco. Por um instante eu me senti em casa.

A decepção do grande homem não durou muito.

Argo direcionou seu caminho por um mar que surgia diante de nós, um mar desafiador, batendo em nossos flancos, lutando contra a vela. Um ponto de terra firme no qual havíamos posto nossos olhos, onde um brilho de verde e branco sugeria um palácio, não parecia ficar mais próximo com o passar do tempo. Estava nublado, agora, envolto em uma bruma de vapor do mar, mas era evidente que permanecia tão distante quanto sempre estivera.

Jasão estava frustrado, Urtha, ansioso. Até os argonautas cuja vida estava amarrada a seus *kolossoi* roubados pareciam se afligir enquanto se agachavam melancolicamente sobre seus remos levantados ou pesavam sobre eles quando o vento ficava a favor e a vela estava abaixada.

Foi a ansiedade de Urtha, entretanto, que provou ser a fonte de conforto e alerta. Hilas e eu traduzíamos quando necessário. Ele tinha habilidade com línguas.

— Este mar é estranho, mas ouvi a respeito dele antes. Não somos os primeiros a navegar por ele. Estas ilhas são como os furos da gaita de Elkavar: elas podem ser tocadas de formas diferentes para criar novas melodias. O oceano está nos usando para criar as palavras que se afinam com a melodia. Nada é o que parece, mas tudo é familiar. Em uma história que meu pai Ambaros me contou, o ladrão dos mares Maeldun ficou próximo do desespero, buscando nestas ilhas algum traço da vida que havia perdido. Ao fim de sua viagem, ele encontrou sua casa. Estamos navegando na direção de casa, mas não esperem alcançá-la rapidamente.

O grego Tisaminas, morto há muito tempo, estava de pé, e se equilibrou contra o balanço do mar ao se agarrar com as duas mãos ao braço esquerdo de Rubobostes, um braço já sob tensão quando o dácio usou esforço brutal para amarrar as cordas que seguravam a vela.

— Quando Ulisses navegou em uma jornada parecida, depois do saque a Troia, ele também chegou a sua casa — ele lembrava a seus companheiros enquanto os respingos do mar chicoteavam sua barba. — Mas ela teve de ser recuperada. Vinte anos perdidos! Aquele homem ficou à deriva por vinte anos. E em vinte anos, muitas coisas mudam. Homens estavam saqueando sua terra. O que ele havia perdido, ele teve de lutar para recuperar para ele e sua família. Se nós estamos navegando para casa, devemos esperar muita luta.

Urtha gritou através da galé:

— Casa é sempre uma luta! É um caldeirão cujo fogo deve ser constantemente observado. Mas nossa casa é o único caldeirão que importa. Caldeirões sempre foram importantes para nós. O Bom Deus, Dagda, sabe disto, e é o motivo pelo qual ele carrega o seu próprio caldeirão! O que você coloca no caldeirão é o que você tira dele. Nele entra a carne e sai ensopado. Entra morte e sai vida. Tudo é o mesmo, tudo é diferente. Independentemente da provação, da luta, o importante é chegar lá. Nós não podemos fazer nada além de apoiar-nos uns aos outros contra as ondas até chegar lá.

— Casa é onde o coração está — Hilas riu ao citar um trecho da coleção de poesia satírica que Hércules, seu único mestre e amante, escrevera com incrível energia entre suas viagens.

Casa é onde estão os portões, pensei comigo mesmo, enquanto a conversa sobre coragem e encorajamento acontecia. Eu poderia me lembrar tão bem de quantos portões foram fechados para mim enquanto eu perambulava ao longo do Caminho pelo mundo.

A voz de Niiv cortou o ar tempestuoso como o ralhar de uma mãe.

— Se eu puder ter sua atenção: nós estamos prestes a encalhar!

Uma ilha de beleza espetacular havia subitamente se agigantado diante de nós. A habilidade de Jasão e a força de Rubobostes nos permitiram desviar das rochas e lançar nossa âncora na parte rasa, perto de uma gruta onde um arco de pedra brilhante e translúcida atravessava a fenda entre os rochedos.

Um garoto, vestido em uma túnica de tecido branco bordado com um verde natural de bronze manchado, ficou sobre uma estreita pedra, mãos na cintura, como se impaciente, como se estivesse esperando. Seu cabelo longo e negro estava amarrado para trás e ele calçava uma sandália de sola grossa. O mar revolto respingava nele, mas ele continuava impassível, sorrindo. E atraindo meus olhos, acenou para que eu fosse até a costa. Então, pulou de pedra em pedra, abaixo do arco e sumiu de vista.

Argo sussurrou através de sua encarregada: *siga-o.*

21

O graal de ferro

Eu nadei até a praia, minhas roupas enroladas em uma lona impermeável. Vestido novamente, e desarmado, escalei as pedras que margeavam a enseada e passei por debaixo da estranha ponte de mármore. Quase na mesma hora, ouvi meu nome sendo chamado.

— Antiokus! Antiokus! Venha ver o que eu construí!

Kinos esperava por mim, a distância. Então, enquanto eu escorregava e tropeçava no mármore úmido, ele se virou e correu para mais longe, pela enseada, e eu o segui. Suas pegadas molhadas seguiam através da trilha, por entre as árvores, até uma clareira brilhante de flores, cheirando a verão. As sombras das nuvens se refletiam no campo. O garoto levantou as mãos enquanto olhava para mim, um sorriso de alegria em seu rosto. Ele era curtido pelo sol e pelo mar, e sua túnica branca estava velha e rasgada, eu percebia agora, mas os olhos sinceros de criança brilhavam. Ele tinha apenas seis ou sete anos de idade, e seu cabelo salgado pelo mar estava preso em um coque apertado no alto da cabeça, como fora a moda em Iolkos havia setecentos anos.

— Você está exatamente como eu me lembrava, Antiokus. Você não mudou nada, a não ser as suas roupas. Mais velho apenas no olhar. Todo o resto está igual.

— E você está exatamente como *eu* me lembrava, Pequeno Sonhador. Um pouco mais alto, talvez? Mas talvez não. Não tenho certeza. Seus olhos estão menos sonhadores? Não tenho certeza disso, também.

— Eu sonho! Eu sonho! — a criança gritou, excitada. — Posso fazer as coisas mais maravilhosas. Você deve vir, e ver o que eu construí. O meu pai virá, e me encontrará em breve. Eu sei que ele virá. Eu construí um lugar onde ele pode se sentar e comer. Venha ver! Venha ver!

Ele se virou novamente, e correu ligeiro pela floresta, seguindo uma trilha por entre rosas e espinheiros, um garoto explodindo de excitação. Quando a encosta de um rochedo surgiu diante de nós, ele riu alto, batendo palmas. Havia uma caverna não muito profunda abaixo de uma protuberância, quase escondida pelos espinheiros. Ele pintara a entrada da caverna com quadrados e triângulos em verde e vermelho. Do lado de dentro, ele espalhara peles de animais e palha trançada para tornar o chão mais quente e confortável. Ele também construíra banquinhos baixos com madeira polida, e dois deles estavam ao lado de uma mesa comprida e estreita, esculpida com oliveira. No centro da mesa, havia uma tigela de barro, confeccionada de forma grosseira, mas com belos detalhes entalhados, onde ele colocara dois pedaços de fruta.

— Elas apodrecem bem rápido. Eu tenho que substituí-las com frequência. Mas quando ele chegar, elas estarão frescas. Uma para cada um de nós. Meu pai está navegando. Ele está longe, colecionando mais troféus dourados. A busca é ao norte, eu imagino. Entre selvagens e bestas além da imaginação. Ele está perdido agora, mas todos os ventos podem mudar. Ele me disse isso. Alguns ventos mudam para melhor, outros trazem tempestades. Meu pai é um homem sábio, entretanto, ele conhece o mar. Ele pode farejar quando um dos filhos de Boreas está irritado. Eu acho que ele deve estar ferido, contudo. É por isso que ele está voltando para casa tão devagar.

— Este é o Lugar de Evocação aos Pais?

— Sim! Sim!

— Você costumava brincar em um lugar como esse com um garoto chamado Kymon, o filho de um rei.

— Sim! Eu me lembro dele. E da irmã dele. Ele era um guerreiro, também. Ele costumava me contar o que faria com os inimigos de seu pai quando eles se tornassem seus escravos. O mundo dele era uma fortaleza enlameada que significava tudo para ele.

— Onde está Munda agora? Onde está a irmã dele?

Kinos pareceu tenso, e então deu de ombros.

— Não sei. Olhe, Antiokus! Tudo o que é importante está aqui.

Ele me mostrou dez bonecos pequenos, feitos de vime e grama seca, vestidos com tiras de pele negra ou cinzenta, cortadas para se parecerem com armaduras. Eu fiquei imediatamente intrigado com eles. Seria possível que os *kolossoi* estivessem escondidos entre eles? Havia barcos pequenos, esculpidos com madeira e barro, organizados como se formassem uma esquadra, navegando pelo chão coberto de palha e peles da caverna. Um modelo se destacava, o símbolo de Iolkos, a cidade de Jasão, pintado grosseiramente na folha seca que fazia as vezes de vela.

— Tudo está aqui. Tudo está aqui. Todas as histórias do meu pai. Veja. Aqui está Fineus. Fineus foi a melhor parte da história do Velo de Ouro...

Ele apanhou um bonequinho pequeno e estropiado, e o sacudiu na minha direção, sorrindo. Sua outra mão estava escondida atrás de suas costas. Quando ele a mostrou, segurava um morcego morto, as asas esticadas e mantidas no lugar com gravetos e barbante. A barriga da criatura havia estourado com a decomposição. O garoto a movia ameaçadoramente contra a figura de Fineus. Harpias atacando o homem cego, ele explicou, embora eu já tivesse feito a conexão.

— Nhac, nhac, nhac! — ele grunhiu, enquanto o morcego morto golpeava o boneco de palha.

— Fineus estava cego e meio louco — ele disse subitamente, parando com os movimentos bruscos. — Mas ele ainda sabia o suficiente para prever o que aconteceria. Ele guiou meu pai para diante. Às vezes, você não precisa de olhos para ver. Às vezes, você só precisa sonhar...

Seus olhos brilhavam de excitação. Novamente, ele fez com que o morcego se movesse ferozmente em direção ao boneco de palha, e então os colocou no chão, deitou-se entre os barcos, e tocou cada um deles com um dedo, só o suficiente para movê-los alguns centímetros.

— Lá vão eles. Lá vão eles. Você vê, Antiokus? Procurando. Procurando. Sopra, vento, sopra! Velas ao alto! — ele gritou, enquanto brincava. — Remos a toda. Rápido, rápido, enquanto você tem a chance. Somente os deuses sabem o que pode estar lá embaixo, à espreita. O vento pode virar. Observe a brisa. Jasão navega pelo grande desconhecido. Minha mãe espera. Minha mãe espera. Aqui, Antiokus, na terra de Hidra. Você vê?

A efígie de uma mulher, feita de palha e envolta em peles, estava no topo de uma pedra de granito vermelho.

— Fervendo sua mistura estranha. Provocando a fumaça que causa os sonhos. Pronta para ser resgatada das mãos do rei perverso que a mantém prisioneira.

Ele cantou uma pequena canção.

“As graças da mãe, e os braços do pai,
Embalam-me nas noites longas.

Graças que cantam,
Braços que protegem.
Só o tempo dirá,
Tudo *há* de ficar bem."

Ele parecia muito contente, enquanto brincava com seus brinquedos. Eu perguntei a ele se havia visto o barco na baía, e ele deu de ombros.

— Eu vejo muitos barcos.

— E você não reconheceu este?

— Não. Por que eu deveria? Bem, mas eu reconheci você.

Teria ele visto seu pai? Será que ele poderia reconhecê-lo? Eu perguntei a ele, cuidadosamente, se notara algo estranho a respeito do resto da tripulação, que observava por sobre os lados do barco.

— São apenas fantasmas — ele disse. — O mar, aqui, está cheio de fantasmas. — Ele se sentou, subitamente. — Vamos comer as frutas. Eu tenho bastante. E sempre posso ir buscar mais para o meu pai, quando ele chegar. E depois, eu tenho outra coisa para lhe mostrar. Uma rosa selvagem — ele completou, com uma risadinha. — Aqui está... — e ele atirou uma ameixa madura para mim, colocando outra em sua boca, causando uma explosão de suco vermelho, e rindo enquanto mastigava a polpa.

Eu estava para abordar o assunto Munda quando, de forma inesperada, Niiv apareceu na trilha, chamando por mim. Kinos ficou imediatamente irritado.

— Quem é ela? Eu não a convidei para vir aqui!

— Ela é uma amiga. Ela não tem a intenção de lhe fazer mal — eu garanti a ele.

Mas ele correu para uma cesta em um dos cantos da caverna, apanhou duas ameixas maduras de seu estoque secreto, e as atirou na mulher Pohjolan. Uma delas a atingiu no rosto, e ela gritou com o choque e a raiva, mas permaneceu firme. Kinos teve um ataque histérico.

— Eu não conheço você — ele gritou para Niiv, e então, olhando para mim com os olhos cheios de lágrimas, perguntou: — Por que você a trouxe até aqui? Eu queria lhe mostrar este lugar, sozinho. Este é o meu lugar especial. Este é o *Lugar de Evocação aos Pais,* Antiokus. Você me disse que perdeu seu pai quando era jovem. Eu pensei que você era meu amigo especial. Este lugar era somente para os seus olhos.

E depois daquele momento de fúria e decepção surpreendentes, ele correu para longe da caverna, ligeiro como um cão de caça, e se perdeu em meio às árvores que sussurravam.

Niiv limpou o suco de sua face, apanhou a ameixa do chão e a comeu.

— Quem *era* aquele moleque? — ela perguntou. Ela parecia mais interessada na refeição do que na pergunta.

— Era o filho de Jasão. Pequeno Sonhador.

— O quê? Ele não é velho o suficiente. Ele já deveria ser um homem agora.

— Eu sei. O que você está fazendo aqui?

— Ele não pode ser o filho de Jasão — ela repetiu. — O outro filho era apenas um pouco mais velho do que este, e quando nós o vimos ele era um homem crescido, e estava furioso.

— Eu sei. Estamos em um mundo de fantasmas. O que você está fazendo aqui?

— Eu estava preocupada com você. — Ela estava mentindo descaradamente. Ela estava, realmente, intrigada com o que eu poderia estar descobrindo. Deixei passar.

Em um impulso, voltei para a caverna e apanhei do chão o boneco de Fineus. Eu o coloquei no lugar, mas apanhei as efígies dos argonautas. Eu as roubei, todas. Elas pareciam grama seca e pele curtida, mas poderiam estar escondendo os *kolossoi* dos meus velhos amigos.

Sem minhas velhas faculdades, eu não poderia dizer, e a razão me sugeriu que eu não deixasse as coisas a cargo do acaso.

Meu cinturão estava pesado com os bonecos estropiados, e Niiv e eu voltamos para a enseada, onde Argo esperava. O garoto nos seguiu, espreitando por entre os arbustos, mas ele não se revelou, nem se manifestou a respeito do roubo.

Mais tarde, Mielikki sussurrou para mim: *Ele diz que eles não são as almas que você procura.*

Depois de subirmos a bordo, Argo levantou suas velas e encontrou águas mais profundas, seguindo a linha dos penhascos. Eu esperava que Jasão me perguntasse sobre o garoto, mas ele estava implacável e impassível. Urtha, parecendo relaxado com seu remo, um rei que havia se despido de seu manto de realeza, cochichou:

— Quem era aquele? O menino?

— A imagem do segundo filho de Jasão.

— Foi o que pensei. Há um cheiro da Grécia neste lugar. E Jasão sabe o que viu, ele simplesmente não aceita. Ele se referiu ao menino como um fantasma. Ele sabe que está procurando por um homem. Ele era um fantasma?

— Não.

— Mas não era o filho.

Eu não respondi à pergunta. Eu não sabia como, naquele momento. Sim, era o filho. Tudo era o filho. Tudo era o Pequeno Sonhador. Os bonecos estropiados no meu cinturão pareciam espetar minha pele. Talvez eu os tivesse roubado porque não queria deixar esta ilha, tanto quanto para ver se eles continham os *kolossoi* dos meus amigos. Havia muito mais a aprender naquela intrigante fortaleza marítima.

Eu não tinha dúvidas de que havia colocado os pés na Ilha dos Homens de Palha.

O vento virou, e Argo mudou de direção no mar revolto. Os penhascos estavam dramaticamente perto, e a luz se refletia no mármore polido lá no alto, entre as árvores densas que cresciam em suas beiradas. E depois de algum tempo, outra baía apareceu. Um jovem, montado em um pequeno cavalo branco, esperava ali. O jovem estava vestindo uma túnica verde, com bordas pretas. Ele usava um elmo em estilo grego, afastado para o alto da cabeça, de modo a mostrar seu rosto; a crista do elmo lhe descia orgulhosa pelas costas, vermelha como a de um cavalo selvagem. Suas pernas, apertando os flancos do animal, brilhavam dentro da armadura prateada.

Enquanto Argo baixava sua âncora novamente, o jovem guerreiro virou-se na praia, fazendo marcas na areia antes de cavalgar em direção a um desfiladeiro estreito, e desapareceu de vista.

Eu olhei para Jasão. Ele havia visto tudo o que eu vira, mas não havia respondido. Seu rosto era uma máscara sarcástica, mas enquanto ele segurava o parapeito com força, suas mãos estavam brancas.

— Você acha que aquilo pode ter sido o seu *graal*? — eu perguntei ao homem, usando uma palavra muito em moda entre guerreiros-mercenários.

— O meu o quê?

— Sua pequena taça de cobre de esperança.

— A pequena taça de cobre de esperança e desejo — ele corrigiu. — O *krater* de Apolo, vazio de vinho, cheio de sonhos. Você está falando do Pequeno Sonhador, é claro.

— Aquele era o seu filho?

— Não — foi a resposta seca de Jasão. — Não ele. Não aquele ali. Eu o reconhecerei quando o vir, ele me reconhecerá. — Ele me observou cuidadosamente. — Mas eu tenho a sensação de que nós não continuaremos nossa jornada antes de você descer à terra firme. Você está aprendendo algo com este lugar?

— Estou — confirmei.

— Então vá até a praia.

Eu nadei até a areia branca da enseada, e mal tinha colocado os pés em terra seca, quando Niiv escorregou pela lateral do barco e me seguiu.

O cavaleiro voltou para a entrada do desfiladeiro e sorriu para mim, segurando o elmo na mão. Ele tinha cabelos longos e olhos penetrantes, um jovem à vontade e feliz com esta nova companhia.

— Antiokus, quem diria! É você. De novo. Anos se passaram, mas você nunca muda! Leia o que eu escrevi na areia... e então venha ver o que eu construí. Venha ver o que eu construí! Quem é essa? — Ele esticou o pescoço por sobre a cabeça do cavalo, o rosto cheio de curiosidade enquanto Niiv, nua, pisava na areia e colocava o manto seco sobre os cabelos.

— Uma amiga minha — eu disse ao jovem.

— Rá! — Niiv exclamou, atrás de mim. Kinos pareceu intrigado por um instante, e então começou a rir.

— Seu danado! Ela é jovem, eu acho que estou entendendo. Mas se não estiver, quem se importa? Venha ver o que eu construí. Venham os dois.

Niiv passou correndo por mim e segurou a cauda do cavalo, enquanto Kinos nos levava até o seu novo e estranho domínio. Niiv era fluente no idioma dele, e sussurrava para ele enquanto ele cavalgava, mas o Pequeno Sonhador tinha ouvidos apenas para o meu próprio progresso através de um terreno acidentado, assegurando que eu estivesse a salvo, apesar de ter olhos para a mulher, olhos que brilhavam.

Apenas uma vez o nosso caminho nos trouxe de volta uma visão do mar e da costa. Eu olhei para baixo novamente, para o rosto da Medusa, desfigurado pelas patas do cavalo. Kinos me viu olhando.

— A marca da minha mãe! — ele gritou. — Eu não a entendo, mas me conforta desenhá-la. Ela gostava de cobras, e do veneno delas, e de ervas estranhas, potentes. Minha mãe me protegeu numa hora de grande perigo. Ela me protegia frequentemente, e ao meu irmão também. Ela nos dava bebidas que nos levavam até as estrelas, Antiokus! Eu viajei para as estrelas, com a ajuda da minha mãe.

— Onde está a sua mãe agora? — eu o confrontei, enquanto prosseguíamos pela trilha.

— Morreu há muito tempo, que Deus a tenha. Mas ela salvou a minha vida. A do meu irmão, também. Um homem se disfarçou para fingir que era nosso pai, e tentou nos matar. Isso foi há muito tempo, na grande cidade de Iolkos, quando nós éramos crianças. — Ele se virou na sela estreita para olhar para mim, cavalgando de uma maneira estranha, mas com facilidade. — Minha mãe nos escondeu com cuidado. Meu irmão decidiu deixar o esconderijo, eu concordei em ficar, para esperar por Jasão. Eu sei que ele virá e me encontrará. Eu o tenho chamado. Você era amigo do meu pai. Venha ver o que eu construí para ele.

Ele se virou, voltando a uma posição apropriada para cavalgar, esporeou o cavalo e seguiu em frente, com Niiv tropeçando logo atrás. Quando percebeu que o animal poderia escoiceá-la, ela soltou a cauda da pobre criatura. Eu a alcancei, e ela se agarrou em mim.

— Para onde estamos indo?

Eu não tinha as palavras, nem o tempo para confortá-la. Eu disse apenas:

— Passo a passo, para um lugar ainda mais escuro do que o reino que Perséfone governa.

— Eu não compreendo. Quem é Perséfone?

— Não importa. Apenas observe e escute, você pode ver coisas que me escaparão.

— Sobre o que vocês dois tanto tagarelam? — o jovem ousado nos desafiou. Era uma pergunta dura, ainda que feita de forma suave. Eu respondi que nós estávamos perdendo o fôlego com o ritmo puxado. Ele sorriu, desacelerou para um trote, e nos guiou por entre uma floresta de oliveiras, para longe do mar.

Depois de algum tempo, ele desmontou e jogou o elmo para o lado, observando-nos com evidente prazer. Ele pareceu notar imediatamente que a cor dos cabelos negros de Niiv era artificial, mas estava evidentemente excitado com o tom claro de seus olhos.

— Nós precisamos ter cuidado por aqui — ele alertou. — Estamos entrando em um vale perigoso. Fiquem o mais quietos possível. Vocês vão ouvir o barulho de uma ferraria. Ignorem. Eu deveria tê-lo ignorado, mas não o fiz, e existem algumas criaturas bem desagradáveis habitando as florestas e canais.

Enquanto caminhávamos pela trilha estreita, estávamos conscientes de que éramos seguidos. Nossos perseguidores eram discretos. Ocasionalmente, um pedaço de metal brilhava em meio à vegetação, algumas vezes prateado, outras vezes pintado de um verde-escuro. Embora não ouvíssemos o som da ferraria enquanto continuávamos, eu pude perceber o cheiro de alguma coisa derretendo, o calor eventual que vinha de uma fornalha perto dali. E embora os sons da floresta viessem dos animais e fossem abafados, Niiv sussurrou para mim:

— Alguns destes sons parecem estar chamando o nome dele.

Quando chegamos ao final daquele desfiladeiro desconfortável, Kinos olhou para trás, claramente aliviado por termos passado por aquele trecho.

— Eles são muito solitários, e alguns escapam para a fronteira do mundo, mas são sempre atraídos de volta para mim.

— Quem são eles? — perguntei a ele, lembrando-me das mandíbulas afiadas abocanhando um pássaro quando atravessamos a Terra dos Fantasmas pela primeira vez.

— Amigos selvagens — ele respondeu. — Eu não sabia realmente o que estava fazendo quando os criei. Eu precisava de amigos. Mas devo mostrar *isto* a você. Olhe aqui...

E ele nos levou um pouco mais além, puxando o cavalo pelas rédeas.

Nós havíamos saído da floresta e encontrado uma parede alta de pedra estendendo-se para a esquerda e para a direita. A pedra estava esculpida com faixas horizontais, como a madeira no casco de uma embarcação.

Com um sobressalto de surpresa, percebi que era exatamente aquilo que eu estava vendo.

Kinos encostou a mão carinhosamente no rosto úmido de Niiv, puxando uma mecha de seus cabelos, e então se virou para mim, indicando a parede de pedra.

— Você consegue ver o que é isto?

— Um barco?

— O barco do meu pai! Exatamente como eu me lembro, do porto, a grande embarcação, o barco líder da esquadra, a nau dos argonautas! Venha para dentro, Antiokus. Entre e se lembre. Isto é o que eu construí para meu pai.

A estrutura era enorme. À medida que nos aproximávamos, ela parecia crescer em altura e comprimento. Alças enormes haviam sido esculpidas na proa, escudos redondos decorados estavam pendurados por todo o parapeito. As imagens eram vagamente reconhecíveis: Hidra, Ciclope, elmos, cavaleiros, lagartos, baleias... tudo estranhamente irreal. E, ainda assim, reconhecível.

Kinos amarrou seu cavalo, e então nos conduziu até a porta que levava ao interior do barco de pedra. Nós entramos no que, em Argo no alto-mar, era o Espírito da Embarcação, o lugar secreto onde os fragmentos de todos os barcos que formavam o coração de Argo estavam encaixados na quilha. Eu não sei se Kinos sabia sobre essa conexão antiga, mas esta parte do modelo gigante era rica, cheia de barcos entalhados, uma frota deles esculpida como se partindo para a batalha, peixes saltitando ao seu redor, pássaros circulando sobre os conveses.

Homens de pedra estavam sentados em bancos. Cada um era da altura de uma árvore. Eles estavam esculpidos em pedra branca, e embora fossem mostrados segurando as correias de couro dos remos, não havia remos penetrando o casco. Era como se caminhássemos por um templo de grandes deuses, enquanto passávamos entre as duas fileiras de homens que lutavam e se esforçavam, na direção da figura que dominava a popa, e a figura imponente de um homem no leme principal, a postura firme para enfrentar a força da maré, e o rosto barbado ostentando expressão severa.

Não havia como não reconhecer Jasão naquelas feições. E nem, com seus olhos estreitos e calculistas e a bela cabeça entalhada, seria possível não reconhecer Medeia.

Kinos ergueu os braços para indicar os argonautas.

— Eu os esculpi como me lembrava, embora muitos já tivessem partido antes de eu conhecê-los, portanto, usei os rostos de outros homens. Mas olhe, ali está Tisaminas, e ali, Antigos. Aquele com a harpa é Orfeu. Aquele com a pele de leão é Hércules. Eu ouvi todas as histórias do meu pai. Eu ouvi todos os nomes. Eu sei sobre todos os argonautas, ainda que não tenha conhecido todos. Você vê aquele homem abaixado? Aquele é Fineus. Ele é a melhor parte da história. Ele traiu os deuses. Eles o cegaram e o torturaram, mas ele nunca perdeu as esperanças. Ele sabia que iria ser resgatado. A salvação dele estava nas mãos dos homens, não nas dos deuses. E embora meu pai o tenha deixado para trás, em um melhor estado, eu o incluí a bordo. Então, você acha que ele vai ficar feliz quando vir tudo isto?

— Você poderia descobrir, se quisesse. Seu pai está na baía, com seu novo barco.

Kinos sacudiu a cabeça, esfregando as mãos. Ele ficou subitamente tenso e perturbado.

— Aquele não é o meu pai. Eu fui alertado para desconfiar de truques. Uma sombra do meu pai me persegue, para me fazer mal. Meu pai verdadeiro está chegando mais perto. Eu o reconhecerei assim que o vir. Enquanto aquele homem permanecer na baía, eu não vou machucá-lo.

Antes que eu pudesse responder, Niiv sussurrou para mim:

— Eu consigo ver Atalanta e Hilas... mas onde está você?

A observação simples dela desviou a minha atenção do que Kinos — se é que aquele jovem era realmente o filho de Jasão — estava dizendo.

Era verdade. Nenhuma figura imponente de pedra do último recrutamento de Jasão — eu próprio — se sentava em um dos bancos. Eu caminhei de volta pelas duas fileiras de efígies, olhando atentamente para a face de cada remador, sentindo um arrepio enquanto velhos amigos pareciam piscar para mim, esforçando-se em suas formas megalíticas para se virar e me cumprimentar.

Não havia Antiokus. Nem Merlin. Nem feiticeiro. Mas um dos bancos estava vazio.

Kinos estava me observando, com expectativa e talvez um pouco de ansiedade. Eu comentei com ele:

— Você deixou um espaço para mim, mas não o preencheu.

— Eu o preenchi — ele respondeu. — Eu posso jurar. Eu o construí com muito cuidado. Você foi a melhor das estátuas, a sua foi a única a olhar para a frente, todas as outras estão olhando para baixo, se você percebeu.

— O que aconteceu?

Ele se aproximou de mim, falando com mais suavidade, parecendo preocupado.

— Um dia, a estátua simplesmente se levantou e saiu andando. Eu a segui por algum tempo, mas você tem passos largos, Antiokus. Eu podia vê-lo através das copas das árvores, mas você já tinha atravessado a floresta antes que eu pudesse alcançá-lo. Eu não sei para onde você foi, mas sinto falta de você, sentado ali. Eu tinha pretendido criar apenas memórias, mas acabei criando você como algo vivo. Eu não tive a intenção. Eu acho que você deve ser um deus disfarçado. Você faz mágicas. Você nunca envelhece.

Mas eu sempre vou embora.

Ele deu um tapinha no meu ombro, então, e sorriu.

— Eu farei um novo modelo de você, se isto o alegrar. Isto é que é um rosto ensombrecido, se é que um dia eu já vi um! Deixe as sombras para um céu nublado. Eu nunca vi olhos como os seus! Tão lindos...

Esta última frase foi dirigida a Niiv, eu fico feliz em dizer.

— Como o próprio mar — ele completou.

Niiv ficou surpresa e aborrecida. Enquanto o jovem olhava para ela com interesse, ela deu-lhe um tapa no rosto.

— Você é apenas uma sombra! — ela exclamou, voltando-se para sair correndo do barco de pedra. — Apenas uma sombra. Não um homem, de jeito nenhum.

Espantado, Kinos esfregou a face.

— Ela foi tão receptiva comigo na trilha enquanto vínhamos ver este monumento, disse coisas tão bonitas. O que eu disse de errado?

— Nada de errado. Acredito que ela simplesmente viu o que há dentro de você. E foi um choque.

Ele ficou confuso.

— Então eu tenho algo a aprender. Será que sou insubstancial?

A pergunta, com duas interpretações possíveis, me pegou de surpresa. Estaria o Pequeno Sonhador fazendo joguinhos comigo?

— Não insubstancial... Kinos. Apenas jovem demais. Ela estava procurando alguém mais velho.

— Eu *sou* mais velho. Mas assim é que eu me sinto mais feliz — ele disse, seco, amenizando o tom ao completar: — Esta foi a época da minha vida quando tudo começou a ficar claro. O que havia sido apenas histórias, contadas pelo meu pai e pela minha mãe, tornou-se real para mim. Em vez de meros nomes, os amigos dele se tornaram pessoas. Em vez de serem apenas velhos heróis relembrados, eu podia quase falar com eles, ouvir suas próprias histórias, sentir sua dor, sua alegria. Tudo o que eles foram, e tudo o que eles viram, se tornou claro para mim. Eu percebi que a melhor coisa da vida é a vida que passou, suas memórias, seus segredos. Este é o segredo da vida! Eu não consigo pensar em outra vida pela qual valha a pena viver. E foi aí que *realmente* comecei a construir, Antiokus. E quero que você veja. Vá navegar, vá navegar com o homem que finge que é o meu pai. Todos vocês, baixem a âncora quando virem uma ilha com um palácio de mármore verde emergindo da planície além da praia larga. Tenham cuidado, entretanto. O lugar está sitiado.

Ele correu para longe de mim e já estava montado quando eu alcancei a porta. Ele esporeou o cavalo e foi atrás de Niiv, mas a garota já havia fugido, assustada com sua visão do Pequeno Sonhador nesta parte da ilha. Eu podia vê-la, ao longe, correndo para a baía. Kinos, de braços cruzados, estava de pé no promontório observando-a com decepção, o vento do mar soprando contra ele, mas sem movê-lo, como se ele fosse uma de suas próprias estátuas.

Quando eles chegaram ao porto, abaixaram as velas e as enrolaram no mastro do barco fustigado pelo mar, e baixaram o mastro pelas cordas, trazendo-o para descansar no convés. Então, usando os remos, eles levaram a embarcação para águas rasas, atiraram a âncora pela proa, amarraram o barco pela popa na praia, e desembarcaram na costa.

As palavras de um contador de histórias que eu havia encontrado uma vez, durante minhas viagens, começaram a falar comigo, imagens de um tempo perdido, palavras de um homem carismático. E eu não estava surpreso.

A praia estava abarrotada de barcos pintados, galeões de guerra, amarrados pela popa, atracados tão perto uns dos outros que era difícil ver um espaço para passar entre eles. Seus olhos nos observavam, como olhos vivos de criaturas estranhas com cascos lisos. A planície além da praia estava cheia de vida com as barracas e fogueiras, e o brilho das armas e armaduras, cuidadosamente guardadas, mas prontas para uso.

Uma cidadela de beleza verde e brilhante era visível além da planície, estendendo-se pelo topo de um monte largo, defendida por círculos concêntricos de paredes brancas e torres imponentes. Bandeiras de todas as cores estavam hasteadas nos postes ao longo das muralhas escuras e sinuosas, com sua bela mistura de oliveira verde-prateada e carvalho.

Eu notei que havia cinco portões ao longo das muralhas, da mesma forma que em Taurovinda.

Enquanto Argo deslizava pelas águas, navegando lentamente ao longo da linha da praia, nós procuramos pelo exército que havia desembarcado daqueles galeões, mas não havia sinal de vida humana, tanto em forma viva como em sombras.

A pequena tripulação imediatamente começou a debater onde aquele exército poderia estar escondido.

— Nas barracas — foi a sugestão hesitante de Rubobostes.

— Nos barcos, sob os bancos — propôs Urtha.

— Em buracos rasos na areia — ofereceu Hilas. — São fáceis de cavar.

— Já estão dentro da cidade — grunhiu Jasão. — Escondendo-se nas sombras. Esperando para atacar.

— Ou em um barco-troféu — Tisaminas contribuiu. — Isto me faz lembrar do sítio a Troia. Ulisses e os outros entraram na cidade escondidos dentro de um barco-troféu, pendurados em cordas dentro de um casco duplo.

— Era um cavalo — Elkavar disparou. — Um cavalo gigante de madeira. Eu canto canções sobre ele, e sei do que falo.

Todos riram, para a irritação do homem.

— Uma história para crianças — sussurrei para ele. — O barco era dedicado a Poseidon, senhor dos trovões dos mares, cavalo-marinho, deus das ondas barulhentas. Mas era um barco construído de forma inteligente, de cabeça para baixo.

Ele riu de forma displicente.

— Mesmo? Eu prefiro a história do cavalo. Além do mais, “cavalo” é uma palavra mais fácil de rimar do que “barco-troféu”.

— Permitam-me um comentário mais prático — interrompeu Atalanta —, estes barcos significam muitos homens. Este terreno não pode esconder muitos homens. Eles devem estar em algum lugar. E a resposta pode simplesmente ser que eles estão escondidos nos barcos.

Mas os barcos estavam vazios, com seus cascos que rangiam, e muitos estavam inundados, com um cheiro ruim de salmoura e piche, seus remos e mastros cobertos do excremento branco de aves marinhas.

Enquanto Jasão baixava a âncora, Rubobostes amarrava Argo à praia, nadando entre dois galeões, espremendo-se no espaço apertado onde os cascos quase tocavam na maré que mudava, e ajustando o poste com o punho cerrado. Todos nós desembarcamos então, armados e desconfiados. Aqueles de nós que não possuíam escudos retiraram alguns do arsenal, eu apanhei uma lança que era mais curta do que a minha altura, Niiv escolheu uma que tinha o dobro da altura dela, e embora lutasse com o peso, ela a segurava com firmeza.

— Eu gosto da distância — ela explicou, quando critiquei sua escolha. Supus que ela se referia à distância entre ela própria e a ponta letal. — Se eu tiver de fazê-la voar, posso fazê-la voar.

Nós avançamos em direção ao monte e ao palácio de mármore verde. Em determinado ponto, enquanto eu olhava abismado para a estrutura impressionante, Jasão me alcançou e ficou bem atrás de mim. Se eu estava consciente da presença dele, aquilo não importava. Eu me lembro apenas que murmurei palavras daquele mesmo velho contador de histórias, que descrevera tão maravilhosamente o sítio e saque de Troia, um fato que ocorrera antes da época de Jasão. A cidade era conhecida por vários nomes, Troia era um dos que estavam na moda.

— E agora, com qual dos deuses, meu feiticeiro, você anda tramando novamente?

Eu tinha Kinos em mente, e Medeia. Mas foi Jasão quem me ouviu sussurrar.

A mão do velho guerreiro apertou o meu ombro, os olhos, sempre tão jovens, brilhavam por detrás de seu elmo decorado.

— Eu andava pensando a mesma coisa. Embora pensasse isso a seu respeito. Mas acredito que o feiticeiro em você foi deixado para trás. — Ele percebera que eu havia perdido meus poderes mágicos.

— Sim. Mas eu o trarei de volta. No momento, tudo o que realmente importa é o que está atrás daqueles muros.

— O meu filho — disse ele, olhando para a subida do monte. — Este *deve* ser o lugar.

Medeia — pensei comigo mesmo, embora sem o meu próprio "feiticeiro" eu não estivesse certo de mais nada. Mas fiquei feliz por aquele momento de reconciliação no toque amigo da mão de Jasão.

Todos os argonautas, com exceção de Tisaminas, haviam desembarcado. Tisaminas ficara no barco, por sugestão própria. Sua intuição lhe dizia que Argo estava impaciente para voltar para casa, e ele pensara que, se pelo menos um de nós permanecesse a bordo de seu casco vazio, o barco não tentaria escapar de suas amarras.

A minha própria intuição me dizia que, com Niiv na praia, a Senhora das Terras do Norte continuaria fiel a nós. Ela não poderia partir sem a garota encantada de seu próprio país.

O resto de nós estava agora se aproximando do primeiro dos portões, pretendendo começar a subida íngreme até o encontro com o que quer que nos aguardasse lá em cima. Naquele momento, ouviu-se o som de cães de caça. Nós recuamos, procurando abrigo, enquanto uma matilha de cães de bronze saía correndo pelo portão, formando uma linha raivosa à nossa frente. Eu contei vinte, todos da altura da cintura de um homem. Quando seus corpos se tocavam, o metal tilintava; quando se moviam, eles rosnavam e grunhiam como dobradiças enferrujadas. Atrás deles, um garanhão de bronze apareceu, sem cavaleiro, as rédeas balançando.

Ele olhou para mim e bateu no chão com a pata, antes de se virar de lado.

Eu caminhei em direção ao cavalo. Quando Jasão tentou me seguir, quatro cães saltaram para a frente e ameaçaram estraçalhá-lo. Ele recuou, irritado. Mas os cachorros me permitiram passar por eles, e eu saltei para as costas de metal frio daquele animal estranho.

Agarrando-me ao pescoço frio, atravessei cada um dos portões das muralhas externas, até chegar aos jardins do palácio. Tive tempo de ver as torres em espiral e as fachadas deslumbrantes dos templos e edifícios antes de a criatura mecânica parar tão abruptamente que eu fui jogado para a frente, caindo no chão sob suas narinas fumegantes. O cavalo olhou para mim com olhos que não piscavam, mas demonstravam simpatia.

Minha virilha doía e meus calcanhares estavam machucados no lugar onde eu me segurara ao cavalo, tentando fazê-lo desacelerar.

— Bem-vindo, Antiokus — disse uma voz familiar, falando devagar e suavemente. A sombra de um homem caiu sobre mim, e a sua mão calejada me ajudou a levantar. O homem estava vestindo uma armadura, seus olhos escuros espreitando sob aquele mesmo elmo grego, um sorriso aparecendo em meio à barba espessa que lhe cobria o rosto. A pressão no meu braço poderia ter mesmo quebrado o osso. Eu podia ver cicatrizes de batalha na face dele, fios grisalhos em sua barba, um corte no nariz; o elmo estava amassado. O braço que me apoiava, parcialmente coberto por uma proteção de couro, havia sido cortado várias vezes até o osso, os ferimentos ainda mal curados e feios.

— Por que a garota fugiu de mim? Naquele tempo, tantos anos atrás. Por que ela correu?

Enquanto ele fazia a pergunta, removia o elmo, completando:

— Estou feliz por vê-lo novamente. Você foi um bom amigo do meu pai.

O tempo não estava para brincadeiras, naquele lugar. Em três dias, eu tinha visto Kinos como criança, jovem e, agora, guerreiro. Mas todas as aparições pareciam ter vivido os anos entre uma e outra. Olhando para o Pequeno Sonhador, endurecido, cheio de cicatrizes e ainda tão vulnerável, eu não sabia se podia acreditar que aquele era o verdadeiro homem e não apenas outra sombra.

Estaria um Kinos ainda mais velho esperando? Ou haveria outra mão por trás daquelas ilhas do Outro Mundo, espalhando as sementes da confusão, como o poeta havia cantado?

— Por que ela fugiu? — Kinos perguntou novamente. — Ela era uma moça tão adorável. Eu acho que fui ousado demais. Quando ela zombou de você, quando você a apresentou como sua amiga, eu presumi que ela queria ser tudo, menos aquilo. Você tinha planos para ela, mas ela o estava mantendo a distância. Talvez eu estivesse errado...?

Oh, sim. Muito errado.

O que eu poderia dizer? Em um mundo estranho, cercado de todas as armadilhas da loucura, sem minhas habilidades, incerto sobre o paradeiro de Medeia, apreensivo por causa dos meus amigos na praia, eu me esforcei para encontrar a coisa certa a dizer. Eu me lembrei da velha máxima que dizia que, quando em dúvida, é melhor manter a simplicidade. Eu já havia navegado por muitos mares para ter medo de me afogar em um clichê.

— Você foi ousado demais — tentei convencê-lo —, e ela era muito jovem.

— Você é um mentiroso — ele disse com um sorriso —, mas, afinal de contas, eu também sou. E assim são os sonhos. Venha e veja o que eu sonhei para o meu pai, quando ele finalmente vier juntar-se a mim nesta grande aventura!

Ele bateu palmas e o cavalo de metal sacudiu a cabeça, virou-se e galopou pelo pátio largo. Dois cachorros apareceram, uivando, feridos, ansiosos por uma demonstração de afeto de seu criador, mas, recebendo apenas um comando seco, ganiram e se afastaram, correndo. Eles pareciam estar sangrando. Eu imaginei que os argonautas deveriam estar lutando ferozmente para passar por aquela barricada bestial de bronze.

Ele me levou pelo pátio, em direção às enormes portas do palácio. Tudo ao redor refletia o palácio de Medeia em Iolkos, com exceção do tamanho e da uniformidade de cores. As portas estavam esculpidas com as plantas e animais que Medeia achara úteis para seus feitiços particulares.

Do lado de dentro, o salão principal era vasto e arejado, e estava completamente vazio. Nossos passos ecoavam enquanto atravessávamos aquele espaço. Nós descemos por longos corredores, e Kinos mostrou os quartos e salas à nossa esquerda e direita, exatamente como haviam sido em seu lar em Iolkos.

— Os banhos ficam ali.

Havia banheiras grandes o suficiente para comportar um pelotão de cavaleiros, mas nenhuma decoração.

— Aqui é o dormitório. O meu quarto, o quarto do meu irmão. A câmara do meu pai, aqui é onde os músicos nos divertiam...

Tudo muito vasto, tudo ecoando, e tudo totalmente vazio, exceto pelo som da nossa passagem por ali. Ele parecia tão orgulhoso de sua criação, constantemente olhando para mim para ver se eu estava impressionado. Ele até mesmo disse:

— Eu coloquei o meu coração neste lugar. Eu cresci aqui. Aqui é onde mora o meu coração, Antiokus. Eu sei que eu era apenas uma criança quando vivi aqui, em Iolkos, mas eu jamais pude esquecer de sua beleza.

Eu me senti muito triste por ele.

Havia duas câmaras que estavam cheias de vida e de morte, contudo. A primeira era o que ele chamava de "quarto de guerra", uma sala pouco iluminada cujas paredes se moviam com imagens fosforescentes de barcos e exércitos.

Uma estátua de Palas Atena, a protetora das cidades, usando um elmo, ficava em um nicho em um dos cantos da sala, seus olhos frios observando a mesa larga, na qual uma maquete da ilha estava à mostra, o palácio ao centro, no topo do monte, as cinco amplas praias que o circundavam cobertas de modelos de barcos, barracas e pequenas figuras de madeira representando os soldados. Apenas a praia parecia "viva" naquele momento, o resto parecendo desorganizado e abandonado. Eu percebi que um pequeno modelo de Argo estava no mar, perto de uma daquelas costas abandonadas.

Figuras imóveis de bronze em tamanho natural, usando armaduras completas, estavam em volta da mesa, observando o mapa da cidade. O orgulhoso Kinos, seu elmo ainda debaixo do braço esquerdo, andava por entre o grupo, apresentando-os como se estivessem vivos.

— Este é Enéas, um homem bastante descuidado, mas destinado a grandes feitos. Este é Pândaro, e este aqui, Polidamus. Aqui está Páris, um general astuto e um grande arqueiro.

Você irá reconhecer Heitor. Quando o sangue de Heitor ferve, não há nada nesse mundo que possa detê-lo. Cavalheiros: Antiokus, um errante, um feiticeiro, um amigo do meu pai, um aventureiro e um convidado em meu lar.

As formas perfeitas de bronze, aqueles ecos dos campeões de Troia, brilhavam com a luz amarela das paredes ilusórias que pareciam se mover. Seus olhos, estreitos e pensativos, permaneciam fixos na estratégia de jogo colocada à sua frente.

Kinos fez um movimento com a mão na direção da deusa.

— Palas Atena. Ela cuida de tudo isto. Ela protege as cidades e os exércitos. Não importa quantas vezes eu tente esculpir seu rosto, ela está sempre mascarada! Mas olhe nos olhos dela, Antiokus. Ela observa e ouve. Este é o meu quarto de guerra. Foi aqui que eu planejei a invasão de uma parte da Terra dos Fantasmas que havia sido roubada de nós no passado. Aqui é onde eu uni os Mortos e os Não Nascidos em um exército que poderia atravessar o mundo dos vivos.

Ele estava esperando por uma palavra minha, alguma expressão de maravilha ou de incredulidade, e de aprovação. Mas eu não tinha tempo para joguinhos.

— Por que — eu perguntei a ele —, você, um aqueu, um grego, construiu efígies de troianos como seus comandantes? Estes homens eram seus inimigos!

Ele pareceu confuso com a pergunta.

— Era assim que nós costumávamos brincar de sítio, meu irmão e eu, quando crianças. Você, mais do que todos, deveria se lembrar! Você participava frequentemente daquilo. Eu era Heitor da lança longa, ou o observador Páris, Thesokorus era o impulsivo Aquiles, ou o esperto Ulisses. O quarto pátio do nosso palácio foi transformado em Troia, e algumas vezes a cidade caía, mas outras vezes triunfava. Tudo vinha das histórias maravilhosas de meu pai. E nós brincávamos de sítio sob o olhar vigilante de minha mãe. Foi assim que ganhamos nossos nomes, Antiokus. Meu irmão era descuidado, "sempre saltando para cima do touro". Eu era pensativo, meus sonhos eram meus companheiros constantes, enquanto eu esperava a guerra começar.

E então ele havia encontrado sua própria guerra, uma guerra verdadeira: a reconquista da fortaleza de sombras, Taurovinda, isolada da Terra dos Fantasmas quando o rio mudara de curso.

— Sim — ele disse, quando eu sugeri isto a ele —, foi algo que eu descobri que os Mortos deste lugar queriam. Eles estão furiosos e frustrados com a perda de sua terra. Ela representava — e ainda representa — algo muito especial para eles. Eu não entendo este Outro Mundo. Os Mortos queriam o território deles de volta, e eu imaginava, sem os Não Nascidos. Para eles, Taurovinda é um lugar de reis no mundo dos vivos. Eles a veem como sua herança. Eles logo me abandonaram. No sítio, se você se lembra. Aquele barco — Argo, impossível de confundir! —, aquele barco cantava para mim canções do passado. Eu estava chocado e melancólico. Eu tive de abandonar a batalha. E ele falou com os líderes dos Não Nascidos. Ele ordenou que eles se voltassem contra nós. E agora, eles esperam por mim, lá embaixo.

O momento de melancolia de Kinos passou rapidamente. Ele se alegrou, apontando para a praia cheia de atividade.

— Eu vou lhe mostrar. Venha comigo. A melhor parte ainda está por vir — ele completou, em um tom de voz sedutor.

Nós marchamos ao longo de uma passagem que me fez lembrar nossa aproximação do santuário particular de Medeia, para onde ela havia levado seus filhos e onde havia fingido matá-los. É preciso muito para me deixar maravilhado, mas os portões de bronze que ele havia criado, uma réplica perfeita daqueles que separavam o santuário do corredor, eram incríveis. Eles se elevavam muito alto acima de nós, brilhando com a luz do sol que vinha das aberturas no teto. Os detalhes intrincados de animais e homens lutando, arcos ao mar e carros de guerra atacando, pareciam animados, como em seu "quarto de guerra". Os portões se abriram quando nos aproximamos, e chegamos a uma rampa arqueada, uma ponte, feita do mesmo mármore polido, com degraus para nos ajudar a manter o equilíbrio. O espaço por sobre o qual a rampa passava parecia não ter fundo, um abismo enorme que refletia a luz mesmo com a profundidade inimaginável. Sons de estampidos e gemidos podiam, estranhamente, ser ouvidos no vácuo. Depois de um instante, eu percebi que eram o eco distante do mar.

Kinos marchou pela ponte, o elmo ainda debaixo do braço, virando-se para trás de vez em quando, olhando para mim com orgulho, satisfeito ao verificar meu assombro e minha curiosidade.

— Isto já estava aqui antes de eu chegar — ele disse, enquanto caminhava, apontando para o fosso. — Eu construí o palácio em volta. Mãos mais fortes que as minhas criaram esta ponte e este poço. Deuses, pelo menos é o que imagino. Este é um trabalho de grande poder. E me ajudou a construir o palácio. Abaixo de nós está o mar, mas nenhum mar que você possa imaginar. Eu já o vi uma vez, refletido em um escudo, em um santuário profundo. E existem lugares onde ele fala através da terra. As criaturas que nadam nele são monstruosas. Ou maravilhosas? — Ele olhou para trás de novo. — Suponho que isto dependa de como você olha para elas.

O menino que podia sonhar por toda a Grécia.

Eu me lembrei das palavras de Jasão, ditas de forma irritada quando ele me desafiou na escuridão de Taurovinda, na casa real de Urtha.

Kinos certamente estivera ocupado construindo aquilo tudo.

E, ainda assim, ele não havia feito nada.

À nossa frente, agora, havia um segundo par de portões, desta vez não de bronze, mas de ferro, já bastante enferrujados. Eles estavam abertos para nós, e, quando entramos, Kinos me mostrou o templo e a sepultura que ele havia criado para seus pais.

Duas efígies, de mãos dadas, olhavam imponentes para nós de onde estavam: Jasão e Medeia, com o rosto tranquilo, vestidos para o conforto, não para a guerra, a feiticeira da Cólquida representada sem os véus e mantos pesados que usualmente a adornavam, mas com um vestido simples, enfeitado com ervas, e um colar com os pequenos pratos que ela usava para medir suas poções. Jasão estava como Kinos se lembraria dele de sua infância: o rosto e os olhos ainda jovens, uma barba leve, os membros fortes e uma faixa mantendo seus cabelos presos para trás.

Eles também eram feitos de ferro. Como nos portões, a corrosão se espalhava como sangue seco pela superfície que já fora brilhante. Eu me lembrei como o sangue havia encharcado Medeia quando ela encenara a morte de seus filhos. Houvera tanto ódio naquele ato, não pelos meninos, mas pelo homem impotente que os observava, por detrás dos portões do santuário.

Kinos havia dado às efígies de seus pais a felicidade que lhes havia sido negada pela traição de seu pai. A ferrugem nas figuras dizia muito: a corrupção do amor, a corrosão da esperança.

Mas Kinos disse:

— Eu gosto deste metal, o ferro. Eu o descobri aqui. Ele é mais forte que o bronze. Esta corrosão, esta mudança de cor, parece trazê-los à vida.

De fato. Ele estava certo. Talvez fosse a maneira como se olha para as coisas que importa. Aquele era o seu graal de ferro.

Não três ilhas, então, mas uma — palha, pedra e ferro. Uma ilha de três irmãos — o sonho de Munda —, mas eram todos o mesmo homem. A teia intrincada do Tempo era um deboche poderoso neste Outro Mundo.

Ele ficou de pé, orgulhoso, na frente das estátuas, olhando para elas.

— Eu sinto tantas saudades deles, Antiokus. Você não pode imaginar. Eu estou feliz aqui, mas triste ao mesmo tempo. Às vezes, quando venho até aqui, eu me sinto encorajado, outras vezes, sinto desespero. As estátuas são os dois lados de uma porta, e quando elas se abrem, e eu passo por elas — ele olhou para mim com uma expressão de alerta, repetindo —, quando elas se abrem e eu passo por elas, eu sou um homem diferente. Eu tenho de ser. Fique muito atento, Antiokus. Um homem degenerado aguarda nas praias amplas lá embaixo, onde a luta é furiosa.

Ele estendeu a mão para tocar a estátua de Medeia.

— Aqui, pelo menos, eu posso encontrar um pouco de paz. Eu me lembro de correr pelo palácio com a minha mãe, como se fosse um jogo, uma brincadeira de pega-pega, com o meu pai nos perseguindo com outros homens, o meu primeiro gosto de treinamento para o campo de batalha, para a vida de aventuras que me esperava. Eu havia ouvido as histórias do meu pai. Eu não podia esperar. E, de repente, eu acordei em uma manhã e me vi um estranho em uma terra estranha. Tudo o que eu tinha eram memórias. Tudo o que eu podia fazer era sonhar com aquelas histórias. Elas me sustentavam. Ainda me sustentam. Aquele homem, Jasão, irá me encontrar. Haverá reconciliação e renovação. O meu irmão estará com ele? Eu não tenho como saber. Minha mãe? Embora soe estranho, Antiokus, eu sinto que ela tem cuidado de mim todos esses anos. Às vezes, acordo e sinto lágrimas em meu rosto, frescas demais para serem minhas.

Ele se virou para mim, o elmo sob seu braço esquerdo, a mão direita pousada levemente no cabo de sua espada. Ele hesitou por um momento, e depois disse suavemente:

— Sim, eu sou verdadeiramente amado e protegido, a minha vida frágil não é desperdiçada, a eternidade molda a forma com que respiramos, a eternidade molda a forma como partimos...

Embora ele dissesse as palavras, observando-me com olhos brilhantes, eu as reconheci, elas vinham de uma canção. A canção de lamento de Medeia, eu a ouvira com frequência, embora nunca tivesse tido conhecimento sobre as várias mortes que eram lamentadas, dentro daquelas paredes, dentro da área privada do palácio que ela havia compartilhado com Jasão até que ele a traíra.

Mas Kinos não estava falando as palavras como em um funeral. Para ele, elas eram o fio da vida, e a esperança à qual ele se agarrava. Seus brinquedos não eram o bastante.

Eu sentia muitas saudades de Taurovinda naquele instante, a cidade enlameada, barulhenta e cheia de vida por detrás das muralhas altas, onde a vida e o prazer, a raiva e a procriação continuavam, apesar da desolação que a havia atingido com um golpe tão forte. Esta era uma cidadela de beleza impecável, pedras deslumbrantes e salões resplandecentes, mas vasta e vazia, com exceção dos brinquedos, brinquedos criados por uma mente, e para um homem, desesperados com a solidão.

A matéria dos sonhos.

Como pudera Medeia, a mãe protetora daquele menino, ter deixado seu filho ficar tão louco?

— Eu tenho mais uma coisa para você — disse Kinos, finalmente. Ele estava mais animado, e segurava o elmo pelas correias, parecendo mais relaxado. Quando sorria, ele tinha uma grande semelhança com seu pai, embora Jasão, naquela idade, não tivesse um rosto tão marcado por ferimentos mal-curados. Ele me guiou pelo caminho até a lateral do santuário, abrindo uma pequena porta de ferro e me convidando a entrar antes dele no agradável jardim d'água. O jardim era longo, cheio de oliveiras e pinheiros. Uma corrente estreita de água muito azul se estendia desde um templo ao fundo até uma cascata rasa, junto da qual estávamos naquele momento. Era tranquila e limpa, clara como cristal azul. A água borbulhava suavemente.

Um modelo de barco, não muito maior que a minha espada, estava sendo trazido na nossa direção, seguindo o fluxo preguiçoso do lago ornamental. Kinos me levou até um cais pequenino na beira da água, e o barco se virou para se aproximar de nós. Seis minúsculas figuras feitas de bronze seguravam os remos.

O barco era Argo, tudo a respeito dele me dizia isto, desde as alças na proa até a cabeça sorridente de Atena, no alto da popa.

Os argonautas de metal remavam enquanto o barco se dirigia ao pequeno porto cuidadosamente modelado, e um deles — uma imagem perfeita de Tisaminas — pulou para a "praia". Ele amarrou o barco. As outras cinco figuras baixaram uma rampa e desceram para a terra firme. Eu as reconheci, todas. Hilas até mesmo acenou para mim. Atalanta mexia em seu arco diminuto.

Kinos disse:

— Você terá de levá-los com cuidado. Tire sua espada da bainha e os esconda nela. Você irá precisar carregar a espada, de toda forma, quando formos para além do santuário de ferro.

Eu fiz o que ele sugeriu. Eu sabia o que ele estava me dando. Os seis *kolossoi* de bronze subiram pela correia de couro e escorregaram para dentro da bainha velha e manchada onde minha espada estivera.

— Os *kolossoi* estão dentro deles — completou o Pequeno Sonhador. — Eu fiz as armaduras de bronze porque me agradava e porque isto irá ajudar a protegê-los até que eles encontrem seus donos na praia. Se eles tiverem sobrevivido.

Ele se referia às próprias figurinhas, quando dizia "armaduras".

— Onde você os encontrou? Os *kolossoi*?

— A garota os trouxe. A filha do chefe da tribo. Eu não sabia o que eles eram, no começo. Os *kolossoi* são muito estranhos, cada um é diferente do outro. Eles haviam sido escondidos por Argo, aquele velho barco orgulhoso, no lugar dos exilados. Eles próprios me contaram. Eu costumava brincar com os filhos do chefe. Eu podia lutar com Kymon e derrubá-lo. E eu gostava muito de Munda. Mas as mulheres que cuidavam das crianças me mandavam embora quando me viam. Eu era um tipo diferente de exilado.

— Eu vi o Lugar de Evocação aos Pais que você construiu com eles. Pequenas cavernas com pequenos sonhos.

— A garota voltou para lá quando eu mandei buscá-la. Ela estava apenas meio consciente do que estava acontecendo com ela. Ela pensou que se tratava de um jogo. Eu a fiz pensar que era um jogo. Ela voltou para o lugar dos exilados e encontrou os *kolossoi*. Ela os apanhou sem saber o que eram, e os trouxe para cá.

— Onde está Munda agora?

O olhar dele era duro, desapontado.

— Dormindo — ele respondeu, olhando para mim. — Eu sinto muito.

Eu me levantei, segurando a bainha da minha espada com muito cuidado.

— Dormindo?

— Você esteve perto o suficiente para ouvi-la respirar. Eu me lembro como você roubou os pequenos bonecos que ela havia feito, aqueles figurinos. De grama e palha. No lado desta ilha onde você desembarcou primeiro, sozinho. Eu gostava de vê-la fazendo aqueles bonecos, então. Eu gostava de vê-la brincar. E foi por isso que eu mandei buscá-la, para me fazer companhia.

— E agora, ela está dormindo.

— Até acordar. Entre as rosas. Eu estava arrependido do que havia feito. Eu não devia ter roubado a criança. Mas eu estava sozinho. Eu queria alguém com quem brincar. Não se esqueça: eu era muito jovem, e estava perdido.

A forma com que ele falava, tensa, apenas ocasionalmente me olhando nos olhos, sugeria que aquilo era algo sobre o que ele precisava falar, em busca, talvez, de absolvição.

— Quando dois homens estranhos, com peles de lobo, apareceram na ilha, dizendo que conheciam Kymon e Munda, eu lhes mostrei como atravessar o rio. Eu os enviei para buscar a garota. Eu era jovem demais para pensar melhor, Antiokus. Eles me disseram que haviam visto o meu pai, mas isto não é possível.

— O seu pai, Jasão. Ele está na praia neste exato momento. Você sabe tanto. Você certamente sabe disto!

— Aquele na praia não é o meu pai — Kinos respondeu com frieza. — Não é ele. Meu pai jamais teria brincado com a vida e com vidas, como aquele homem na praia. Aquele homem na praia rouba vidas. Você tem seis vidas em sua bainha. Devolva-as.

A raiva na voz dele não permitia nenhum argumento. Ele era tão rápido em negar qualquer possibilidade de verdade. Era como se ele não pudesse sequer *pensar* em seu pai estando tão perto. Talvez o homem no barco não se encaixasse nas lembranças dele. Talvez a memória fosse tudo o que importava.

Eu perguntei, suavemente:

— E Munda?

— A garota? Como eu disse, você estava perto o suficiente para ouvir a respiração dela. Perto o suficiente para ouvir a respiração dela.

E com aquela observação, ele se afastou, de volta ao santuário de ferro, seu mais recente e mais desesperado local de evocação, acenando com a mão para mim, pedindo que eu o seguisse.

Ele fechou a pequena porta. Novamente, estávamos na frente das estátuas enferrujadas dos pais dele. E novamente, ele disse:

— Quando atravessarmos, por favor, afaste-se de mim. Por favor, Antiokus. Você foi um amigo para mim quando eu era criança — eu adorava a sua companhia. Perdê-lo do jeito que eu perdi também foi muito difícil. Foi maravilhoso encontrá-lo de novo. Adeus, Antiokus. Não me julgue apenas pelos meus sonhos.

As figuras de ferro se separaram. A luz do sol vinha de um céu sem nuvens. Um carro de guerra apareceu na saída, e Kinos subiu nele. Lá embaixo, na praia larga, uma batalha estava acontecendo.

O ar estava cheio de gritos.

22
Nunca ceder

Na planície estreita abaixo das curvas íngremes da cidadela, à beira do brilho prateado do oceano, dois exércitos estavam se enfrentando, carros de guerra, cavaleiros, infantaria, todos brandindo seus escudos e atacando com suas espadas, todos inquietos sob os estandartes que flutuavam com o vento forte que vinha do mar. Os cavalos estavam nervosos, os condutores dos carros de guerra lutavam para manter suas posições. Eu pude ver imediatamente que Kinos se dirigia para onde estavam as forças dos Mortos. O exército invasor, com cerca de quinhentos soldados, segundo minha estimativa, era uma legião dos Não Nascidos.

O clamor aumentou enquanto Kinos passava em meio às fileiras, sua espada levantada bem alto, seus cabelos esvoaçando por debaixo do elmo resplandecente.

Ele era Heitor. Aquela era a sua Troia. Ele havia criado o grande sítio com base nas histórias que seu pai lhe contava. Ele estava vivendo um sonho no mundo dos Mortos. Ele estava verdadeiramente louco.

Eu mal tinha tido tempo de registrar a imagem à minha frente quando os Mortos começaram a atacar, com os carros de guerra à dianteira, os cavaleiros se espalhando pelos flancos e pelotões de lanceiros marchando em colunas na retaguarda. Os Não Nascidos, espalhados, permaneceram em suas posições, prontos para enfrentar o ataque. Eu podia ver homens altos em armaduras ricamente ornamentadas, montados em cavalos enormes. Reconheci Pendragon como um deles, mas um momento depois um reluzir de ouro me distraiu.

Enquanto os dois exércitos se digladiavam ao som do tilintar de metal batendo em metal e dos gritos contidos de fúria, um carro de guerra dourado percorria o caminho sinuoso até as defesas, com um jovem abaixado segurando as rédeas e conduzindo os cavalos brancos na subida, ao mesmo tempo que seu companheiro, despido até a cintura, os cabelos soltos ao vento, segurava-se com firmeza nas bordas, empunhando uma lança defensivamente. Ele olhava fixamente para as linhas de defesa, e quando me viu, deu um sorriso, levantando a lança à guisa de saudação.

Os cimbros! Os filhos do grande deus Llew, Conan e Gwyrion. Eu acreditava que eles, havia muito tempo, tinham sido estrangulados e enterrados na terra fria pelo pai cruel. Mas ali estavam eles, se aproximando de mim.

Conan puxou as rédeas com tanta força que Gwyrion foi atirado para fora do carro de guerra, e por um momento ele ficou furioso com o irmão. Os cavalos resfolegavam com o ar límpido, a poeira assentando à sua volta. O carro de guerra era magnífico, todo folheado a ouro e com aros de ferro nas rodas perfeitas.

— Ele não é uma belezinha? — Conan exclamou, ao ver meu olhar de admiração.

— Pertence ao seu pai?

Os dois jovens caíram na gargalhada, Gwyrion enxugando o nariz ensanguentado com os dedos.

— Quando ele der pela falta dele, nós já o teremos devolvido. Nosso pai dorme tanto ultimamente que parece ter pouca consciência do mundo ao seu redor.

— Eu pensei que ele iria punir vocês dois!

— Ele o fez — disse Conan. — Mas os vinte anos já se passaram. Quando ele nos libertou, foi como se o Tempo tivesse parado. Nós envelhecemos?

— *Vinte anos*? — Eu estivera com eles menos de duas estações antes.

Eu olhei para os dois insolentes filhos do deus, e apenas uma intuição humana poderia perceber as sombras em seus olhos. De cabelos claros, com feições bem esculpidas, e sorrisos cativantes, aqueles dois jovens haviam sido sujeitados a tormentos que nenhum herói teria suportado. Eles tinham uma aura ao seu redor que era o escudo da imortalidade. Eles haviam sido feridos, e agora não podiam esperar para voltar a fazer o que sabiam fazer melhor.

Roubar carros de guerra!

— Suba. Nós temos de levá-lo para junto de seus amigos.

— Como vocês sabiam que eu estava aqui? — eu gritei, enquanto Conan fazia a volta com o carro de guerra e Gwyrion me empurrava para dentro dele.

— O velho maluco que governa este lugar nos enviou um mensageiro. Ele parece estimá-lo como a um amigo.

Os dois jovens selvagens conduziram o carro de guerra contornando a batalha, e em direção à linha de tendas por detrás das fileiras. O estandarte de Urtha flutuava sobre uma delas. De fato, Urtha estava sentado lá dentro, enfurecido e mal-humorado, com as armas dispostas à sua frente. Niiv estava de pé atrás dele, de braços cruzados. O rosto dela se iluminou quando eu entrei na tenda.

— Aquele homem! Aquele bastardo Não Nascido. Como ele ousa me confinar à barraca? Mas ele diz que é necessário. Por que é necessário, Merlin? Quem, em nome do Trovão, ele pensa que é?

Ele estava falando de Pendragon. Quando Urtha se levantou, empunhando a espada, a semelhança entre os dois homens apareceu novamente, na expressão dos olhos, no franzir dos lábios, no rosto de ferro.

— Eu acho que ele precisa que você sobreviva. Ele quer contar histórias sobre você nos tempos que virão.

Urtha assentiu sabiamente, seu humor melhorando.

— Sim, Merlin, você tem um olho apurado, mesmo que suas habilidades o tenham abandonado por enquanto. Qual filho de qual dos meus netos ele será, é isso que eu imagino.

— Um futuro rei — eu disse a ele, e isso era tudo o que eu podia contar a ele. Custava-me muito olhar tão à frente, e eu havia resistido à tentação quando ainda estava em Taurovinda. Mas completei: e um rei que jamais esquecerá seu ancestral, não se eu estiver por perto para lembrá-lo.

Urtha olhou para mim pelo canto do olho. O barulho dos carros de guerra trovejava lá fora, e os machados gritavam, o fedor de suor era pesado no ar. Urtha estava decidindo se eu o estava lisonjeando ou acalmando. Ele claramente gostava da ideia de ser lembrado. Estava na natureza daqueles guerreiros rudes gostar da possibilidade da notoriedade futura.

— Não conte a ele *tudo* o que você sabe sobre mim.

— É claro que não.

— O escudo de Diadara...

— Você o encontrou. A busca foi bem-sucedida.

— Como, de fato, ainda pode ser. Ainda há tempo. Mas isto não importa. E quanto a Munda? Ela ainda está cativa daquele degenerado? Ela está viva?

Quando eu disse a ele que ela estava, a dor em seus olhos desapareceu como a brisa que sopra. A faísca em seus olhos estava lá de novo.

— Ela está no palácio?

Eu disse a ele o que sabia, usei as palavras que Kinos havia usado. Urtha saiu da barraca e olhou para o oceano.

— Você sabia — ele disse —, que quando você desembarcou da primeira vez, eu poderia jurar que a ouvi chamando? Eu deveria ter ido com você.

Uma lança rasgou o ar, penetrando a lona da barraca, e nós três nos atiramos no chão.

— Eu sabia que esta barraca estava armada perto demais — o chefe murmurou, quando nos levantamos novamente. Mas uma sombra caiu sobre nós, a respiração pesada de um cavalo cansado. Um homem de ombros largos, vestido de couro e ferro, dominava o horizonte, olhando para nós. Era difícil ver seu rosto contra o azul brilhante do céu, mas um momento depois ele sorriu. Não era Pendragon, como eu havia suspeitado.

— O meu irmão está bem? — Gorgodumnos perguntou. — Eu não o vi por aqui, então imagino que ele tenha sobrevivido ao sítio. Há muitos outros que não tiveram essa sorte.

— Morvodugnos é ousado, destemido e está bem — respondeu Urtha. — Ele tem uma boa mão para a espada, e é bom tê-lo em Taurovinda. Assim como era bom ter você. O que aconteceu com você?

— Uma lança no meio das costas, foi o que aconteceu comigo — Gorgodumnos retrucou. — Eu ficaria particularmente feliz de me encontrar novamente com *aquele* bastardo. Meu cavalo voltou sem mim, assim espero. Você deveria ter imaginado que eu não desertaria.

— Sim — eu disse a ele. — Nós sabíamos que você havia morrido. Sua falta foi bastante sentida. Ambaros o chamou de "o melhor entre nós". Então, você está lutando com os Mortos?

Ele sacudiu a cabeça, ajustando sua posição na sela ampla.

— Não. Fui morto muito recentemente para ter sido recrutado pelo louco. Há muitos de nós aqui que seguiram o grego, mas que não estão sob seu controle. Mas nós também não somos Não Nascidos, e não temos um status definido.

— Mercenários?

— Nem mesmo isso. Rastreadores. Perseguidores. O mundo está de cabeça para baixo. Nós seguimos o cheiro da vida após a morte, ainda que não consigamos compreender o que se passa.

Ele virou sua montaria para a esquerda.

— Este é um mundo estranho, meu senhor Urtha. Adie sua passagem tanto quanto lhe for possível.

— Farei isso. Não tenha a menor dúvida.

— E transmita a mesma mensagem ao meu irmão mais novo, aquele touro grande, Morvodugnos. Quando for sua hora de atravessar o Vau do Último Adeus, eu estarei esperando por ele. Mas diga que ele não pode vir, não antes de ele ter alcançado a Manobra das Nove Mulheres Rodopiantes!

Gorgodumnos riu, fez uma saudação que incluía todos nos e saiu cavalgando em direção ao mar. Ele se reuniu a um pequeno e triste bando de cavaleiros, e todos eles ergueram suas armas para nós. Eles eram os que haviam caído entre os cornovidi de Urtha, e os coritanis que haviam ido ajudá-lo durante o sítio de Taurovinda. Para onde eles foram depois daquilo, e por quem lutavam, eu não poderia dizer.

Os "troianos" de Kinos, em número muito maior do que as fileiras de Não Nascidos, realizaram um ataque repentino e as forças sob os vários comandantes, inclusive as de Pendragon, tiveram que ser reposicionadas num ponto mais para baixo, nas dunas, em direção ao mar. Homens e cavalos corriam pelas linhas de tendas, espalhando lonas e esvaziando o arsenal de lanças. Urtha, Niiv e eu corremos junto com a retirada, parando em nossa fuga apenas quando os clãs voltaram para o monte e formaram uma fileira sólida novamente, usando seus escudos e as lanças, com cinco pares de dentes curvados e capazes de arrancar tripas, para formar um muro penetrante que virou a maré da batalha. Enquanto a luta se movia na direção do palácio de mármore verde, os corpos ainda trêmulos dos Mortos e dos Não Nascidos apareciam, muitos nos estertores finais, como peixes que sangram depois de uma pescaria cruel.

Eu havia imaginado que Jasão e seus argonautas estivessem em meio à batalha, avançando para a frente para quebrar as linhas de defesa e procurar por Kinos. Mas o homem e seu barco de guerra apareceram, sob o brilho do sol, na direção do oceano, com Tisaminas carregando o corpo imóvel de Atalanta. O cabo quebrado de uma lança fina havia se cravado no peito dela, mas seus olhos ainda estavam alertas. Jasão, em seu manto escuro, tinha uma aparência horrível, seus longos cabelos empapados de suor e sangue, e sua túnica manchada com pedaços de vísceras.

— Aí está você, Antiokus! Nós precisamos de toda a ajuda possível, se formos invadir o palácio. — Ele sorriu sem humor, olhando para as muralhas altas. — Uma visão familiar, se você se lembra. E, desta vez, sem Medeia para barrar nossa entrada. Kinos está lá dentro, e eu vou tirá-lo de lá.

— Kinos está no campo de batalha. Ele é o único grego que você verá, com exceção dos argonautas.

— Eu vi o *sciamach* — Jasão disse, sacudindo a cabeça. — Ele também estava na planície além da Colina do Trovão. São os truques de Medeia, sem dúvida. Uma grande semelhança, mas não é o homem.

Eu teria rido, se tudo não fosse tão trágico: por duas vezes Jasão estivera na presença de seu filho vivo, e por duas vezes ele havia rejeitado a identidade do jovem, preferindo pensar nele como um guerreiro das sombras, um *sciamath*. Seus olhos estavam cegos para a verdade, assim como estavam cegos para a verdade os olhos de seu filho.

Sim, aquilo era obra de Medeia.

E onde *estava* Medeia?

E então, como Palas Atena nas planícies de Troia, ela pareceu sussurrar para mim, como a deusa havia sussurrado para seus campeões favoritos:

— *Você estava perto o suficiente para ouvir minha respiração.*

— Você parece alarmado, Antiokus — disse Jasão, franzindo a testa. O suor escorria por sua pele e sua respiração estava pesada. — Recupere seu controle e pegue suas armas. Aqueles bons meninos de ouro irão nos levar até os portões.

Os cimbros estavam esperando, inquietos, perto de nós, observando o andamento da guerra que prosseguia. Seu carro de guerra era suficiente apenas para dois de nós. O resto, Jasão sugeriu, deveria seguir a pé.

— O palácio estará fortemente guardado — alguém disse, e eu me ouvi dizendo:

— Está vazio. Não há nada lá dentro, a não ser sonhos.

Exceto no quarto de guerra.

— Sonhos, e o meu filho — Jasão corrigiu, por pura ignorância. — Os sonhos do meu filho. Eu o reconhecerei quando o vir. E ele me reconhecerá, também. Medeia fez um bom trabalho escondendo-o, Antiokus. Mas setecentos anos estão desabando, e virando apenas alguns momentos. Venha comigo, velho amigo. Venha comigo e vasculhe o palácio junto comigo.

Eu hesitei. Jasão me observou, decepcionado, talvez lembrando-se de seu voto de me matar, uma promessa feita em meio à dor e à raiva, subitamente esquecida enquanto ele se agarrava ao último fio de vida e felicidade em Iolkos. Talvez ele sentisse, na minha hesitação, um momento de medo, e presumiu que eu queria manter distância. Ele passou por mim e andou em direção aos dois jovens, a cabeça baixa, o manto farfalhando.

— Ele não tem a intenção de matá-lo agora — Urtha sussurrou. — Ele está cheio de desejo pela vida novamente.

O que quer que o Rei Supremo estivesse querendo dizer, caminhei firmemente atrás do velho argonauta, apanhando uma lança do chão quando passava, e pulei para dentro do carro de guerra lotado exatamente quando Conan o virava e chicoteava os cavalos. Mesmo com o peso de quatro homens, os animais pareciam voar pelo terreno, fazendo uma curva para evitar passar pelo meio da batalha, cortando a floresta e encontrando o caminho difícil que se estendia ao longo da encosta do monte até os portões mais acima. Ossos estalavam e dentes rangiam enquanto subíamos até o palácio, Jasão e eu nos agarrando a alças feitas de corda e presas nas laterais do carro de guerra, e olhando um para o outro, impassíveis.

Quando chegamos aos portões abertos, desertos e sem defesas do santuário de ferro, eu vi o brilho da luz se refletindo em bronze lá embaixo. Um carro de guerra saiu do campo de batalha, voltando para o monte, um grego solitário abaixado enquanto lutava com as rédeas.

Kinos estava batendo em retirada.

Jasão deu uma gargalhada enquanto saltava para o chão, olhando para a fachada impressionante do palácio, os cabelos esvoaçando no vento seco que vinha de dentro. Ele reconheceu aquela construção elaborada, enorme e tão familiar como o palácio de Medeia, o lar onde ele e a feiticeira haviam vivido por pelo menos alguns anos em harmonia e felicidade. Niiv, Hilas e Tisaminas apareceram, resfolegando, na estrada.

Eles eram todos muito jovens e haviam corrido quase tão rápido quanto os cavalos. O resto do bando de Jasão havia ficado para trás. Os olhos de Niiv brilhavam. Ela nunca havia experimentado algo como aquilo antes, estava viva e lutando em um mundo de fantasmas, descobrindo o que ela imaginava serem as terras secretas dos mortos. Ela apertou o meu braço, enquanto entrávamos no santuário de ferro, mas sua mente estava focada na visão e no cheiro do lugar, apenas a criança que ainda existia nela buscando o conforto e a proteção do homem que ela amava e de quem precisava.

Jasão se virou, descrevendo um círculo onde estava parado.

— Pelos deuses! Eu deveria conhecer este lugar, mas onde está o touro? Deveria haver um touro onde essas malditas estátuas estão.

Então, ele viu os rostos, percebendo as feições por debaixo da corrosão, os olhos vigilantes, os sorrisos juvenis, as linhas suaves das faces, ainda não marcadas pela guerra ou torturadas pela dor.

— Sou eu! — ele exclamou, e completou, rindo: — Alto e majestoso. — E então, de forma triste: — E a mulher dos meus sonhos delirantes...

Mas ele estava impressionado com o que via, como se houvesse alguma dignidade em ser representado daquela forma, mesmo na companhia de uma esposa que ele desprezava. As imagens eram enormes, ele as considerava triunfais. Kinos havia chamado por ele, e ele havia atendido ao chamado.

Seu filho estaria esperando por ele.

Nossos passos ecoavam nos corredores vazios, enquanto Jasão nos liderava em um ritmo ligeiro, vasculhando cada canto em busca do garoto que ele estava convencido que se escondia ali. Ele havia hesitado na ponte, olhando para as profundezas que ressoavam, mas correra pelo arco de mármore com confiança, diferentemente de Niiv, que se agarrara a mim com horror. Eu não percebera quão grande era seu pavor de cair.

— Este lugar está vazio! — Jasão gritou, finalmente. Havia confusão e incredulidade em seu tom de voz. — Isto é apenas uma concha!

Ele saiu correndo na direção da entrada principal, com Hilas logo atrás. Eu me virei nos calcanhares e, com Niiv me seguindo de perto, nervosa e segurando a lança com as duas mãos, seus olhos claros arregalados com a tensão, refiz meus passos de pouco tempo antes, e encontrei o quarto de guerra.

— Espere aqui — eu disse a Niiv. — Não cruze o limiar da porta...

— Por que não?

— E não faça perguntas!

— O que é este lugar? — As luzes que se moviam, as imagens nas paredes, refletiam-se nos olhos dela. — Quem são estes homens? — ela sussurrou, seu olhar se voltando para cada um daqueles guerreiros de bronze, curvados e pensativos, agrupados ao redor do mapa na mesa.

— São apenas brinquedos — eu disse. — Fique aí.

Ela se sentou, encostada ao muro do lado de fora da sala escura, espiando pela porta aberta de vez em quando, tentando compreender.

Eu fui até o santuário escondido. A estátua de bronze de Palas Atena me observou, entediada, através da abertura de seu elmo.

— Você me pregou uma bela peça, lá naquele mundo perdido no interior. Mas eu me pergunto: o seu próprio encantamento diminuiu, aqui tão longe, no Outro Mundo?

Olhos frios de metal capturaram o movimento da luz, mas não havia uma luz própria neles, exceto a do bronze.

— Ele nem sequer sabe que você está aqui — eu continuei. Eu estava bastante determinado a dizer tudo o que queria, mesmo que o espírito que habitava aquele ícone escolhesse permanecer calado. — Você deve ter algum encantamento em seu corpo, para ter sido capaz de ficar tão perto dele, e tão fora de suas vistas. Ele sentiu os seus beijos e as suas lágrimas. Ele usou o poder da própria terra para transformar suas lembranças nesta estrutura monstruosa. O seu filho está louco, Medeia. Você sabe disso, eu tenho certeza. Com toda a sua proteção, você foi incapaz de impedi-lo de perder tudo o que os homens normais chamam de faculdades. Ele é apenas um cão uivando para a lua. Ele age por instinto. Ele não está mais vivo do que os brinquedos que criou em memória das histórias de seu pai.

Olhos frios de metal, sem luz própria. Talvez eu estivesse errado.

— Mas afinal, por que eu estou surpreso com o fato de ele ter enlouquecido? — eu a provoquei. — A mãe dele estava cheia de confusão. Medeia! Sacerdotisa do Carneiro, e ainda assim o seu santuário em Iolkos foi construído em torno da figura de um touro. Ela poderia tê-lo escondido em qualquer país que desejasse, mas o enviou para o futuro, para a terra dos mortos. Ele estava condenado a partir daquele momento. Condenado à loucura, como sua mãe está condenada a falhar em protegê-lo. Você se esconde como Atena, Protetora das Cidades. Você não protege nada, a não ser a sua própria necessidade de ter um vestígio de filho. O seu filho está morto.

Olhos frios. Sem luz.

Eu bati os dedos contra o peito de bronze, onde o coração estaria.

— Se esta traição tivesse ocorrido ontem, ou na última estação, ou há um ano, eu poderia compreender como você poderia ter tanto ódio no coração. Mas você viveu séculos, esperando. Sete séculos, Medeia. Faz sete séculos, desde que você enviou

Kinos para este lugar infeliz, para escondê-lo dos olhos de seu pai. Você esperou, viveu, esperou, comeu, bebeu, dormiu, caminhou, lamentou e esperou. Sete séculos! Como o ódio pode durar tanto? Eu não entendo. Como pode qualquer ser vivo odiar por tanto tempo?

Os olhos ganharam vida!

— Sete séculos diminuíram o seu amor por Jasão? Seu tolo. Nós vivemos no crepúsculo. O tempo desacelera no crepúsculo.

A voz raspava o metal. As palavras me deixaram em choque, tanto pela expressão repentina quanto pelo conteúdo. Medeia estava certa: sete séculos depois de ter conhecido Jasão, eu me agarrara à oportunidade de erguê-lo de sua sepultura no lago das Terras do Norte. Existem alguns sentimentos que vivem como se fossem imortais, apesar dos milhares de encontros que vêm e vão ao longo do caminho.

A minha pergunta tinha sido ingênua. De forma interessante, lançar um desafio sobre a persistência de seu ódio pelo marido havia sido a isca que atraíra a alma dela para fora da estátua. Ela afastou o elmo do rosto e se desfez do bronze. Ela pareceu fluir de dentro do metal duro para uma forma suave, vestida em mantos escuros. Ali estava a velha mulher novamente, a bela mulher, minha primeira amante, envelhecida, mas não menos bela com a passagem do tempo por seus ossos e carne. Seu corpo havia diminuído de tamanho, um testemunho do poder do encantamento que ela havia usado para criar uma vida entre as tantas vidas de sua existência sem fim. Como antes, eu não consegui ver a idade dela, apenas respirei o aroma da primeira paixão, evocando novamente a lembrança do amor juvenil antes de sermos separados ao longo do Caminho.

Eu queria tomá-la nos braços. Nós estávamos perto o suficiente para nos beijarmos. Mas ela manteve uma distância entre nós, e apenas uma leve ponta de tristeza sugeria que ela também estava recordando os velhos tempos, antes de Jasão, antes do seu amor verdadeiro, antes de sua vida frágil ser despedaçada pela traição de Jasão.

Estaria ela lendo a minha mente? Eu estava impotente, além da intuição. Meus ossos estavam adormecidos, todos os encantamentos que me faziam tão poderoso no mundo exterior dormiam confortavelmente, felizes por poder descansar. Estaria ela lendo a minha mente? Ela certamente não possuía habilidades naquela terra, mas afinal, talvez, como seu filho, ela estivesse fazendo uso dos ecos da velha mágica ainda preservada naquela estranha ilha, no meio da Terra das Sombras dos Heróis.

— Você não faz ideia do horror que era a minha vida como Sacerdotisa do Carneiro na Cólquida. Algo havia tirado os meus poderes de mim. Era um lugar morto, e eu estava apodrecendo. Foi por isso que eu construí um santuário para um deus melhor, um deus touro, em Iolkos! Tudo havia dado errado na Cólquida, Jasão não me sequestrou, como a história tola diz, ele me resgatou. Existe um ditado, alguma coisa no mundo do Oceano, que diz que quando um barco naufraga em uma tempestade, a tripulação irá se agarrar aos mastros quebrados para salvar sua vida. Jasão era o meu mastro quebrado, não perfeito, mas o suficiente para me manter viva. E com que força eu me agarrei a ele. Ele me deu minha vida de volta. Ele era um mastro de madeira. Mas estava podre por dentro. Quando o mastro se desfez, eu afundei ainda mais nas profundezas.

— E levou seus dois filhos com você.

— Eu não poderia deixá-los. Jasão era um homem brutal. Pense no que ele poderia ter feito com eles!

— Eu sei o que você fez com eles. Um vaga pelo mundo, vendendo suas habilidades com as armas, confuso e sozinho, assombrado pelo passado. O outro é um louco, usando as velhas forças para recriar uma vida, como homem, que não passa de criancice. Você matou os dois, Medeia. Que consolo você tem em estar perto do Pequeno Sonhador? O garoto nem sequer sabe que você está aqui.

Mas toda a energia havia abandonado Medeia. Ela poderia ter me atacado, desferido golpes em mim, encontrado novas palavras naquela voz dura para justificar o que havia feito em Iolkos, setecentos anos antes. Apenas a tristeza tocava as feições que um dia foram tão belas. E a solidão.

— Você não compreende — ela sussurrou. Então, olhou rapidamente para a porta. — Quem está lá fora?

— Apenas a garota. Niiv.

— Não. Mais longe.

Eu podia ouvir os sons de homens correndo. Hilas entrou escorregando no quarto de guerra, momentaneamente espantado com o que viu, sem fôlego, e então gritou:

— Antiokus! Eles estão se matando. Venha e os impeça! — Ele só podia estar falando de Jasão e Kinos.

— Eles não reconhecem um ao outro — eu disse a Medeia, tentando argumentar com ela para fazer que a névoa deixasse os olhos deles.

— Eu sei — foi tudo o que ela disse, cruzando os braços sobre o peito, abaixando a cabeça levemente, embora seus olhos continuassem fixos nos meus.

Eu a deixei ali e segui Hilas. Eu podia ouvir o barulho de metal contra metal, os gritos dos dois homens, suas palavras, dois cantos de negação repetidos incessantemente. O palácio vazio estava cheio de sons de fúria e de desespero. Enquanto corríamos, nós nos perdemos. O trovão de raiva nos chegava de cada corredor, um som elementar e triste que mudava de direção, até que tivemos que parar, exaustos, confusos e impotentes, enquanto o mundo afundava ao nosso redor.

Quando eu finalmente encontrei o caminho para a ponte sobre o vácuo, o encontro estava quase no fim. Kinos, nu exceto por seu elmo e a armadura que lhe cobria o peito e as pernas, lutava como os gregos antigos, e recebeu um golpe de Jasão que o atirou para a beirada da ponte.

Os dois homens estavam cobertos de sangue.

Jasão parecia quase surpreso por sua lâmina ter atingido Kinos tão facilmente. Uma mecha de cabelos, lisos, grisalhos e ensanguentados, cortada de sua têmpora, pendia obscenamente de seu manto, as fibras embaraçadas no tecido. Um dos lados de seu rosto estava escurecido pelo sangue seco. A corrente de vento que vinha do vácuo fazia seu manto negro flutuar por sobre sua figura trêmula. Ele estava se inclinando na direção de seu filho, segurando a espada defensivamente, mas sua mão nua se estendia para o homem caído.

Kinos olhou para mim. Em meio à dor, ele gritou:

— Estou confuso, Antiokus! Estou confuso! Ajude-me a entender. Este é o meu pai? Se é, por que eu não o reconheço? Não que isto importe, agora.

— Segure a mão dele! — eu gritei de volta. — Não caia!

— É ele? Por que eu não o reconheço?

— Segure-se, Kinos. Você construiu o Lugar de Evocação dos Pais. Você construiu tantos deles. Você apenas se esqueceu de que seu pai envelheceria. *É* ele. Segure a mão dele! Não caia!

O homem que morria olhou para o pai, e então tirou o elmo, deixando-o cair.

— Eu esperei tanto tempo. Eu comecei a esquecer do som da sua risada. Eu comecei a me desesperar. Mas eu vejo agora que você *é* aquele homem, o homem por quem eu chamava. Por que os meus olhos se abrem agora, quando estão condenados a se fechar?

— Feche-os — disse Jasão, friamente, embora sua mão livre ainda se estendesse na direção do homem mais jovem, que tremia. — Você não é o meu filho. Eu reconheceria Kinos, eu o reconheceria em qualquer idade.

Kinos deu uma risada e olhou para mim. Ele deixou a espada cair no vácuo.

— Aí está. Você não vê, Antiokus? Eu já caí. Você não compreende. E quando tudo está dito e feito, tudo o que eu posso fazer é ir para casa...

Ele jogou um beijo triste para o pai e se atirou para trás. Ele ficou em silêncio, enquanto descia para as profundezas que ressoavam. O brilho de sua armadura permaneceu visível por um longo tempo, mas finalmente o mar escuro lá embaixo o recebeu.

— Acabou — sussurrou uma voz atrás de mim. Eu olhei em volta e vi Medeia se encolhendo, escondendo-se nas dobras de seu manto e em seus véus.

Toda a energia se esvaíra de Jasão, como parecia ter abandonado Medeia. Os dois se olharam a distância, mas não havia raiva, nem ódio, nem hostilidade naquele longo olhar, talvez apenas cansaço e arrependimento.

— Antiokus — Jasão disse a mim, suavemente. Ele apontou sua espada para o vácuo. — Se os deuses não estão me cegando com seus próprios objetivos, eu lhe direi novamente: aquele não era Kinos.

— Então, quem era ele?

— Eu não sei.

Medeia disse:

— Era uma pequena parte de Kinos, que eu tomei para fazer companhia a seu irmão. Uma pequena sombra, que cresceu como o homem. Eu o chamei de volta, mas o deixei viver por algum tempo.

Jasão atravessou a ponte, seu rosto escuro coberto de sangue, seus olhos úmidos.

— Então, onde está o verdadeiro Kinos?

Medeia não se moveu enquanto Jasão se aproximava, mas gritou:

— Nem mais um passo! — O homem parou. Niiv agarrou meu braço, assustada, resistindo à tentação de falar naquele momento difícil.

— Se eu o levar até ele, você deixará este lugar com suas memórias? Você partirá pacificamente? Eu estou disposta a ser bondosa com você, Jasão. Mas você deve partir depois disso, você deve me deixar em paz, depois.

— Eu concordo — sussurrou o velho grego. Ele embainhou a espada, e me instruiu a fazer o mesmo. Apenas o som de vozes abafadas, alertando-me com urgência de dentro da bainha, me impediu de aniquilar os *kolossoi*. Eu passei minha espada de bronze pelo cinturão.

— Então, siga-me — disse Medeia. — Eu vou levá-lo para onde seu sonho vira realidade.

Ela correu à nossa frente, os véus esvoaçando, osso e bronze colidindo com as correntes pesadas à sua cintura. Ela nos levou a uma parte mais escura do palácio, descendo degraus amplos e através de passagens labirínticas; havia uma sensação de vida, ali, e de morte. As paredes pareciam vivas com os animais, pintados com azuis e verdes luxuriantes. O cheiro de incenso e de ervas queimando nos dava as boas-vindas. Esta era a parte viva daquele palácio morto: o domínio de Medeia.

No final de um corredor, estava a sala mortuária. Ela ficou em pé, olhando para nós de longe, encostada na parede de mármore negro. Kinos estava deitado no esquife de madeira no centro da sala, seus braços esticados, sua armadura polida, seus cabelos lindamente trançados, flores estavam espalhadas em seu peito, suas polainas eram feitas de palha trançada. O cheiro de canela, e de outros odores oleosos, era forte, o cheiro da preservação.

Jasão aproximou-se do esquife e olhou para o rosto pálido e doce. Não havia cicatrizes nessa face, embora fosse a face de um homem, muito mais velho do que o juvenil Kinos que havia construído o barco de pedra e sua tripulação monstruosa.

Medeia falou suavemente.

— Depois que ele construiu o palácio, ele começou a ter ataques de fúria e só pensava em guerra. Ele criou sítio depois de sítio nas praias e nas planícies estreitas ao redor do monte. Os Mortos desta terra acorreram para ele, os Não Nascidos tinham medo dele. Morrer antes de nascer afeta demais o futuro. Ele jogava seus joguinhos com os campeões de mil eras. Eu tremo só de pensar na destruição que ele causou no Tempo futuro.

— Como ele morreu? — Jasão perguntou. O homem estava tremendo, ali onde estava parado, sua cabeça abaixada, seus olhos fixos na pele com aparência de cera do pobre garoto.

— Ele morreu em batalha — Medeia respondeu. — Ele criou tantas guerras para sua própria diversão! Era sempre um risco. Ele foi morto em um dos primeiros combates violentos.

— E o outro Kinos, aquele que estava me atacando desde que eu cheguei aqui...

— Um pequeno fantasma que eu criei para ajudar seu irmão, o jovem Pequeno Toureiro.

— Thesokorus... eu descobri que ele me odeia, também. — Havia um inesperado tom de derrota na voz de Jasão.

— Thesokorus ainda está vivo — eu sussurrei para Jasão, com a intenção de dizer que haveria outra chance para ele. Medeia ouviu o sussurro e riu.

— Perdido, e vagando — ela completou. — Eu roubei o irmão dele. Eu trouxe de volta o fantasma. Este lugar, este palácio, tira forças de uma fonte de encantamento profundo. Foi fácil dar ao pequeno fantasma uma vida inteira, ilusão, mas ilusão confortável. Mas ele sempre esteve condenado a morrer pela mão de seu pai.

Jasão se inclinou em direção ao cadáver, e o tomou nos braços, abraçando as memórias, o passado, e dizendo adeus, falando tão suavemente que eu não tenho lembranças das palavras ditas de pai para filho.

Então, ele pousou o corpo de Kinos no esquife novamente, e se afastou.

Ele olhou para Medeia? Atrás do véu, os olhos dela brilhavam. Mas para qual de nós dois ela estava olhando? Quando Jasão se virou para mim, seu rosto estava duro.

— O passado já passou — disse ele. — Não há lugar para onde ir, exceto adiante. Eu vejo isso agora. Como encontraremos Argo?

— Argo nos encontrará.

— Nenhum outro lugar para onde ir — ele completou tristemente, com uma expressão curiosa no rosto.

Ele saiu da sala. Quando eu olhei para Medeia, ela estava escorregando para as sombras, para algum canto escuro do palácio, através de outra passagem que levava para longe da sepultura ecoante que Kinos havia construído no topo do monte.

— Adeus, Olhos Ferozes. Adeus, Medeia — murmurei para a sua sombra.

E ouvi um sussurro em resposta: *Eu também morri quando meu filho morreu. Eu esperei por tanto tempo. Não sinta pena de mim, Merlin! Mas me entenda. Você, acima de todos.*

Ela e eu não havíamos terminado nossa história ainda, eu estava certo disso. Mas se ela ficasse escondida naquela Terra dos Fantasmas, encontrá-la de novo seria extremamente difícil. Capaz de me observar, apesar de seu estado enfraquecido, ela sempre teria a vantagem.

Tisaminas nos encontrou quando saíamos do palácio e eu refazia meus passos na direção da praia, onde os barcos abandonados em outro sítio apodreciam. O homem estava sem fôlego.

— Tudo acabou. A batalha acabou. Os dois exércitos estão se dispersando em seus barcos. Nenhum de nós consegue entender o que aconteceu, mas os outros foram para o cais.

— Este também é o nosso destino — disse Jasão, dando um tapinha no ombro do homem mais velho. Tisaminas pareceu espantado com o súbito gesto de camaradagem.

Os cães de bronze ficaram quietos enquanto passávamos por eles; estavam perto do portão interior, vivos, rosnando profundamente, mas imóveis. Na praia, nós encontramos o homem chamado Pendragon e sete outros. Seus mantos, em tons de verde, vermelho e roxo, estavam amarrados aos ombros, seus elmos pendiam de seus cintos, e a face cansada sorria por entre a barba, quando nos aproximamos.

— Você vai precisar de mais algumas mãos para remar seu barco. Aqui estamos!

— Sejam bem-vindos — Urtha gritou. — Qual é o seu destino?

— De volta para o rio. Nós nos sentimos mais confortáveis no rio.

— Nós vamos precisar parar no caminho, mas vocês são bem-vindos a bordo, todos vocês.

Pendragon apresentou seu companheiro corpulento.

— Nós acreditamos que todos seremos reis. Todos sonhamos com nossos nomes. Maudraud, aqui, acha que será o melhor entre todos nós, mas ele gosta demais de comida!

Maudraud fez uma careta, enquanto todos os outros riam, mas ele estava gostando da provocação. Ele tinha olhos estreitos e acinzentados, e um sorriso selvagem. Percebi que suas mãos estavam tremendo, uma apoiada na espada, e a outra segurando uma dobra de seu manto.

Quanto ao grupo de homens, eu escreverei sobre eles em uma outra ocasião, já que tive a sorte e o prazer de me envolver com eles novamente. Eles não pertenciam todos ao mesmo futuro, alguns daqueles homens que nadaram até Argo e encontraram um lugar em seus bancos eram pais e avós uns dos outros. Mas naquele lugar sem tempo, onde mapas ainda não haviam se desdobrado, isso não importava.

Nós remamos de volta para a praia, onde o Kinos criança havia se revelado.

Eu levei Urtha e Jasão para a caverna estreita onde Kinos havia desenhado as imagens e construído os modelos que o haviam sustentado em seus primeiros anos de isolamento. Jasão ficou ali, abaixado, segurando a pequena figura de palha de Fineus. Eu havia perdido as outras figuras durante a confusão na praia abaixo do palácio.

— Ela está perto o suficiente para ouvirmos sua respiração — eu disse a Urtha, enquanto vasculhávamos a vegetação ao nosso redor.

— Isto é um roseiral — disse o rei, com conhecimento. — É o tipo de arbusto onde as crianças são colocadas para dormir para Nemetona, deusa do bosque. Nós fazemos uma bebida um ano depois: rosas de sangue e jovens sonhos, para manter os bosques vibrantes. — Ele olhou para mim, franzindo a testa. — Mas há sonos e sonos...

— Sim. Eu entendi. Você procura daquele lado, eu vou procurar aqui.

Nós nos separamos, vasculhando a vegetação cerrada. E depois do que me pareceu um século preso entre os espinheiros, arranhado e cortado e sem fôlego com o ar úmido, eu ouvi o grito de alegria de Urtha, que vinha de algum lugar perto de onde eu estava. Quando nós emergimos, Jasão estava nos esperando, seus olhos vazios, sua mente vagando, até que ele nos viu e sorriu com prazer genuíno ao ver a garota que murmurava, ainda envolta em seu manto grosseiro, nos braços de seu pai. Metade da *lunula* pendia de seu pescoço.

Em sua mão direita, ela segurava a pequena ponta de flecha que sua amiga Atanta havia lhe dado ao cruzar o rio. Como se estivesse em paz, agora, e não mais precisasse de proteção, seus dedos se abriram. Urtha apanhou o pedaço afiado de pedra e o guardou no cinturão.

Jasão estendeu a mão para Munda, acariciando-lhe a testa e os cabelos.

— O segredo da vida — ele disse baixinho.

— Um dos segredos da vida — Urtha respondeu. — E um bem importante, mas existem outros.

— Sim, eu acho que você está certo. Muito bem. Estou feliz por você.

Urtha beijou a ponta do nariz de sua filha, olhando para ela como se fosse a primeira vez.

— Obrigado. Mas estes próximos anos serão muito interessantes.

Nós trocamos um olhar, ele e eu.

— Você estará por perto para vê-los? — ele completou.

— Eu imagino que sim. Existem tantas coisas que eu ainda não compreendo. Eu pareço pertencer a este lugar, mas sinto que cheguei aqui muito cedo.

— Pare com isso, Merlin. Já estou exausto o suficiente sem ter de ouvir suas ideias malucas. E estou com fome. E Jasão, você tem uma decisão a tomar, quando voltarmos para o seu barco.

Mas Jasão simplesmente fez uma reverência para o rei.

— Eu já a tomei. Eu a tomei no instante em que vi o corpo do meu filho. Quando cruzarmos aquele rio, como é o nome...

— Nantosuelta.

— Sim. Quando atravessarmos o Nantosuelta, eu deixarei este lugar, e você. A decisão está tomada, tudo o que eu preciso fazer é encontrar os *kolossoi* dos meus amigos... aqueles que sobreviveram.

— Todos eles sobreviveram.

— Atalanta está quase morrendo. Quando encontrarmos os *kolossoi*, ela já terá partido.

Eu consegui dizer a ele que os *kolossoi* estavam "em casa". Foi a primeira coisa que eu fiz quando voltamos para Argo. Os elementais pequenos, vestidos de metal, foram reunidos com seus donos. A qualquer momento, os argonautas poderiam ter se desvanecido e partido para seus próprios e antigos lares, deixando um mundo de espíritos por outro. Mas todos remariam com Argo até que o Sinuoso fosse atravessado, e Jasão finalmente estivesse livre do Degenerado, aquele que negocia com a morte.

Todos, exceto Atalanta. Ela não sobreviveria às próximas horas. Mas deitada no Espírito do Barco, como convidada de Argo, ela me confidenciara que sua filha já havia nascido.

— Ela tem três anos. Ela vai sentir muitas saudades de mim. Mas talvez eu esteja viva em Ullanna.

— Urtha certamente está vivo em Ullanna.

— Fico feliz em ouvir isso — ela disse, e então me apertou o braço com força. — Eu tenho um pouco da minha própria "luz de visão", Merlin. Os filhos dela com Urtha, e os filhos de Urtha com Aylamunda, não serão as mais felizes das famílias. Apenas você sabe disso, apenas você consegue compreender isso. Um dia, haverá dois Aqueles Que Falam Pelos Reis. Suas histórias contarão sobre divisões e dificuldades. Como o meu pai me disse: haverá dificuldades e um longo suspiro antes que a terra seja curada. Ele estava falando de um tempo antigo, o meu tempo, muito longe daqui. Mas as palavras dele ecoam na eternidade, Merlin. Fique perto da fortaleza — ela riu, com algum pensamento secreto. — Você é um bom curandeiro, e paciente com reclamações.

— Eu gostaria de poder curá-la.

— Bem, você não pode. E as coisas são como são, como aqueles reis *keltoi* gostam de dizer. Mas tome isto, e mantenha-o a salvo. Se algum dia ele parecer estar sussurrando algo para você, preste atenção.

Ela havia colocado a pequena figurinha de bronze, seu *kolossoi*, na minha mão. Era apenas um brinquedo, um pequeno encantamento, um pedaço de memória depois de o corpo ter sido reunido com seu espírito roubado e colocado na sepultura. Mas eu estava feliz em tê-lo.

Quando ela morreu, nós a enrolamos no manto de Jasão. Nós construímos um pequeno memorial para ela em uma das margens do Nantosuelta, perto do Vau do Último Adeus, um monte baixo sobre uma cova rasa, o corpo coberto de pedras. Pela primeira vez, eu percebi quantos pequenos montes estavam espalhados por ali, de modo um tanto aleatório, naquele local de passagem para o Outro Mundo.

Eu fui o último a sair de perto da sepultura. Diferentemente dos outros, eu estava consciente das vozes que cantavam, o som distante de trompas, o ritmo dos tambores. Ecos do passado. Naquele momento, setecentos anos antes, Atalanta estava descendo à sepultura também. Mas sua filha, sem dúvida banhada em lágrimas naquele momento, tinha uma vida maravilhosa e completa à sua frente.

A grande fortaleza de Taurovinda, suas torres se elevando dramaticamente da Planície de MaegCatha, o local da sangrenta Batalha do Corvo, parecia queimar com os fogos de boas-vindas. Tochas eram agitadas no crepúsculo, como sinais, e cavaleiros acorriam galopando pela planície, seguindo o caminho cerimonial, agora margeado de novas árvores e novas pedras. Manandoun liderava o grupo, Ullanna e Kymon seguindo bem de perto, e eles se espalharam pela grama, desmontando e correndo para a margem do rio, onde Argo estava atracado.

Nós tivemos de saltar do barco e andar até a costa.

Kymon correu para o rio para receber a irmã, e o abraço de boas-vindas os atirou nas águas rasas. Urtha passou direto por eles, ignorando-os completamente, seu foco em Ullanna; o sorriso da mulher se entristeceu quando Urtha sussurrou para ela as notícias sobre o destino de sua ancestral.

Foi apenas quando eu estava torcendo as minhas calças encharcadas que percebi que Jasão e Rubobostes não haviam nos seguido, nem, de fato, os outros cinco, de semblante triste. Jasão e o grande homem dácio estavam apoiados ao parapeito do convés, olhando as atividades na margem. Rubobostes acenou para mim em saudação. Não era do feitio daquele homem ignorar a certeza de um bom assado e de uma bebida forte.

— Nós estamos partindo! — Jasão gritou. — Já tive o suficiente deste país, embora não queira desrespeitar o rei, nem seu castelo.

Niiv, parada ao meu lado — ela sempre parecia estar seguindo a minha sombra! —, sussurrou:

— Mielikki quer falar com você.

Eu imediatamente caminhei de volta para Argo, e subi a escada de corda até o convés, descendo até o Espírito do Barco, e Jasão me seguiu, descendo atrás de mim.

O ar do verão soprava de outro lugar, e a Senhora das Terras do Norte, jovem e esbelta, me chamou para a sombra do pinheiro onde ela se sentara, com o seu lince adormecido a seu lado.

— Argo está partindo — ela disse. — Você partirá com ele? Ou ficará aqui por algum tempo? Ele pode levá-lo de volta para o seu Caminho, ou para a Grécia, o que você preferir.

Para a Grécia? Eu imaginava que Argo estivesse cansado, e Mielikki com saudades de casa. Ela deveria navegar para o norte. Eu disse isso a ela.

— Ele está cansado, e eu sinto saudades de casa — a deusa concordou. — Mas o coração dele está amolecido por Jasão. E há os outros cinco, que devem retornar para suas próprias terras, antes de voltar para suas sepulturas. Rubobostes virá conosco, e em seu devido tempo voltará a seu próprio país. Elkavar e Niiv vão ficar para trás. Eu vou sentir a falta dela por muito tempo, mas tenho algo a lhe pedir.

Eu esperei pacientemente. Mielikki segurou a minha mão, seus olhos claros cheios de preocupação.

— Você parece triste, Merlin.

— Estou. Um pouco. Qual é o favor?

— Niiv irá envelhecer e morrer. Antes de ela morrer, leve-a de volta para o lago. Use um pouco daquele encantamento escondido para descobrir quando a morte se aproximar dela. Você precisará de uma estação inteira para percorrer a distância, e eu quero a minha criada de volta, antes de seu corpo esfriar. Você me promete?

— Leve-a agora. Ela me assusta.

— Ela quer ficar. Ela ama você.

— E eu devo amá-la em retorno?

— Apenas você pode descobrir se isso é possível. Tudo o que eu quero é que você cuide dela. E há mais uma coisa. A respeito de Argo, e das premonições das três Normas, que você encontrou primeiro.

Ah, sim. A Tríade Agourenta.

Eu disse:

— Jasão foi o homem que me ameaçou, Urtha foi o homem cuja necessidade de mim me enfraqueceu. Ao segui-lo para a Terra dos Fantasmas, eu perdi o acesso às minhas habilidades. Eu fui colocado em risco. Argo é o arco que apodrece. Eu acho que compreendo isso, também. Ele virá para mim quando eu estiver morrendo, e me levará a um lugar onde eu possa descer às águas e ficar em paz. Ele não será o meu caixão, será o barco que me levará para a minha sepultura.

— Ele morrerá com você — disse Mielikki. — Quando a hora chegar, ele morrerá com você. Ele deve morrer.

— Argo é tão antigo como o tempo, e irá navegar pela eternidade, cada capitão constrói uma parte dele. Foi isso que ele me contou.

— O Argo que você vê foi construído por Jasão, e reconstruído por Jasão e pelos povos do norte. O que você vê é uma casca em torno de muitos outros barcos, muitos barcos mais antigos, ao redor do primeiro barco.

Eu sabia disso e lembrei a Mielikki que o sabia, perguntando a ela por que ela achava necessário levantar o assunto.

— Argo *será* a sua sepultura quando você morrer. Ele deve morrer com você, porque foi você quem o construiu. No coração dele, no Espírito do Barco, está o pequeno barquinho que você construiu quando tinha oito anos. Você o chamou de Pequeno Viajante. Um barquinho simples, feito de um tronco de carvalho. Menos de um ramo daquela primeira árvore permanece no coração dele. Mas ainda está lá. Todas as crianças constroem seus pequenos barcos, e todos esses barcos ainda navegam. Argo foi o seu. Encontrá-lo novamente, quando você foi navegar primeiro com Jasão por causa do Velo de Ouro, foi um momento de felicidade para ele. Quando ele levou Jasão para sua sepultura de água nas Terras do Norte, foi com o conhecimento de que você iria procurar por ele. Foi por isso que manteve Jasão vivo. Ele navega agora, com ou sem você, mas o encontrou de novo, e atenderá ao seu chamado quando a noite se fechar sobre você, quando a mágica tiver quase partido.

— Eu não espero que isso aconteça por muitos anos — murmurei, apesar do meu assombro.

— E nem Argo — disse Mielikki.

Eu quase não podia acreditar no que a deusa estava me dizendo. Como antes, quando eu estivera com Medeia, lembranças brilhantes da infância abriram minha visão interior, os sons e cheiros e o brilho do que já passou há muito tempo. O barco! Claro que eu me lembrava do pequeno barco. Eu tinha levado uma estação inteira cortando e esculpindo a madeira, e tornando-a navegável. Não havia sido mais do que uma bacia rasa de madeira, grande o suficiente para um garotinho, e decorada com peles dos lados, e com um galho grande como leme, uma invenção minha. Quando eu ficava em pé dentro dele, de pernas abertas, e levantava meus braços e meu manto de lã de carneiro para capturar a brisa, o barco balançava e seguia a corrente, mais rápido do que os outros, do que os pequenos barquinhos de palha dos meus amigos, girando e movendo-se na água ligeira. Eu havia viajado para longe, e em segurança, e navegado de volta contra a corrente em um triunfo cansado.

Quando meu pequeno viajante foi tirado de mim, eu chorei com a perda. Como eu poderia saber que ele ainda navegava pelo mundo? Que estava destinado a me encontrar um dia? Que era uma parte contínua da minha longa jornada pelo Caminho?

Eu dei um tapinha no casco, na madeira nova e boa, o vidoeiro do norte em volta do velho carvalho, seu último manto.

— Boa sorte. Eu o encontrarei novamente.

— Adeus, Merlin — ele respondeu. — Jasão está esperando por você.

Durante todo o tempo em que eu estivera no Espírito do Barco, Jasão permanecera perto de mim, mas sem ver a cena, sem ouvir a minha conversa com a entidade protetora do barco. Quando eu me levantei, ele me ajudou. Minhas articulações estavam endurecidas pelo frio e pela umidade, e para falar a verdade, quase todas elas doiam.

— Eu ouvi metade da conversa — ele disse, franzindo a testa. — A sua metade. Eu tenho a impressão de que você vai ficar aqui, com Urtha, neste lugar lamacento, com seus assados e mulheres furiosas.

Eu disse a ele que, de fato, era aquela a minha intenção.

— E você? — eu perguntei ao aventureiro, aquele velho rei fora do Tempo.

— Eu prossigo — ele respondeu. — Como o meu filho mais novo, eu fiquei um pouco doido. Agora, recuperei a lucidez. Eu andei perseguindo sonhos e caçando fantasmas. Mas eu tenho um filho que ainda está vivo, e quem sabe, Antiokus...

— Merlin!

— Eu não *gosto* desse nome. Soa artificial. Arrume outro, ou continue com o que eu conheço. De qualquer modo,

Thesokorus ainda pode me reconhecer. Eu tentarei de novo. Kinos está morto, eu aceito isso. Eu não acredito que Medeia estivesse nos pregando uma peça, não dessa vez. O garoto morreu de solidão e da febre da lua. Eu preciso estar na Grécia para chorar por ele, não aqui, onde o ar é tão vil, úmido e frio.

— Este é um lugar *vibrante*, Jasão. Cheio de vida! Este lugar tem um futuro pleno, formidável e desafiador.

— No qual, sem dúvida, você irá desempenhar um papel pleno e formidável.

Ele se animou, e puxou a barba. Seus dentes estavam quase inteiramente pretos em sua boca. Eu não havia percebido o quanto ele estava envelhecido. Mas ele estava com um humor esperançoso. Acontecera uma súbita e dramática mudança em sua mente e seu coração.

— Que Deus lhe dê sorte! — ele disse. — Quanto a mim, eu tenho dez anos... e eu não vou desperdiçá-los. Dez anos pelo menos, dez bons anos para navegar com este bom barco em águas estranhas e encontrar lugares estranhos para... — ele fez uma pausa, procurando a palavra certa.

— Pilhar?

— Sim! Pilhar. É o que eu faço de melhor — ele concordou, com uma risada amarga. — Dez anos. Fique atento para ouvir as minhas histórias. Eu tenho a impressão de que você será o único a escrever sobre mim. Agora, saia do meu barco, a menos que você pretenda juntar-se à aventura.

— Adeus, Jasão. Eu espero que você encontre o que está procurando.

Agora, a risada dele foi genuína.

— Eu não estou procurando por nada! — ele rugiu para mim, enquanto Rubobostes me ajudava a pular por sobre o parapeito do barco. — Tudo o que eu espero, e pelo que rezo, é que Nada esteja procurando por mim! Mas eu reconhecerei Nada quando o vir, e guardarei um pedaço para você.

— Ele está maluco — disse Rubobostes, ao soltar a minha mão. — Esta próxima viagem deve ser interessante. Tem certeza de que não quer vir? Nós podemos ter que fazê-lo desaparecer...

— Ele nunca desaparecerá, Rubobostes, velho amigo. E nem você. Boa viagem.

Argo levantou âncora e deslizou pelo rio em direção ao mar distante. Eu podia ouvir o som das gaitas que vinha das altas muralhas de Taurovinda: Elkavar patrulhando as fronteiras da fortaleza, com seu sistema particular de defesa. Niiv, como sempre, se agarrava ao meu braço. A tinta preta estava desaparecendo de seus cabelos e as raízes loiras brilhavam sob a luz do sol que se punha.

— Ensine-me coisas — ela me pediu, enquanto caminhávamos pela grama. — Ensine-me coisas, e eu prometo que não vou olhar o seu futuro. Nunca. Nunca mais.

— Você me dá febre da lua — eu disse a ela. — Você me dá medo.

— Eu sei — ela respondeu —, mas eu amo você. E quero que você me ensine coisas. Ensine-me tudo! Eu farei tudo o que você quiser...

Sempre existe um momento em que um homem deve desistir da busca, ou desistir de suas esperanças ou desistir de seu espírito. Jasão tinha feito todas essas coisas. Eu era igual a ele, no que dizia respeito a ceder.

Passei meu braço em volta de Niiv e desisti de resistir aos seus encantos.

Nota

Fortalezas construídas em topos de montes, como Taurovinda, começaram a aparecer na Grã-Bretanha (também conhecida como Alba, Albion, Ilha das Brumas e Ilha dos Fantasmas) cerca de cinco séculos a.C., mais ou menos ao mesmo tempo em que as enormes e opulentas cidadelas celtas da Europa Ocidental começaram a cair nas mãos dos exércitos de saqueadores do leste, ou com os levantes das classes mais baixas, descontentes.

Hierárquicos, tirânicos e ambiciosos, cobiçando os produtos luxuosos importados da Grécia, do Egito, da Índia e do Mediterrâneo, os Altos Reis e as Rainhas-Deusas foram mortos ou fugiram para o exílio, com seu séquito de homens armados e druidas. É mais do que provável que muitos encontraram abrigo do outro lado do mar, na misteriosa Alba, e talvez mais para o oeste, em Ierna (Irlanda).

Muito do que sabemos atualmente sobre os rituais e crenças celtas daqueles tempos provém apenas de histórias passadas boca a boca por gerações. Mas no épico irlandês "O Assalto do Gado (ou dos Touros) em Cuailnge", nós temos uma poderosa janela para aquele período de transição da sociedade celta, de um matriarcado sábio, ainda que remoto e obcecado por sacrifícios, para um patriarcado obcecado por símbolos, que trouxe consigo a ascensão da cultura dos cavaleiros campeões, da profética *luz da visão* e da hospitalidade real.

Muitas das novas cidadelas nos montes de Alba foram construídas sobre as ruínas de construções muito mais antigas, cuja função verdadeira continua um mistério, provavelmente indecifrável. Outros fragmentos do "Livro de Merlin" têm mais a dizer sobre o assunto.

Robert Holdstock

Londres, novembro de 2001

Este livro foi impresso pela Prol Editora Gráfica
para a Editora Prumo Ltda.